Jörg Przystow

Klaska und die Anwältin

Impressum

In Deutschland gibt es eine sehr große Zahl von Opfern aus Straftaten, die keinen finanziellen Ausgleich und keine Unterstützung erfahren. Dabei geht es nicht nur um Kriminalität, sondern auch um die Anwendung von Gewalt. Um diese Menschen kümmert sich der „WEISSER RING e.V." und genau für diese Organisation möchten wir einen Teil des Verkaufserlöses des Buches spenden. Weitere Informationen finden Sie auf: www.weisser-ring.de

DAS BUCHTEAM

Autor: Jörg Przystow
Schwerte (www.schwerte-moderation.de)

Lektorat, Korrektorat:
Amelie Hauptstock, hauptwort,
Dortmund (www.hauptwort.com)

Umschlaggestaltung, Satz & Layout:
Simone Hilgers ArtWork,
Dortmund (www.simonehilgers.de)

Rechtliche Beratung:
Kanzlei Sabine Deifuß,
Schwerte (www.kanzlei-deifuss.de)

1. Auflage November 2020
Alle Rechte vorbehalten.
Umwelthinweis: Klimaneutraler Druck
Printed in Germany

ISBN 978-3-00-066976-7

Der Fall Anna K.

- Ein romantischer Kriminalroman -

Fehlerteufel tauschte Ziffer aus!
Kapitel 1, Satz 1, 1941 statt 1947
Täter bereits überführt! Sorry!
www.klaska-buecher.de

Inhaltsverzeichnis

Vorwort

Jörg Przystow meinen Freund nennen zu können, bedeutet mir sehr viel. Viele Jahre lang haben wir als Künstler und Moderator zusammen bei Veranstaltungen auf der Bühne gestanden. Jörg bereicherte diese Momente nicht nur durch seine spontanen und eloquenten Moderationen, sondern ab und zu auch durch seine anrührenden Gedichte, was mir immer sehr imponierte.

Umso interessierter war ich, als ich eines Tages von ihm erfuhr, dass er ein Buch geschrieben hatte. Einen Roman, eine Art Krimi mit einer großen Liebesgeschichte. Mit großer Neugier tauchte ich bei „Klaska und die Anwältin" ab in die Gefühlswelt der beiden Hauptfiguren, einem Privatermittler und einer Anwältin, die gemeinsam den Betrugsfall einer durch eiskalte Abzocker in eine bedauerliche Lebenslage geratene Industriellenwitwe aufklären. Menschliche Werte wie Zwischenmenschlichkeit und Respekt spielen dabei eine wichtige Rolle, wie ich es auch aus dem Leben des Autors kenne. Authentisch, echt und mit unbestechlichem Auge fürs ermittlerische Detail entwickelt Jörg den Fall Anna K. Das Buch ist dabei nicht nur ein Krimi, sondern auch eine Geschichte über die Beziehung zweier Menschen, die sich auf wundervolle Weise ergänzen und ihr gemeinsames Ziel nie aus den Augen verlieren.

„Klaska und die Anwältin" ist ein realistischer Roman, bei dem Liebhaber vieler verschiedener Genre auf ihre Kosten kommen werden. Das Erstlingswerk von Jörg Przystow lässt dabei direkt auf eine Fortsetzung hoffen. Der gemeinsame Weg des perfekten Teams von Polizist Ben Klaska und Anwältin Julia Richter scheint unausweichlich vorprogrammiert. Ich freue mich bereits, die beiden bei ihren kommenden Fällen weiter kennenlernen zu können!

Gunther Gerke
Unterhaltungskünstler

Kapitel 1

Liebe, Hochzeit, Beruf und Leben

Anna Kiesmann, im Mai 1947 geboren, kam als Tochter eines Kaufmanns in Castrop-Rauxel zur Welt. Den Krieg erlebte sie entsprechend als Kind. Wie es in diesen Jahren so war, hieß es lernen, mit den wenigen Dingen im Leben klar zu kommen. Es reichte für das normale Leben, Luxusgüter waren Träumerei. Wer es schaffte, eine Schulbildung zu bekommen und es verstand, die Wichtigkeit eines einer abgeschlossenen Ausbildung zu erkennen, der konnte etwas werden.

Anna ging ihren Weg. Mit Fleiß absolvierte sie die Schule und merkte bereits da, dass ihre Neigung darin bestand, anderen Menschen etwas auf liebevolle Weise beibringen zu wollen. So war der Berufsweg, auch eine Form von Berufung, schnell vorgezeichnet und Anna schloss ihre Ausbildung zur Lehrerin für höhere Schulbildungen an der Universität in Freiburg erfolgreich ab. Bereits in dieser Zeit lernte sie Ernst kennen, ihren späteren Mann.

Für Anna, die schnell ein festes Arbeitsverhältnis hatte und somit über ein regelmäßiges Einkommen aus der Staatskasse verfügte, war es eine Selbstverständlichkeit, ihren zukünftigen Ehemann während seines Studiums zu unterstützen. Die Hochzeit fand im Februar 1961 statt. Zu dieser Zeit hatte Ernst sein Studium als Ingenieur der Agrarwissenschaft gerade beendet. Nach dem Studium in Düsseldorf und einigen Jahren Berufserfahrung in anderen Unternehmen seiner Branche hatte Ernst extra den Chefposten bei der Spezialfirma für Industrieanlagen in Castrop-Rauxel übernommen. Ein Unternehmen mit großen Wachstumsgedanken, welches auf dem Weg zum Branchenführer war, spezialisiert u. a. auf besondere Schweißnähte. Er hatte sich sicher auch mit Mühe und sehr viel persönlichem Engagement für diese Position empfohlen.

Finanziell waren Anna und Ernst mit der Zeit absolut unabhängig geworden und hätten ein sorgenfreies Leben führen können, denn auch Anna war erfolgreich und mittlerweile zur Schuldirektorin befördert worden. Es gehörte sich aber, auf eine glückliche Ehe mit angesehenen Berufen Kinder zu planen, um den Status einer glücklichen Familie auch nach außen hin zu zeigen. Nach mehreren Versuchen wurde Anna schwanger und die Freude zunächst groß, denn nun war das gemeinsame Leben nahezu perfekt.

Dieser Zustand sollte allerdings nicht lange anhalten.

Nach nur wenigen Wochen der Vorfreude auf ein gemeinsames Kind kam es bei Anna zu einer Fehlgeburt, die die medizinische Diagnose zur Folge hatte, dass sie nie mehr eine Schwangerschaft erleben würde. Erschütternd, Spuren hinterlassend, ein Einbruch in das bisher so sorgfältig geplante Leben von Anna und Ernst. Was nützte da das gerade vor einigen Monaten neu bezogene Heim am Sorpesee im schönen Sauerland? Was nützte ihnen da noch das mit Liebe gestaltete Kinderzimmer? Aufgrund der Größe des Hauses waren weitere Zimmer vorhanden, in denen Geschwister aufwachsen sollten. Alles geplatzte Träume, von jetzt auf gleich unmöglich geworden.
Anna flüchtete sich in ihren Beruf. Auch Ernst hatte sich auf Familienzuwachs sehr gefreut. Die Gründung einer richtigen Familie, eben mit Kindern, war auch sein Traum vom erfüllten Leben. Ernst wollte aber auch seine sexuellen Neigungen ausleben. Mit seiner Frau hatte er nie darüber gesprochen. Die Liebe, die beide damals zusammengebracht hatte, veränderte sich nun Tag für Tag und Anna erkannte für sich schnell den Grund. Es waren die fehlenden Kinder. Diesen Wunsch konnte sie weder sich selbst noch ihrem Mann erfüllen.

Kapitel 2

Die Veränderungen

Die ersten Veränderungen in ihrer Beziehung traten ein, der Weg führte sie voneinander weg, weil beide in der Ehe nicht mehr das finden konnten, was sie sich gewünscht hatten. Sie sprachen nicht offen miteinander und suchten keine gemeinsamen Lösungen. Anna und Ernst nahmen getrennte Wege und verloren sich dabei. Gespräche führten sie kaum noch und wenn, dann aneinander vorbei. Es fehlte dieser Kick, dieses Gefühl von Geborgenheit, Nähe, sich auf den Partner freuen, wenn dieser von der Arbeit oder einer Reise zurückkehrte. In einer Zeit, wo das Thema Trennung/Scheidung noch verpönt war, musste so eine Lebensveränderung möglichst lange für Außenstehende unbemerkt bleiben.

Versuchen wir doch, zum besseren Verständnis, Ernst ein wenig zu beschreiben. Er war ein gutaussehender Mann, etwas stabiler, von großer Statur, dunkle Haare und einem Kinnbart, den er immer mindestens zweimal in der Woche bei seinem Stammfrisör formen und schneiden ließ. Makellos kam Ernst daher; maßgeschneiderte Kleidung und Parfüm gehörten zu seinem Markenzeichen, wobei er die Düfte an jedem Wochentag wechselte. War es dieses gesamte Erscheinungsbild, was ihn auch für andere Frauen interessant machte?
Natürlich merkt ein Mann in den besten Jahren und einer Führungsposition, wenn Frauen in seinem beruflichen und privaten Umfeld ihm Offerten machen. So war es wohl nur eine Folge aus der unglücklich gewordenen Ehe mit Anna und dem versagten Kinderwunsch, dass Ernst sich auf seine Sekretärin einließ. Bei ihr fand er Nähe, Streicheleinheiten, die er von Anna nicht mehr bekam. Seine Lust wurde wieder befriedigt und es war ihm nach ersten, leichten Gewissensbissen auch egal, ob Anna sein

Tun bemerken würde. Wie in Trance flüchtete sich Ernst in weitere Beziehungen, teilweise zeitgleich, mit anderen Frauen, von denen natürlich keine von der jeweils anderen wusste.

Das blieb der eigenen Frau irgendwann nicht mehr verborgen und um keine Ausrede gelten zu lassen, suchte Anna nach einem Detektiv. Sie vertraute sich einer Freundin an und bat um Hilfe. Ihr selbst fehlten die Erfahrungen. Woher sollte sie wissen, ob der Detektiv sich nicht direkt an ihren Mann wenden würde, um auf diese Art mehr Geld rauszuschlagen? Ihre Freundin Elisabeth hatte einen Bekannten bei der Polizei, der den Namen eines zuverlässigen Ermittlers für solche Fälle in Erfahrung bringen konnte.

Es kam der Tag, den Anna wohl nicht mehr vergessen würde. In einem Café in Castrop-Rauxel traf sie sich mit Ben Klaska, dem empfohlenen Detektiv aus Dortmund. Noch vor dem Café überlegte Anna umzukehren und die Sache fallen zu lassen. Tausend Gedanken gingen ihr durch den Kopf, doch schließlich war der Mann doch auf ihren Wunsch extra nach Castrop gekommen. In ihrem Haus an der Sorpe war es ihr zu auffällig, denn Nachbarn reden ja bekanntlich, meistens hinter vorgehaltener Hand.

Soll ich Ernst selbst zur Rede stellen? Was wird, wenn ich Bestätigung bekomme? Wie wird Ernst reagieren, wenn er von meinem Vorgehen erfährt und durch die Ermittlungen in die Enge getrieben wird? Was wird überhaupt aus meinem Leben? Ist vielleicht auch alles nur meine Einbildung? Nach kurzem Zögern betrat sie das Café und erkannte Klaska sofort. Er saß bereits an einem kleinen Tisch am Fenster, von dem aus man auf die Straße blicken konnte. Er trank einen Kaffee und dazu ein Glas Wasser, sah gepflegt aus, erfüllte also so gar nicht das Bild, was Anna vorher von so einem Menschen gehabt hatte. Höflich stand er auf, begrüßte sie und bot ihr einen Platz an.

Das Eis war gebrochen. Die Schwere, die Anna in sich vorher noch verspürt hatte, war wie weggeflogen. Anna ließ sich kurz seinen beruflichen Werdegang erklären und erfuhr, dass Klaska viele Jahre als Hauptkommissar bei der Polizei gearbeitet hatte.

Wenn es einer verstand, vertrauliche Atmosphäre zu schaffen, dann war es dieser Detektiv. Er machte sich keine Notizen, nein, er hörte sich in aller Ruhe an, welche Gedanken Anna zu diesem Schritt veranlasst hatten. Klaska fiel ihr nicht ins Wort und sie genoss es, frei erzählen zu können, senkte dabei häufig den Blick zum Boden, weil es ihr doch ein wenig peinlich war, diesen Schritt zu gehen.

„Frau Kiesmann, es ist völlig in Ordnung, wenn sie Ihre Gefühle mir gegenüber zeigen, ich merke doch, wie sehr Ihre Schilderungen Sie mitnehmen", reagierte Klaska auf die Blicke.

Anna versuchte, sich zu erklären. „Verzeihen Sie mir bitte meine Gefühlsausbrüche, aber mein Leben zieht gerade im Schnelldurchlauf an mir vorbei."

Am Ende des etwa 1,5-stündigen Gesprächs sagte Privatermittler Klaska zu, den Auftrag zu übernehmen. „Ich wickele meine Aufträge gerne professionell ab, mit schriftlicher Bestätigung an Sie und natürlich einer ordentlichen Rechnung." Anna fand das offensichtlich sehr gut und es gab ihr das Gefühl, an den richtigen Ermittler geraten zu sein.

„Das ist mir angenehm so, aber wenn Sie einen Vorschuss benötigen, wäre das für mich auch in Ordnung."

„Bei Ihnen sicher nicht, Frau Kiesmann", antwortete Klaska.

Draußen vor dem Café verabschiedeten sich die beiden und man vereinbarte ein nächstes Treffen in einer Woche, wieder an einem Freitag, aber dann an einem anderen Treffpunkt. Ein kleines Bistro in Schwerte, einer kleinen Stadt an der Ruhr, sollte es sein, von Castrop gut 25 Minuten entfernt. Hier dürften sie wohl eher nicht erkannt werden. Anna hatte einfach Angst, durch ihr privates Umfeld oder aus dem Kreis der Firma entdeckt zu werden. Wenn man dort mitbekommen würde, was sie gerade unternahm, dann würde sie sicher zur Zielscheibe von vielen Menschen und genau das würde ihre Psyche nicht verkraften. Schwerte kannte sie, weil sie dort mal eine Weiterbildung für Schulleiter und Schulleiterinnen besucht hatte. Später hatte sie sich dann noch mal dort mit einer Kollegin getroffen, um sich in Sachen Schule auszutauschen.

Wie die nun folgende Woche für Anna war, kann man sich vorstellen. Gedanken über Gedanken und sorgfältige Beobachtungen ihres Ehemannes Ernst, der eh nur noch selten im gemeinsamen Haus an der Sorpe anwesend war. Termine waren sein Standardargument, gepaart mit notwendigen Reisen für das Unternehmen, welches mehr und mehr wuchs und deutlich gesteigerte Umsätze generierte. Das Unternehmen stand vor dem Börsengang und machte Millionenumsätze. Offensichtlich hatte Ernst Kiesmann da ein Erfolgskonzept in die Tat umgesetzt.

Kapitel 3

Die Wahrheit kommt ans Licht

Es war Freitag, der 5. Januar, als es zum Treffen mit Detektiv Ben Klaska im Bistro in Schwerte kam. Schlechtes Wetter, Nieselregen, offensichtlich die richtige Atmosphäre für ein weiteres Treffen, in dem es wieder um Recherchen im dunklen Umfeld von Ernst Kiesmann gehen sollte. Das Bistro, oder eher das Café, war nett eingerichtet und sie setzten sich an einen kleinen Tisch in der Ecke. Anna hatte den Platz ausgewählt. Sie wollte einfach nicht auf dem Präsentierteller sitzen.

„Ist es Ihnen hier recht?", fragte sie Klaska, der zustimmte.

Nachdem sie sich beide einen Tee bestellt hatten, fragte Klaska: „Wollen Sie wirklich wissen, was ich ermittelt habe?" Ein schnelles „Ja!", kam Anna über die Lippen. Sie wollte möglichst ebenso schnell wieder diesen Treffpunkt verlassen. Wohl fühlte sie sich nicht. Klaska berichtete dann, ohne jede Notiz aus seiner Jacke zu holen, dass Ernst Kiesmann ständig wechselnde Beziehungen zu mehreren Frauen unterhielt und teilweise diese Damen auch mit auf Reisen nahm und sie als „Frau Kiesmann" vorstellte.

Anna war geschockt. So extreme Schilderungen des Detektivs hatte sie nicht erwartet. Dass es vielleicht die Sekretärin war, ja das hatte sie eventuell erwartet, aber nicht auch noch andere Frauen.

„Haben Sie Namen für mich?", fragte sie Klaska.

„Sicher, aber belasten Sie sich doch bitte nicht auch noch mit den Namen. Was bringen Ihnen die Namen? Wahrscheinlich würden die Damen auch sowieso leugnen, Kontakt zu Ihrem Mann zu haben, wenn Sie von Ihnen darauf angesprochen werden", reagierte Klaska.

„Ich habe das Gefühl, aktiv werden zu müssen, irgendetwas zu unternehmen, mich zu wehren. Verstehen Sie das wenigstens?", fügte Anna hinzu.

„Sicher kann ich das nachvollziehen, aber ich möchte Sie auch schützen und nicht einfach nur meine Informationen abgeben und Sie dann leidvoll zurücklassen", antwortete Klaska.

Klaska merkte deutlich, wie seine Ergebnisse die Seele von seiner Auftraggeberin trafen und er berührte kurz ihre Hände, die leicht zitternd auf dem Tisch lagen. „Bleiben Sie doch zunächst mal ganz ruhig, Sie haben doch nun einen Wissensvorsprung und können überlegen, wie Sie vorgehen möchten. Zu schnell ist Porzellan zerschlagen, aber noch mal, ich verstehe ihre Überlegungen."

Anna bedankte sich und hatte einen Umschlag mit der vereinbarten Summe vorbereitet, den sie auf den Tisch legte.

„Sie hätten auch gerne überweisen können", betonte Klaska.

„Ist so doch sicher auch in Ordnung", antwortete sie. „Weitere Ermittlungen möchte ich aber vorerst bitte nicht."

„Melden Sie sich einfach bei mir, wenn ich Ihnen noch mal helfen kann."

Mit diesen Worten Klaskas und einem freundlichen Handschlag verabschiedeten sich die beiden und Anna Kiesmann machte sich auf den Weg nach Hause. Wieder durchblitzten Gedanken Annas Welt. Wieder wusste sie nicht, wie sie es anstellen sollte, ihren Ernst zur Rede zu stellen.

In dieser Nacht kam Ernst mal wieder nicht nach Hause. Wo er war, wusste sie nicht. Sie schlief schlecht bis in den Morgen hinein, fasste aber einen Entschluss. Anna wollte die Scheidung, dessen war sie sich nach Klaskas Ermittlungen sicher. Ihre Pensionierung stand bevor, nur noch wenige Tage im Berufsleben einer Schuldirektorin und deshalb wollte sie anfangen, vor diesem Tag aufzuräumen.

Gegen 19 Uhr kam Ernst dann endlich nach Hause. Er war gut drauf, scherzte und erzählte, wie viele Menschen wieder mal versucht hätten ihm zu erklären, was er doch in der Firma anders machen sollte. Ernst wirkte gelöst, fast überdreht. Mit welcher Frau war er aktuell zusammen? Dazu hatte ihr Klaska nichts gesagt oder wahrscheinlich bewusst sein Wissen darum für sich behalten, um sie nicht noch mehr zu verletzten. Diese Frage beschäftigte Anna dennoch immer wieder.

„Setz dich hin", sagte sie zu ihm.

Ein Tonfall, den er bislang von seiner Frau noch nicht kannte, ließ ihn aufhorchen. „Was willst du von mir?", wollte er wissen.

Dann schoss Anna alle gewonnenen Erkenntnisse ab, ohne Luft zu holen, wie ein Maschinengewehr mit Dauerfeuereinstellung. Stellte man sich Ernst als Zielscheibe vor, wäre dieser von 1 bis 10 überall durchlöchert gewesen. Am Ende war Anna erschöpft. Sie hatte kaum noch Kraft, sich auf den Beinen zu halten. Er, der sonst so sprachgewandte Firmenchef, war einige Sekunden ohne jede Reaktion. Doch dann versuchte er Erklärungen zu finden und unternahm den kläglichen Versuch, Anna etwas von „Einbildungen", zu erzählen. Als er merkte, damit nicht durchzukommen, sagte er nur schlichtweg: „Du spinnst doch, trink dir lieber einen Schnaps und schau weiter aus dem Fenster, dann wirst du vielleicht wieder klar im Kopf!"

Übler hätte er nicht reagieren können und deshalb klang hart und bestimmt folgender Satz durch den Raum: „Ich will die Scheidung!", schrie Anna, aber es war gleichzeitig wie eine Befreiung, wie eine Last, die tonnenschwer von ihr fiel.

Das traf Ernst wie einen Herzinfarkt, obwohl er diesen noch nicht erlebt hatte, aber so stellte er es sich vor. Sollte er Anna die Wahrheit sagen? Was würde das bedeuten? Noch mehr Ärger, als er nun schon offensichtlich sowieso hatte? Ernst reagierte falsch.

Er schrie Anna an, sagte ihr, dass er ein Haus ganz in der Nähe vor Jahren gekauft und dort mit einer Frau gelebt habe und dass es eine enge, schöne und reizvolle Beziehung sei. „Diese Frau gibt mir endlich Gefühle, auch wenn du meinst, nur mein Geld sei ausschlaggebend!"

„Wir haben uns doch schon lange auseinandergelebt, was willst du also noch in dieser Ehe verharren?", erwiderte Anna.

Gegenseitige Vorwürfe durchquerten den Raum und am Ende verlangte Anna, dass Ernst sein „Weiberhaus", sofort verkaufen und die Beziehung zu dieser „Dame" beenden solle. Dann würde sie ihm noch einmal eine Chance geben, schließlich hätten sie doch auch gute Zeiten gehabt. „Wann sollen die denn gewesen sein?", fragte Ernst sichtlich durcheinander nach. „Ein Kind hast du mir auch nicht geschenkt!", ergänzte er.

Dieser Satz traf Anna mitten ins Herz. Dieser ohnehin seit Jahren vorhandene Vorwurf setzte ihr zu. Wer diese Frau war, wollte sie gar nicht mehr wissen. „Spar dir jede weitere Erklärung, handele jetzt, sonst ziehe ich die Scheidung durch!"

Ernst verließ das Haus und rief noch irgendwas ins Treppenhaus. Verstanden hat es Anna nicht. Sie redete sich ein, dass es „Ich regele das!", gewesen sein könnte.

Tatsächlich verkaufte Ernst zwei Wochen später das „Weiberhaus", wie es Anna genannt hatte, und beendete in den Tagen nach der Aussprache oder besser gesagt, nach der Entdeckung seiner Liebeleien durch Anna die Beziehung zu der anderen Frau. Aber hatte er wirklich vor, sich für Anna ganz zu ändern? Konnte er von anderen Frauen lassen?

Nein, natürlich schaffte er es nicht. Immer wieder verschaffte sich Ernst Freiräume und traf sich weiter mit anderen Frauen. „Lass es uns versuchen", hatte er seiner Frau zwar gesagt, aber wahrscheinlich wollte er nur die hohen Ausgleichsbeträge, die bei einer Scheidung mit Sicherheit angefallen wären, vermeiden.

„Wenn du es ehrlich meinst, stimme ich zu, denn es liegt mir daran, mit dir wieder auf einen guten Weg zu kommen!", war ihre Reaktion auf sein scheinheiliges Angebot.

Einige Monate vergingen, in denen Ernst sein lustvolles Treiben weiter aufrechterhielt und tatsächlich glaubte, seine Frau würde an sein Versprechen der Veränderung glauben. Doch Anna, zwischenzeitlich als Lehrkraft in Pension, reichte endlich die Scheidung ein, denn es war ihr auch ohne Detektiv nicht verborgen geblieben, was Ernst mit ihr für ein doppeltes Spiel trieb. Ernst zog endgültig aus dem gemeinsamen Haus am Sorpesee aus und lebte mit seiner neuen Geliebten im sauerländischen Schmallenberg zusammen.

Ohne Vorwarnung meldete sich eines Tages eine Dame bei Anna, die Ernst offensichtlich irgendwann in den letzten Jahren mit seiner Art der finanziellen Großzügigkeit gegenüber der Frauenwelt beglückt hatte, nach dem Motto: „Meine Firma, mein Haus, mein Geld, meine Möglichkeiten", um sich interessant zu machen. Sie sagte Anna, dass ihr Ernst eine lange Zeit zu ihr eine sehr intime Beziehung unterhalten habe und jetzt über Umwege festgestellt habe, dass der liebe Ernst verheiratet ist und deshalb sei nun eine Entschädigung fällig. Diese Dame hatte auch konkrete Vorstellungen, die sich etwa in der Preisklasse eines guten Mittelklassenfahrzeugs bewegten. Dafür würde sie dann schweigen. Darauf ging Anna natürlich nicht ein, warum auch, denn sie war durch Ernsts jahrelange Beziehungen zu anderen Frauen genug gekränkt worden. Sie ließ diese Dame einfach abblitzen und entgegnete: „Wenden Sie sich doch direkt an meinen Noch-Ehemann. Ich lasse mich doch nicht von Ihnen erpressen!"

Anna war stinksauer und fragte sich, was sie noch so alles zu ertragen habe, was wohl noch an Überraschungen auf sie zukommen würde. Sie musste einfach mutig sein und die Scheidung einreichen, auch wenn sie keinen Ehevertrag hatten, weil das damals noch nicht so in Mode war. Vielleicht war das sogar eine gute Ausgangsposition für sie, obwohl sie von ihrem eigenen Geld gut leben konnte. Lange genug war sie den untersten Weg gegangen, hatte sich demütigen lassen, hatte ihre eigene Wertschätzung verloren und viel zu lange die Fehler nur bei sich gesucht. „Damit muss Schluss sein!", sagte sie sich immer und immer wieder in Gedanken, wie ein laufendes Uhrwerk.

Regelmäßig traf sie sich jetzt mit ihrer Freundin Elisabeth, suchte Rat und irgendwie auch Ausreden, es am Ende doch nicht zu tun.

„Mach es endlich, geh deinen Weg, ich stehe dir bei!", sagte ihr die Freundin.

Sie kannte Anna so viele Jahre, hatte vieles mitbekommen und ihr zu diesem Schritt schon vor langer Zeit geraten. Es verging dennoch viel Zeit und jede von ihnen führte ihr eigenes Leben. Anna zurückgezogen, nachdenklich, auf eine Lösung wartend, von wo auch immer diese kommen könnte. Den entscheidenden Schritt verschob sie immer und immer wieder. Anna wartete auf ein Zeichen, woher dieses auch kommen würde, aber die Entscheidung sollte möglichst das Schicksal für sie treffen.

Kapitel 4

Ernst Kiesmann verstirbt und die kriminellen Machenschaften beginnen

Noch einige Monate konnte Ernst seine nun nicht mehr heimliche Liebe in vollen Zügen genießen und nahm dabei keine Rücksicht auf seine Gesundheit, nicht nur in der fremden Zweisamkeit, sondern auch in der Firma, oftmals bis an seine Grenzen und deutlich darüber hinausgehend. Ihm war es egal, was seine Frau Anna dabei fühlte, ihm war es egal, was Mitarbeiter und Nachbarn oder wer sonst noch über ihn dachten und erzählten. Er lebte auf der Überholspur, immer Vollgas, in allen Bereichen. Ein Ernst Kiesmann ließ sich nicht bremsen und schon gar nicht etwas vorschreiben.

Ein Herzinfarkt, unerwartet, wie so oft im Leben, traf Ernst gleich so, dass er trotz ärztlicher Hilfe einige Tage später im Krankenhaus verstarb. Ein Hinterwandinfarkt, meistens mit tödlichem Verlauf. Anna, die schon nach der offiziellen Trennung ohne Scheidung der beiden immer wieder dem Alkohol zugesprochen hatte, schien dieser Verlust doch mehr zu treffen, als ihr persönliches Umfeld angenommen hatte. Keine Spur von Erleichterung, im Gegenteil, sie weinte um den Verlust des Mannes, der sie über Jahre mies behandelt hatte. Sie litt, trotzdem ihr dieser Mann in den gemeinsamen Jahren so viel Leid angetan hatte.

Das alles setzte Anna sehr zu. Durch Zuspruch ihrer Ärzte und endlosen Gesprächen mit ihrer besten Freundin Elisabeth entschied sie sich für einen Aufenthalt in einer Klinik. Nach monatelanger Therapie in der Eugenius-Klinik in Balve, mit vielen Rückschlägen und Gedanken, vorher abzubrechen, wurde Anna entlassen. War das nun die neue Freiheit, mit gestärkter Gesundheit? Sie wollte nicht weiter in Selbstmitleid verfallen, wenig, aber dennoch vorhandene Lebensenergie spürte sie noch. „Wo ist mein Leben, wo ist mein Weg?", fragte sie sich am letzten Tag in der

Klinik vor dem Spiegel im kleinen Bad ihres dortigen Zimmers.

Doch ihren neuen Weg finden konnte sie noch nicht. In der Einzeltherapie mit den Klinikärzten und durch Besuche von Rechtsanwälten, die das Unternehmen ihres verstorbenen Mannes Ernst in einer Insolvenz abwickelten, hielt man Anna wohl nicht mehr für geschäftsfähig. Die Klinik hatte deshalb während Annas Aufenthalt hinter ihrem Rücken versucht, sie unter Betreuung zu stellen, was in der Konsequenz bedeutet hätte, dass ein gerichtlich bestellter Vormund alle Entscheidungen für Anna hätte treffen können. Sie war zwar gesetzliche Erbin, aber die von Ernst Kiesmann gewählte Firmenstruktur war so undurchsichtig, dass nur Eingeweihte wirklich durchblickten. Der Firmenanwalt Schweitzer sowie der Notar Erdmann waren Anna schon immer suspekt gewesen. Sie hatten das vollste Vertrauen ihres Ernsts genossen und dies wahrscheinlich mehrfach unbemerkt eingesetzt und missbraucht. Sie hatten auch jetzt hinter Annas Rücken offensichtlich die Fäden in Sachen Betreuung gezogen, sprachen ihr gegenüber aber völlig anders.

„Anna, wir sind doch für dich da. Wir können dir alles erklären. Vertrau uns, dein Mann ist damit auch gut gefahren", waren einige der Sätze, die Anna zu hören bekam.

Das zuständige Amtsgericht entschied zum Glück anders und so wurde die beantragte Eilbetreuung nicht genehmigt.

Einige Tage nach ihrer Rückkehr aus der Klinik überwies Anwalt Schweitzer ihr plötzlich die stattliche Summe von fast 300.000 Euro, die er vom Treuhandkonto des verstorbenen Ernst Kiesmanns verfügen konnte, weil er auch als Testamentsvollstrecker eingesetzt war. „Du musst schließlich Geld zu deiner Verfügung haben und sollst dir einen schönen Lebensabend gönnen", so seine scheinheilige Begründung für diese nette Überweisung. Was Anna nicht wusste, war, dass Saubermann Schweitzer sich selbst dabei mit 100.000 Euro bedachte und Notar Erdmann sogar mit 150.000 Euro ausstattete. Dies lief in der Form einer „Rücküberweisung", und Anna fragte erst gar nicht nach, denn sie war froh, nach der Klinik wieder auf dem Weg ins Leben außerhalb der Therapie zu sein und versuchte, wieder Fuß zu fassen. Sie hatte das große Haus am Sorpesee vor einiger Zeit, noch vor dem freiwilligen Gang in die Klinik, zu einem guten Preis verkauft, und eine kleine, aber durchaus sehr schön gelegene Wohnung in Winterberg bezogen. Sie wollte einfach im Sauerland bleiben. Die ruhige Lebensart dort gefiel ihr, kein dauerndes Getöse, wie in einer Großstadt. Sie brauchte Ruhe und die Natur.

Als Anna einige Tage später merkte, dass nicht die ganze Summe der durch Rechtsanwalt Schweitzer genannten 300.000 Euro auf ihrem Girokonto eingegangen war, erklärte er ihr geschickt, dass sie leider noch Honorare von Konkursverwaltern der Insolvenzabwicklung aus Ernsts Firmengruppe bedienen müsste. Damit Schweitzers Vorgehensweise auch möglichst glaubhaft erschien, nannte er Anna noch den Namen einer weiteren beteiligten Anwaltskanzlei, so dass sie beruhigt war. Notar Erdmann blieb dabei sehr geschickt im Hintergrund. Er verstand es sehr gut, andere Personen in die erste Linie zu stellen, während er aus der hinteren Reihe agierte. „Herrmeier & Kollegen" war eine Kanzlei, die tatsächlich schon oft für die damalige Unternehmensgruppe von Ernst Kiesmann gearbeitet hatte. Nur, wer hatte in dieser Kanzlei wohl eigentlich das Sagen? Anna Kiesmann war völlig überfordert.

Kapitel 5

Wenn ein Rädchen ins andere greift

Wie kann denn so etwas überhaupt möglich sein? Eine Frau, die eben nicht unter Betreuung gestellt wurde, so über den Tisch zu ziehen, dazu gehören Absprachen und Menschen, die an den entscheidenden Schnittstellen zusammenarbeiten müssen und zwar so, dass Machenschaften und Seilschaften nicht auffallen. Solche Menschen, in diesem Fall Anwaltskanzleien und auch Banken, sehen am Ende nur den Profit, den man aus einer angeschlagenen Situation eines Menschen wie Anna Kiesmann ziehen kann. Die Ausführungen zu Annas Geschäftsfähigkeit waren dabei schon ein wichtiger Baustein, ohne den Firmenanwalt Schweitzer seine Kontoüberweisungen gar nicht hätte machen können. War Anna überhaupt noch geschäftsfähig? Konnte sie aufgrund ihres Zustandes die Dinge noch mit klarem Blick sehen und auch verstehen?

Notar Erdmann trat plötzlich offiziell in Erscheinung und ging dann so weit, dass er die an Anna gezahlte Summe von 300.000 Euro anzweifelte, ja in Frage stellte, wenn man denn zu Grunde legen würde, dass sie zu dem Zeitpunkt schon geschäftsunfähig gewesen war. Er führte nun an, dass der Rechtsgrund für diese Zahlung dann schlichtweg gefehlt hätte. Der hohe Geldbetrag stammte allerdings aus dem privaten Vermögen von Anna und Ernst und es bestand die Absicht, zu Lebzeiten von Ernst eine Anna-und-Ernst-Kiesmann-Stiftung zu gründen. Von Rechtsanwalt Schweitzer sollte dieses Stiftungsvermögen zunächst nur treuhänderisch verwaltet werden. Durch die Insolvenzen von Ernsts Firmen war aber die zuvor erwähnte Stiftung gar nicht mehr gegründet worden. Damit wirklich auf allen denkbaren Ebenen „Rädchen in Rädchen", greifen konnte, wurde dann auch noch ein angeblich vor vielen Jahren zwischen Anna und Ernst formulierter Ehevertrag beigezogen. Ihr wurde damals von ihrem Mann erklärt, ein Ehevertrag wäre nicht notwendig und jetzt war doch einer vorhanden, den sie weder unterschrieben hatte noch überhaupt kannte. Darin wurde angeblich festgehalten, dass Anna 150.000 Euro zustehen; und da ist der Meister der Rechtsauslegung, Anwalt Schweitzer, natürlich auf einen brillanten Gedanken gekommen. Er erklärte schlichtweg, dass der Betrag aus der Gesamtüberweisung an Anna in der Höhe von 300.000 Euro bereits enthalten sei. Dreistigkeit siegt. Befragt, wie das denn alles rechnerisch zu erklären sei, wurden von Anwalt Schweitzer Zinsbindungsfristen und Verwaltungsvorgänge auf dem Treuhandkonto zitiert, so dass wirklich die Vorgänge der verschiedenen Buchungen, von außen betrachtet, eine gewisse Nachvollziehbarkeit bewirkten.

Schweitzer war auch ein medizinisches Gutachten bestens bekannt, welches klar Stellung zu Annas Geschäftsfähigkeit bezog. Für gutes Geld bekommt man eben auch gute Gutachten. Nur wenn die gerichtliche Betreuung eingerichtet worden wäre, dann hätten andere Personen über die Gelder bestimmt und Schweitzer wäre raus aus der treuhänderischen Verwaltung gewesen. Kleine Überweisungen hin und her und kreuz und quer, im Zusammenspiel mit anderen Beteiligten, die sich alle untereinander durch jahrelange Tätigkeiten rund um Ernst Kiesmanns Firmenimperium kannten. Sie wussten alle, wo welches Geld lag, nur darananzukommen musste ja schließlich irgendwie legal aussehen, um im Falle einer Überprüfung möglichen Betrachtern, die zwischen den Zeilen lesen können, immer die passende Erklärung geben zu können.

Schweitzer und Erdmann hatten die Fäden in der Hand, schließlich ging es insgesamt um Millionenbeträge. Die Anna Kiesmann genannten Zahlen waren fast schon beschämend und kamen der Portokasse des ehemaligen Unternehmens gleich. Ihre Absprachen und gegenseitigen Beurkundungen liefen perfekt in diesem schlechten Spiel mit oder besser gegen Anna. Sie war den beiden ausgeliefert. Mit größter Überzeugung stellte Schweitzer dann auch klar, dass die Zahlungen an Notar Erdmann in Höhe von 150.000 Euro, als jahrelange wirtschaftliche Betreuung der Familie Kiesmann, zu sehen sei. Eine Unverfrorenheit, aber wer betrügen will, um an das Geld von Menschen zu kommen, deren Gesundheit es nicht mehr zulässt, geordnete Gedanken zu fassen, der muss wohl eiskalt im Spiel des Geldes sein.

Wenn jemand wie Anna Kiesmann immer wieder hören musste, dass sie doch schon während ihrer Zeit als Schuldirektorin Alkoholikerin war und nicht erst, nachdem sie von den Liebesanwandlungen ihres verstorbenen Mannes mit anderen Frauen erfahren hatte, ja, dann bricht das einen solchen Menschen mehr und mehr. Zusätzlich wurde ihr plötzlich immer wieder von außen erklärt, warum sie krank geworden ist. Es wirkte so, als wenn diese Menschen selbst Tag für Tag alles miterlebt hätten. Ein Umstand, der auch heute noch immer so ist, wenn Beteiligte, an welchen Lebensprozessen auch immer beteiligt, sich einmischen und angeblich doch nur helfen und „Gutes" tun wollen. Man muss Notsituationen, die jeder von uns sicherlich schon durchlebt hat oder sie noch durchleben wird, nur verstehen und auszunutzen, um an das Geld von genau diesen Menschen zu kommen.

Notar Erdmann hatte einen guten Lauf und nutzte, von krimineller Energie durchströmt, alle Facetten seines abstrusen Plans. Er wollte noch eine horrende Rechnung liquidiert wissen, für angeblich von ihm anwaltschaftlich geleistete Beratungen. Er schaffte es sogar, bereits von Anna und Ernst Kiesmann bezahlte Rechnungen für die notarielle Beurkundung ihrer Testamente verschwinden zu lassen. In seinem Freundeskreis erzählte Erdmann, dass er einbezogener Vertrauter der Eheleute Kiesmann gewesen sei und schon allein deshalb viele notwendigen Rechtsberatungen und Verträge kostenlos gemacht hätte. Er behauptete auch, dass zwischen ihm und Anna mehr gewesen sei, was für Anna niemals eine Option gewesen wäre. Egal, was ihr Mann Ernst ihr seelisch angetan hatte, Meisternotar Erdmann hätte bei Anna nicht den Hauch einer Chance gehabt.
Anna Kiesmann wurde eigentlich ständig von den sie umgebenen „Fachleuten", erklärt, dass alles im Sinne ihres verstorbenen Ernsts passierte, ja, dass er das alles schon zu Lebzeiten verfügt habe. Eine reine Lüge, die aber zunächst die Geldscheine auf die Konten der Beteiligten rund um das angebliche Wohlbefinden Annas brachte. Ernst Kiesmann war ein Schwerenöter und geleugnet hat er es nicht mehr, nachdem Anna ihn

damals angesprochen hatte. Er war aber auch ein brillanter Geschäfts-mann und hätte deshalb nie das Privatvermögen seiner Ehefrau in seine Firmen mit einbezogen. Es gab auch für einen Mann seines Kalibers Grenzen. Wäre Anna im Kopf noch klar gewesen, bestimmt hätte sie sich einige der seltsamen Buchungsvorgänge erklären lassen.

Doch Notar Erdmann hatte die Rechnung ohne die Steuerfahnder der Finanzbehörde gemacht. Er glaubte fest daran, dort noch seinen alten Freund aus Studientagen an entscheidender Schnittstelle sitzen zu haben. Doch wie das manchmal im Leben mit Freunden so ist ...

Kapitel 6

Frauen und der Kuchen aus Geld

Immer, wenn man sich fragt, was noch an negativen Einflüssen auf das eigene Leben zukommen könnte und man glaubt, dass müsste es jetzt doch gewesen sein, wird man von einer weiteren Erfahrung überrascht. Die Frauen in Ernst Kiesmanns Leben, in diesem Fall zwei ganz bestimmte, ließen nicht locker und wollten nach wie vor etwas vom großen Kuchen der finanziellen Glückseligkeit abhaben. Schließlich war er ja nun tot und da hieß es „Ran an den Speck". Sie scheuten sich nicht, direkt an Anna heranzutreten, eine Frau, die mit ihrer Gesundheit schon genug zu kämpfen hatte. Anna hörte sich sogar die Forderungen der Geliebten ihres Mannes an. Auch, wenn sie nicht bei klarem Verstand war, wurden ihr bestimmte Ereignisse aus ihrem gemeinsamen Eheleben dabei wieder bewusst.

Sie erkannte in den Erzählungen der beiden Frauen, dass Ernst doch nicht, wie ihr damals versprochen, die Beziehungen aufgelöst hatte oder gar die von ihm bezahlten Wohnungen für sein körperliches, intimes Vergnügen gekündigt hatte. Gekündigt hatte er sie schon, aber zeitgleich auch mindestens eine weitere Wohnung in einem anderen Stadtteil angemietet. Ernst nutzte gekonnt seine Wirkung auf Frauen aus, ja, er verstand es, ihnen glauben zu machen, dass sie an seiner Seite ein schönes, luxuriöses Leben genießen könnten. Das weckte bei den Damen Träume, insbesondere von Geld, schöner Kleidung und hochwertigen Fahrzeugen, um damit zumindest nach außen hin zu zeigen, dass man zur besseren Gesellschaft gehören würde. An der Seite eines erfolgreichen Industriellen war alles möglich, vor allen Dingen die gesellschaftliche Anerkennung. Doch war es wirklich so oder wollten diese Menschen nicht eher unter ihresgleichen bleiben und erkannten sie nicht doch, wenn es Frauen aus einer anderen Schicht einfach nur auf das Geld eines reichen Mannes abgesehen hatten?

Anna wurde das alles zu viel. Gedanken über Gedanken überkamen sie. Hatte sie doch ihren Ernst trotz dieser ständigen Verletzungen geliebt. Immer wieder hatte sie ihm verziehen, ihm geglaubt, dass er den Weg zu ihr, seiner Frau zurückgefunden hatte. Doch die Realität, die Wahrheit, sah anders aus und kam erst nach und nach ans Licht. Mit jedem Detail, mit jedem weiteren Puzzlestück, dass Anna erahnte und auch erfuhr, setzte sich ein Bild zusammen, was ihr nicht gefiel.

Kapitel 7

Detektiv Klaska wird erneut beauftragt

Angeschlagen durch die Gesundheit, psychisch am Boden, Zweifel an allem, was ihr bisher im Leben so wichtig, fasste Anna einen Entschluss. Sie nahm noch mal den Kontakt zu dem Mann auf, der ihr schon einmal die Augen geöffnet hatte, dem sie vertraute und der sie trotz seiner sicherlich von vielen Menschen als zwielichtige Berufsorientierung gesehene Arbeit bisher nicht enttäuscht hatte. Ben Klaska, Detektiv mit jahrelanger Erfahrung, die er in den unterschiedlichsten Bereichen der Polizei gesammelt hatte, der mit allen Wassern der Ermittlungsarbeit gewaschen war, bekam erneut von Anna einen Anruf, mit der Bitte, sie zu besuchen. Einige Tage später, es war ein trüber Herbsttag, trafen sich die beiden in Annas Wohnung in Winterberg. Verstecken wollte sie sich nicht mehr. Wozu auch?

Anna hatte sich ein schönes Kleid angezogen, am Hals geschlossen, ein Tuch ihre Haut verdeckend. Sie hatte sich fein gemacht, wollte damit auch den Schein wahren, dass sie immer noch alles im Griff hat. Doch einem Detektiv vom Format eines Ben Klaska machte sie nichts vor. Klaska, der sicher vieles in seinem Beruf gewohnt war, erschrak, als er eine verbitterte und äußerlich um Jahre gealterte Frau vor sich sah. Er durchschaute Annas Auftritt, machte aber mit und tat so, als wenn er ihren wirklichen Zustand nicht bemerkte.

Die Zeit zog dahin, Stunde um Stunde saßen sie beisammen und Anna war überrascht, dass Klaska Alkohol ablehnte und lieber mit ihr weiter Tee trank. Das passte so gar nicht zu ihrer Vorstellung vom Leben eines Detektivs, der doch irgendwie anrüchig daherkommen müsste. Detail um Detail, Vertrag um Vertrag, Name um Name, einfach alles, was man mit Anna in ihrer harten Zeit des Alkoholmissbrauchs und ihrer sicherlich nicht mehr vorhandenen Geschäftsfähigkeit gemacht hatte, erfuhr Klaska und machte sich Notizen mit Strichen, Pfeilen und kleinen Zeichnungen, die Anna nicht verstand. Sie fragte aber nicht nach, war nur beeindruckt, wie sich der Detektiv mit diesen Wörtern und Bildern eine erste Ermittlungsstrategie überlegte, wohl einen Stammbaum der Ereignisse anlegte. Anna war an diesem Tag so klar wie lange nicht mehr.

Schnell wurde klar, dass die Recherchen Zeit in Anspruch nehmen würden, aber auch Geld war erforderlich, nicht nur für das Honorar des Detektivs, sondern auch Schmiergelder, oder mit den Worten von Klaska ausgedrückt, „Informationsanreize" mussten eingeplant werden. Ben Klaska war sich nicht sicher, ob Anna überhaupt noch über Gelder verfügen konnte, er nahm aber den Auftrag an und vertraute auf eine Frau, die sein Herz berührte und das bei einem Mann, der knallharte Observation, Dokumentation und ergebnisorientiertes Arbeiten als seine Maxime nannte.

Anna hatte abschließend noch Fragen, doch sie war zu müde, denn nach vier Stunden reden über die eigene Vergangenheit, über das Schlechte in den Menschen, die einem zunächst zur Seite standen und täglich behaupteten, doch nur das Beste zu wollen, schlauchten sie und wühlten sie zugleich auf. Ruhe und Besinnung, das waren die beiden Dinge, die Anna jetzt erst mal brauchte. Klaska ging mit den Worten: „Ich werde Ihnen helfen, einigen Menschen den Schlaf zu rauben!"

Anna Kiesmann schaute zu ihm auf und sagte ihm noch, dass sie sich bereits für einen weiteren Umzug entschieden habe, obwohl sie nach dem Auszug aus dem Traumhaus in diese Wohnung eigentlich nicht schon wieder Lust auf die damit verbundene Packerei hätte. Doch sie spüre ihren Gesundheitszustand einfach zu heftig. Sie habe einen Platz in einer Seniorenresidenz gefunden, ganz in der Nähe von Winterberg, sehr ansprechend gelegen und mit einem guten Ruf. Ein Unternehmen habe sie bereits beauftragt, für die wenigen Dinge, die sie dorthin mitnehmen könnte. Ihre Freundin Elisabeth werde sich um den Verkauf des anderen Hausrates kümmern. Den Erlös dürfte und sollte ihre Freundin auf jeden Fall behalten, schließlich sei sie immer für sie da gewesen, habe zugehört und ihr auch gute Ratschläge gegeben, von denen sie leider zu wenig befolgt habe, wie die frühzeitige Trennung.

Klaska verließ nach diesem letzten Hinweis das Haus mit einem kurzen Blick zurück auf eine vom Leben schwer gezeichnete Frau, die aber einen ganz klaren Wunsch hatte. Den wollte Klaska ihr erfüllen. Ihre Augen, wenn sie ihm aus ihren bisherigen Lebensphasen berichtete, hatten ihn gefesselt.

Als er sein Büro in einem kleinen, unscheinbaren Verwaltungsgebäude in der Teckenstraße in Dortmund erreichte, benutzte er nicht den in die Jahre gekommenen Fahrstuhl, nein, er ging durch das Treppenhaus Stufe für Stufe hinauf bis in den siebten Stock. Er dachte nach, schloss die Tür zu seiner Detektei auf und setzte sich an seinen großen, mit Zeitungen, Zeitschriften und Zeichnungen anderer Klientengespräche überfrachteten Massivholzschreibtisch. Erinnerungen kamen in ihm hoch, denn der Schreibtisch war aus der Insolvenzmasse seines verstorbenen Vaters, der mit der eigenen Druckerei die Umstellung auf die neue digitale Welt nicht geschafft hatte.

Er schaffte sich ein wenig Platz im Durcheinander seiner Unterlagen und legte die Zeichnung vor sich hin, die er während des Gesprächs mit Anna erstellt hatte. Er skizzierte Personen, die die Frauen von Ernst Kiesmann darstellen sollten, Menschen mit Aktenkoffern, wilde Striche, eben seine Art, sich in die Welt der Betrüger hineinzudenken.

Wer und wo ist die schwache Stelle im System des momentan noch Undurchschaubarem? Wie sollte er vorgehen und welchen Namen sollte er sich bei seinen Ermittlungen geben? War es sinnvoll, sich eine völlig andere Vita aufzubauen? Langsam kam er in Fahrt und war sich darüber bewusst, dass eine schwere Aufgabe vor ihm lag, die am Ende möglicherweise nur Verlierer ans Tageslicht bringen würde. Alte Verbindungen zur Polizei und den anderen Ämtern, die man so braucht, wenn man Informationen benötigt, wollte er wieder aufleben lassen. Es gab sie noch, die guten Kollegen, mit denen man andere Wege gehen konnte, als sie das Gesetz vorgibt. Geld brauchte er dafür nicht, denn man kannte sich noch aus zahlreichen gemeinsamen Polizeitagen, schätzte sich und ein Gefallen war da immer drin.

Anders als in seinen bisherigen Fällen entschied sich Klaska dazu, auf jeden Fall seine Recherchen strukturiert aufzuschreiben, denn nur so konnte er eine spätere Gerichtsverwertbarkeit herstellen. Lose Zettel, wie es sonst so seine Art war, waren hier fehl am Platz. Ebenso machte er Kopien der Dateien und zog alles von seinem Rechner im Büro auf einen Stick und schickte alles noch mal auf einen Server des Landeskriminalamtes. Dort hatte er einen dieser alten Bekannten sitzen und der verschaffte ihm Zugang zu einem Sicherungssystem. Klaska rechnete mit vielen Dingen, auch damit, dass man sein Büro durchsuchen könnte, um festzustellen, was er schon rausbekommen hatte.

Erfahrungen ließen ihn all diese Überlegungen anstellen, wie man die Recherchen, die aus polizeilicher Sicht schon klare Ermittlungen waren, am besten angehen und die Ergebnisse vor fremdem Zugriff schützen könnte. Ihm war aber noch ein viel wichtigerer Gedanke gekommen: Würde Anna die Strapazen eines langen Gerichtsprozesses überstehen, wenn es denn überhaupt zu einer beweissicheren Anklage käme? Ihm waren die Taktiken vor Gericht, die so mancher Anwalt in seiner aktiven Zeit als Polizist angewandt hatte, noch sehr gut bekannt. Eine Frau in Annas Alter und mit ihrem Krankheitsbild würde da ganz sicher sehr schnell vorgeführt und als demente ehemalige Alkoholikerin zerrissen. Kein positiver Ausblick gleich zu Beginn seiner detektivischen Arbeit.

Klaska entschied sich dennoch, diesen Weg zu gehen, weil er in den Augen von Anna deutlich gesehen hatte, was ihr die Aufklärung des betrügerischen Konstrukts bedeuten würde, um auch letztlich mit ihrem Leben in Frieden abzuschließen. Viele Jahre hatte sie sicher nicht mehr vor sich und ihr gesundheitlicher Zustand war seiner Meinung nach auch verursacht und geprägt von den unschönen Dingen, die sie über sich ergehen lassen musste: fremdbestimmt von angeblichen Freunden, umgeben von Menschen, die nur vorgetäuscht an ihrem Wohlergehen interessiert waren.

Kapitel 8

Zahlen, Menschen, Absprachen, Betrug und neue Erkenntnisse

Das erste Ziel einer gründlichen Persönlichkeitsstudie sollte Rechtsanwalt und Notar Erdmann sein. Dieser zwielichtige, eiskalte und immer im feinen Zwirn auftretende Mensch, der Klaska bereits bei Betrachtung eines Zeitungsbildes unsympathisch war. Ein typisches Bild von einer Person, die das geltende Recht nach seinen Vorteilen auslegt und manipuliert, so dachte er sofort, als er auch in öffentlich zugänglichen, juristischen Datenbanken recherchierte.

Bei vielen öffentlichen Terminen, die Erdmann wahrnahm, stand er recht häufig zusammen auf Bildern mit einem Herrn Thaler, Direktor genau der Bank, mit der Ernst Kiesmann sämtliche Firmentransfers abgewickelt hatte. Die Gelder, aus denen Anna und Ernst Kiesmann einst eine Stiftung gründen wollten, wurden auch bei dieser Bank hinterlegt und im Sinne des beabsichtigten Gründungsgedankens der privaten Stifter verwaltet, bis irgendwann mal die Stiftung auch tatsächlich ihre Arbeit aufnehmen würde. Dazu kam es jedoch nie.

Gab es diese Gelder überhaupt noch im Zugriff dieser Bank?, fragte sich Klaska. Je mehr er seine bereits im letzten Gespräch mit Anna begonnenen Skizzen mit neu gewonnenen Erkenntnissen ergänzte wurden Verbindungen klarer, die ohne das Wissen über die Verflechtungen keine schlechten Absichten vermuten ließen. Aber genau so ein Vorgehen, Vertrauen schaffen, geschultes, gebildetes Auftreten, immer eine Erklärung aus dem Hut zaubernd bei unangenehmen Fragen, war das Können der beteiligten Herren, die alle nur das Ziel der persönlichen Bereicherung vor Augen hatten.

Meister dieses Fachs war Notar Erdmann, der sich ja schon zu Lebzeiten von Ernst Kiesmann das persönliche Vertrauen von Anna erschlichen hatte. Jetzt zeigte sich auch eine Verbindung zum Steuerbüro Verlud auf, eine große Bürogemeinschaft, aber offensichtlich wurden die gewinnbringenden Mandate nur durch den Chef Robert Verlud selbst abgewickelt. Diese Menschen sind gefährlich, strahlen dem Gegenüber Zuversicht, Hilfsbereitschaft und dieses Gefühl von „Wir wollen doch nur Ihr Bestes" aus. Dann, wenn die Fallstricke gespannt sind, schlagen sie zum entscheidenden Zeitpunkt zu, genau dann, wenn diese Dagobert Ducks den Euroberg der Mandanten auf die Höhe haben wachsen lassen, dass es Zeit wird, vor einer geschickt eingefädelten Insolvenz kräftig abzugreifen. Dazu müssen eben viele verschiedene Fachrichtungen aus den unterschiedlichsten Wirtschaftssystemen sehr gut zusammenspielen, was im Fall der Eheleute Kiesmann bis jetzt hervorragend funktioniert hatte.

Allerdings bekam Klaska auch Informationen über seine Quelle aus dem Landeskriminalamt, kurz: LKA, die ihn an der Ehrlichkeit von Anna ein wenig zweifeln ließen, obwohl er sich schon denken konnte, warum sie ihm diese Dinge nicht erzählt hatte. Aus einem Polizeibericht ging demnach hervor, dass Anna vor vielen Jahren unter erheblichem Alkoholeinfluss einen Verkehrsunfall verschuldet hatte, bei dem glücklicherweise nur sie selbst und die Blechkarosse zu Schaden gekommen waren. Mit einer leichten Kopfverletzung und Prellungen konnte Anna aus ihrem Auto geborgen werden und es folgte, was unabwendbar war: Nach Auswertung einer Blutentnahme musste Anna ihren Führerschein abgeben. Dies bedeutete Einschränkung, auf andere Menschen angewiesen sein, sich nicht mehr dann zu bewegen, zumindest motorisiert, wenn Termine anstehen. Sich einfach mal spontan auf den Weg zu machen, um sich Freiräume zu schaffen, diese Dinge waren nun wohl vorbei, denn aufgrund ihres hohen Alkoholwertes im Blut, der bei 2,34 Promille lag, musste Anna eine medizinisch-psychische Untersuchung über sich ergehen lassen, wollte sie nach gerichtlich festgelegten 18 Monaten Fahrerlaubnisentzug jemals wieder an ihren Führerschein kommen. Dazu musste sie damals 2.600 Euro Geldstrafe zahlen, die Anna auf Antragstellung an eine gemeinnützige Einrichtung überweisen konnte.

Meisterjurist Schweitzer konnte da wenig für Anna tun und in einem internen Vermerk des im Verfahren beteiligten Ermittlers der Polizei fand Klaska den Hinweis, dass hier der Anwalt seinen Job nicht gerade gut gemacht hatte. Sollte er Anna darauf ansprechen, sollte er sie der Peinlichkeit aussetzen darüber zu erzählen? Brauchte er diese Informationen überhaupt für seine Arbeit?

Nein, aber es war gut, auch von Anna nach und nach ein eigenes Bild ihres bisherigen Lebens zu bekommen, und da gehörten diese Geschichten, die neben Anna auch anderen Menschen passieren, mit dazu.

Klaska entschied sich, auch die alte Nachbarschaft der Kiesmanns aufzusuchen, denn der Sorpesee, an dem sie gelebt hatten, sprach dafür, dass hier nicht innerhalb von ein paar Jahren die Mieter wechselten, weil es zum großen Teil Eigentümer waren. Also machte sich Klaska auf den Weg ins Sauerland.

Bereits beim Besuch der unmittelbaren Nachbarn kamen weitere Erkenntnisse hinzu, denn auch Nachbarn sind aufmerksam, beobachten und tratschen. Ermittler Klaska erfuhr, dass Anna im Zustand des übermäßigen Alkoholkonsums an einem Samstagnachmittag den Rasen mähte, während ihr Mann Ernst wieder mal auf Geschäftsreise war oder einer seiner Sekretärinnen noch etwas zu diktieren hatte, so eine ausschweifend erzählende Nachbarin. „Wir wussten hier doch alle, was unser Nachbar für ein Schwerenöter war. Und seine Frau hat dann eben ihr Heil im Alkohol gesucht", erzählte sie.

Auf jeden Fall soll Anna mit einem so genannten Aufsitzrasenmäher, also praktisch einem kleinen Traktor mit Mähwerk, über eine Natursteineinfassung ihres geliebten Rosenbeetes gefahren sein und gleich so, dass der kleine Traktor festsaß und das gesamte Fahrwerk kaputt war. Anna soll laut geflucht haben und wenige Minuten danach sei einer dieser Notare oder Rechtsanwälte vorgefahren und habe mit ihr im Garten gestanden. Sie hätte sich an seine Schulter gelehnt und geweint. Vorher soll sie telefoniert haben, wie die Nachbarin gesehen haben wollte. Wieder einige Zeit später sei dann ein kleiner Transporter mit Anhänger vorgefahren und zwei Personen in Arbeitskleidung hätten den Traktor aus dem Garten geholt, verladen und abtransportiert.

Tage später hätten genau diese Männer mit demselben Fahrzeug den Mäher bzw. kleinen Gartentraktor zurückgebracht und in die Garage gestellt. Sicher, dass kann jedem passieren, der sich mit Gartenarbeit beschäftigt, aber es zeigt im Fall von Anna, welche Auswirkungen ihr Alkoholmissbrauch auf ihr Leben hatte.

Andere Nachbarn berichteten von lautstarken Auseinandersetzungen mit ihrem Mann Ernst, der danach oft das Haus verlassen habe. Anna habe dann oftmals in der Tür gestanden und gerufen: „Fahr doch zu deinen Huren, was anderes sind diese Weiber doch nicht!" Einmal habe Ernst sie sogar fast unbeabsichtigt umgefahren, als er seinen Wagen aus der Garage rückwärts setzte und Anna plötzlich dahinterstand. Szenen dieser Art wären fast alltäglich gewesen. Anfangs habe sie peinlich berührt gewirkt, wenn die Nachbarn zufällig vor dem Haus oder in ihren Gärten gewesen sind. Doch irgendwann habe Frau Kiesmann ihr Ansehen gar nicht mehr gestört.

Anna Kiesmann wurde aber unisono von allen aus ihrem direkten Lebensumfeld als freundliche Frau beschrieben, die es einfach nicht geschafft hat, ihren Mann Ernst für sich zu gewinnen. Die Fassade der Unternehmerfamilie sollte irgendwie aufrechterhalten werden, weil man in der Gesellschaft keinen Spießrutenlauf und Getuschel auf Empfängen möglichst vermeiden wollte. Gelungen ist dieses Vorhaben aber ganz eindeutig nicht.

Kapitel 9

Der Irrsinn einer Vollmacht. Ein kleines, aber sehr wichtiges Kapitel

Was können Vollmachten anrichten, wenn sie zu einem falschen Zeitpunkt mit eben einem Menschen, der sich Freund, Anwalt und Notar nennt anrichten? Eine Menge! Oh ja! Ernst Kiesmann hatte noch zu Lebzeiten aufgrund der immer weiter fortschreitenden Alkoholabhängigkeit seiner Ehefrau, seinem „Freund" und Notar Erdmann eine Generalvollmacht beurkundet ausgestellt. Anwalt Schweitzer hatte es damals so vorgeschlagen, wahrscheinlich mit weiser Voraussicht für den Fall der Fälle. Wenn Ernst da eine noch so kleine Vorahnung gehabt hätte, welches Spiel zu dem Zeitpunkt bereits Fahrt aufgenommen hatte, wäre das Stück besiegeltes Papier sicher nicht unterzeichnet worden. Dadurch aber, dass es existent war, war Anna jetzt den Machenschaften dieser Männertruppe hilflos ausgeliefert. Die Vollmacht war zudem auch genau auf diese beiden Herren ausgestellt, so dass sie sich nun alle gegenseitig bedienen und gleichzeitig decken konnten.

Dieses Konstrukt wurde Ben Klaska klar, nachdem er lediglich Zeitungsrecherchen betrieben und seine alten Bekannten bei Gericht zum Mittagsessen eingeladen hatte. Geschickt bekam er so raus, was dort in hinterlegten Dokumenten formuliert war.

Kapitel 10

Die Begegnung und erste gemeinsame Schritte

Als Klaska die Kantine des Landgerichtes Hagen verließ und noch damit beschäftigt war, sein Tablett wo auch immer abzustellen, fiel sein Blick plötzlich, wie von einem Automatismus gesteuert, zur Eingangstür.
War sie es wirklich? Nein, konnte doch nicht sein, denn sie hatte seiner Meinung nach doch die Region verlassen und war sogar in ein anderes Bundesland, eventuell Baden-Württemberg gezogen. Es musste eine Einbildung sein – oder doch Realität?

Wen meinte Klaska damit?

Zu seiner aktiven Zeit bei der Polizei hatte er immer wieder Kontakte zu vielen Rechtsanwälten und die Anwältin Julia Richter war zu einer Freundin geworden. Mehrfach telefonierten sie damals in einer normalen Arbeitswoche und tauschten sich über ihre Fälle aus, in die sie involviert war. Man respektierte sich, eben nicht dieses oftmals übliche Verhalten zwischen Polizisten und Anwälten, wenn es zum Schlagabtausch vor Gericht kam. Sie war hart in diesen Hauptverhandlungsterminen, aber wenn ihr Blick ihn dabei zwischendurch traf, wusste Klaska immer ihre eigentlichen Gedanken zu lesen und die ließen erst gar nicht zu, dass er auch nur ansatzweise verärgert war.
Klaska verabschiedete sich schnell von seinem Kontakt bei Gericht und lief dieser Frau mit seinem Tablett recht ungeschickt, aber beabsichtigt in den Weg.
„Entschuldigung!", sagte er und da war er, dieser Blick, den man einfach nicht vergessen konnte. Sie stand wie versteinert vor ihm, schaute ihn an und fragte: „Ben?"

Eine Szene, wie sie wahrscheinlich nur Filmbuchautoren schreiben können. Klaska wurde unruhig, nervös, ein leichtes Frieren überzog seine Haut. Das passte nicht zu ihm und vor allen Dingen seine Sprachlosigkeit war beeindruckend ungewöhnlich.

Julia Richter fasste sich schneller und lächelte ihn an. Klaska fühlte sich wie vom Blitz getroffen, rang nach Worten, versuchte Sätze im Kopf zu formulieren, doch schaffte es nicht, auch nur einen halbwegs vernünftigen Satz auszusprechen. Es war eine einzigartige Atmosphäre und Klaska fiel erst aus diesem Zustand, als er die Frage hörte: „Hast du vielleicht noch Zeit für einen Kaffee?"

„Na klar!", antwortete er, wohl wissend, dass er diese Zeit eigentlich nicht hatte, weil er sich noch einen weiteren, wichtigen Termin in Sachen Anna Kiesmann gemacht hatte.

Sie holten sich beide einen Kaffee und setzten sich an einen Tisch in einer ruhigen Ecke. Das Eis des Wiedersehens war gebrochen und man redete und redete von früher, von alten Zeiten und dem gegenseitigen Respekt, der sicher ungewöhnlich war zwischen einem Ermittler und der gestandenen Anwältin. Es war eine große Herzlichkeit vorhanden und Klaska vertraute ihr sofort wieder, genau wie vor vielen Jahren, als er sich erhofft hatte, dass einmal mehr aus dieser Freundschaft werden könnte.

Er erzählte ihr von seinem neuen Fall und wie schwierig die Ermittlungen sind, weil Berufskollegen aus der Anwaltsbranche ein übles Spiel betreiben würden. Die Zeit verging wie im Flug und der Kaffee wurde kalt. Ein Umstand, über den sie früher so oft gelacht hatten. Wenn ihre Gespräche erst einmal Fahrt aufnahmen, vergaßen sie sehr häufig, ihre bestellten Getränke oder Speisen auch einmal im warmen Zustand zu genießen.

Spontan, nach über 3 Stunden Kantinengespräch, während rings um sie herum schon alle Tische gesäubert wurden und man sie mehrfach darauf hingewiesen hatte, dass man aber nun doch schließen möchte, fragte Ben Klaska: „Kannst du dir eventuell in Sachen Anna Kiesmann eine Kooperation vorstellen?" Er bot ihr an, dass Honorar zu teilen. Hilfe, und dann noch mit fachlicher Kompetenz, konnte er gebrauchen und wenn es dann noch diese Frau sein könnte, wäre es optimal. Ihre Kanzlei hatte Julia

Richter in Castrop-Rauxel eröffnet, „Am Stadtgarten", hatte sie Klaska kurz berichtet.

War es wirklich nur der Fall Anna Kiesmann? Waren da nicht doch Gefühle Auslöser für seine Frage? Klaska blühte innerlich auf, auch äußerlich kehrte sein kleines, verstecktes Lachen zurück. Der als eiskalt geltende Ermittler zeigte plötzlich, dass er doch einen Schmelzpunkt hatte.

Sie fühlte sich geehrt, weil es ihr zeigte, wie sehr Klaska ihre Arbeit schätzte und ihr war es wichtig, wieder im alten Lebensbereich Fuß zu fassen. Hinter ihr lagen keine schönen Jahre, denn gewisse Vorfälle hatten ihre Vorstellungen von Familie und Beruf anders werden lassen.
„Ja, klar!", war deshalb die einzig richtige Antwort von ihr.

Auf dem Gerichtsparkplatz verabschiedeten sie sich mit einem schnellen Wangenkuss, hielten jedoch lange ihre Hände zum Abschied. Sie vereinbarten einen zeitnahen nächsten Termin, um die Sache Anna Kiesmann detaillierter zu besprechen, dann stiegen beide in ihre Autos. Klaska saß noch einen Moment regungslos auf dem Fahrersitz und schaute ihr hinterher, dann startete auch er den Motor und versuchte, seine Gedanken zu ordnen.

Was war heute passiert?

Kapitel 11

Die Veränderung

Ein großer Auftrag für seine Detektei und dann läuft ihm per Zufall seine Freundin aus den hinter ihm liegenden Jahren über den Weg und sofort werden bei Klaska Erinnerungen an diese Zeit wach. Die Konzentration fällt ihm schwer. Er fragt sich immer wieder, ob er damals nicht doch einen Fehler gemacht hat, als er ihr seine Liebe nicht gestanden hatte. Er hatte eigentlich nie erfahren, wie sie, die attraktive Anwältin, ihn sah. Das Thema hatten beide wahrscheinlich bewusst immer vermieden, möglicherweise die Angst vor der Antwort meidend.

Klaska fuhr los und plötzlich wurde es in seinem Auto taghell. Man hatte ein wunderschönes Foto von ihm bzw. seinem Fahrzeug gemacht, denn auf die Einhaltung von Geschwindigkeitsvorgaben hatte er weiß Gott nicht geachtet. Schnell überlegte er, ob es ein hoher Wert gewesen war, denn seinen Führerschein brauchte er gerade jetzt täglich, um seine Recherchen durchzuführen. Mit öffentlichen Verkehrsmitteln würde er da ein Problem bekommen.

Sollte er einen alten Kumpel bei der Kreisverwaltung anrufen, um nachzufragen? Klaska entschied sich, dies zunächst nicht zu tun und abzuwarten, bis der schriftliche Bescheid auf seinem Schreibtisch lag. Lehrgeld muss man schließlich auch noch im reifen Alter zahlen und da er genau wusste, wo im Moment der Geschwindigkeitsmessung seine Gedanken waren, war er auch bereit das Bußgeld gerne zu zahlen. Nur eben bitte kein Fahrverbot.

Noch während der Fahrt zu seinem Büro signalisierte ihm sein Handy den Eingang einer Nachricht. Klaska vermied es nachzusehen, denn wer wusste, wo seine ehemaligen Kollegen gerade die Straßen kontrollierten. Noch eine Anzeige wollte er nicht riskieren. Er ahnte, hoffte es auch, zu wissen, wer ihm da schrieb. Schnell parkte er vor dem Haus, in dem sich sein Büro befand, griff in die Mittelkonsole und blickte auf sein Handy. Ja, die Nachricht war von ihr, Julia Richter. Sie bedankte sich für das nette Gespräch und schrieb ihm noch, dass sie auf eine baldige Wiederholung hoffte, auch gerne außerhalb der gemeinsamen Ermittlungen, die sie in Sachen Anna Kiesmann vereinbart hatten. Ben Klaska durchfuhr ein warmes, sich mit einer Gänsehaut abwechselndes Gefühl, er war aufgeregt, obwohl sie nicht mal in seiner Nähe war. Es machte ihm fast schon Angst, dass er, sonst wie ein Fels in der Brandung was sein berufliches Vorgehen betraf, derart auf seine alte Bekannte reagierte.

Er schrieb ihr sofort zurück, bedankte sich ebenfalls noch einmal und überlegte noch beim Schreiben der Nachricht, ob er sie vielleicht schon für den nächsten Tag zum Essen einladen sollte. Er tat es nicht, löschte den Teil seiner Nachricht, denn er wollte sie nicht sofort in diesem Umfang belästigen. Dezent, mit Stil, so wollte er es angehen. Außerdem war ihm klar, dass die Recherchen im Fall Kiesmann unabdinglich viele Termine zur Folge haben würden und man sich dabei vielleicht auch näherkommen könnte.

Klaska wollte es langsam angehen lassen, obwohl seine Seele auf Vollgas plädierte, aber er blieb bei seiner Meinung, um nicht gleich mit der Tür ins Haus zu fallen. Er wollte sie nicht verletzen, kein unbedachtes Wort sagen oder sonst wie eine Charakterschwäche zeigen. Alles zu seiner Zeit und immer im respektvollen Umgang, ein ganz neuer Klaska, der sich plötzlich von der gefühlvollen Seite zeigte.

Erschrocken über seine eigenen Gedanken schloss er die Tür zu seinem Büro auf. In diesem Moment wurde ihm klar, dass er hier erst mal aufräumen musste, um einen organisierten Eindruck bei Julia Richter zu hinterlassen. Er wusste noch aus der Vergangenheit, wie sehr sie es schätzte, strukturiert, geplant und mit Ordnung in ihren Akten einen Fall zu bearbeiten.

Er schaute sich um, ließ seinen Blick im Büro schweifen und machte sich ein Konzept, wie er es angehen könnte, mit diesem Büro zumindest ein wenig Eindruck zu machen. Müllsäcke, wo waren sie, hatte er überhaupt welche? In seinem kleinen Hauswirtschaftsraum, winzig, aber mit dem Nötigsten an Reinigungsutensilien bestückt, fand er noch einen

Rest einer Rolle und legte los.

Was kann weg, was brauche ich noch, was sollte ich in den Reißwolf werfen, wie kann ich die Ablage übersichtlich gestalten? Eben die Fragen, die Ordnung in sein Ermittlerbüro bringen sollten, wohl wissend, dass ihm eigentlich die Zeit fehlte, denn der Fall Kiesmann erledigte sich nicht von allein.

Klaska merkte schnell, dass ihm für seinen spontanen Ordnungstrieb auch Bürosysteme fehlten, aber dafür gab es ja schließlich Geschäfte. Er sortierte aus, machte sich Stapel auf dem Fußboden, überschaute schnell jedes Blatt und versuchte, es auf den richtigen Berg zu legen. Heften konnte er später, ablegen ebenfalls, jetzt musste überhaupt erst mal so etwas wie ein System her.

Unaufhörlich ging er seine Schubladen durch, durchforstete seine alten Holzregale, fand dabei auch noch alte Aufzeichnungen, die er teilweise nicht mehr zuordnen konnte. Zwischenzeitlich kam ihm selbst der Gedanke, dass dieses Vorgehen in seinem Büro eigentlich schon früher hätte stattfinden müssen. Bloß dranbleiben, dachte er immer wieder, jetzt nicht einbrechen. Der Gedanke an die Anwältin trieb ihn an, aber auch die Tatsache, dass es für seinen Arbeitsalltag von Vorteil wäre, einen ordentlichen Büroaufbau zu haben.

Er schaute auf die Uhr und bemerkte, dass es bereits kurz vor 1 Uhr am Morgen war und er jetzt wohl keinen geöffneten Büroshop mehr finden würde. Aber ein Schnellrestaurant hatte sicher noch auf und eine kleine Belohnung hatte er sich verdient. Nahrhaft hin oder her, Hauptsache eine Kleinigkeit für den Magen. Klaska fuhr los und bestellte sich das, was er eigentlich immer nahm, ein kleines Menü und er setzte sich auch an den Tisch, wo er schon so oft gesessen und nachgedacht hatte, wenn es um seine Fälle ging.

Heute wechselten sich die Gedanken ab. Fall Kiesmann, Julia Richter und sein Umbruch in der Büroorganisation. Auf der Papierunterlage des Tabletts fing er an, seine schon bekannten Aufzeichnungen zu machen, wenn ihm Gedanken oder Vorgehensweisen in den Kopf kamen. Nachdem er dort eine ganze Zeit gesessen hatte, verließ er den Imbiss und fuhr in seine Wohnung. Er schaltete den Fernseher ein, um sich abzulenken, bevor er noch wenigstens ein paar Stunden schlafen wollte.

Er lag im Bett und verschwand zwischendurch in einen leichten Schlaf seiner eigenen Gedankenwelt.

Am nächsten Morgen stand er früh unter der Dusche, ein schneller Kaffee und los ging es zum Büroshop, deren Mitarbeiter ihn eigentlich nur zweimal im Jahr sahen, immer nur dann, wenn ihm Kleinigkeiten fehlten. Diesmal war alles anders. Klaska fragte sofort nach einer Beratung, schilderte sein Problem, seine Wünsche und fragte konkret nach, wie man das mit Ordnungssystemen in den Griff bekommen könnte.
Ein Einkaufswagen reichte nicht, ein zweiter, ja ein dritter Wagen musste dazu genommen werden, wobei einige Dinge bestellt werden mussten, aber eine zeitnahe Lieferung versprochen wurde. Ein komplettes Regalsystem hatte er letztlich auch gekauft und stand nun vor dem Problem, wie er das alles in seinem Fahrzeug transportieren sollte. Egal, dann musste er eben mehrfach fahren und genauso kam es dann auch.

Gegen Mittag hatte Klaska alles im Büro und legte los. Zwischenzeitlich blinkte sein Anrufbeantworter und auf seinem Handy waren auch Nachrichten eingegangen. Seine alten Freunde aus Polizeitagen baten um Rückruf, denn es gab offensichtlich Neuigkeiten, die im Fall Kiesmann einen weiteren Schritt nach vorne bedeuten konnten.
Aber eine Nachricht erfreute ihn besonders. Sie war von Julia Richter, die ihm auf sein Band gesprochen hatte, dass sie an seiner Bürotür war, ihn aber leider nicht angetroffen hatte. Glück gehabt, dachte sich Klaska, denn er war ja noch mittendrin in seiner Umgestaltung. Klaska rief sie wenigstens kurz zurück und schilderte ihr mit einer kleinen Notlüge, dass er unterwegs gewesen sei, um neue Erkenntnisse im gemeinsamen Fall zu gewinnen und man verabredete sich für den nächsten Tag in ihrem Büro.
Jetzt musste Klaska aber wirklich Gas geben und legte erneut los. Handwerklich geschickt schaffte er den Aufbau seiner neuen Errungenschaft, ein optisch sehr ansprechendes Regal, recht schnell. Ordner aufstellen, aufräumen, sortieren, einfach alles irgendwie ansehnlich machen. Mit seiner Beschriftungsmaschine markierte er sogar die Aktenrücken. Und Blumen, ja Blumen mussten noch her.

Sie liebte Mohnblumen über alles, aber die konnte er ja schlecht für die Vase bekommen. Weiße und gelbe Rosen mochte sie allerdings auch. Das nahm er sich für den nächsten Tag vor und irgendwie zwei schöne Bilder sollten es auch noch sein. Irgendwas mit Bergwelten, einem Bergsee, sie liebte doch die Berge und das Bergwandern. Da sollte sich doch etwas Ansprechendes finden.

Der Tag ging zu Ende und Klaska konnte nur noch kurz seinen Kumpel vom LKA zurückrufen und dessen Rechercheergebnisse erfragen. Erkenntnisse, die er am nächsten Tag bereits mit Julia Richter besprechen wollte. Dann schlief er tatsächlich mal ein, allerdings auf seiner Couch im Büro und nicht zu Hause im Bett.

Kapitel 12

Erste gemeinsame Ermittlungen

Am nächsten Morgen, mit verdrehten Knochen und mit entsprechenden Schmerzen von seiner Nacht auf der dann doch eher unbequemen Couch, stand Klaska mit einer Tasse Kaffee vor seinem Schreibtisch und sortierte einige seiner Aufzeichnungen im Fall Anna Kiesmann. Woher die Verbindung zwischen all den Personen, die er mittlerweile in seine Ermittlungen mit einbezogen hatte? Irgendwo musste doch der Schlüssel zu den sauber eingefädelten Vorgängen rund um das Vermögen der Kiesmanns liegen. Sah er da vielleicht etwas nicht?
Finanzgeschäfte waren nicht gerade das Spezialgebiet von Klaska, als er noch aktiv bei der Polizei beschäftigt gewesen war. Eher die harten Jungs, die klar strukturiert vorgingen und in seinen zahlreichen Vernehmungen Vertrauen zu ihm aufbauten, um ihm dann die kriminellen Abläufe ihres Handelns zu erzählen. Hier aber war er in einem Sumpf von Verstrickungen. Geschickter Finanzjunglage mit deutlicher Ausrichtung zum zielgerichteten Betrug, das war sein derzeitiges Ermittlungsumfeld.

Wo konnte er mit Julia Richter zusammenarbeiten? Wie konnten sie vorgehen und sich dabei gegenseitig Rückendeckung geben? Klaska war es wichtig, seine durch einen Zufall wiedergetroffene Freundin nicht in Gefahr zu bringen, schließlich hatte er den Auftrag mit allen Risiken angenommen.
Er schaute auf seine Uhr, es war erst kurz vor acht. Zu früh für einen Anruf bei Julia, dachte er. Er fuhr in seine Wohnung, um zu duschen, frische Klamotten anzuziehen und wollte danach versuchen, sie telefonisch zu erreichen, um das weitere Vorgehen abzusprechen.
Nach gut einer Stunde war Klaska salonfähig und rief die Anwältin an.

Freundlichkeit auf beiden Seiten und er redete sich ein, dass sie auf seinen Anruf gewartet hatte. Julia Richter war gut drauf und sprühte vor Ideen, wie man den gemeinsamen Fall angehen könnte und welche Schritte noch nötig wären, die Klaska bisher noch nicht überlegt hatte. Gemeinsamer Fall? Klaska freute sich über diese Formulierung und er hatte wieder diese Hoffnung in sich, dass es zwischen ihnen beiden dann diesmal auch auf der persönlichen Schiene funktionieren könnte. Er nahm sich vor, anders zu sein als vor vielen Jahren, eben offener und nicht so verstockt mit seinen antiquierten Ansichten. Sie verabredeten sich zum gemeinsamen Mittagstisch. Klaska hatte ein kleines Café vorgeschlagen, wo man Hausmannskost bekam und die Betreiberin ihm bekannt war.

Gegen 12.30 Uhr trafen beide ein. Klaska ging zu Fuß, einige Minuten an der frischen Luft taten ihm gut. Als er auf das Café zuging, sah er sie gerade mit ihrem Auto einparken. Er blieb stehen und beobachtete, wie Julia Richter ausstieg. Sie trug ein Kostüm, ging sich mit der Hand noch einmal kurz durch die Haare und ging dann auf den Eingang zu. Klaska bewegte sich nun auf sie zu und schaffte es noch soeben, ihr die Tür aufzuhalten. Sie hatte sich ein wenig erschrocken, als plötzlich jemand hinter ihr stand.

Sie setzten sich an einen schönen Tisch, denn das von Klaska ausgewählte Café war mit alten Möbeln eingerichtet und kam wahrscheinlich auch deshalb so gut an. Die Wirtin freundlich, nett und ihre Tagesspeisen erklärend, erkannte sofort, dass ihre neuen Gäste wohl nicht nur berufliche Interessen miteinander vereinten.

Klaska entschied sich schnell für eine Linsensuppe und Julia Richter war einfach nur begeistert vom gesamten Angebot und konnte sich nicht richtig entscheiden oder besser gesagt, sie brauchte Zeit. Es kamen Erinnerungen hoch, an die Zeit, als ihre Mutter noch lebte und sie mit genau diesen Speisen verwöhnte. Klaska war erstaunt, denn er dachte bisher, dass sie doch eher die gehobene Küche genießen würde und deshalb war er glücklich, offensichtlich ihren Geschmack getroffen zu haben. Irgendwann war auch Julia Richter mit ihrer Bestellung fertig und sie ließ sich genau erklären, wie die Wirtin ihre Kürbissuppe zubereitete.

Dann ging es direkt ums Geschäft. Klaska erzählte von seinen bereits durchgeführten Recherchen und Julia Richter versuchte sich in die Situation der beteiligten Anwälte zu versetzen. So schräg, wie ihre Berufskollegen gedacht hatten, konnte man kaum denken, es sei denn, es steckte ein ausgeklügelter Betrug dahinter.

Verschiebungen von Geldern auf Banken im Ausland, und das in Millionenhöhe, können nur gelingen, wenn an den Schnittstellen geschmiert wird, da war sie sich ganz sicher. Genau darum ging es: diese Geldflüsse nachzuvollziehen und die benutzten Konten konkreten Personen zuweisen zu können.

Es hörte sich einfach an, war aber mehr als schwierig, denn die noblen Herren transferierten natürlich nicht mit ihren Klarnamen, also den richtigen und bekannten Namen, sondern mit nicknames, mit frei erfundenen Namen. Wenn man an diese Liste, die mit Sicherheit jemand irgendwo in einem Tresor deponiert hatte, rankommen würde, ließe sich schon ein großes Stück des Betruges rund um die Witwe Anna Kiesmann klären. Zumindest aber würden die Wege des verschwundenen Geldes klarer.

Diese Aufgabe musste Ben Klaska übernehmen, denn die Rechtsanwältin wollte verständlicherweise mit ihrem Tun die vorgegebenen Rechtswege nur ungern verlassen. Sollte es zu einer Anklage kommen, müsste ihr Leumund einwandfrei sein. Die Gegenseite würde mit Sicherheit große Geschütze auffahren und strategisch nach Fehlern, nach schwarzen Flecken in der Vergangenheit der gegnerischen Partei suchen. Sie hatte Erfahrungen mit derartigem Vorgehen und wollte schlichtweg gut vorbereitet sein. Klaska verstand den Plan und es war ihm bewusst, dass er die sicher auch nicht ganz ungefährlichen Ermittlungen durchführen musste. Auch ihm war es wichtig, dass die Vorbereitung einer Anklage auf sicheren Füßen steht und eine unsaubere Medienschlacht zum Nachteil „seiner" Rechtsanwältin unbedingt vermieden werden musste.

Julia Richter wollte zunächst die offiziellen Wege bei Gericht ausschöpfen, um auf legalem Weg in den Grundbuchauszügen Ansätze für den kalkulierten Betrug an Anna Kiesmann zu finden. Sie hatte alte Bekannte im Grundbuchamt und mit ihrer freundlichen Art sollte sie an die benötigten Auskünfte kommen, denn es galt, einen Ansatz für den ersten Hebel auf dem Weg zur Wahrheit zu finden.

Vorsichtiges Agieren war angesagt, nicht blindes Hineinlaufen in den Porzellanladen. Klaska fand das beim Mittagessen vereinbarte Vorgehen gut. Nachdem sie schon viel länger dort gesessen hatten, als es ihre Zeit erlaubte, bezahlten sie schnell und trennten sich mit einem langen Blick unmittelbar vor der Tür des Cafés, welches von nun an ihr Treffpunkt werden sollte.

Julia Richter bot an, dass Klaska sie auch hin und wieder in ihrer Kanzlei besuchen könnte. Um Gerüchten vorzubeugen, vereinbarten sie Treffen außerhalb der offiziellen Bürozeiten. Die Anwältin nahm sich Klaskas bisher zusammengestellte Unterlagen im Fall Anna Kiesmann mit, um sich eine Zweitschrift anzulegen. Diese wollte sie im Tresor aufbewahren, denn man weiß ja nie, was in einem solchen Verfahren alles passieren kann. Ihre Kanzleimitarbeiter sollten ebenso außen vor bleiben. Alle erforderlichen Telefonate und Schreiben wollte sie selbst erledigen, um den Kreis der Mitwissenden möglichst klein zu halten. Das hatte sie von Klaska früher schon gelernt: nur an den Stellen etwas erzählen, die einen auch weiterbringen können, und die Information auf das Notwendigste beschränken.

Klaska hingegen machte sich auf den Weg, um Anna Kiesmann zu besuchen. Er wollte sie einweihen in die neue Strategie und wollte ihr auch von Julia Richter erzählen, aber ohne ihren richtigen Namen zu nennen. Sicherheit ging vor, um bloß keine schlafenden Hunde bzw. in dem Fall auf Augenhöhe vorgehenden Kollegen aufmerksam zu machen. Würde es geschehen, dass da jemand Lunte riecht, dann wäre die Folge, dass sehr schnell die benutzten Geldtransferwege von Anna Kiesmann noch schwieriger enttarnt werden könnten und der gesamte Erfolg der strafrechtlichen Aufdeckung wäre gefährdet. Dieses Ziel wollte Klaska aber auf jeden Fall nicht aus den Augen verlieren, auch wenn er momentan sehr stark spürte, wie sehr er sich von der Anziehungskraft seiner alten Freundin teilweise ablenken ließ.

Kapitel 13

Eine zufällige Entdeckung

Klaska fuhr noch schnell in sein Büro und wollte weitere Unterlagen holen, die er zwischenzeitlich fein säuberlich in einer Mappe abgeheftet hatte, um sie Anna Kiesmann zu zeigen. Seine Auftraggeberin sollte sehen, wofür sie ihn bezahlte, sollte einfach auch schon mal Etappenziele schwarz auf weiß von ihm vorgezeigt und erklärt bekommen. Schnell suchte er noch seine Liste mit den Kontaktadressen auf, nahm mehrere Zettel von seinem Schreibtisch, auf denen Julia Richter ihre Gedanken zum Fall Kiesmann aufgeschrieben hatte, und legte alles in die Mappe. Dann machte er sich auf den Weg, um Anna Kiesmann zu besuchen. Er rief extra nicht vorher an, er wollte sie überraschen. Klaska hoffte einfach, dass ihr Allgemeinzustand an diesem Tag gut sein würde.

Während der Fahrt verloren sich seine Gedanken immer wieder zwischen den strategischen Überlegungen des Falls und den Gedanken um die plötzlich wieder in seinem Leben seiende Rechtsanwältin Julia Richter. Konnte das denn alles Zufall sein? Wie dachte sie wohl über das unerwartete Wiedersehen nach so vielen Jahren? Machte er sich da vielleicht etwas vor oder wünschte er sich einfach nur, dass sie zumindest ähnliche Gedanken hatte? Gedanken wie er, der nun plötzlich merkte, dass er ein Mensch mit tiefen Gefühlen war, die er in seinem zurückliegenden Leben bislang noch nie erlebt, geschweige denn auch nur mal ansatzweise gespürt hatte.

Nach gut 50 Minuten erreichte Klaska Annas Wohnung. Er nahm die Mappe mit den gesammelten und geordneten Informationen vom Beifahrersitz und während er schon einen Fuß aus dem Auto gesetzt hatte und sich umdrehen wollte, bemerkte er, wie einige Blätter in den Fußraum fielen, die er zuvor noch ungeheftet in die Mappe gelegt hatte.

Klaska beugte sich in den Fußraum der Beifahrerseite seines Autos und hob die Blätter auf. Ein Blatt hatte sich zwischen Sitz und Mittelkonsole gelegt, auch das bekam er mit etwas Geschick zu fassen. Er legte sich die Mappe auf seine Oberschenkel und wollte seine teils lose Blattsammlung schnell neu ordnen.

Aus diesem Grund überflog er kurz das auf den Blättern Geschriebene und machte eine Entdeckung, die ihn minutenlang im Fahrzeug sitzen ließ. Von Hand geschrieben, in einer für ihn beeindruckenden Schreibschrift, fand er offensichtlich von Julia Richter niedergeschriebene Gedanken, die so gar nichts mit dem Fall, aber möglicherweise mit ihm, Ben Klaska, zu tun hatten.

Auf zwei Blättern stand folgendes geschrieben:

Unsere Wege haben sich gekreuzt, immer und immer wieder.
Wir gehen auf der Stelle, wer wagt den ersten Schritt?
Die Angst führt uns auseinander, die Feigheit hält uns zurück.

Wir kreisen umeinander, nur für einen Augenblick.
Fang endlich an zu leben, geh mal aus dir heraus, ich spreche mit meinem Spiegel oder ist es dein Zuhause?
Der Sinn des Lebens, glaube mir, beginnt mit jedem Tag aufs Neue.
Ich weiß, wovon ich rede, da ich ihn immer scheue.

Es gibt einen Ort, den möchte ich sehen. Ich werde ihn finden, doch wie?
Ich lasse mich leiten vom Wind, der mir etwas erzählt, nur was?

Ich habe einen Traum, in ihm wird mir klar, was ich dort finde, nur wo?
Ich gehe einfach mal los, der Weg ist das Ziel.

Ich spüre ich komme an, denn du bist schon hier.

Klaska war sprachlos, aufgeregt und durcheinander. War er denn gemeint oder gab es da im Leben seiner Rechtsanwältin noch jemand anderen, den er nicht kannte, denn schließlich hatte man sich Jahre aus den Augen verloren. Waren es aktuelle von Julia notierte Gedanken und hatte sie sie nach dem unerwarteten Treffen mit Klaska niedergeschrieben? Wie kamen diese wunderschönen Gedanken auf seinen Schreibtisch? Was sollte er tun, sie darauf ansprechen?

Klaska versuchte, sich zunächst innerlich zu ordnen. Er wollte auf jeden Fall noch mit Anna Kiesmann den Fall besprechen, auch wenn er seine Mitte, seine Konzentration suchte, um mit Anna ein ordentliches Gespräch zu führen. Klaska faltete die Blätter mit den Gedanken der Anwältin und steckte sie in seine Jacke, bewusst oder unbewusst, er benutzte die linke Innentasche, dort, wo das Herz schlägt. Dann stieg er aus und ging auf Annas Haustür zu. Nachdem er geschellt hatte, dauerte es einen Moment, bevor sich die Tür langsam öffnete und Anna ihn mit einer Gehhilfe in der Hand begrüßte. Sie erkannte ihn sofort, freute sich und bat ihn freundlich hinein. Klaska sah sich um, die Wohnung wirkte aufgeräumt, einige Fenster standen auf Lüftung, es wirkte auf ihn so, als wenn Anna ihn erwartet hätte. Anna hatte seit Jahren eine Haushaltshilfe, doch diese Frau sah er an diesem Tag nicht.

Anna führte ihn ins Wohnzimmer und bot ihm einen Platz an. Als sie saßen, fragte sie Klaska: „Möchten Sie einen Kaffee, Tee oder trinkt ein Detektiv lieber härtere Sachen?"

Ben Klaska musste lachen, welches Bild hatte diese reife Frau vom Leben eines Privatermittlers? Er entschied sich für einen Kaffee und fragte nach, ob er die Küche benutzen dürfte, um Anna den beschwerlichen Weg abzunehmen. Sie willigte ein und bedankte sich. Klaska ging in die Küche und rief ins Wohnzimmer: „Frau Kiesmann, wo finde ich den Kaffee und Filtertüten?"

„Oben rechts im Schrank, in der Mitte, Sie sehen das, wenn Sie die Schranktür öffnen", war Annas Antwort.

Tatsächlich, wie beschrieben fand Klaska es vor. Orientieren konnte Anna sich offensichtlich noch. Klaska machte schnell und stellte die Kaffeemaschine an. „Es dauert noch ein paar Minuten, Frau Kiesmann, aber dann trinken wir erst mal einen frischen Kaffee zusammen."

Anna nickte zustimmend und fragte dann nach dem unerwarteten Grund seines Besuchs. Klaska berichtete ihr von seinen bisherigen Recherchen und kam dann an die Stelle, wo es für ihn gut passte, Anna von der

Rechtsanwältin Julia Richter zu erzählen. „Ich habe da eine gute Freundin aus früheren Zeiten wieder getroffen. Sie kann uns helfen, sie ist Rechtsanwältin und ich habe ihr bereits erzählt, um was es geht."

Anna war zunächst entsetzt, denn sie befürchtete nichts Gutes, wenn eine weitere Person die doch sehr vertraulichen Inhalte kennen würde, dazu auch noch eine Anwältin. Klaska beruhigte sie und bot an, einen nächsten Termin zu vereinbaren, zu dem er dann Julia Richter mitbringen und ihr vorstellen wollte. Damit war Anna einverstanden und wirkte ruhiger, sie vertraute diesem Mann und er spürte das. Sie tranken gemeinsam noch Kaffee und dabei erzählte er ihr noch über seine Erkenntnisse bezüglich der Herren Schweitzer und Erdmann.

„Dieses Duo", so begann Klaska, „hat nach meiner Einschätzung mit krimineller Energie und strukturiertem Vorgehen alles auf den Weg gebracht, um Sie auszunehmen, wie eine Weihnachtsgans. Ich denke Sie wissen, was ich damit sagen will."

Anna hörte aufmerksam zu. Sie war aber auch sehr nachdenklich, denn es wurde ihr erneut vor Augen geführt, welches Spiel man mit ihr gespielt hatte. In einer für sie sehr schweren Lebensphase hatte der Alkohol sie in seiner Geißel. Keiner hatte sie gezwungen zu trinken, dennoch hatte sie irgendwann nicht mehr aufhören können. Für eine lange, sehr lange Zeit war der Rausch für sie ein guter Vertrauter und eine momentane Hilfe in ihrer Einsamkeit. Nur die Nüchternheit war für sie schwer zu ertragen, denn sie sah die Welt um sich herum nur erdrückend und trist. Die Zeiten des Rausches waren für sie ein Abtauchen vor den Belastungen und Verletzungen, denen sie nicht standhalten konnte.

Es war für sie eine Zeit, in der sie sich einfach mal fallen lassen konnte. Diese berauschte Welt gaukelte ihr etwas Buntes und Schönes vor und so hatte sie die Gefahr nicht erkannt, die sich durch ihre immer häufiger werdenden Exzesse angebahnt hatte. Sie hatte sich zunehmend aus dem eigentlichen Leben verabschiedet und sich selbst zerstört. Kein Wunder, dass sie ein gefundenes Opfer für jene Menschen gewesen war, die auf der Suche nach leichter Beute waren.

Bei den Erzählungen und Ausführungen von Klaska blickte sie gedankenversunken ins Leere. Ihrem Begleiter blieb das als gutem Beobachter natürlich nicht verborgen. Von einem inneren Impuls gesteuert ergriff er ihre Hand und hielt sie einfach nur fest. Dabei sah er sich an, und sein Blick verriet echtes Interesse an dem Schicksal eines Menschen. Anna tauchte aus ihrer Versunkenheit auf und nahm ihn dann erst richtig wahr: „Herr Klaska, Sie sind ein guter Mensch. Bitte helfen Sie mir, dass ich zu meinem Recht komme, bevor ich von dieser Welt abtreten muss. Es bedeutet mir sehr viel."

Die Worte dieser gezeichneten Frau brannten sich bei ihm ein und es bestärkte ihn noch mehr, den Fall Kiesmann aufzuklären.

Er verabschiedete sich von Anna und ging alleine zur Tür. Ein Gefühl begleitete ihn, er würde diese arme Frau nun mit neuen Informationen zurücklassen und war sich unsicher, ob sich damit nicht doch, zumindest für den Moment, Annas Zustand verschlechtern könnte. Das Gespräch mit Anna hatte ihn ergriffen und so genoss er es, frische Luft auf dem Weg zu seinem Auto atmen zu können. Er spürte die Feuchtigkeit des letzten Regenschauers auf seiner Haut und schloss für einen kurzen Moment die Augen, als er an einer Fußgängerampel warten musste. Wie wohltuend war dieser Moment.

Das Auto war nass vom Regen. Als er sich hineinsetzte, fasste er sich spontan an die linke Brust. Er ertappte sich bei seinen Gedanken an seine alte Bekannte, eine Freundin, seiner Rechtsanwältin. Auf der Rückfahrt fasste er den Entschluss, sie später anzurufen und sie zum Essen einzuladen. Bei dieser Gelegenheit wollte er sie darauf ansprechen. Es ließ ihm keine Ruhe.

Ihm kam aber noch ein anderer Gedanke. Er führte ihn Jahre zurück und machte ihn sehr nachdenklich. Damals hatte er versucht, das Herz der Rechtsanwältin Julia Richter zu gewinnen. Er schrieb ihr lange Gedichte, Briefe, sandte ihr Fotos zu, die sie an gemeinsamen Orten der Verabredung zeigten. Klaska war sich sicher, irgendwo im Büro noch Abschriften zu haben, denn er hatte die Angewohnheit, Dinge mit dem bewährten Kohlepapier gleich doppelt zu schreiben. Heute kennt kaum noch jemand dieses einfache Verfahren, im Zeitalter von Scannern und Kopierern. Der plötzlich in ihm aufgekommene Gedanke lenkte ihn von Anna Kiesmann ab. Klaska war besessen davon, sofort bei der Ankunft im Büro alles abzusuchen, um noch seine Liebesbekundungen aus der Vergangenheit zu finden.

Nach knappen 45 Minuten hatte er sich durch den Verkehr gemogelt und erreichte endlich sein Büro. So schnell war er wohl noch nie die Treppen hochgelaufen und hatte aufgeschlossen. Zielgerichtet bewegte er sich zu einem alten Aktenschrank, den er vor 12 Jahren auf einem Möbeltrödel erstanden hatte. Dieser Schrank hatte ein Geheimfach, wie ihm der Verkäufer als Anreiz verraten hatte. Unter dem ausziehbaren Schreibteil in der Mitte war ein schmales Fach, welches sich nur mit einem spitzen Gegenstand öffnen ließ. Klaska suchte seinen Brieföffner, fand ihn nicht und drückte deshalb die Mine aus seinem Kugelschreiber weit heraus. Damit funktionierte es und tatsächlich, er fand in einem kleinen Buch, was ihm die Rechtsanwältin vor vielen Jahren geschenkt hatte, seine kompletten Durchschriften.

Klaska blätterte sie alle schnell durch, er suchte den Anfang seiner Liebeserklärung, die ein erstes Treffen beschrieb. Plötzlich stockte sein Atem, denn auch diese Durchschrift war tatsächlich noch da. Das entsprechende Blatt Papier war zweimal gefaltet und Klaska wurde unruhiger. Er, der harte Typ, erst Polizist und jetzt privater Ermittler, bekam weiche Knie.

Dann las er seine Zeilen an eine Frau, in die er sich damals wahnsinnig verliebt hatte:

An Tagen wie gestern fuhr ich mit einem Kribbeln im Bauch bei Regenwetter in unsere Nachbarstadt. Unruhig? Ja! Warum?

Ich wusste, da wartet eine sehr gutaussehende Frau vor oder auf einem Parkhaus. Die Frau, die mir bisher nur durch Wörter sehr versteckt geschrieben hatte, was sie vielleicht gerne möchte. Eine Frau, die immer versucht, überlegt zu handeln, die Übersicht zu behalten, bloß keine Fremdbestimmung zulassen!

Also ganz schnell nach der Arbeit Richtung Auto, um nicht zu spät zu kommen. Stress deswegen? Schon ein wenig, aber immer das letzte Bild dieser Frau vor Augen und dann kann man es gar nicht mehr abwarten.

Auf dem Weg, kurz vor dem Treffpunkt, dann der Anruf mit dem Satz:
„Mir ist kalt. Stehe hier vor Karstadt Sport!"

Ja, dachte ich, wenn du wüsstest, wie sehr ich mich eh schon beeilt habe,
um keine Minute des Zeitfensters bis 18:30 Uhr zu versäumen.

Auto abgestellt, schnell die Treppen hoch und aus einigen Metern Ent-
fernung sehe ich sie schon auf und ab gehen, da, wo sie mir gesagt hatte.

Durchatmen und kurz noch einmal überlegen, wie die Begrüßung sein
soll.
Die Entfernung wird kürzer, ich sehe sie klarer, die Frau, die mir den
Kopf verdreht.

„Hallo!"
„Hallo!"
Ich ziehe sie an mich ran und drücke sie, aber nur kurz, denn ich spüre
doch einen kleinen Widerstand, es kann aber auch große Unsicherheit
sein.

Wir gehen sofort los, schließlich nieselt es und es ist kalt. Nach kleiner
Verwirrung, ob wir rechts oder links herum müssen, ist unser Ziel schnell
erreicht.

Wir gehen rein, suchen und finden einen Platz, höflich aus dem Mantel
helfend, dabei fragend, was sie denn möchte (Essen/Getränk) und dann
passiert es.

„Ich brauche meine Brille jetzt nicht. Komm mal näher ran",

Zwei Blicke treffen sich und sind starr auf die Augen des jeweils anderen
gerichtet. Eine kleine, aber feine Gänsehaut ist spürbar, zumindest bei
mir.

„Meine Hände sind so kalt!"
Ein Hinweis?

Leicht streichle ich über ihre Finger und ziehe die Hand aber sofort wieder zurück.
Will sie das überhaupt? Unsicherheit!

Wir reden und reden und dabei läuft uns die Zeit weg, weil ich davon ausgegangen war, es sind nur 1 ½ Stunden, die wir haben.
Egal, Hauptsache, sich endlich sehen.

Wir bezahlen und gehen, gehen wieder durch den leichten Regen Richtung Tiefgarage.
Ich überlege, ob ich sie unterhaken soll.
Tue es dann und ziehe die Hand ebenso schnell wieder zurück.

Sie mag es nicht, denn die Öffentlichkeit hat irgendwie manchmal überall und oftmals unbemerkt Augen, die etwas aufnehmen und verbreiten könnten.

„Soll ich noch mal zwischendurch anhalten?", frage ich sie, weil ich diese Frau einfach gerne küssen möchte. Sie sagt JA und ich bin glücklich.

Schnell zum Auto und raus aus dieser Tiefgarage.

Ich warte auf sie und dann geht eine Lichthupe und sie steht hinter mir.
Wir fahren los und ich überlege, wohin wir denn fahren können.

Ein erster Parkplatz ist nicht wirklich schön und wir fahren weiter.
Ich sehe dann einen Abzweig, einen Weg, der zu einer Waldkante führt.
Den nehmen wir und stehen plötzlich nebeneinander.
Sie steigt aus und kommt zu mir rüber. Es regnet leicht.

Worte fallen nicht mehr.

Ein Blick und schon küsst sie mich und ich sie.
Immer wieder und wie zärtlich, Worte können es nicht genug ausdrücken.

Der Körper zittert und ich will sie nicht mehr loslassen und auch sie klammert sich fest an mich. Es ist einfach unbeschreiblich!

Sie roch so gut und sie zu berühren war einzigartig.

Diese Frau, die ich schon so lange in Gedanken begehrte, lag in meinen Armen und sie war alles andere als schüchtern. Immer wieder küsste sie mich, es ging auch von ihr aus und das war es, was es für mich so unvergesslich machte.

Man mag es sich nicht weiter ausmalen, was an einem anderen Ort wohl geschehen wäre.

Der Brief, den Klaska seiner Julia damals schrieb, endete mit den Worten:
Lieben Gruß
Dein Ben

Klaska las seine eigenen Zeilen immer und immer wieder. Es nahm ihn mit, er bekam einen Schweißausbruch, eine Gänsehaut und wurde unruhig. Er wischte sich mit der flachen Hand über die Stirn, alles kam wieder in die Erinnerung zurück. Jetzt war sie wieder da, arbeitete sogar mit ihm zusammen und er überlegte, ob er nachfragen sollte, was die alten Zeiten betraf. Klaska wollte nichts überstürzen, zu lange war er schon in seinem Leben auf der Suche nach der richtigen Frau, die ihm Geborgenheit und Gefühl geben könnte. Auch ein Typ wie er brauchte Zuneigung und vor allen hatte er den Wunsch, sich darauf zu freuen, nach Hause zu kommen und mit Liebe erwartet zu werden. Wäre das nun wohl endlich möglich? Sollte er am Ziel seiner jahrelangen Träume sein?
Vielleicht würden die Ermittlungen und Recherchen im Fall Kiesmann sie wirklich wieder zusammenbringen, denn auch Julia Richter war alleine und hatte ihre leidvollen Erfahrungen im Leben sammeln müssen.

Was ihnen schon früher aufgefallen war und eine große Anziehung auf beiden Seiten erzeugte, waren ihre Blicke, besser und konkreter beschrieben, die Augen-Blicke. Sie lösten schon vor Jahren Wärme und Vertrauen aus, so wie beim ersten Treffen nach dieser langen Zeit in der Kantine des Gerichts.

Klaska war dabei, sich in diesen Gedanken zu verlieren, doch er musste sich zwingen, wieder zum Fall Anna Kiesmann zurückzukehren, denn schließlich hatte er ihr ein Versprechen gegeben. Auf jeden Fall wollte er am Abend eine lange Mail an Julia Richter schreiben, bevor er das persönliche Gespräch suchte. Traute sich da der erfahrene Ermittler nicht, direkt den Kontakt zu suchen?

Noch in der Nacht, nachdem Klaska sich viele Geldflüsse im Fall Anna und Ernst Kiesmann tabellarisch aufgezeichnet hatte, Zahlenkonstrukte mit Namen aus dem Unternehmen erstellt und nachvollzogen hatte, setzte er sich gegen 1.30 Uhr hin und schrieb an seine alte Liebe:

Julia! Es ist jetzt mitten in der Nacht und ich habe an unserem gemeinsamen Fall gearbeitet. Heute wurde mir aber wieder klar, dass ich dich immer noch nicht vergessen habe und damit meine ich die Liebe, die ich dir vor vielen Jahren auf unterschiedlichste Weise erklärt habe. Damals schrieb ich dir Gedichte und schickte dir Bilder von uns zu, um dir auf diese Art zu zeigen, was du mir bedeutest. Nun hat der Zufall es gut gemeint und wir arbeiten an einem gemeinsamen Fall. Ich wünsche mir so sehr, dass er dich beruflich weit nach vorne bringt, wenn wir irgendwann damit an die Öffentlichkeit gehen.

Du faszinierst mich immer noch und ich bekomme wieder die Gänsehaut, wie schon in der Vergangenheit. Du erinnerst dich? Heute habe ich Durchschriften von Gedichten und Briefen gefunden, die ich dir mal geschrieben habe und da musste ich mit den Tränen kämpfen. Ja, du liest richtig! Ich habe geweint und dafür schäme ich mich nicht. Vielleicht bekomme ich mal die Chance ausführlich mit dir darüber zu reden.

Jetzt wünsche ich dir eine angenehme Nacht, denn ich vermute du schläfst, wenn dich meine Mail erreicht.

Lieben Gruß
Ben

Es erreichte ihn folgende Antwort, die Klaska sicher zunächst sprachlos machte, denn damit hatte er zur Nachtzeit nicht gerechnet:

Hallo Ben, habe eben deine Mail gelesen. Kann nicht schlafen und habe auf mein Handy gestarrt und plötzlich sehe ich den Maileingang, deine Mail an mich.

Bei mir ist beruflich zur Zeit viel im Argen weshalb ich dankbar bin, mit dir zusammen möglicherweise einen neuen Tätigkeitsschwerpunkt zu finden.

Der Geschäftsführer eines Unternehmens, der letztens den Termin einfach nicht wahrgenommen hat, hat sich bei mir trotz mehrfachem Rückfragen nicht mehr gemeldet. Dieses Verhalten verstehe ich überhaupt nicht. Ich gehe jetzt davon aus, dass meine Träume, beruflich dort wieder auf eigene Füße zu kommen, nun endgültig gestorben sind.

Wahrscheinlich war mein Wunsch, trotz Arbeit zeitlich flexibel sein zu wollen, zu viel.
Ich hätte das auch anders gemacht, aber er gibt mir keine Chance. Er lässt mich einfach fallen. Ich muss jetzt wieder neu suchen. Ich hatte in den letzten Monaten das Gefühl, als ob sich alle meine Wünsche erfüllen könnten. Weit gefehlt…

Trotz wirklich viel Mühen, auch was dich angeht, habe ich jetzt gar nichts mehr. Wer hoch fliegt, stürzt umso tiefer. Das spürt der Körper, denn das tut alles sehr weh. Mein Sturz beim Joggen ist schon vergessen. Ich muss im Moment ganz tief durchatmen und stelle mir pausenlos die Frage, was ich falsch gemacht haben soll.

Ich weiß es wirklich nicht. Hier stoße ich eindeutig an Grenzen, die ich nicht mehr beeinflussen kann. Deine Frage, was du für mich bist, möchte ich dir persönlich beantworten, um dir dabei in die Augen zu sehen.

Ich versuche dir mehr als Freundschaft zu zeigen, um ein wenig vorwegzunehmen. Bin ausgehungert und sehne mich nach emotionaler Zuwendung, zwischenmenschlicher Wärme und nach einer Person, die das erkennt und mir diese Art Liebe gibt.

Offensichtlich hast auch du mich in den vergangenen Jahren nie wirklich vergessen können und genauso ging es auch mir. Zu viele Dinge hätte ich mir gerne erspart, Dinge die mich im familiären und beruflichen Bereich getroffen und auch gesundheitlich beeinträchtigt haben.

Wir sollten uns bei einem schönen Abendessen die Zeit für ein langes Gespräch nehmen.

Herzlichst
Julia

Kapitel 14

Der Fall muss geklärt werden

Es schien sich die Liebe der vergangenen Jahre wieder zu finden. Zwei Menschen, die sich durch Zufall über den Weg gelaufen waren, erinnerten sich sofort an die damaligen Erlebnisse und die Worte der Vertrautheit. Gespräche über einen Fall brachten sie offenbar wieder zusammen und Klaska erinnerte sich an die eigene Familiengeschichte seiner Rechtsanwältin, die auch viele Täler in ihrem Leben durchschreiten musste. Zeit, um all diese Dinge gemeinsam aufzuarbeiten, sollten sie sich nehmen, so seine Gedanken, in die er drohte, erneut zu versinken. Doch Klaska wollte diesmal nicht wieder den Fokus auf den Fall Anna Kiesmann aus den Augen verlieren, denn schließlich hatte er ihr ein Versprechen gegeben und er hatte auch die Zusage von Julia Richter, ihm mit Rat und Tat zur Seite zu stehen.

Auch für eine Rechtsanwältin ist es schwierig, die Gradwanderung zwischen einer möglichen, illegalen Ermittlung und der Einhaltung der Gesetzeslage immer zu 100 Prozent aufrechtzuerhalten, aber Klaska wusste, dass man sich auf sie verlassen konnte. Sie war es früher eigentlich immer gewesen, die ihn vor falschen Freunden bewahren wollte und ihn sehr häufig warnte, sich zu schnell für „Freunde", ins Zeug zu legen, die dann oftmals wenig an Dankbarkeit zeigten, ja sogar teilweise immer unverschämter mit Bitten um Hilfe wurden. Klaska hatte einige Versuche gestartet, diese Dinge anders zu bewältigen, scheiterte aber teilweise, weil plötzlich diese „Freunde", es nicht verstanden, dass es ein „Kannst du dich da mal eben drum kümmern" so nicht mehr gab.

Klaska, ein einsamer Wolf im großen Haifischbecken der privaten Ermittler und Detekteien, hatte immer versucht, anders zu sein, das Herz entscheiden zu lassen und vor allen Dingen die Kunden nicht auszunehmen, wie er es sehr oft hörte, wenn an ihn Anfragen gestellt wurden. Er wollte weiter erfolgsorientiert arbeiten und dabei möglichst fair bleiben. Spontan ergriff er sein Telefon und wählte die Nummer eines alten Bekannten, von denen er aus seiner aktiven Zeit einige hatte. Er erinnerte sich an einen Finanzermittler, der jetzt seiner Meinung nach im Ruhestand sein müsste. Ob die Rufnummer noch stimmte, würde er gleich wissen.

„Ja, bitte?", fragte eine männliche Stimme am anderen Ende der Leitung. Klaska erkannte sofort die Tonlage und Stimmfarbe seines damaligen Kollegen, der in einem anderen Kommissariat versuchte, den Betrügern auf die Schliche zu kommen. Klaska gab sich zu erkennen und der Mann am Telefon traute seinen Ohren nicht, nach so vielen Jahren mal wieder etwas von seinem Kollegen zu hören.

„Du willst doch etwas von mir!", war die zu erwartende Reaktion, denn dem alten Bekannten war sofort klar, dass es hier nicht um einen einfachen freundschaftlichen Anruf ging. Klaska bat deshalb um einen persönlichen Termin, weil er bewusst keine Details am Telefon nennen wollte. Sie verabredeten einen weiteren Anruf, um die Örtlichkeit des Treffens abzustimmen. Klaska legte auf, nachdem er sich freundlich bedankt hatte, überlegte kurz, ob es der richtige Weg sei und bestätigte sich selbst. Er setzte sich hin, schaltete seinen PC ein und strukturierte für sich das bevorstehende Gespräch.

Er wollte seinem Kollegen nicht gleich alles sagen, nur Teile, um auch erst mal abzuschätzen, ob er ihm wirklich noch vertrauen konnte. Früher deckten sie sich gegenseitig, es gab kaum eine Differenz in dienstlichen Angelegenheiten, aber dazwischen lagen nun viele Jahre, in denen man sich weder gesehen noch gesprochen hatte. Klaska hatte ganz vergessen zu fragen, was denn sein Kollege jetzt so im Ruhestand trieb, denn er konnte sich kaum vorstellen, dass dieser zu Hause auf der Couch saß und Zeitung las oder die Blumen im Garten pflegte. Dies sollte die erste Frage beim nächsten Telefonat sein, dazu ja nicht ganz unwichtig, zu wissen, was sein Kollege aktuell so trieb.

Klaska schrieb weiter seine Notizen runter, änderte mal hier, mal dort ein Wort, überlegte, was noch wichtig sein könnte, und hoffte auf ein gutes Gespräch beim Treffen der alten Kameraden und vor allen Dingen auf die erhoffte Antwort, dass er über seinen Kollegen an Informationen kommen könnte.

Sollte er Julia von dem Anruf berichten? Würde sie ihm vielleicht abraten, eine weitere Person ins Vertrauen zu ziehen? Klaska rief sie spontan an, denn er war der Meinung, dass nur Vertrauen die Ermittlungen zu einem erfolgreichen Abschluss führen konnte und wenn er seine Vorgehensweise nicht mit ihr abstimmte, es zu unnötigen Differenzen führen würde.

Er erreichte seine Anwältin auf dem Weg ins Gericht, erzählte kurz sein Vorhaben und war überrascht, als sie ihm sofort anbot, zum Treffen mitzukommen, egal wo es auch stattfinden würde. Klaska war einen Moment lang sprachlos ob dieser Reaktion, die er so nicht erwartet hatte. Er dachte kurz nach, entschied sich aber, ihr Angebot anzunehmen, entschied sich aber auch gleichzeitig dazu, seinem Kollegen davon vorher nichts zu sagen. Entweder würde er sauer sein oder Klaskas Begleitung akzeptieren.

Er war begeistert, den Termin mit Julia wahrzunehmen. Es machte ihm Spaß, endlich nicht mehr mit sich selbst sprechen zu müssen, wie er es oft in seinem Büro getan hatte, bevor sie sich wiedergetroffen hatten.

Klaska hatte aber noch ein anderes Eisen im Feuer. Ein ehemaliger Kollege, der als Personenschützer in die Hauptstadt Berlin gewechselt war und so ziemlich an alle Informationen kommen konnte, weil er auch alle Zugänge in die entsprechenden Auskunftssysteme besaß. Klaska wühlte in seinen alten Unterlagen, fand dann sogar noch in den Kontakten seines Telefons die Rufnummer von Sam. Den vollständigen, besser gesagt: richtigen Namen kannte nur Klaska und der war nur in seinem Gehirn abgespeichert. So hatten sie sich zu seiner aktiven Zeit alle gegenseitig geschützt.

Kapitel 15

Berlin und Hamburg

„Kannst du dir vorstellen mich nach Berlin zu begleiten?", fragte er Julia Richter.

„Na, klar, willst du eine Städtetour mit mir machen?", entgegnete sie mit einem Lächeln.

„Nein, ich treffe da einen Kontakt, aber selbstverständlich können wir uns die Stadt auch ein wenig ansehen.

Für Klaska war sie eine ganz besondere Frau, emotional, empathisch, gefühlvoll, zuhörend, wertschätzend, manchmal nachdenklich und vor allen Dingen liebevoll. Er freute sich genau aus diesen Gründen, nicht allein fahren zu müssen, buchte ein schönes Hotel mit günstiger Lage zu den öffentlichen Verkehrsmitteln. Julia Richter hatte angeboten, zu fahren und so holte sie ihn ein paar Tage später bereits in den Abendstunden ab.

„Früher habe ich es leider nicht geschafft und tanken muss ich auch noch", sagte sie, als Klaska noch nicht ganz im Auto saß.

„Na dann kommen wir wohl erst mitten in der Nacht in Berlin an. Ich rufe da mal lieber im Hotel an, ob die überhaupt eine Nachtrezeption haben."

„Dafür habe ich aber eine Fleischwurst eingepackt, damit für etwas für unterwegs haben", schmunzelte sie.

Es ging los auf die Autobahn, es regnete und der Moderator im Radio erzählte etwas von Blitzeis. Okay, es ging auf den Winter zu, aber Blitzeis klang schon etwas übertrieben. Es sollte sich aber bewahrheiten und als das schlechte Wetter plötzlich kam, stellte Klaska fest, dass die Scheibenwischer an Julias Auto den Namen nicht mehr verdient hatten, sie waren einfach auf und dazu kam aus der Scheibenwaschanlage auch kein Tropfen mehr. Also raus zur nächsten Tankstelle und hier kauften sie das wahrscheinlich teuerste Frostschutzmittel ihres Lebens.

„Haben wir jetzt einen Teil der Tankstelle gleich mitgekauft?", fragte Klaska und suchte noch nach den richtigen Ersatzscheibenwischern für einen Volvo, die es aber nicht gab. Er füllte den Wischwasserbehälter auf und dann ging es weiter Richtung Berlin. Das Reinigungsergebnis der Scheiben ließ aber weiter zu wünschen übrig. Nach mehreren Stunden Fahrt, sie hatten sich auch abgewechselt, erreichten sie das Hotel direkt am Bahnhof und fuhren in die Tiefgarage. Es fing plötzlich an zu schneien und eine leichte weiße Schneedecke überzog Berlin. Müde gingen sie aufs Zimmer, nachdem ihnen der freundliche Mann an der Rezeption die Schlüssel übergeben hatte.

„Jetzt nur noch schlafen!", sagten beide unisono und nach schnellem Zähneputzen schliefen sie Arm in Arm ein. Es war wie ein Automatismus, der diese Geborgenheit auslöste, spontan, aber wie selbstverständlich.

Am nächsten Morgen, nach einem ausgiebigen Frühstück, erreichte Klaska ein Anruf von „Sam" auf seinem Handy, der schon im Foyer des Hotels stand.

„Du bist schon hier? Woher weißt du überhaupt, dass ich in diesem Hotel bin?", fragte Klaska erstaunt.

„Dass gerade du mich das fragst!", entgegnete Sam.

Es war klar, was er damit meinte, schließlich hatten sie doch beide eine Polizeiausbildung.

Sam staunte zwar etwas, als er Klaska in Begleitung einer Frau dann im Foyer traf, es war aber für ihn in Ordnung. „Verheiratet, alter Junge?", fragte er Klaska.

„Nein", sagte Klaska. „Julia ist eine sehr gute Freundin. Sie ist Anwältin und hilft mir bei diesem Fall."

„Na, dann lasst uns mal in ein schönes Café fahren, wie wäre es im Kaufhaus des Westens!", schlug Sam vor.

Kurz darauf saßen sie in der S-Bahn. Es war beeindruckend, Berlin bekanntestes Kaufhaus zu betreten. Mit dem Fahrstuhl ging es in die oberen Stockwerke bist zum Café. Im Café fanden sie einen Fensterplatz mit einem Blick über Berlin. Julia Richter bestellte sich Apfelstrudel mit Vanilleeis und Sauce, während Klaska und Sam einen Pott Kaffee schlürften. Die beiden redeten erst mal über die alten Zeiten. Julia hörte aufmerksam zu, denn es waren interessante Geschichten aus dem gemeinsamen Polizeileben. Dann erzählte Klaska Sam noch einmal ausführlich vom Fall. Der hatte bereits seine Hausaufgaben gemacht, denn er zog einen Zettel aus seiner Sakkotasche, auf dem er Namen für Klaska notiert hatte. Namen, die Klaska zum Teil bereits kannte. Namen der Anwälte und Unternehmensberater, die rund um Anna Kiesmann schon aufgetaucht waren.

„Du musst aufpassen, die haben ihre Finger überall drin.", warnte ihn sein alter Kumpel Sam. Er beschrieb diese Typen als machtbesessen und absolut geldgierige Schmarotzer, die sich immer schön die reifen Rosinen nahmen, möglichst Scheinfirmen gründeten, um einen Dschungel an Verwirrungen zu erzeugen.

„Eiskalt sind die!", mahnte er Klaska erneut und verabschiedete sich mit den Worten: „Ich wünsche euch beiden Glück und hoffentlich könnt ihr deiner Auftraggeberin helfen!"

Dann machte sich Sam auf den Weg.

„Hast du eigentlich überall solche Kontakte?", wollte die Anwältin wissen.

„Ich habe ein relativ gutes Netzwerk", entgegnete Klaska.

Sie bezahlten und schlenderten noch ein wenig durch das Kaufhaus. Plötzlich sah Julia Richter eine Abteilung, in der es Essen aus verschiedenen Ländern gab und überredete Klaska, Sushi mit ihr zu probieren. Er ließ sich überreden und sie bestellte ihm zunächst eine Misosuppe, die allerdings nicht wirklich wohlschmeckend war. Klaska verzog das Gesicht, kommentierte aber nicht weiter. Sie hatte auch so seine Gedanken ahnen können. Sushi aßen sie auch, Klaska wollte eben kein Spielverderber sein. Danach verließen sie das Kaufhaus des Westens und erkundeten Berlin weiter zu Fuß. Für den nächsten Tag hatte ihnen Sam noch eine Besichtigung des Bundestages organisiert und eine Stadtrundfahrt. Sie erlebten noch schöne Stunden in Berlin und nahmen sich genug Eindrücke aus der Hauptstadt mit. Eine gelungene erste Reise für die beiden.

Auf der Rückfahrt, diesmal ohne schlechtes Wetter, aber immer noch mit defekten Scheibenwischern, redeten sie sehr viel, über den Fall, über das Leben, wie ein altes Ehepaar, was das Vertraute betraf.

Oft hatten sie völlig identische Gedanken. Zwei Menschen, die sich über so viele Jahre nicht mehr gesehen hatten, verstanden sich fast blind, tickten gleich und bewerteten Situationen mit klarem Blick. Nur selten gab es unterschiedliche Sichtweisen, die aber in sachlicher Diskussion einen gemeinsamen Nenner fanden. Sie redeten auch über ihre Gefühle sehr offen, teilten sich einfach mit. Unausgesprochen blieb nichts. Machte es das aus?

Unterwegs erhielt Klaska dann unerwartet den Anruf seines Kontaktes in Hamburg. „Prüm", natürlich auch nur sein Deck- bzw. Codename, hatte Klaskas Mail bekommen und schlug nun ein Treffen in Hamburg vor, weil er jetzt dort lebte.

„Super, lass uns einen Termin vereinbaren, aber bitte möglichst zeitnah, ich glaube, meine Auftraggeberin ist gesundheitlich zu stark angeschlagen und ich möchte ihr noch mein Ermittlungsergebnis persönlich präsentieren,", erklärte Klaska seinen Zeitdruck.

„Dann gleich in der nächsten Woche. Soll ich dir ein Zimmer besorgen? Kannst aber auch bei mir pennen, überleg es dir!", entgegnete Prüm.

„Ich besorge mir selbst eine Unterkunft, sagen wir am nächsten Freitag fahre ich los und bleibe bis Samstag oder Sonntag", sagte Klaska.

Von seiner Begleitung, der Anwältin, erzählte er erstmal noch nichts.

„Wolltest du mich nicht erwähnen?", fragte Julia deshalb nach Beendigung des Gesprächs sofort nach.

„Bei Prüm ist das so eine Sache, der ist ein wenig komisch drauf, er lernt dich ja noch früh genug kennen, falls du Zeit hast, mich auch nach Hamburg zu begleiten."

„Davon kannst du mal ausgehen. Ist doch jetzt unser gemeinsamer Fall!", sagte Julia Richter mit großer Überzeugung, was Klaska mächtig freute. Er genoss einfach die Zeit mit ihr. Sie hatte ihn jetzt schon verändert.

Das Treffen mit dem ehemaligen Kollegen in Hamburg stand nun als nächstes bevor, bereits einige Tage, nachdem sie aus Berlin zurück waren. Julia Richter hatte in ihrer Kanzlei alles erledigt, was Fristensachen betraf, so dass sie mit einem einigermaßen guten Gefühl Klaska wieder begleiten konnte. Auch sie genoss die Zeit mit ihm, es baute sie wieder auf, sie fühlte sich einfach gut.

„Mach dir mal ein schönes Wochenende in Hamburg!", hatte Prüm Klaska am Telefon gesagt, ohne zu ahnen, dass Klaska nicht alleine anreisen würde.

„Hamburg? Geht es nicht noch weiter weg?", hatte Klaska daraufhin nachgefragt, weil sie zu dem Zeitpunkt ja gerade aus Berlin zurückfuhren. „

Du willst doch was von mir, also wird dir ein wenig Seemannsluft schon guttun", entgegnete sein Bekannter.

Auch in Hamburg, der Hansestadt mit dem typischen "Moin, Moin" und mit einem der größten Welthäfen, hatte Klaska noch Verbindungen aus der Zeit in Spezialkommissariaten. Er hatte bis auf das Morddezernat so ziemlich alle Abteilungen erlebt, sei es den Betrug, die organisierte Kriminalität, den Bandendiebstahl, Gewaltdelikte, Eigentumsdelikte, sogar den Bereich Verkehrskriminalität. Sein kurzer Ausflug zu den Spezialeinheiten hatte ihn bis an seine körperlichen Grenzen geführt, so dass er sich wieder in den Bereich der Ermittlungen begeben hatte. Nachhaltig und intensiv seinen „Kunden" auf den Zahn fühlen, verdeckt ermitteln mit Überraschungseffekt, das war sein Ding. Oft allein, aber eigentlich war er lieber ein Teamplayer. Sein ehemaliger Kollege Prüm war eher in eigener Sache unterwegs und besser konnte es nicht passen.

Julia hatte neben dem ja nicht ganz unwichtigen Treffen mit Klaskas Bekanntem schon ein kleines Rahmenprogramm im Kopf, nach dem Motto: „Wenn wir schon mal dort sind, dann können wir auch ein wenig die Stadt anschauen, wie wir es in Berlin gemacht haben." Einfach mal raus aus dem Alltagstrott, dem auch sie bedingt durch ihre Kanzlei nicht mehr so einfach entfliehen konnte.

Gesagt, getan, und schon wurde über das Internet ein bezahlbares Hotel mit günstiger Verkehrslage möglichst in alle Richtungen Hamburgs gesucht und auch tatsächlich gefunden. Julia hatte schnell über ihre Reise-App die Buchung übernommen.

Ewig lange waren sie nicht mehr miteinander verreist und jetzt gleich in zwei Großstädte hintereinander, und das in Kombination mit den Ermittlungen im Fall Anna Kiesmann, die sie in ihren Recherchen ein weiteres Stück nach vorne bringen sollten.

Es waren nur noch 3 Tage und die Fahrt nach Hamburg stand bevor. Julia Richter hatte Klaska noch erzählt, dass sie sich eigentlich mehr und mehr auf den Schwerpunkt des Medizinrechts und des Betreuungsrecht konzentrieren wollte, weil sie erkannt habe, wie viele Menschen sich nach unnötigen oder falsch durchgeführten Operationen mit Schmerzproblemen quälten, und denen wollte sie helfen. Klaska überlegte zwischen seinen eigenen Fällen immer wieder, wie er ihr dabei helfen konnte, um auch den Kontakt zu ihr zu halten, denn als Team waren sie schon früher perfekt und konnten sich gegenseitig helfend zur Seite stehen.
Kontakte hatte er ja genug, jetzt musste er Julia nur noch mit ihnen bekanntmachen. Das fiel ihm nicht schwer, denn mittlerweile hatten sie in tagelanger gemeinsamer Arbeit ihre Internetseite mal so richtig auf Vordermann gebracht. Sie gönnten sich wenig Ruhe, trieben sich mit Aktivitäten gegenseitig an und jeden Tag entstanden neue Ideen. Klaska war erstaunt, auf welche Ermittlungsmethoden plötzlich „seine Julia" kam und es bereicherte sein vielleicht manchmal schon eingefahrenes Schema.
Zur Vorbereitung auf Hamburg versuchte Klaska, seine bisherigen Aufzeichnungen im Fall Kiesmann auf den aktuellen Stand zu bringen. Er komplettierte Daten, legte Tabellen an, zeigte Querverbindungen auf, markierte Stellen in seinen schriftlichen Unterlagen, nummerierte die Seiten, um den chronologischen Fortgang sehr genau zu dokumentieren. Penibel ging er dabei vor, weil er auch wusste, wie sehr „seine Anwältin" diese Art schätzte, denn so war es auch für sie immer leichter, sich in einen Vorgang hineinzudenken, was gerade im Fall Anna Kiesmann nicht leicht war. Er hatte es gelernt, Fallakten anzulegen, was die Staatsanwaltschaften immer begeisterte, denn so konnte Fall für Fall angeklagt werden, die Gerichte konnten sich besser vorbereiten und die einzelnen Taten auch den unterschiedlichsten Personen zuordnen.

Im Fall Anna Kiesmann gab es zahlreiche Irrungen und Verwirrungen durch das geschickte Vorgehen der mit dem Nachlass von Ernst Kiesmann beschäftigten Menschen, die möglichst viel Immobilien und wo auch immer gelagertes Geld in bar oder auch Aktienpakete für sich abfließen lassen wollten. Hier schien der Gedanke, die Hilflosigkeit einer erkrankten, alten Frau auf extreme Art und Weise auszunutzen, an erster Stelle zu stehen. Durchziehen, ja das konnten diese „Menschenhelfer", denn abgezockt und eiskalt waren sie alle, sonst würden sie erst gar nicht auf solche abstrusen Ideen kommen.

Julia Richter verachtete solche Kreaturen, die sich ohne eine Spur von schlechtem Gewissen an Menschen wie Anna Kiesmann heranmachten. Dass sogar Menschen beteiligt sein sollten, die ihrem eigenen Berufsstand der Juristerei angehörten, machte sie schier fassungslos. Aber aus dieser Ohnmacht des Unvorstellbaren nahm sie ihre Kraft und kreierte Gedanken und Vorgehensweisen, die Ben Klaska helfen würden, der gesamten Truppe das Handwerk zu legen. Sie verspürte sogar zwischendurch regelrecht Spaß daran, ebenso gedanklich unterwegs zu sein wie die Herren der Macht über Sein oder Nicht-Sein.

„Wenn ich sehe, wie sich ‚Kollegen' von mir benehmen, dann wird mir schlecht und es fällt schnell auf uns alle zurück. Anwälte fahren Porsche, Jaguar oder welche Nobelkarosse auch immer und die Mandantschaft zahlt das alles, so denken doch die Menschen, die uns ihr Vertrauen zunächst schenken!"

Klaska erwiderte: „Ich weiß doch, warum du mal Jura studiert hast. Du möchtest helfen und kannst nicht abgezockt sein. Glaube mir, es gibt auch richtig gute Typen, von denen ich einige über die Jahre kennengelernt habe. Wir haben es jetzt eben in diesem Fall mit den schlechten Kerlen in den schwarzen Roben zu tun."

Auch Julia Richter bereitete sich auf das Treffen vor, hatte ihre ganz eigenen Fragen, orientierte sich an der Gesetzeslage, wälzte Literatur und besorgte sich Urteile, aber einen Vergleichsfall zu Anna Kiesmann fand sie nicht. Ableitungen aus anderen Fällen waren zu finden und die Kombination der verschiedensten Urteile war es, die ihr Konzept entstehen ließ. Sollte ihr Freund Klaska die Machenschaften aufdecken und sie Anna Kiesmann vor Gericht vertreten – denn eine Hauptverhandlung würde es mit Sicherheit geben – dann wäre es auch für sie eine Referenz.

Dabei war ihr in erster Linie die strafrechtliche Seite wichtig, denn darin konnte sie viel Unterstützung erwarten. Hier ging es nicht um Geld, sondern um Gerechtigkeit, wenn die verantwortlichen Betrüger zur Rechenschaft und aus dem Verkehr gezogen werden sollten. Es galt, weitere solcher Machenschaften zu verhindern.

Die Abfahrt Richtung Hamburg stand an. Sie hatten eigentlich zu wenig Zeit zwischen Berlin und Hamburg gehabt, alles musste schnell gehen. Klaska holte Julia von zu Hause aus Castrop-Rauxel ab, stieg zur Begrüßung aus, nahm sie in den Arm, gab ihr erneut einen Kuss auf die Wange, öffnete den Kofferraum seines Autos und verstaute ihre Sachen. Es gefiel ihm, dass Julia nicht unzählige Taschen gepackt hatte, nein, sie hatte offensichtlich mit kurzem, schnellen Überblick ihre Dinge in einem Trolley und ihrer Aktentasche verstaut. „Ausreichend!", sagte sie zu Klaska gewandt.
Klaska schmunzelte und schenkte ihr sein von ihr so gemochtes Lächeln. Seine Art, Zuspruch und Anerkennung zu zeigen. Dann stiegen sie ins Auto und fuhren los.
„Da vorne musst du gleich auf die A1", sagte ihm Julia und Klaska antwortete: „Ich weiß, wo Hamburg liegt, Berlin haben wir doch auch gefunden, aber trotzdem danke."
Innerlich musste Klaska schmunzeln, denn Julia war es, die eher selten ohne Navi dort ankam, wo sie hinwollte. Selbst in der Stadt benutzte sie gerne die Routenhilfe, weil sie sich einfach bestimmte Richtungen nicht merken wollte. Deshalb war der Hinweis, die A1 zu benutzen, sehr hilfreich für Klaska, wenn auch wahrscheinlich nicht ganz ernst gemeint.
Sie redeten und redeten und irgendwann entschlossen sich beide für eine Rast, um einen Kaffee zu trinken, denn beide waren früh aufgestanden, hatten noch im Büro wichtige Dinge für die Zeit der Abwesenheit geregelt. Klaska fuhr bei nächster Gelegenheit raus und beide schauten sich mit einem gewissen Blick vor dem Verlassen des Autos an. Da funkelte etwas in den Augen, da waren wieder diese Gefühle, die die Herzen unter dem Pullover rhythmisch schlagen ließen und wenn man ganz genau hinsah, konnte man wahrscheinlich auch sehen, wie sich der Stoff der Oberbekleidung leicht dadurch bewegte. Klaska beobachtete sie sehr

genau und stellte sich vor, wie es mit ihr wohl in einer heimischen Umgebung sein würde.

Ein schneller Kaffee, ein Brötchen dazu, zwei gemeinsame Spiegeleier und schon ging es weiter, natürlich auf der A1. Nach einigen Stunden mit etwas Stau vor dem Elbtunnel kamen sie in der Rothenbaumchaussee an. Das Hotel wirkte im Internet anders, ansprechender, aber erst mal reingehen und dann urteilen, so meinten beide.

Klaska parkte in zweiter Reihe, was wohl in Hamburg üblich und von seinen Polizeikollegen geduldet wurde, denn Parkraum war hier nur begrenzt vorhanden. Julia ging schnell ins Hotel, holte jemanden heraus, der ein bisschen so wirkte wie „der Mann mit dem längeren weißen Haar" aus einem Film, den es wahrscheinlich gar nicht gibt: Hemd über der Hose, locker drauf, Parkmöglichkeiten aufzeigend, aber auch beim Gepäck sofort behilflich. Kein Wunder, dachte Klaska, wenn man Julia sah, wurde jeder Mann weich, denn sie hatte eine Aura, die eben wirkte. Während Klaska in der Nähe einen Parkplatz suchte, regelte die Rechtsanwältin schon alles an der Rezeption im Hotel.

Nach wenigen Minuten kam Klaska nach und Julia stand im Foyer und wartete. Gemeinsam fuhren sie mit dem Aufzug in die vierte Etage. Ein sehr kleiner, enger Aufzug, mit ihren Koffern und den beiden Aktentaschen wahrscheinlich schon ausgelastet, aber immer noch besser, als alles über mehrere Stockwerke nach oben tragen.

Sie erreichten die vierte Etage und er fragte höflich nach seiner Zimmerkarte. Die ihn mattsetzende Antwort war:

"Wir haben ein Zimmer, ich dachte, du freust dich darüber."

Klaska, dem selten die Worte fehlten, wusste einen Moment lang nicht, wie ihm geschah. Er war gerührt, bewegt, erfreut, fassungslos und glaubte zu träumen, doch Julia Richter öffnete bereits die Tür zum Zimmer 43 und forderte ihn mit einem freundlichen Blick auf, doch endlich ebenfalls einzutreten.

Er hatte gedacht, Berlin sei eine Ausnahme gewesen und er wollte auf keinen Fall etwas kaputt machen durch zu viel Bedürfnis nach Nähe seinerseits. Er konnte nicht genau einschätzen, ob sie auch an einer über den Fall hinausgehenden Beziehung interessiert war.

Klaska betrat das Zimmer, schaute sich im kleinen, aber ausreichend ausgestatteten Zimmer um und sah das Doppelbett. Eine innere Stimme sagte ihm: „Mach jetzt bloß nichts falsch, mäßige dich, sei höflich, sei was auch immer, aber mach nichts falsch!"

Beide stellten ihre Koffer ab und in der Enge des Raums standen sie plötzlich voreinander, als sie ihre Jacken an die Garderobe hängen wollten. Nur wenige Zentimeter trennten ihre Gesichter. Worte hingen nicht zwischen ihnen, langsam nahm Klaska Julia in den Arm, sehr langsam, fast im Zeitlupentempo und die wenigen Zentimeter wurden zu Kilometern, denn beide verspürten diese innere Aufregung, verbunden mit einer noch nie erlebten Herzlichkeit.

Ein Kuss, sanft und kurz, gefolgt von weiteren die Lippen und die Seele verwöhnenden Liebkosungen, Berührungen, die Gedanken und Wünsche auslösten. Ja, es ging weiter, es pulsierte das Leben in ihren Körpern und die Zuversicht, dass hier Liebe endlich ihr Ventil gefunden hatte und die jahrelangen Entbehrungen in dieser Hinsicht mit Respekt und Wertschätzung einem Paar ein völlig neues Leben, ja Erleben schenkten.

Was dann zwischen den beiden in den nächsten Stunden geschah, soll ihr Geheimnis bleiben.

Am Abend überraschte Julia Klaska mit einer Frage: „Kennst du ‚Floaten'?", fragte sie ihn und Klaska gab zu, davon noch nichts gehört zu haben. „Lass dich überraschen, wir machen das zusammen, ich wünsche mir das so sehr."

Wenige Straßen weiter, nach einigen Gehminuten, erreichten sie ein im Erdgeschoss einer typischen Hamburger Villa aus alter Bauzeit liegendes „Floatcenter". Sie traten ein und spürten gleich die Wärme im Raum, passend zu der aufmerksamen Begrüßung. Nach einer Einweisung über das, was sie im Anschluss erleben sollten, nämlich die Erfahrung, in Salzwasser zu floaten, also schweben, ähnlich dem Gefühl eines Astronauten in der Schwerelosigkeit, wurden sie in einen ganz besonderen Raum geführt.

Gedämpftes Licht, gekachelte Wände und ein angenehmer Geruch sorgten für Wohlfühlatmosphäre in der Zweisamkeit eines liebenden Paares. Sie stiegen hinein in eine Art übergroße Badewanne und vertrauten ihre

Körper der Tragkraft des Salzwassers an. Klaska eher unsicher und misstrauisch, Julia mit völliger Entspanntheit. Eine Stunde Fallenlassen der Gedanken – was für ein extremes Körpergefühl -- und danach eine Massage zum Abschluss einer gelungenen Überraschung. Klaska war überwältigt von dieser neuen Erfahrung. Hand in Hand und sichtbar geschafft gingen sie zurück zum Hotel. Klaska betrachtete die Frau an seiner Seite und fand, Julia würde trotz der hinter ihnen liegenden Stunden wieder einmal verboten gut aussehen und sie bedankte sich offensichtlich gerührt für dieses Kompliment.

Am späteren Abend saßen beide in einem kleinen Weinkontor und schauten sich an, die Hände haltend, Finger berührten sich in nicht enden wollender Intensität und Ausdauer. Sie versuchten, den Fall Kiesmann und den Grund ihres Aufenthaltes in Hamburg konzentriert vorzubesprechen, denn am nächsten Tag stand das Treffen mit Klaskas ehemaligem Kollegen an und da mussten beide fit sein. Doch das gelang den beiden nicht wirklich, wen wundert es auch. Nach einem Glas Weißwein gingen sie zurück auf Zimmer 43, legten sich gemeinsam zu Bett, hielten sich so fest, wie es ihre Arme zuließen und versuchten einzuschlafen. Immer wieder in der Nacht wurden sie wach, schauten auf die digitale Zeitanzeige auf dem kleinen Tisch unter dem Fernseher. Die Nacht ging nur langsam rum.

Gegen 6.15 Uhr standen sie auf und als wenn sie jede Woche eine gemeinsame Reise unternehmen würden, funktionierte der Ablauf im doch eher kleinen Bad dieses Hotelzimmers reibungslos. Diese gewollte Nähe, dieses Sich-riechen-Können, es war schon „komisch", fühlte sich aber unwahrscheinlich gut an.
Frisch gemacht für den Tag gingen sie in den einladend hergerichteten Frühstücksraum und ein reichhaltiges, ja opulentes Buffet sorgte für einen guten Start. Immer wieder trafen sich ihre Blicke, suchten sich ihre Hände und dieses Gefühl von endlich angekommen zu sein war allgegenwärtig.
„Ich kann dieses Glück mit Worten nicht genug beschreiben", sagte Klaska. Sie warf ihm einen Blick zu, der ihm eine Gänsehaut auf den

Körper legte.

Gerne wären sie noch länger dort sitzengeblieben, aber bereits um 9 Uhr sollten sie an den Landungsbrücken sein. Dort wartete Klaskas Kollege. Durch seine Verbindungen erhofften sie sich, einen weiteren Schritt nach vorne in Sachen Anna Kiesmann machen zu können. Doch eine Frage war noch unbeantwortet: Wie würde sein Kollege reagieren, wenn er, Klaska, plötzlich in Begleitung am Treffpunkt erscheint? Er schätzte es nicht, plötzlich mit Fremden konfrontiert zu werden.

Für einen klaren Kopf ist ein Spaziergang an der frischen Luft immer gut. So gingen beide den Weg Richtung Hafen zu Fuß, am Michel vorbei, hinunter zu den großen Schiffsanlegern, wo die größten Kreuzfahrtschiffe festmachten. Kein Wort fiel, innere Vorbereitung bei Klaska und innere Unruhe bei seiner Begleiterin. Für sie war es nämlich Neuland, was die Vorgehensweise bei Ermittlungen betraf. In ihrem Berufsumfeld agierte sie anders, telefonierte mit Versicherungen, Behörden, Anwaltskollegen, aber selten bis nie in verdeckter Art und Weise.

Klaskas ursprünglicher Beruf des Polizisten hatte sie schon damals brennend interessiert. Er redete nur nicht viel über seine aktive Zeit und diese Verschwiegenheit machte sie oft nachdenklich, unbegründet zwar, aber sie hatte so sehr auf interessante Geschichten aus dem Leben eines Polizeibeamten gehofft, der, wie Klaska eben, die anderen, die nicht immer vom Gesetz vorgesehenen Wege ging.

Nach einem 30-minütigen Fußweg erreichten sie die Landungsbrücken. Viele Besucher der Hansestadt tummelten sich in diesem Bereich, buchten Hafenrundfahrten, schlenderten entlang der Hafenkante oder suchten einen freien Platz in den Gastronomien. Wie sollte man in diesen Menschenmengen die Person finden, mit der man sich verabredet hatte? Für Klaska offensichtlich kein Problem. Zielgerichtet ging er auf einen kleinen Kiosk zu, der Souvenirs verkaufte. Am Postkartenständer schaute ein Mann mit auffallender Optik das Angebot durch, blickte aber immer nach rechts und links. 1,90 Meter groß, Schlägerkappe, Kinnbärtchen, getönte Brille und gut gekleidet, so könnte man diesen Mann beschreiben.

Als dieser plötzlich den auf den Kiosk zugehenden Klaska erkannte, verharrte er in seiner ohnehin subtilen Bewegung und wollte wohl in der ersten Reaktion einen Richtungswechsel vornehmen und sich entfernen. Dann blieb er doch stehen und wartete auf Klaska, der seine Hand von seiner Begleitung gelöst hatte.

„Du hast dich nicht an die Absprache gehalten!", war die wie aus einem Kühlfach gesprochene Begrüßung des Unbekannten.

„Lass mich doch erst mal erklären", entgegnete ihm Klaska.

Julia Richter war es unheimlich, es hatte etwas aus Filmszenen, in denen plötzlich Personen bei solchen Treffen sterben, weil es ein Hinterhalt ist. Übertrieben dargestellt? Vielleicht, aber so langsam hatte sie auch Spaß an der Art, wie Klaska die Sache anging. „Wie heißt denn der Mann?", fragte sie Klaska leise.

„'Prüm' muss reichen", antwortete der für sie Unbekannte, der ihre Frage mitgehört hatte. „Mehr müssen Sie nicht wissen. Eigentlich hätte ich sofort gehen sollen, als ich Sie in Begleitung von Klaska gesehen habe."

Wer war, wer ist dieser Prüm, fragte sich Julia immer wieder. Welche Leute kennt Klaska noch und sind die alle ganz koscher?

Die beiden Männer klatschen sich ab und nahmen sich in den Arm. Die anfänglich ablehnende Haltung von Prüm verschwand mehr und mehr. Er machte dann auch den Vorschlag, ins Café „Speicher" zu gehen. Da würde es einen Bereich geben, wo sie ungestört würden reden können. Sie gingen also los, Klaska suchte nicht nach ihrer Hand, er versuchte, das Treffen professionell ablaufen zu lassen. Da war für Gefühle kein Platz.

Das Café war nur wenige Gehminuten entfernt, zwar voll, aber tatsächlich gab es im oberen Bereich eine Ecke, die wie reserviert wirkte. Prüm hatte einem Kellner nur einen kurzen Blick zugeworfen und der wies mit einer Geste nach oben. Man kannte sich gut und man kannte wohl auch diese Art von Treffen. An einem runden Tisch, mit Blick in den unteren Cafébereich, wurde Platz genommen. Von oben konnte man auf die Speicherstadt schauen und natürlich auf den Hafen.

Klaska stellte seine Begleitung vor, erzählte in kurzem Abriss den Weg der Freundschaft und warum die Anwältin ihn begleiten würde.

„Sie wissen hoffentlich, auf was Sie sich da einlassen?", fragte Prüm die Anwältin direkt. „Natürlich!", war ihre Antwort, ohne tatsächlich zu ahnen, was beim Treffen und in der Folge danach wirklich geschehen würde.

Nachdem sie zwei Cappuccino für Klaska und Julia Richter und ein Bier mit Schuss für Prüm bestellt hatten, tauschten sich Klaska und der noch aktive Ermittler des Landeskriminalamtes aus. Der war gerade in Hamburg mit einem aktuellen Fall beschäftigt und kannte sich nicht nur im Bundesland NRW aus, sondern eigentlich flächendeckend im ganzen Land. Seine Verbindungen waren einzigartig. Klaska fasste zusammen, erklärte seine bisherigen Ermittlungsschritte, schilderte seine Sicht der Verbindungen der beteiligten Personen untereinander, die alle nur das Ziel verfolgten, die Witwe Anna Kiesmann auszunehmen wie die bekannte Weihnachtsgans.

Er beschrieb die Gesellschaften, die nur zu dem Zweck gegründet wurden, der Witwe etwas vorzugaukeln. In Wirklichkeit gab es sie nur auf dem Papier, um daraus finanzielle Verpflichtungen auch nach dem Tod von Ernst Kiesmann widerrechtlich ableiten zu können. Legal sollte alles aussehen, schließlich waren ja bekannte Anwälte und Notare mit im Boot.

„Was Geldsucht und Macht doch immer wieder aus Menschen machen können", resümierte Prüm.

Er wurde jetzt lockerer und bezog sogar die Anwältin mit ein, die bisher schweigend und zuhörend ihren Cappuccino getrunken hatte. Zurückhaltung war angesagt, denn das Treffen mit diesem alten Bekannten von Klaska sollte den notwendigen Schritt nach vorne bringen, durch seine hoffentlich vorhandenen Erkenntnisse.

Die Anwältin traute sich zunehmend, direkt Fragen an Prüm zu stellen. Er kannte das Konstrukt rund um die Betrügereien der Anna Kiesmann.

„Das haben die Herren nicht zum ersten Mal so durchgezogen", betonte er und bezeichnete die Beteiligten als unersättlich und zur Not auch über Leichen gehend. „Bei denen spielt Geld fast schon eher die untergeordnete Rolle, denen geht es um Macht, um das Spiel damit, darum, das

Unmögliche möglich zu machen", ergänzte er.

Vieles deckte sich mit dem, was Sam aus Berlin gesagt hatte. Es war in diesem Moment klar, die weiteren Recherchen würden mehr als schwierig, denn wenn nur einer der „sauberen Herren" sein Schweigen brechen würde, bedeutete das Knast für mindestens die nächsten 10 Jahre. Da Geld genug vorhanden war, würde wohl auch schon ein in der Knasthierarchie kleiner Knacki mal Hand anlegen, um den Verräter aus der Runde der Heiligen zu bestrafen. Da musste sich Klaska schon etwas mehr einfallen lassen, als in seinen bisherigen Fällen, die eher klassisch angelegt waren. Allerdings wurde in ihm durch die Voreinschätzungen seines ehemaligen Kollegen sein Jagdfieber erst so richtig ausgelöst.

„Der Erdmann ist auch dabei?", fragte Prüm. Als Klaska dies erneut bestätigte, schilderte Prüm, woher er ihn kannte: aus zahlreichen Insolvenzbetrugsstraftaten, wo Erdmann immer die Firmeninhaber vertreten habe und natürlich deren Erben und Nachfolger. Jetzt war klar, warum Prüm für Klaska ein guter Informant war. Das soeben Gehörte übertraf seine gesamten Erwartungen. Prüm war richtig gut informiert und versprach, nach weiteren Beweisen für seine Erkenntnisse zu suchen.

Nach gut zwei Stunden trennte man sich wieder und die Rechtsanwältin ging mit Klaska über die Landungsbrücken zunächst zurück zum Hotel. Sie redeten während des Rückweges über die Einschätzung des Informanten. Irgendwann standen sie im Foyer des Hotels, holten den Zimmerschlüssel und gingen zum Fahrstuhl, der sie in die 3. Etage brachte. Beide traten aus dem Fahrstuhl und gingen den Flur entlang. Vor der Zimmertür standen beide und schauten sich einfach nur an. Kein Wort fiel, die Tür wurde mit der Keycodekarte geöffnet und Klaska zog die Anwältin sanft an der Hand in das Zimmer. Von draußen schien noch etwas Sonnenlicht durch die nur leicht zugezogenen Vorhänge. Die Anwältin liebte das Licht, die Helligkeit.

Sie küssten sich intensiv, hielten sich, die Hände streichelten gegenseitig den Rücken und dann das Haar. Es entwickelte sich etwas, was beide sofort spürten, diese Leidenschaft, ja auch das Verlangen, der Hunger auf Nähe und Wärme. Klaska realisierte mehr und mehr, er sah sich eher in einem Traum, aber es war Wirklichkeit und die ließ ihn zärtliche Dinge tun, die seine Liebe aus vergangenen Zeiten schätzte und so wurden es wunderbare Stunden der Zweisamkeit, des Genießens, weg von all den menschlichen Tragödien und Feindseligkeiten.

Sie wurden zu einem Paar und bemerkten es beide im Unterbewusstsein. Da hatte sich etwas zwischen den beiden entwickelt, etwas, was man damals nicht zulassen wollte, denn sie waren beide gebunden gewesen, hatten ihre Erfahrungen in langen Beziehungen gemacht, aber das Glück war diesbezüglich nicht auf ihrer Seite gewesen.

Damals scheiterte ein gemeinsamer Start genau an diesen Rückblicken und der Angst, eine neue Bindung könnte ebenfalls wieder scheitern. Doch jetzt war, ja, wurde alles anders. Sie bemerkten diese Zuneigung, dieses ungebremste Bedürfnis, zusammen sein zu wollen. Die gemeinsamen Ermittlungen im Fall Anna Kiesmann ließen sie immer weiter zusammenwachsen und es fühlte sich unbeschreiblich gut an. Da war nichts mehr mit dem knallharten Ermittler Klaska und der ebenso vor Gericht harten Anwältin Richter. Gefühle, so war Klaskas bisherige Meinung, können einem Prozess und der Ermittlungsarbeit schaden, aber diese Ansicht warf zumindest er gerade vollständig über Bord. Wie würde sie wohl denken? Sein Blick in ihre Augen gab ihm die Antwort. Es war dieser besondere Blick, diese leicht verwässerten Pupillen und ihr besonderes Lächeln, das er früher schon immer so sehr mochte.

Sie lag in seinem Arm, fühlte und genoss diese Geborgenheit, atmete flach und schlief ein, während er nachdachte, wie alles weitergehen könnte. Diese Gedanken waren nicht nur auf die Beziehung bezogen, nein, auch auf den Fall. Klaska ließ die letzten Stunden auf sich wirken. Er war bewegt und aufgewühlt. So viel war geschehen. Wie würde das alles weitergehen? Würde es dieses Mal mit Julia klappen? Er wünschte es sich. Beziehung? Hatten sie die denn eigentlich schon oder was passierte da gerade? Ihm wurde klar, diese Frau wollte er nicht noch einmal verlieren. Nur konnte, sollte er seine Gefühle offenlegen? Würde die Wahrheit über seine Gefühle sie nicht verschrecken und alles zerstören? Nach gut einer Stunde bemerkte Klaska, wie seine Traumfrau langsam wach wurde und ihn sanft mit ihrer linken Hand auf der Brust streichelte.

„Ben!"

„Ja", antwortete er.

„Ich hab tierischen Hunger!", sandte sie die eindeutige Botschaft an ihren Partner. Oder wie würde sie ihn ab jetzt bezeichnen?

Sie standen auf, duschten gemeinsam und er sah ihr nasses Haar, hielt sie an den Oberarmen fest und jetzt, völlig ungeplant, aber offenbar aus völliger, innerer Überzeugung und mitten aus seinem Herzen flüsterte er: „Ich liebe dich!"

Sie verstand es nicht sofort und forderte ihn auf doch ein wenig lauter zu sprechen. Klaska wiederholte also und diesmal war es fast wie ein Aufschrei, es musste einfach raus, die Welt sollte es hören und er ergänzte sogar noch um ein Wort: „Schatz, ich liebe dich!"

Strahlte seine Julia oder war es ein abweisender Gesichtsausdruck? Klaska war verwirrt, begann zu taumeln. Lag es an der Luft im fensterlosen Bad des Hotels oder er, der Kerl, den nichts erschüttern konnte, mit der Situation nicht umgehen? Sie übernahm jetzt das Gespräch: „Ich danke dir für deinen Mut, Ben. Darauf habe ich so lange gewartet. Ich liebe dich auch, habe mich aber auch nicht getraut, es dir zu sagen!"

Sie küssten sich, sahen sich immer wieder an, hielten sich fest. Es war ein einzigartiger Moment. Dann trockneten sie sich ab, zogen sich an und endlich ging es in Richtung der Gastronomie „Elbschätzken", wo es typische Hamburger Gerichte gab. Klein, aber gemütlich, Seemannsgarn lag in der Luft und knackig-freundlicher Umgang mit dem Gast. Sie bestellten Scholle Finkenwerder Art und Pannfisch und speisten mit großem Appetit.

Es war ein toller Tagesabschluss und das, nachdem beide einander endlich ihre Liebe so deutlich bekundet hatten. Sie redeten und redeten, bestellten ein Getränk nach dem anderen. Irgendwann wollte auch der Wirt in die Koje und so standen sie auf und gingen Hand in Hand zurück in ihr Hotel. Für den nächsten Tag war die Rückfahrt geplant, natürlich erst nach einem ausgiebigen Frühstück, eventuell eins auf dem Fischmarkt. Dafür wäre frühes Aufstehen notwendig. Julia war sich noch nicht sicher, ob sie das wollte. Sie machte es einfach davon abhängig, wie die Nacht in Sachen Schlaf verlief.

Kapitel 16

Berlin, Hamburg, Freiburg, lauter neue Informationen

Die Rückfahrt aus Hamburg war ruhig. Beide waren in ihren ganz eigenen Gedanken verhangen. Klaska fuhr den ersten Teil zurück, weil Julia noch zu geschafft war und darum bat, noch ein wenig während der Fahrt dösen zu dürfen. Auch für sie stellte sich gerade das Leben um, denn die Liebe zu Klaska, den sie vor so vielen Jahren erstmals kennenlernte, war lichterloh entfacht und es war genau das, was sie sich immer gewünscht hatte. Partnerschaftlich auf Augenhöhe durch das Leben gehen, auch wenn es sicher zwischendurch mal zu Verstimmungen kommen würde. Auch das gehört dazu, denn bekanntlich ist das Leben ja kein Ponyhof. Klaska fuhr sehr defensiv zurück, genoss es, hin und wieder zu ihr rüberzuschauen, wenn sie mit geschlossenen Augen wo auch immer in ihren Gedanken gerade unterwegs war. Der Fall war aber bei beiden immer präsent im Kopf, denn von nun an hieß es, mit den gewonnenen Informationen aus Hamburg umzugehen, gezielt Akzente zu setzen und vielleicht auch schon mal erste Unruhe zu stiften in den Kreisen der offenbar nicht ganz so netten Anwaltstruppe, die Anna Kiesmann das Leben schwer machte, es ihr im Prinzip nehmen wollten. Nur gut, dass Prüm selbst Informationen aus Castrop-Rauxel hatte, denn dort war er für das LKA Düsseldorf auf Zielpersonen angesetzt gewesen. Hamburg – Castrop, schon irgendwie amüsant. Weltstadt trifft Kleinstadt, schon verrückt im Zusammenhang mit den Ermittlungen im Fall Anna Kiesmann. Wer wollte glauben, dass Anna noch irgendwelche Geldbeträge für ihre Versorgung im Ruhestand bleiben sollten? Ausnehmen wollten sie die Frau von Anfang an und deshalb überlegte Klaska fast die gesamte Rückfahrt, wie er weiter geschickt agieren könnte. Denn eines war klar: Auch er würde in die Schusslinie geraten. Ein schlichtes Gespräch mit den verdächtigten Anwälten würde nichts bringen, im Gegenteil, sie würden eigene Strategien entwickeln und Spuren verwischen, um bloß keine Verdachtslage aufzudecken, die die Staatsanwaltschaft benötigt, um erste Beschlüsse durch das Gericht auf den Weg zu bringen. Klaska war das bewusst, denn in seiner aktiven Zeit hatte er oft genug erlebt, wie es ist, wenn man kurz vor einem polizeilichen Zugriff dann doch den Kürzeren hatte ziehen müssen.

Beweissicher muss alles sein, immer diesen gewissen Vorsprung haben, weiter denken als das Gegenüber, so hatte er es gelernt und von dieser Linie wollte er auch nicht abweichen. Seine Gedanken, sein Vorgehen mit seiner Anwältin, die nun zu seiner Lebensgefährtin, ja Partnerin wurde, in Übereinstimmung zu bringen, war ab jetzt die große Kunst.

Es regnete fast die gesamte Rückfahrt und die Autobahn war voll, so dass Klaska sich mehr auf den Verkehr konzentrieren musste. Es fiel ihm aber schwer, sich zumindest für ein kurzes Zeitfenster gedanklich vom Fall zu verabschieden. Wieder schaute er zu ihr rüber, aber sah nur die weiterhin geschlossenen Augen und ein endlich mal entspanntes Gesicht. Die Art und Weise, wie sie jetzt zusammen den Fall durchleuchteten, machte doch müde, ein kleiner Ausstieg aus diesem Karussell rund um Anna Kiesmann war erlaubt, ja sogar förderlich, um danach mit frischen Ideen weiterzumachen.

Kurz vor der Abfahrt Castrop erreichte Klaska ein Anruf. Er musste ihn über die Freisprecheinrichtung des Fahrzeugs annehmen, auch wenn Julia dann wahrscheinlich wach werden würde. Klaska tat es und erhielt von seinem Hamburger Kollegen noch einen weiteren Hinweis und eine neue Spur, die sie nach Freiburg führen sollte, an den Kaiserstuhl, denn dorthin hatte sich wohl einer der Anwälte rund um den Fall Kiesmann abgesetzt.

Prüm hatte direkt nach Klaskas Abfahrt seine weitreichenden Kontakte spielen lassen und so die Information recht schnell bekommen. Prüm hatte einfach überall seine Informanten und es war interessant, wie weit verzweigt das Netzwerk der edlen Herren war. Ohne seinen ehemaligen Kollegen wäre Klaska wohl nicht weitergekommen. Er wusste noch aus früheren Zeiten, dass Prüm gerne ein Handgeld gab, wenn die dafür erhaltenen Informationen wichtig waren. Von Klaska würde er aber niemals etwas verlangen. Die beiden waren damals echte Kumpels und deshalb half man sich auch jetzt noch. Trotzdem war Prüm schon irgendwie eigenartig. Ein kleines Weingut sollte es sein, eher für einen Abbruch geeignet und für kleines Geld verkauft worden. Der feine Herr Notar Erdmann wusste ja, wie man das große Geschäft machte. Klaska malte sich aus, mit welchen Machenschaften er wohl an dieses Weingut gekommen war. Er hatte wahrscheinlich erfahren, dass das Gut einer betagten Frau ohne Nachkommen gehört hatte. Egal, es war jedenfalls ein weiteres Puzzlestück.

Julia hatte den Anruf mitgehört und schaute anschließend vom Beifahrersitz rüber und fragte: „Na, was meinst du, sollen wir direkt nach Freiburg fahren?"

Klaska war einen Moment lang sprachlos, denn er spürte wieder, wie sehr auch Julia an der Aufklärung des Falls interessiert war. „Musst du denn nicht in deine Kanzlei?", fragte er vorsichtig nach.

„Ich rufe meine Mädels an und kläre alles während der Fahrt, Mandantengespräche erledige ich ebenfalls von unterwegs."

Klaska war begeistert und ergänzte schnell, sie könnten sich ja fehlende Wechselwäsche und Bekleidung sicher auch in Freiburg kaufen. Julia freute sich, mal wieder in diese Region zu kommen. Sie hatte nämlich dort einige Semester Jura studiert, genau in der Zeit, wo sich die beiden aus den Augen verloren hatten. Alte Bekannte hatte sie dort auch noch und vielleicht blieb ja ein bisschen Zeit für einen kurzen Besuch. Klaska gab die neuen Daten ins Navi ein und kurz darauf mussten sie auch schon die Autobahn wechseln. Das Wetter wurde nicht besser und die beiden vereinbarten, die Fahrerposition zu wechseln, wenn es nicht mehr so stark regnen würde.

„Berlin, Hamburg und nun auch noch Freiburg, einfach Wahnsinn, aber total schön, wenn man jahrelang nicht wirklich unterwegs war", betonte Julia und Klaska ergänzte: „Ich habe eigentlich total zurückgezogen gelebt und Urlaub war für mich ein Fremdwort, aber richtig Urlaub machen wir ja auch nicht, wir sind für den Fall unterwegs, aber ich genieße es einfach, mit dir zusammen zu sein."

Es lagen nun noch einige hundert Kilometer vor ihnen und Julia bat Klaska, einen einigermaßen ansprechenden Rastplatz auszuwählen, um wenigstens mal etwas zu essen und einen Kaffee zu trinken. Wie gewünscht erreichten sie einen Autohof, der ein wenig mehr im Angebot hatte, so dass die beiden sich gut verpflegen konnten. Nach 30 Minuten Pause fuhr Julia weiter, der Regen hatte nachgelassen. Sie wünschte sich, Klaska würde mal etwas schlafen und gab ihm vor der Weiterfahrt noch einen zärtlichen Kuss, begleitet mit den Worten: „Mach mal bitte wenigstens ein paar Minuten die Augen zu." Er versprach es, war bemüht, aber in seinem Kopf drehte schon wieder sein ganz spezielles Gedankenkarussell die Runden.

Auch Julia betrachtete das gesamte Verfahren aus ihrer Sicht als Anwältin, die einfach nur Gerechtigkeit für die Witwe Anna Kiesmann wollte, dies war ihr oberstes Ziel. Die Strafverfolgung der Behörden, die zwangsläufig folgen würde, stand für sie gar nicht so an erster Stelle. Sie sah einfach nur die alte Frau, die über Jahre von ihrem Ehemann betrogen und belogen worden war und darüber den Zuspruch, das Verdrängen im Alkohol gesucht hatte. Nach dem Tod des großen Herrschers und Firmenoberhauptes sollte sie über den Leisten gezogen werden sollte, von Berufskollegen, denen es offenbar völlig egal war, was die Anwaltskammer zu einem solchen Verhalten sagen würde. Diese Leute brachten wegen ihrer Kriminalität den gesamten Berufsstand in Verruf. Ihr Hauptaugenmerk war nur der eigene Geldbeutel und dafür war jedes Mittel recht.

Klaska war gerade wegen des perfiden Vorgehens dieser Juristen scharf darauf, ihnen das Handwerk zu legen. Wenn er einmal Blut geleckt hatte – und hier waren die Spuren so deutlich – dann ließ er die Fährte nicht mehr los. Die Fahndungsmaschinerie lief dann in seinem Kopf auf Hochtouren.

Nach gut acht Stunden Autofahrt, nur kurz unterbrochen von zwei weiteren Pausen und einem Fahrerwechsel, kamen die beiden in Freiburg an. Es war allerdings schon nach 23 Uhr. Sie mussten noch ein Hotel finden, was sich als sehr schwierig herausstellen sollte, denn es fand eine Weinmesse statt und deshalb standen nicht genug Zimmer zur Verfügung. Julia erinnerte sich an ihre Studiumszeit und an ein kleines, aber feines Hotel etwas außerhalb der Stadt, welches damals von der Inhaberfamilie selbst geführt wurde. Dort war sie zuvor mit ihrer viel zu früh verstorbenen Mutter gewesen.

Dank schneller Internetrecherche wurden die beiden fündig und zum Erstaunen gab es das Hotel immer noch, mittlerweile bereits in der nächsten Generation geführt. Anruf, Nachfrage und sie hatten sogar ein Zimmer mit Balkon, was bei der momentanen Wetterlage nicht hätte unbedingt sein müssen. Nach weiteren 15 Minuten erreichten die beiden das Hotel, völlig kaputt von der langen und anstrengenden Fahrt. Nach dem Einchecken fragten sie, ob die Küche noch geöffnet habe, was verneint wurde, aber die Chefin des Hotels hatte ein Einsehen und fragte: „Reicht ihnen etwas frisches Brot, Käse und ein guter Rotwein?"

Fast unisono antworteten beide: „Na klar, super, vielen Dank!"

Mehr war nicht zu erwarten und nach Bezug des Zimmers klopfte es auch schon an die Tür und das durchaus ansprechende Nachtmahl wurde sogar noch gebracht.

„Da haben Sie aber Glück gehabt, dass Sie mich telefonisch zu dieser späten Stunde überhaupt erreicht haben. Sie hätten besser vorher mal kurz von unterwegs anrufen sollen. Aber egal, Sie haben ja nun noch bei uns ein hoffentlich schönes Zimmer bekommen. Ich wünsche Ihnen einen angenehmen Aufenthalt", sagte die Hotelchefin bei der Übergabe des kleinen Nachtmahls und verabschiedete sich.

Tatsächlich, es war ihnen nicht in den Sinn gekommen, während der langen Fahrt schon mal anzurufen, so tief waren sie offensichtlich in ihren Gedanken rund um den gemeinsamen Fall. Sie waren zu einem Team zusammengewachsen.

Die beiden holten sich den Balkontisch ins Zimmer, Klaska fand eine Kerze und zusammen gestalteten sie den Abendtisch. Es fehlte ein Feuerzeug oder Streichhölzer. Klaska verließ das Zimmer und bat einen gerade zurückkehrenden Hotelgast auf dem Flur um Hilfe. Bereitwillig und freundlich bekam er ein Feuerzeug, kam zurück ins Zimmer, entzündete die Kerze und gab es dem anderen Gast direkt wieder. Im Schein des Kerzenlichtes saßen beide am Tisch und aßen ein wenig vom Brot und dem Käse. Der Wein schmeckte, doch die Müdigkeit überwog und so dauerte es nicht lange, bis sich beide auf das Bett legten und sie zunächst in seinem Arm einschlief. Klaska folgte, in Gedanken versunken, nach wenigen Minuten. Es war schön für ihn, diese Nähe zu spüren, ihren Atem zu hören, ihre Haut zu riechen, ein Duft, der ihm Ruhe gab.

Am nächsten Morgen wurden sie gegen 7 Uhr wach und staunten, dass sie noch angezogen waren. Völlig kaputt standen die beiden auf und machten sich salonfähig.

„Jetzt erst mal ein ordentliches Frühstück", meinte Julia. Sie sollten nicht enttäuscht werden. Alles wurde angeboten, zumindest alles, was den beiden schmeckte, plus Besuch des Hotelchefs am Tisch und der Frage, ob denn alles recht sei.

Julia kannte den Hotelchef noch von früher und hatte zuvor ein paar Worte mit ihm gewechselt. Es war ein guter Tagesbeginn, die Anstrengung der Fahrt, der Ermittlungen in Hamburg fielen langsam ab. Noch während des Frühstücks fragte Klaska, ob es okay wäre, wenn er erst mal allein den Kontakt in Freiburg ausfindig machen würde. Prüm hatte ihm eine Handynummer per SMS geschickt, verbunden mit dem Namen „Alpa", was auch immer das bedeuten sollte und wer auch immer hinter diesem Namen steckte.

„Du kennst dich doch hier gar nicht aus", antwortete sie.

„Und du?", fragte er nach.

Jetzt war der Zeitpunkt gekommen und sie erzählte ihm ihre Verbindung in den Breisgau. Klaska hörte zu, wirkte erstaunt, denn so erfuhr er nun auch noch ein Stückchen mehr aus ihrem Leben, welches er über viele Jahre aus den Augen verloren hatte, ihn aber brennend interessierte.

„Dann habe ich ja quasi eine Stadtführerin", entgegnete er ihr, nachdem sie ihm alles rund um ihr Studium und die daraus resultierenden Bekanntschaften erzählt hatte.

Sie erzählte ihm auch, dass ihre Mutter es damals möglich gemacht hatte, weiter zu studieren, nachdem der Vater mit gerade mal 57 Jahren verstorben sei.

„Ich musste damit rechnen, jederzeit das Studium abzubrechen, wenn es finanziell eng geworden wäre", schilderte sie Klaska weiter ihre Vergangenheit.

Klaska rief die Nummer an, die ihm Prüm geschickt hatte, erreichte aber niemanden. Zwei Minuten später erfolgte ein Rückruf und am anderen

Ende fragte eine tiefe Stimme unfreundlich: „Bist du der Typ, den mir Prüm angekündigt hat?" Klaska bejahte und wollte noch etwas sagen, aber dieser Typ nannte nur noch kurz einen Treffpunkt und eine Uhrzeit und legte dann sofort auf.

„Kennst du das alte Uni Café in Freiburg?", fragte er Julia, die es natürlich kannte. „Da müssen wir um 12 Uhr sein."

„Wie erkennen wir denn, wer es ist?", fragte Julia Richter nach. Sie wollten es auf sich zukommen lassen, vielleicht lief es so wie in Hamburg ab. Klaska hatte noch keine Ahnung, wer oder was sich hinter diesem kuriosen Kürzel „Alpa" versteckte. Sie fuhren los, Julia am Steuer, denn sie wusste auch ohne Navi den Weg, überlegte nur nach so vielen Jahren, wo man am besten parken könnte, aber auch das Problem war schnell gelöst, dank der Leitsysteme in der Stadt. Das Parkhaus war praktisch mitten in der Stadt und umgeben vom Leben und den Geschäften einer Universitätsstadt. Junge Leute prägten das Stadtbild.

Klaska sah sich um und registrierte die Eindrücke, für ihn war es der erste Besuch in dieser Stadt. Nach ein paar Gehminuten erreichten sie das Uni Café, aber eine Aussicht auf einen Sitzplatz erkannten sie nicht. Es war brechend voll, wirkte hektisch und laut. Wie sollten sie dort eine fremde Person finden, die sie noch nicht einmal von einem Bild kannten? Klaska blieb ruhig, stand am Eingang und blickte im Uhrzeigersinn in jede Ecke, an jeden kleinen Tisch und verharrte in den Nischen des Cafés.

„Da sitzt er", sagte er plötzlich zu ihr und sie staunte. Das Wieso-der-Typ? stand ihr praktisch auf die Stirn geschrieben. Klaska hatte es bei der Polizei gelernt, Räume in Sekundenschnelle in sich aufzunehmen, Situationen zu bewerten und Menschen zuzuordnen. Selbst, wenn er nur privat unterwegs war, checkte er immer seine Umgebung ab. Saßen zum Beispiel mehrere Personen an einem Tisch und unterhielten sich über die unterschiedlichsten Themen, konnte er hinterher genau wiedergeben, wer was zu wem gesagt hatte.

In einer Ecke, leider neben der Tür zu den stark frequentierten Toiletten, saß ein Mann mit Strickmütze und schaute die beiden mit verschränkten Armen an. Ein grauer Schal lag um seinen Hals und eine alte Lederjacke daneben über der Stuhllehne. Sie gingen in die Richtung und Klaska fragte: „Alpa?" Die Antwort kam knapp gehalten.

„Setzen!"

So nett aufgefordert Platz zu nehmen, kamen Klaska und Julia Richter dieser Bitte natürlich nach. Es hatte schon etwas Filmreifes, was die Ansprache und den Ablauf des Treffens betraf.

„Zu zweit?", fragte dieser verbiestert oder einfach nur extrem cool wirkende Typ verwundert. Klaska erklärte den Grund der Anwesenheit seiner Anwältin, den sein Gegenüber nicht unbedingt nachvollziehen konnte oder wollte. Die Lautstärke im Café wurde ein Problem, zumal der Informant, der mehr und mehr wie ein alter, vergrämter Professor wirkte, sehr leise sprach, denn die Nachbartische standen nicht weit entfernt. Klaska kannte ihn jedenfalls nicht aus seinem damaligen Polizeiumfeld. Aber wer weiß, ob er nicht mit Prüm zusammengearbeitet hatte. War ja auch egal, Hauptsache, es gab weitere Informationen. Alpa kam auch vielleicht deshalb direkt auf den Punkt. Zum Erstaunen der beiden nannte er Namen aus dem gesamten Ermittlungsvorgang, den Klaska in Sachen Anna Kiesmann zu klären hatte. Auch der Name des Notars Erdmann, der nach Meinung Klaskas sämtliche Fäden in der Hand hielt, wurde genannt und dazu noch weitere Namen, die aus dem Bereich der Finanzen kamen und teilweise in Führungspositionen der Ämter saßen. Klaska versuchte, sich Notizen zu machen.

„Nicht hier und nicht so auffällig!", war die Reaktion von Alpa. Man hatte schon ein wenig den Eindruck, dass er sich beobachtet fühlte oder es war einfach übertriebene Vorsicht. Sie bekamen die Bestätigung, dass sich im Freiburger Raum tatsächlich ein beteiligter Anwalt und Steuerrechtler ein altes, marodes Weingut gekauft hatte. Hier sollten Gelder gewaschen werden, Gelder, die aus dem Erbvermögen Kiesmann stammten und die der Witwe Anna vorenthalten werden sollten. Durch den Aus- und Umbau des Weingutes, durchgeführt durch Firmen aus dem osteuropäischen Raum, konnten die aus dem Imperium Kiesmann veruntreute und unterschlagene Beträge wunderbar untergebracht werden. Woher bloß wusste dieser Alpa, der nicht bereit war, seine wahre Identität auch nur ansatzweise zu zeigen, das alles? Was machte er bzw. hatte er mal beruflich gemacht? Sein geschätztes Alter ließ eher einen Ruheständler vermuten. Jetzt brauchten sie nur noch den Namen des neuen Weingutbesitzers und dann hätten sie einen konkreten Ansatz für weitere Ermittlungen, zumal ja auch irgendeine Bank beteiligt sein musste. Dass der gesamte Betrag für den Kauf des Weingutes in bar auf das Weinfass gelegt worden war, schien unwahrscheinlich. Das Finanzamt hätte Fragen gestellt, denn Einträge im Grundbuch werden der Finanzbehörde gemeldet. Klaska wurde deshalb deutlicher und bohrte nach, doch Alpa wollte sich noch nicht dazu äußern. Er erzählte lieber drum herum, ohne sich genau festzulegen, obwohl sein Wissen mit sehr viel Hintergrundinformationen angereichert war. Auch Julia merkte schon die ganze Zeit, wie sich dieser auch auf sie komisch wirkende Informant innerlich sperrte. Sie hatte das Gefühl, Mafiastrukturen gegenüber zu stehen, nach dem Motto: Es folgt die sofortige Vergeltungsaktion der Person, wenn der Name genannt wird.

„Wenn Sie uns das jetzt alles mitteilen, was natürlich hilft, irgendwo endlich man ansetzen zu können, kann es doch auch nur in Ihrem Sinne sein, dass die Witwe Gerechtigkeit erfährt. Gelitten hat sie doch bisher schon genug!"

Julia Richter sah dem Mittelsmann fest in die Augen. Der Appell zeigte Wirkung und löste Nachdenklichkeit aus. Sollte er den Namen am Ende des Gesprächs doch noch sagen? Klaska unterstützte sie bei ihren Argumenten und sagte den entscheidenden Satz: „Stell dir vor, es wäre deine eigene Mutter, mit der man so kriminell und unmenschlich umgeht."

Treffer. Alpa griff sich nervös mit der Hand immer wieder an sein Kinn, lehnte sich im Stuhl vor und zurück, wippte hin und her, bis endlich leise, wirklich sehr leise der Name fiel.

„Walter Kaschubek, Anwalt, Notar und Steuerfachmann", sagte Alpa. Den Namen würde er aber nicht noch einmal wiederholen.

„Bitte sag mir noch, ob du auch den Namen Erdmann schon mal gehört hast?"

„Klar!", kam prompt die Antwort. „Der hat doch den Kaufvertrag abgewickelt. Jetzt aber genug der Informationen!"

Klaska hatte verstanden und sagte sich den Namen mehrfach hintereinander im Kopf auf, gleiches tat Julia Richter. Dann stand Alpa plötzlich auf, legte 10 Euro auf den Tisch und ging ohne ein Wort der Verabschiedung. Sie sollten diesen mysteriösen Mann nie wiedersehen, er wirkte eher wie eine Kunstfigur, aber sie hatten mit ihm doch tatsächlich gesprochen. Das Puzzle formte sich langsam zu einem Bild.

Der Privatermittler und die Anwältin sahen sich an, blieben auf einen Cappuccino noch eine Weile sitzen, notierten sich den genannten Namen auf einem Tassenuntersetzer aus Papier und machten sich dann auf den Weg. Man sah das Funkeln in ihren Augen, die fragenden Blicke, beide mussten erst mal das gerade Erlebte verarbeiten.

Kapitel 17

Die Suche nach dem Weingut

Wer weiß, was in einer Stadt wie Freiburg und könnte Hinweise auf diesen „Walter Kabuschek" geben? Als Anwalt-Notar müsste es doch eigentlich eine Eintragung bei der Anwaltskammer geben. Branchen-einträge und Websites hat doch heutzutage eigentlich jeder, Ausnahmen wird es aber auch da geben. Wahrscheinlich gab es die Kanzlei gar nicht mehr. Die Ämter der Stadt, wie z. B. das Grundbuchamt, die Polizei, ein anderer Winzer? Klaska überlegte und Julia natürlich auch. „Lass uns mal in unser Hotel fahren", sagte sie. Sie ging davon aus, dass die freundliche Hotelchefin vielleicht den „Dorftratsch" kannte und mög-licherweise vom neuen, fremden Weingutbesitzer gehört hatte. Schließ-lich würde es Aufsehen erregen, wenn einer in die Winzergemeinschaft kommt, der keine Ahnung vom Weinbau hat, aber trotzdem in so ein marodes Gut investierte.

„Super Idee, mein Schatz!", antwortete Klaska und fand diese Anrede mehr und mehr zutreffend. Erstaunen bei Julia, aber sie reagierte mit einem für Klaska wunderschönen Lächeln und kommentierte es nicht weiter. Es gefiel ihr. Raus aus dem Parkhaus und kurz orientiert, Navi eingeschaltet und schon waren sie auf dem Rückweg zum Hotel. Sie hatten ganz vergessen, noch mal schnell zum Uni-Gebäude zu gehen, aber das konnte ja noch nachgeholt werden, denn die Ermittlungen wa-ren jetzt wichtiger.

Es ging ein Stück entlang des Flusses Dreisam. Ein wenig Orts-und Hei-matkunde von Julia, die zu Studienzeiten oft am Fluss gewesen war. Er überlegte, sie mit einem Urlaub in dieser Gegend zu überraschen, wenn sie den Fall abgeschlossen hatten.

Sie erreichten ihr Hotel und als sie den Zimmerschlüssel an der Rezep-

tion abholen wollten, stand, wie erhofft, die Hotelchefin am Empfangs-
tresen. Freundlich fragte sie die beiden, ob es denn bisher trotz des nicht
gerade guten Wetters ein angenehmer Vormittag in der Region am Kaiserstuhl gewesen wäre.

„Ja," antwortete Klaska, „aber wir hätten da auch mal eine Frage und Sie
können uns bestimmt helfen."

„Gerne!", antwortete die sympathische Chefin.

Klaska schilderte sein Interesse an alten Weingütern und erzählte, man
habe ihm in der Stadt ein altes Gut beschrieben, welches gerade den Besitzer gewechselt habe. Der neue Besitzer sei kein Winzer, sondern ein
Investor, der nicht aus der Gegend kommt und das Gut gerade umbauen
ließe.

„Den kenne ich!", kam die erhoffte Antwort und die Augen von Klaska
und Julia wurden größer.

Waren sie etwa am Ziel bzw. konnten sie einen weiteren Ermittlungsschritt gehen? Die Hotelchefin beschrieb minutenlang die Geschichte
des alten Weingutes. Sie bedauerte, dass kein Einheimischer bereit gewesen war, die Kaufsumme aufzubringen, um die Tradition des Gutes
fortzusetzen, denn eine besondere Art eines Muskatellers wäre dort über
Jahrzehnte hergestellt worden. Nicht mehr viele Winzer würden diese
Traube verarbeiten. Jammerschade, war ein Wort, was sie mehrfach in
ihrer ausführlichen Beschreibung benutzte. Man spürte förmlich die
Leidenschaft in jedem Wort und vielleicht sogar auch den versteckten
Wunsch, es doch selbst gerne gekauft zu haben. Der neue Besitzer würde
kaum Kontakte pflegen und die zum Gut gehörenden Weinberge würden
so langsam, aber sicher verkommen, weil die Reben nicht sorgfältig ge-
schnitten würden. Ernsthaften Weinbau könnte man da noch nicht erkennen.

Gerüchteweise habe sie beim letzten Winzertreffen gehört, dort würden Gelder eingesetzt, die nicht auf dem rechten Weg erlangt wurden.
Komisch sei auch, dass kaum Handwerker aus dem Freiburger Raum
dort gesehen würden. Alte Wohnwagen mit ausländischen Kennzeichen
würden dazu auf dem Gelände stehen. Ein Freund aus der Bauverwal-
tung habe ihr aber hinter vorgehaltener Hand gesagt, dass alle Umbauten
genehmigt wurden und auch keine Ausnahmen von Seiten des Amtes

zugelassen wurden. Dieser Freund habe ihr auch erzählt, dass Weinbau beabsichtigt sei, denn dies wäre eine Vorgabe der Verkäufer gewesen, die selbst das Gut geerbt hätten. Da es von ihrer Seite keinen leidenschaftlichen Bezug zur Weinherstellung gab, entschied man sich zum Verkauf. Es soll eine Erbengemeinschaft gewesen sein, die nicht unbedingt harmonisch miteinander umgegangen ist. Dann kam die Investorengruppe und hat gleich ein offenbar unwiderstehliches Angebot gemacht. Allerdings sei einer aus dieser Investorengruppe wohl recht schnell seine eigenen Wege gegangen. Man hörte im Ort von „Diskrepanzen". Er soll sich in den Chiemgau abgesetzt und im Bereich Reit im Winkel ein Anwesen gekauft haben. Seine Anteile am Weingut sollen ihm die anderen Investoren abgekauft haben. Es soll ebenfalls ein Anwalt sein, der aber nicht mehr beruflich aktiv sei, wahrscheinlich auch deshalb, weil sein Anteil aus der erschlichenen Gesamtsumme groß genug war, um sich auf einen Altersruhesitz zurückzuziehen, mutmaßte Klaska in seinen spontanen Gedanken zu den gerade erhaltenen Informationen.

„Wo liegt denn nun erst mal dieses Weingut?", wollte Julia Richter wissen und kam mit dieser Frage Klaska zuvor. Sie merkte nämlich, wo Klaska gedanklich gerade war.

„In Eichstetten!", wusste die Hotelchefin zu berichten. Es sei ein kleiner, aber feiner Ort mit netten Menschen und da stehe das Weingut direkt im Hang, anders, als die anderen Betriebe, die ja meistens unterhalb der Anbaugebiete ihre Betriebe hätten.

„Ruhig und abgelegen also?", fragte Klaska nach. Der ehemalige Polizist kam in ihm durch und er war sich sofort sicher, warum gerade diese Lage so interessant für den Investor war.

„Könnte man so beschreiben", antwortete die auskunftsbereite Hotelchefin.

„Vielen Dank!", sagte Julia und ging mit Klaska auf das Zimmer. Vor der Zimmertür war ihm danach ihr einen spontanen Kuss auf die Wange zu geben. Es sollte Dankbarkeit ausdrücken, er fühlte sich einfach mit ihr an seiner Seite sichtlich wohler.

Vorbei war seine Einzelgängerzeit, er wusste, was er an ihr hatte. Sie drehte sich ihm zu, nahm ihn in den Arm und forderte ihn auf, sie doch mal richtig zu küssen. Klaska spürte sofort wohlige Wärme in ihm aufsteigen, ausgelöst durch ihre auffordernden Worte, nahm sie zärtlich in seine Arme und küsste sie innig und mit Leidenschaft. Er ging noch einen Schritt weiter und flüsterte ihr ganz leise ins Ohr: „Ich liebe dich!" Dieser Atem, dieser Kontakt mit ihren Lippen faszinierte ihn immer wieder neu. Julia schloss die Zimmertür auf und sie gingen schwankend, sich haltend, hinein. Die Tür fiel ins Schloss und ihre Küsse wurden intensiver. Kein weiteres Wort fiel über den Fall und die neuen Informationen. Sie nahmen sich einfach mal die Zeit, füreinander da zu sein. Am Abend gingen sie auf Empfehlung der Hotelchefin in ein kleines Restaurant in der Nähe und speisten vorzüglich. Eine Straußenwirtschaft, so war die Bezeichnung im Breisgau für diese an einen Winzerbetrieb angeschlossene Gaststätte. Bei einem guten Essen und einem sensationellen Wein besprachen sie die weitere, gemeinsame Vorgehensweise. Klaska, der vorher nie Wein getrunken hatte und wenn überhaupt mal ein alkoholisches Getränk angesagt war, gerne ein Altbier getrunken hat, gefiel es, so ganz anders das Leben zu genießen. Julia veränderte ihn mehr und mehr, er ließ es nach und nach in kleinen Schritten zu, es war etwas, was er offensichtlich brauchte, ohne es vorher gewusst oder erlebt zu haben. Er lernte zu genießen, Entspannung bei einem guten Glas Wein zuzulassen und genoss die Gespräche, die sie führten und vor allen Dingen, wie sie diese führten. Immer auf gleicher Ebene, kein Besserwissertum, gegenseitige Akzeptanz des gegenseitigen Respekts, eine vielversprechende Basis.

Sie besprachen ihr weiteres Vorgehen, was sinnvoll wäre, um nicht aufzufallen, und ob es nicht mal an der Zeit wäre, dass Klaska an die Witwe Anna Kiesmann einen Zwischenstand übermittelt. Letzteres war ein guter Gedanke, der von Julia kam, die einfach Mitleid mit dieser vom Leben so dermaßen gezeichneten Frau hatte.

Am nächsten Tag telefonierte Klaska mit Anna Kiesmann und schilderte ihr seinen Kenntnisstand. Offenbar war sie beeindruckt von seinen Fortschritten, die er aber nicht allein für sich in Anspruch nahm, sondern klar und deutlich von seiner Begleitung erzählte, die ihn maßgeblich unterstützt hatte.

„Vertrauen sie noch Anwälten?", fragte Anna Kiesmann zurück und Klaskas Antwort war: „Dieser Frau zu 100 Prozent!"

Vor ihrer Abreise fuhren sie doch noch zum Weingut. Ganz unauffällig wollten sie mal die Lage checken, wie Klaska es noch aus der Polizeitaktik kannte. Das Gut war schon beeindruckend. Die beschriebene Hanglage und Größe machten ein wenig neidisch. Hier konnte guter Wein sicher entstehen, wenn man das denn wollte und nicht nur das Objekt als reines Invest erworben hatte. Große Betriebsamkeit herrschte dort offensichtlich nicht. Die Umbau-und Renovierungsarbeiten waren aber wohl noch nicht abgeschlossen. Baumaterialien und Baumaschinen standen nach wie vor auf dem Gelände. Sollten sie als interessierte Touristen näher ranfahren? Wäre das eventuell zu auffällig? Egal, sie taten es und fuhren in Richtung Zufahrt. Dort war aber Schluss und sie standen vor einem großen, schmiedeeisernen Tor, verziert mit Reben. Klaska ließ die Seitenscheibe runter und in dem Moment liefen zwei nicht freundlich wirkende Rottweiler bellend und die Zähne fletschend auf das Tor zu.

„Lass uns lieber umdrehen", meinte Julia, und Klaska wendete das Auto. Fremde wollte man hier offensichtlich nicht haben. Menschen, die dort arbeiteten oder nach den Besitzern aussahen, trafen bzw. sahen sie nicht. Das Weingut gab die Möglichkeit, sich zurückzuziehen.

„Eichstetten, damals war ich hier oft mit Freunden in den Straußenwirtschaften unterwegs", erinnerte sich Julia zurück an die Zeit als Studentin.

Vielleicht lag der Schlüssel zum Erfolg doch eher im Chiemgau. Es ist leichter, eine einzelne Person mit Erkenntnissen zum Betrug zu konfrontieren, als eine Gruppe. Dazu hatte sich die Person nach Bayern abgesetzt, offenbar im Streit mit dem Rest der Truppe, und da wollte Klaska ansetzen. Julia war einverstanden, denn auch sie war von dieser Taktik überzeugt. Eine einzelne Person aufscheuchen, verunsichern und vielleicht ein Angebot machen, wenn denn die Staatsanwaltschaft und letztlich das Gericht auch mitziehen würden. Ein Generalzeuge, der das gesamte Konstrukt aufdeckte und selbst straffrei bleiben könnte oder zumindest mit einer Bewährungsstrafe davonkommen würde. Ein doch echt guter Ansatz, auch wenn aus ihrer Sicht alle Beteiligten die Keule des Gesetzes verdient hätten.

Kapitel 18

Ermittlungen verlagern sich nach Bayern in den Chiemgau

Auf in die Berge, nach dem Motto: Der Berg ruft? Die neuen Hinweise aus Freiburg veranlassten Julia und Klaska, sich auf den Weg in den Chiemgau zu machen. Er, der mit der Bergwelt bisher nichts am Hut hatte, der weder Schnee noch reißende Flüsse und Wasserfälle liebte, sollte sich nun genau dorthin begeben?

Sie kannte die Berge und viele Dinge, die die ruhige Welt der Natur so liebenswert machten. Aber eigentlich sollte es ja nicht um die schöne Urlaubsregion gehen, sondern um den nächsten Schritt nach vorne, in Richtung der hoffentlich letzten Puzzleteile in dem gemeinsamen Fall.

„Sollen wir denn da auch gemeinsam hin? Was ist mit deiner Kanzlei?", fragte Klaska und natürlich kam ein klares: „Ja, logisch möchte ich mit. Es ist doch besser, wir erledigen jetzt alles direkt in Form einer Rundreise, als immer wieder neu zu starten. So kann ich meine Termine besser koordinieren. Meine Mädels in der Kanzlei machen das schon. Ich kann doch auch vieles per Mail abwickeln und Telefonate muss ich eben zwischendurch führen. Hauptsache, ich bin erreichbar!"

Sofort schauten sie auf der Rückfahrt aus Freiburg über das Handy im Bereich Reit im Winkel nach einer passenden Unterkunft, die sich auch recht zeitnah fand. Ein inhabergeführtes Haus mit gemütlichen Zimmern und einem kleinen, aber feinen Wellnessbereich.

Julia gefiel das Haus, rief direkt an und konnte noch ein freies Zimmer buchen. Eine gemeinsame Zeit, Berufliches und Privates verbinden können, einfach mal eine Auszeit für wenige Tage. Dazu nahm sie sich vor, Klaska die Berge näher zu bringen. Berlin und Hamburg waren eher sehr stressige Tage, mit doch wenig Zeit füreinander. Schließlich wollten die beiden neben der Arbeit ja auch etwas die Region erkunden, zumal Klaska die Gegend noch nicht wirklich kannte. Er war aber bereit, Land, Leute und auch Hütten auf den Almen kennenzulernen. Wandern? Auch das, denn seine Julia war da schon erfahren und konnte ihm gute Tipps geben. Aus der direkten Weiterfahrt wurde allerdings nichts, denn sie konnten erst in einer Woche im Chiemgau-Quartier beziehen. So ging es erst mal wieder in die Heimat zurück.

Was würden sie dort erfahren? Einer der Anwälte, die das Vermögen von Anna Kiesmann „gut verteilt" hatten, sollte dort ansässig geworden sein, der Aussteiger aus dem Weingut, ein bisher Unbekannter. Man sprach von einem sehr ansehnlichen Haus im typisch bayerischen Stil. Die Anschrift sollte Klaska noch bekommen, aber das Haus sollte auf jeden Fall in Reit im Winkel stehen. Es gab wohl auch Probleme, als der saubere Herr Anwalt als Nicht-Bayer dort an das Grundstück kam und protzig darauf baute, so dass sich jeder im Ort zwangsläufig fragen musste, wer denn dort wohl ein neues Anwesen errichtete.

Nach fünf Tagen zu Hause stand die Abfahrt Richtung Süden auf dem Plan. Die Beiden wollten Sonntagsmorgens gegen 4 Uhr losfahren, um ohne den üblichen Lkw-Verkehr und die für wochentags angesagten Staus möglichst schnell anzukommen. Wie geplant, so geschehen. Klaska hatte kurz vorher von seinem Kontakt noch die mögliche Straße genannt bekommen, wo das Prunkstück des Anwalts stehen sollte. Julia hatte für die Fahrt ein wenig Verpflegung eingepackt und diesmal holte sie Klaska im Büro ab, weil er von dort noch etwas brauchte. Schon waren sie anschließend auf der Autobahn Richtung Süden. Sie fuhren einfach mit Navi-Führung, so konnten sie sich während der Fahrt noch mal ausführlich mit dem Fall Kiesmann beschäftigen. Klaska redete und redete, er fuhr wieder und schaute irgendwann mal rechts rüber und bemerkte erst dann, dass seine Julia eingeschlafen war. Nur wann? Hatte sie überhaupt seine Ausführungen mitbekommen? Sie hatte noch die Unterlagen auf ihrem Schoß liegen, mit denen sie sich zuvor beschäftigt hatte. Er ließ sie erst mal schlafen. Nach weiteren gut 250 Kilometern von insgesamt knapp 800, fuhr er auf den nächsten Rastplatz. Das Auto stand gerade, da wurde die Rechtsanwältin neben ihm wach.

„Wie lange habe ich geschlafen?", fragte sie.

„Lange!", antwortete er und erzählte ihr, dass er so viele Dinge zum Fall während der Fahrt berichtet hätte, aber nicht sagen könne, wann sie durch Einschlafen ausgestiegen sei. Julia wusste es auch nicht mehr.

„Lass uns einen Cappuccino trinken.", bat sie.

Also gingen sie ins Restaurant. Kein Schmuckstück, eben wie diese Streckenversorgungseinrichtungen so sind. Schlicht und selten für einen längeren Aufenthalt einladend. Sie nutzte die Zeit, Mails zu checken, über den Fall sprachen sie nicht. Nach der kurzen Pause fuhr Julia weiter und Klaska begann für die letzten Stunden auf der Autobahn noch einmal, die bisherigen Ermittlungen zusammenzufassen.

„Mensch Julia", sagte er, „Wir müssen jetzt endlich sehen, dass wir unser Wissen den Behörden, also Polizei und Justiz mitteilen!"

Damit spielte er auf sehr viele Ergebnisse an, die sie schon hätten, um den ganzen sauberen Beraterverein aus dem damaligen Kiesmann-Imperium auffliegen zu lassen. Sie mahnte ihn aber vor übereiltem und blindem Aktionismus, weil sie erst gerne auch mit der Witwe Kiesmann, der Auftraggeberin Klaskas, ein Gespräch führen wollte. „Sie muss uns doch grünes Licht geben, die Behörden einzuschalten. Was ist, wenn sie das plötzlich gar nicht mehr will?"

Klaska reagierte nachdenklich, konnte aber die Denkweise nachvollziehen.

Gegen Mittag erreichten sie zunächst ihre über das Internet ausgewählte Unterkunft. Ein sofort auf Anhieb netter Besitzer, ein schönes Zimmer mit Bergblick, wo sich beide direkt wohlfühlten. Ihr erster Urlaub, wie würde es wohl werden? Es fühlte sich auf jeden Fall alles richtig an. Nach dem Schleppen der Koffer die Treppe hinauf und schnellem Einräumen in den Schrank, ging es auch ohne weitere Verzögerung ins Örtchen Reit, nur wenige Gehminuten entfernt. Die Anwältin hatte Hunger und Klaska eigentlich auch. Essen war für Julia wichtig, es gab ihr immer einen positiven Schub und Klaska fragte sich, wie diese Frau so eine tolle Figur haben konnte. Sie hatte wohl gute Gene.

Ihm gefiel die Gegend auf Anhieb. Schöner wäre es gewesen, wenn sie tatsächlich nur Urlaub machen könnten und nicht noch den nächsten Ermittlungsschritt im Gepäck hätten. Egal, jetzt erst mal etwas für Leib und Seele tun. Auf Empfehlung des Gästehausbesitzers suchten sie ein schon von außen ansprechendes Restaurant auf. Im Eingang sowie im Inneren mit typisch bayerischem Erscheinungsbild. Holzdecken, Geweihe, Felle, einfach urgemütlich und die Begrüßung freundlich, so, als wären die beiden dort Stammgäste.

Hirschgulasch mit Knödel, ein Gericht auf der Karte, was beide ansprach, und vorweg noch eine Rindssuppe, dazu gleich ein dunkles Bier. Kalt serviert lief es die Kehle hinunter und Julia meinte: "Das tat mal richtig gut!" Während sie auf das Essen warteten, nahm er ihre Hand und sie schaute ihn fragend, ja überrascht an, stütze dabei ihren Kopf in die andere Hand und da war er, dieser Blick ihrer Augen, den Klaska so mochte, der ihn schon damals fasziniert hatte. Wie ein junges Liebespaar saßen sie dort und die anderen Gäste werden sich wohl ihren Teil gedacht haben, denn so verliebt, dies fiel doch bestimmt auf.

Minutenlange Blicke, kaum ein Wort – was man von Klaska eigentlich nicht kannte – nur die sanfte Berührung der Finger. Es war einfach zu schön und purer Genuss.

„So, bitte, dann lasst es Euch schmecken!"

Mit diesen Worten wurden sie aus ihrer Träumerei gezogen, denn das bestellte Gericht wurde serviert. Lecker wäre wohl die falsche Beschreibung, es war fantastisch angerichtet und die Soße ein absoluter kulinarischer Hochgenuss. Für den Anreisetag und ersten Abend mehr als die beiden erwartet hatten. Nach einem aus der Region stammenden Verdauungsschnäpschen ging es zurück ins Gästehaus. Verliebt, Hand in Hand, wie ein Ehepaar, das schon silberne Hochzeit gefeiert hatte, so wirkten sie, so fühlten sie. Es war unbeschreiblich, welche Nähe zwischen ihnen herrschte.

Sie erreichten ihr Zimmer und erlebten die erste gemeinsame Nacht in der Bergwelt.

Am nächsten Morgen ging es unkompliziert zum Frühstück, alles im Buffetangebot, was man sich wünschen könnte, dazu ein Ei, noch handgekocht durch den Besitzer. Familiär ging es zu und das war sehr angenehm. Nach einem gut für den Tag stärkenden Frühstück setzten sie sich wieder ins Auto und machten sich auf den Weg in Richtung der Straße Am Bergruf. Hier sollte das Haus des Anwaltes stehen, der sich auch aus dem Topf der Witwe Kiesmann bereichert hatte. Zugeben würde der das wahrscheinlich niemals, aber einen Versuch, ihn einzuschüchtern, wollten die beiden auf jeden Fall unternehmen. Klaska führte das Navi in die genannte Straße. Auch ohne die genaue Hausnummer zu kennen, erkannten sie von weitem ein mehr als auffälliges, zugegebenermaßen, sensationelles Anwesen.

„Wow!", sagten beide und für einen kurzen Moment waren sie sprachlos. Ein Anwesen, welches schöner nicht sein konnte und in die Natur passte, gerade nach Bayern. Beide konnten sich sofort vorstellen, hier zu leben und alt zu werden. In der Anfahrt des Kiesweges zum Haupthaus liefen rechts des Weges auf einer kleinen Wiese vier Alpakas zum Zaun und schauten interessiert nach den unbekannten Besuchern.

„Was für eine Idylle. Und alles von dem Geld, das dem Typen nicht gehört", meinte die Anwältin, die sich so sehr für ihren Berufsstand schämte, aus dem die Herren kamen, die der Witwe Kiesmann das Geld aus dem Erbe weggenommen, eher unterschlagen hatten. Aber auch in dieser Berufsgruppe gab es wohl die Guten und die Schlechten.

Wie wollten/sollten sie vorgehen, wenn der „nette" Herr Anwalt auch zu Hause war? Mit der Tür ins Haus fallen? Die echten Namen sagen bei der Vorstellung? Bluffen?

„Das ergibt sich schon", war Klaskas Meinung. Es blieb ihnen auch gar keine Zeit mehr, etwas abzusprechen, denn plötzlich kam eine männliche Person aus dem Haus und ging auf den langsam fahrenden Pkw von Klaska zu.

„Was nun?", fragte Klaska. Sie hielten und ohne weitere Absprache stiegen sie aus und gingen auf den für sie noch unbekannten Mann zu, der sich in relativ alter Jeans und Strickjacke präsentierte. Drei-Tage-Bart, kurz geschnittenes Haar, Brillenträger, ein für einen Anwalt unerwartetes Erscheinungsbild. Sollte es sich eventuell um Walter Rechthaar handeln, ein bislang ungesicherter Name des Aussteigers, den Klaska durch einige Anrufe recherchiert hatte? Er gehörte zum direkten Umfeld des Beraterkreises Erdmann und wenn er es in Person war, dann hatte er ein enormes Wissen.

Klaska stellte Julia und sich selbst kurz vor und fiel gleich mit der Tür ins Haus, ohne vorher darüber nachgedacht zu haben, was das auslösen könnte.

„Sind Sie Walter Rechthaar?", fragte Klaska forsch und lag offenbar richtig. Es war wohl Klaskas gelernte Fragestellung aus seinen Polizeizeiten, Menschen so anzusprechen, dass sofort klar war: Hier will jemand etwas wissen.

„Sie ermitteln?", fragte der Mann. „Gegen wen, etwa gegen mich?", kam die Ergänzung.

Klaska beantwortete die Fragen mit einer Gegenfrage: „Können wir nicht vielleicht ins Haus gehen und dort Ihre Fragen beantworten?"

Dies taten sie dann auch. Der Mann machte eine Handbewegung, die nicht zur Haustür, sondern am Haus vorbei zeigte, es sollte wohl in den Garten gehen. Die Vermutung war richtig und der Mann führte sie in ein echtes Gartenparadies. Sie nahmen Platz auf einer überdachten Terrasse, umgeben von den schönsten Blumen und Pflanzen. „Darf ich Ihnen etwas anbieten, Wasser, Kaffee, Tee?"

Mit dieser Freundlichkeit hatten Klaska und seine Anwältin nicht gerechnet. Eigentlich eine eher gekünstelte Gesprächseinleitung. Der Mann schien alleine in seinem Anwesen zu sein, es machte zumindest den Eindruck. Dies klärte sich aber kurze Zeit später, denn die Getränke wurden durch eine Haushälterin freundlich serviert.

„Sicher auch ganz schön hier, vielleicht sogar schöner als auf einem Weingut in Freiburg!", versuchte Klaska eine kleine Provokation.

Eine Antwort kam darauf aber nicht. Die war auch gar nicht nötig, denn die Mimik von Rechthaar war mehr als eindeutig. Diese Provokation hatte er deutlich verstanden, ging aber, wie eigentlich erwartet, nicht darauf ein.

Klaska fing nun ganz langsam an von seiner Auftraggeberin zu erzählen, berichtete von seinem ursprünglichen Beruf als Polizeibeamter und stellte auch den Beruf von Julia vor. Er führte weiter aus, welche sich doch aufdrängenden Zusammenhänge in Sachen der Witwe Kiesmann bereits nachvollzogen werden konnten. Dies schien den Mann zu beeindrucken. Den Kopf in eine Hand gestützt, die Stirn in Falten, große Nachdenklichkeit; man konnte förmlich hören, welche Fragen sich im Gehirn des Mannes formulierten. Klaska hatte ganz offenbar eine Punktlandung hingelegt. Jetzt stieg Julia mit ein und bewertete das Vorgehen der Beratergruppe in Sachen Unternehmen Kiesmann mit juristischem Blick.

Sie nahmen sich den Mann vor, der sich wahrscheinlich mit Teilen aus dem Vermögen Kiesmann den Lebensstil leisten konnte, den sie gerade erlebten. Verunsicherung lag in der Luft, allerdings auf beiden Seiten. Den Mann gegenüber am Gartentisch interessierte zuerst, ob noch weitere Personen involviert wurden, ob bereits gewonnene Erkenntnisse dokumentiert und weitergegeben wurden.

„Mit wem haben sie denn noch gesprochen? Sie haben doch bestimmt irgendwo bei irgendwem Ihre Ermittlungen hinterlegt, oder?"

Es wurde klar, da wollte jemand wissen, ob es Mitwisser im Umfeld von Klaska und der ihn begleitenden Anwältin gab. Genau in diesem Glauben ließen sie den Mann, um die Witwe Kiesmann und letztlich sich selbst zu schützen.

„Ich verstehe meinen Job, glauben sie mir. Wie man Ermittlungen führt, habe ich von der Pike auf gelernt", antwortete Klaska mit einem dazu passenden Gesichtsausdruck, der bei Rechthaar ankam und ihn auch verunsicherte. Innerlich dachten Klaska und Julia: „Ziel erreicht!"

„Welchen Deal bieten Sie mir an, wenn ich rede?"

Eine völlig überraschend gestellte Frage des Mannes, der wahrscheinlich alle Machenschaften der „Erbsauger" bis ins kleinste Detail kannte. Da wollte wohl jemand seinen Hals aus der Schlinge ziehen und den Rest aus dem Kreis der Geldgierigen ans Messer liefern, um einer eigenen Anklage aus dem Weg zu gehen, dachte sich Klaska. Beim Blick in Richtung Anwältin wusste er, dass da gerade jemand ganz genauso dachte. Es passte einfach ins Bild der feinen Herrschaften, die skrupellos die Witwe Kiesmann abgezockt hatten, egal, wie es um sie und ihre Krankheiten stand, egal, was um den verstorbenen Gatten alles so ans Tageslicht kam. Es zählte einzig das Geld, der Zaster, die Kohle, die man sich auf widerwärtigen Wegen gesichert hatte. Menschlichkeit gab es nicht und andere für das eigene Überleben an den Pranger zu stellen, der Justiz auszuliefern, war offensichtlich überhaupt kein Problem. Entsprechend berechnend und kalt war jetzt der Vorschlag, er passte zur Skrupellosigkeit.

„Wir können einen Deal vereinbaren", sagte die Anwältin ihrem Berufskollegen. „Aber wenn Sie uns verarschen, um es mal in der Sprache zu sagen, die Sie verstehen, dann sollten Sie mit der Resonanz von uns rechnen und die wird Sie auf eine einsame Berghütte treiben, in völliger

Abgeschiedenheit und der täglichen Angst vor Entdeckung", entgegnete sie weiter.

Sie waren einfach ein gutes Team, dies wurde immer deutlicher. Sie hatten Spaß an dieser gemeinsamen Arbeit, einer Ermittlung gegen solche Abzocker, die Leid und Unwissenheit von gerade in Trauer und Krankheit befindlichen Menschen gnadenlos ausnutzten. Wenn doch Frau Kiesmann jetzt miterleben könnte, wie einer aus dem damals noch als Gutmenschen eingestuften Umfeld ihres Mannes in die Enge getrieben wurde. Nur, was sollte, was würde diesen abgezockten Anwalt überhaupt veranlassen, sich auf einen Deal einzulassen?

„Wann und wo?", wollte der saubere Herr Anwalt wissen.

„Was meinen Sie?", fragte Klaska zurück.

„Hier werde ich nicht reden. Ich kenne eine Hütte auf 2.300 Meter, die einem Bekannten gehört und die ich hin und wieder nutze. Da sind wir sicher vor Mithörern. Da funktioniert auch kein Handy. Wir müssen dahin zu Fuß aufsteigen", so der Vorschlag.

„Ach nee, greifen Sie jetzt sofort meine kleine Drohung auf in Sachen einsame Berghütte?", entgegnete Julia.

Rechthaar reagierte nicht, tat so, als wenn er ihre Bemerkung nicht gehört hätte. Klaska und Julia Richter schauten sich an, wirkten schon nachdenklich, dachten an eine Falle oder was auch immer, wollten sich aber die Chance nicht entgehen lassen.

„Einverstanden, direkt morgen früh um 9 Uhr sind wir wieder hier und wir können zu dieser Hütte starten. Wenn es ein Trick sein sollte, wenn uns dort Dinge erwarten, die Sie jetzt vorbereiten, um sich in Sicherheit zu bringen, werden wir das mit einer automatischen E-Mail, die morgen Abend an die Staatsanwaltschaft verschickt wird, für uns absichern, falls wir nicht zurückkommen sollten.

Klaska und Julia Richter verabschiedeten sich mit einem flauen Gefühl im Magen, denn was würde sie am nächsten Tag erwarten? Alles war möglich, alles konnte passieren und jede Überraschung wäre eher nicht verwunderlich. Julia fand den Treffpunkt Berghütte nicht wirklich gut, es passte irgendwie für sie nicht. Klaska sah das anders. Er hatte sich in seiner Polizeizeit oft an den unmöglichsten Orten mit Informanten getroffen. „Ungewöhnliche Orte, außerordentlich wichtige Informationen!", so seine Reaktion darauf. Es wurde ernst, es ging schließlich um sehr viel Geld.

Sie fuhren zurück zu ihrer Unterkunft und im Auto herrschte Schweigen. Beide war in den eigenen Gedanken des gerade Erlebten, jeder überlegte, ob das nicht alles viel zu glatt gelaufen war. Da war ein nicht mehr praktizierender Anwalt, der sich genau wie seine Kumpanen die Taschen voll gemacht hatte; und genau so ein Hardliner bietet sofort einen Deal an, will auspacken. Schon ungewöhnlich, aber vielleicht wollte er sich ja auch tatsächlich einfach nur seinen Lebensstandard sichern und es war ihm völlig egal, wer am Ende von seinen edlen Freunden vor Gericht stand. Vielleicht würden die sich alle gegenseitig ans Messer liefern. Wie reagiert ein angeschossenes, verletztes Tier doch gleich? Es beißt um sich und wird dadurch schwer einschätzbar.

Wieder im Hotel angekommen, versuchten sie die deutliche Anspannung zu lockern. Sie gingen hinunter in den kleinen Wellnessbereich, gingen schwimmen und in die Sauna.
„Ist das unsere Chance alles aufzuklären?", fragte Klaska seine Partnerin Julia.
Sie zuckte fragend die Schultern, schloss die Augen und wollte für den Moment einfach nur die Ruhe um sie herum genießen. Klaska konnte nicht abschalten, immer und immer wieder schwirrten Gedanken durch seinen Kopf. Er versuchte schon mal, eine Strategie für das Hüttentreffen zu planen, aber wahrscheinlich lief sowieso alles wieder anders ab. Vielleicht sollten sie den Mann einfach munter drauflos plaudern lassen, ihn nicht unterbrechen, Vertrauen schaffen, aber auch bluffen und am Ende hätten sie eventuell alles rund. Es wäre denkbar.
Nach einem gemeinsamen Abendessen, bei dem Klaska nur in Gedanken war, gingen sie aufs Zimmer und Julia legte sich in seinen Arm. Beide konnten nicht abschalten, sie hofften auf den entscheidenden Schritt, hofften auf die Informationen, die endlich Licht am Ende des Tunnels erkennen ließen. Irgendwann schliefen sie ein, auch wenn es nur eine kurze Nacht wurde. Klaskas letzte Gedanken galten seiner Julia.
Am nächsten Morgen saßen sie im kleinen Frühstücksraum. Ihre Blicke

trafen sich, wie früher, als es Klaska in Sachen Liebe schon erwischt hatte. Sie dachten einfach auf einer Wellenlänge, sie waren sich oftmals erschreckend nah, was die Gedanken zu Menschen, Abläufen, ja das Leben an sich betrafen. Sie wirkten wie ein altes Ehepaar, Jahre zusammen, aber immer noch so vereint wie am Anfang. Was war das bloß zwischen den beiden?

Nach dem Frühstück machten sie sich auf den Weg zum Anwesen von Walter Rechthaar. Leichter Nebel zog noch von den Bergen hinunter ins Tal. Mehr blauer Himmel als Wolken, zumindest die Natur wollte ihnen einen schönen Tag gönnen. Ob der Tag aber auch in der Sache selbst ein guter werden würde, dies stand noch in den Sternen.

Anwalt Rechthaar stand bereits in der Auffahrt seines Hauses, in Wandersachen gekleidet, mit über einer Schulter gehängtem Rucksack, Hut und Wanderstock.

„Der sieht ja aus wie der Mann aus den Bergen", meinte Klaska mit Bezug auf einen vor vielen Jahren mal bekannten Mehrteiler im Fernsehen. Im Hintergrund stand ein kleiner japanischer Geländewagen, wie ihn viele Menschen in der Region hatten. „Wir nehmen mein Fahrzeug", erhielten sie den Hinweis, noch vor einer Begrüßung. „Okay", antwortete Klaska kurz, parkte sein Fahrzeug und Julia und er nahmen ihre Wandersachen aus dem Kofferraum. Der kleine Geländewagen, eher ein Zweisitzer mit hinteren Notsitzen, brachte sie hinauf in Richtung Hüttenaufstieg. Wo genau das sein würde, erfuhren die beiden nicht. Jetzt hieß es schlichtweg, Vertrauen zu haben zu einem Menschen, der es verstanden hatte, mit seinen Gefolgsleuten eine Witwe auszunehmen und ein Firmenimperium in die Insolvenz zu treiben, aber vorher noch mal so richtig die Konten zu plündern, für das eigene, gute Leben. Moral war da nicht gefragt. Sie mussten bluffen, von ihren bereits dokumentierten Ermittlungen berichten, kurz: ihre bisherigen Treffen zumindest ansprechen, ohne ins Detail zu gehen, eben alles auf diese eine Karte, in dieses eine Hüttentreffen setzen.

Unterhalb einer Gebirgskette hielt Walter Rechthaar sein Fahrzeug an und meinte, ab hier ginge es nun steil bergauf zu Fuß weiter. Gesagt, getan, die Dreiergruppe machte sich auf den Weg zum Gipfel oder wo auch immer diese Hütte auch stand. Sie quälten sich über 3 Stunden durch Wälder, Gesteinswege, durch wunderschöne Landschaften entlang an Gebirgsbächen. Wenn die Sonne teilweise durch den Aufstiegsweg schien und diesen begleitete, konnte man für einen winzigen Moment den Grund dieser Strapazen vergessen. Natur pur!

„Da oben ist sie!", deutete Anwalt Rechthaar auf eine schwach zu erkennende Silhouette, die noch ziemlich weit entfernt zu sein schien. Doch das täuschte. Nach gut einer weiteren halben Stunde hatten sie ihr Ziel erreicht. Klaska prüfte sein Handy und hörte direkt den Kommentar: "Sagte doch bereits, hier stört uns niemand, hier gibt es auch keinen Empfang!" Julia Richter hatte heimlich auch den Empfangstest gemacht und ihr wurde jetzt ganz bewusst klar, dass der Mann in aller Abgeschiedenheit seine Informationen preisgeben wollte.

Den Schlüssel zum Inneren der Hütte holte Anwalt Rechthaar aus seinem Rucksack, schloss auf und bat sie hinein. Klaska machte den Vorschlag, doch draußen sitzen zu bleiben, schon allein aufgrund des sensationellen Wetters.

„Warum nicht", willigte Rechthaar ein.

Er holte Gläser aus der Hütte und hatte Wasser sowie Weizenbier im Rucksack. Sie setzten sich an einen alten Holztisch, der unter dem vorgebauten Hüttendach stand, eine typische Bauweise in den Bergen. Fernab hörte man schon fast idyllisch Kuhglocken läuten.

„Was wollen Sie wissen in Sachen Kiesmann?", fragte Rechthaar.

Klaska schilderte zunächst noch mal seinen Weg zur Unternehmerwitwe Erna Kiesmann, schilderte seine bisherigen Ermittlungen, schilderte auch, warum er durch die Anwältin Julia Richter begleitet wurde. Er sagte aber nicht, welche vertraulichen Informationen er über seine früheren Polizeikontakte bereits zusammengetragen hatte. Er wollte den „Informanten" Rechthaar locken, ihn verunsichern, ihn auf seine Klaska-Spur bringen. Schließlich hatte er gelernte taktische Methoden bei Vernehmungen anzuwenden. Eine seiner Spezialitäten, die im damaligen Kollegenkreis sehr geschätzt wurden. Die Frage war nur, ob der Köder auch so gut war, dass Anwalt Rechtshaar anbeißen würde.

„Ja, dann fange ich mal an, die Geschichte aus meiner Sicht, aus meinen langen Jahren der Verbundenheit mit der Firma Kiesmann zu erzählen" setzte Rechtshaar an, griff zum Weißbierglas, nahm einen ersten Schluck, schaute blinzelnd in die Sonne. Es sollte ein langer Monolog werden.

Kapitel 19

Klarheit in den Bergen

Klaska und Julia hatten sich vorgenommen, Rechtshaar nicht zu unterbrechen. Fragen, die aufkommen würden, mussten einfach warten. Er sollte möglichst am Stück berichten, sie würden sich schon in seine Schilderungen hineindenken. So hatte es Klaska auch immer bei seinen polizeilichen Vernehmungen gehalten. Die Menschen erst mal plaudern lassen und am Ende alles zusammenfassen. Rechtharr schilderte tatsächlich von Anfang an, ging sogar zurück bis zur Anfangsphase der Ehe von Anna und Ernst Kiesmann. Er beschrieb diese besondere Ehe zwischen einer Lehrerin und einem Ingenieur, die nach einer Fehlgeburt kinderlos blieb. Herr Kiesmann habe sich ab da noch mehr als vorher in die Arbeit, in den Aufbau einer eigenen Firma gestürzt. Dies war mit vielen Ortswechseln verbunden, bis beide schließlich eine wunderschöne Villa an der Sorpe planen und bauen ließen. Herr Kiesmann führte sein Industrieunternehmen damals mit Mut und Weitblick. Arbeitszeiten kannte er für sich nicht, teilweise bis zur Erschöpfung war er Vorbild für seine Mitarbeiter. Allerdings vergaß er darüber mehr und mehr seine Ehefrau, die versuchte, ihm den Rücken zu stärken. Durch ihren eigenen Beruf als Lehrerin mit Führungsfunktion waren sie eigentlich immer ohne finanzielle Sorgen.

Dennoch richtete Herr Kiesmann seine Blicke immer häufiger auch auf andere Frauen, er fühlte sich besonders von sehr attraktiven Damen angezogen. Aus dem Kreise der vielen Frauen, die Kiesmann umgarnten, was er sichtlich genoss, trat eine Dame hervor, die es schaffte, seine Nummer 1 zu werden. Er bezahlte ihr eine teure Wohnung, er unterhielt praktisch ihren Lebensunterhalt und sie machte ihm sogar Hoffnung auf ein eigenes Kind.

Sie zockte ihn ab, meinte Rechthaar und sie als Anwälte hätten das natürlich mitbekommen.

„Wir brachten uns zunächst alle positiv ins Unternehmen ein, es war wie ein Rausch, in den wir alle kamen. Die Gelder flossen erst wöchentlich, dann täglich auf unsere Konten!", berichtete Rechthaar weiter. Herr Kiesmann verstrickte sich in Versprechungen, merkte nicht, wie sehr er sich angreifbar machte und den Überblick verlor, willigte schnell in Vorschläge aus dem Kreis der Berater ein, unterschrieb oft viel zu schnell Dokumente. Scheidung war aus Sicht seiner Frau, die unter der Situation litt, auch ein Thema, aber leider veränderte sich ihr Gesundheitszustand hin zum Negativen. Sie war dieser Lebensweise, diesen Erkenntnissen über ihren Ehemann, den sie immer noch liebte, nicht gewachsen. Letztlich fehlte ihr der Mut für den endgültigen Schritt der Trennung. Jetzt kam die Zeit der Unternehmensberater, Wirtschaftsprüfer und Anwaltskanzleien.

„Wir brachten uns alle in Verbindung, es hatte schon echt kriminelle Strukturen, wir fanden uns einfach selbst nur noch klasse, wie geschickt wir waren und wie genial in den Denkstrukturen", erzählte Rechthaar, mit einem nicht schwer zu deutendem Gesichtsausdruck dazu.

Beträge, die immer im sechsstelligen Bereich lagen, wurden durch Vorhandensein einer Generalvollmacht schon vor dem Tode von Ernst Kiesmann über verschiedene Treuhandkontos hin und her überwiesen, selbstverständlich vorbei am Fiskus. Es machte mächtig Spaß, die Schlupflöcher des Systems zu nutzen und zu erkennen, wie einfach es doch eigentlich war, Transfers in Millionenhöhe zu tätigen. Ein Transferpunkt war auch das marode Weingut in Freiburg.

Als Ernst Kiesmann verstarb, seine Witwe dem Alkohol zusprach und auch in Kliniken behandelt werden musste, konnte man so richtig loslegen. Das einstmals so erfolgreiche Kiesmann-Unternehmen wurde bewusst und gewollt in die Insolvenz geführt. Die Witwe bekam kontrolliert Beträge auf ihr Konto, um sie bloß nicht misstrauisch werden zu lassen, was sie aber am Ende doch wurde.

„Eigentlich war alles perfekt von uns eingefädelt und es war uns auch durchaus wichtig, dass Frau Kiesmann nicht in den finanziellen Abgrund stürzte", so Rechthaar weiter. „Dies war auch erklärtes Ziel bei unseren geheimen Telefonkonferenzen, dass Frau Kiesmann auf keinen Fall mit dem ihr verbliebenen Privatvermögen herhalten sollte, was die Firmenabwicklung betraf. Die Frau hatte genug mitgemacht und eingesteckt und dann noch die Erkenntnis über gewisse Damen aus dem dunklen Umfeld ihres verstorbenen Mannes, die auch die Hände aufhielten und abkassieren wollten. Wenn sie nicht dem Alkohol verfallen wäre und dadurch auch so extrem körperlich abgebaut hätte, hätte Erdmann mit Sicherheit versucht, mit ihr was anzufangen. In unseren Planungen war das jedenfalls vorhanden." Rechthaar machte eine kurze Pause.

„Zumindest meine Skrupellosigkeit hatte Grenzen, auch wenn Sie mir das jetzt bestimmt nicht abkaufen, aber die Frau tat mir leid, auch wenn ich bei all dem mitgemacht habe."

Rechthaar wirkte fast schon entschuldigend. War ihm dieser Anflug von menschlichen Zügen zu glauben? Doch eigentlich brachte man Frau Kiesmann um ihr Vermögen, immer mit dem geschickten Hinweis darauf, alles würde im Sinne des Verstorbenen geregelt werden. Eigentlich sollte die Witwe in einer Seniorenresidenz ihren Altersruhesitz haben. Die Gelder dafür waren durch ihren Ehemann vorsorglich zurückgelegt worden. Vielleicht wollte er auch damit wieder etwas gut machen. Nach all den Jahren des Aushaltens fehlte ihr einfach, von der Gesundheit im Stich gelassen, die Kraft, kritische Fragen zu stellen.

Irgendwann überspannten sie den Bogen der Gier und ließen Frau Kiesmann für geschäftsunfähig erklären. Bis dahin waren viele Gelder bereits versickert. Durch geschicktes Taktieren konnte sich die Betrügerbande sogar noch neue Kredite abzeichnen lassen, bevor Frau Kiesmann als geschäftsunfähig erklärt wurde. Geschäftsberichte hatte man dazu extra fingiert; schließlich musste alles in Zahlen auf dem Papier gut aussehen. Viele Dinge von Wert verschwanden einfach.

„Ja, ich habe leider auch bei vielen Dingen mitgemacht", so Rechthaar selbstbekennend. Doch am schlimmsten sei der Notar Erdmann gewesen, der eigentlich alle Mitstreiter in seinen Bann gezogen hatte. Er sei skrupellos, ihn hätte der Gesundheitszustand von Anna Kiesmann nie interessiert. Sie sei doch selbst schuld gewesen an ihrer Situation, wohlwissend, wie ihr Ehemann unterwegs war, der es wohl nicht verkraftet hatte, keine eigenen Kinder in die Erbfolge seines mühsam aufgebauten Unternehmens zu bringen. Erdmann habe sämtliche Vollmachten besessen und Ernst Kiesmann zu Lebzeiten um den Finger gewickelt. Er habe sich wie in einem Selbstbedienungsladen an den Firmenkonten bereichert und den Rest der Anwalts-und Beratergruppe partizipieren lassen. Kleine Bröckchen hingeworfen, mal auch einen fetten Köder. Angebissen wurde immer. Jeder habe aus der Runde das große Geld förmlich gerochen.

Bei den Banken habe Erdmann jeden geschmiert, der ihm auf irgendeine Weise mal einen Gefallen tun musste. Er ging bei den Banken ohne Termin ein und aus. Das Vermögen von Ernst Kiesmann gab das her. Als es mit ihm zu Ende ging, habe Erdmann Kiesmann die Aufsplittung des Gesamtunternehmens empfohlen. Er wollte sein Konstrukt für die Erbin Anna Kiesmann völlig undurchsichtig gestalten, so dass sie ihn immer fragen musste, wenn sie etwas nicht verstanden hatte und er es ihr dann so erklärte, dass es für die Witwe nachvollziehbar und vernünftig erschien. Das Geld sei über Banken in Hamburg gelaufen, über Münchner Anlagegesellschaften bis über den großen Teich zu rentablen Geschäftspartnern.

„Sie werden mir wahrscheinlich jetzt schon nicht mehr folgen können", resümierte Rechthaar zwischendurch und schaute Klaska und Anwältin Richter an.

„Oh doch!", folgte die direkte Antwort von Julia, die genau diese Vorgehensweisen aus vielen Insolvenzverfahren kannte. „Und das Finanzamt?", fragte sie in Richtung Rechthaar.

Dies habe zwar zwischendurch mal komische Fragen gestellt, es habe auch mal Nachforderungen gegeben, aber da sollte Erdmann auch die entscheidenden Stellen mit Schweigegeld auf seine Seite gebracht haben. Der habe so unendlich viele Gelder allein für „Hilfeleistungen", ja „Gefälligkeiten" aufbringen müssen, dass es schon regelrechte Gehaltslisten gegeben habe.

„Dadurch blieb immer weniger über und deshalb haben wir ihm vorgeschlagen, uns auszuzahlen und sein Ding weiter allein durchzuziehen. Nach längerer Überlegungszeit willigte er ein. Mein Betrag war groß genug, um mir hier in Reit etwas Neues aufzubauen und mich zur Ruhe zu setzen. So kam ich auch weg vom Weingut. Wenn noch mal Bekannte anrufen mit juristischen Fragen, lasse ich mir ein Tageshonorar zahlen, alle sind zufrieden. Bis zu Ihrem Auftauchen hatte ich einen ruhigen Lebensabend."

„Den können Sie gerne weiter genießen, wenn Sie uns Ihre heutigen Aussagen schriftlich geben und vor Gericht wiederholen", entgegnete Klaska.

„Da kann ich mich auch gleich vom nächsten Gipfel stürzen!", reagierte Rechthaar mit starker Tonlage.

Um das Gespräch nicht abbrechen zu lassen, erklärte Julia Richter, welchen Deal sie ihrer Erfahrung nach mit der Staatsanwaltschaft aushandeln könnte, worauf sich das Gericht einlassen würde, eben ein denkbarer Ablauf, der aber am Ende Anna Kiesmann zumindest den größten Teil ihres Geldes aus der Erbmasse wiederbringen würde. Sie musste schließlich in der Seniorenresidenz sehr viel Geld bezahlen, weswegen das Gesamtergebnis für Klaskas Auftraggeberin wichtig war. Klaska setzte sich sehr dafür ein, dass sie zu ihrem Recht kam.

Sie verständigten sich darauf, gemeinsam eine Lösung zu finden, denn ihnen war klar geworden, dass Rechthaar doch ein Mensch mit Gefühlen war. Er hatte zwar mitgemacht, Anna Kiesmann zu betrügen, war aber wohl noch der harmloseste aus der Runde, eher ein Mitläufer. Jetzt wollte er einfach seinen Kopf retten und das kam Klaska und Julia entgegen. Rechthaar war sehr daran gelegen, nicht öffentlich an den Pranger gestellt zu werden. Da er nicht genau einschätzen konnte, was Klaska und die Anwältin tatsächlich alles wussten oder wo sie dieses Wissen hinterlegt hatten, und er nicht von einem Bluff ausgehen konnte, ließ er sich auf den Deal ein. Sein schönes Ruhestandsleben wollte er nämlich nur ungern aufgeben. Sie entschieden sich erstmal für den Weg zurück, um noch im Hellen absteigen zu können.

Rechthaar schien es irgendwie gut getan zu haben, über alles zu reden. Er wirkte lockerer als noch beim Aufstieg und zu Gesprächsbeginn. Die Rucksäcke waren wieder gepackt, die Hütte verschlossen und dann machten sie sich gemeinsam auf den Weg nach unten.

Es ging zwar etwas schneller bergab, aber es war auch eine stärkere Belastung für die Gelenke, wie Klaska schnell feststellen musste. Über die Strecke zurück wurde es zunehmend dunkel. Sie erreichten das Anwesen von Rechthaar erst sehr spät.

„Danke", sagte dieser und ging Richtung Hoftür, während sich Klaska und Julia in ihr Auto setzten und Richtung Hotel losfuhren.

Im Auto fiel kein Wort, beide waren schon recht kaputt von diesem ereignisreichen Tag. Der entscheidende Schritt in dem Fall war gemacht worden. Es wurde allmählich alles klar und sie konnten als nächstes den Abschluss planen, um Notar Erdmann dingfest zu machen. Ihnen war klar, dass es ein langer Prozessweg würde. Ob am Ende das Recht siegen würde, war nicht wirklich zu erwarten, denn vor Gericht zählten nur Fakten und eine einwandfreie Beweiskette. Schwierig genug, und kaum jemand wusste es besser als die beiden.

Zurück im Hotel sah Klaska nach diesen vielen Stunden des Unterwegsseins wieder auf sein Handy und erkannte die angezeigte Nummer sofort. Sie gehörte zum Heim, in dem Anna Kiesmann mittlerweile nach dem Auszug aus der Wohnung untergekommen war. Er rief direkt zurück. Kurz nachdem sein Rückruf angenommen wurde, verfärbte ich sein Gesicht plötzlich.

„Was ist los?", fragte ihn Julia Richter. „Rede doch bitte!"

Klaska beendete das Gespräch und schaute zu ihr rüber. „Sie liegt im Koma. Es geht ihr sehr schlecht. Soll denn alles, was wir jetzt erreicht haben, umsonst sein? Sie muss doch erfahren, wer ihr wie übel mitgespielt hat."

Schweigen im Hotelzimmer, gesenkte Köpfe von beiden, Ratlosigkeit. Zwischen ihnen hing die Frage, warum sich ihr Gesundheitszustand so schnell und dramatisch verändert, ja sogar verschlechtert hatte.

Kapitel 20

Wie geht es nun weiter?

Klaska schaute in den Spiegel im kleinen Bad des Hotelzimmers, stützte seine Hände am Waschbeckenrand auf. Er, der so viele Rückschläge in seinem Berufs- und Privatleben schon weggesteckt hatte, war sichtlich betroffen von der schlechten Nachricht um Anna Kiesmanns Zustand. Er versuchte, klare Gedanken zu bekommen und schüttete sich Wasser ins Gesicht. Ben wollte wieder irgendwie frisch werden.

Plötzlich stand Julia hinter ihm, hielt ihn an den Schultern und sagte leise zum ihm: „Ich kann mir vorstellen, was gerade in deinen Gedanken abläuft."

Klaska drehte sich um, nahm sie in den Arm und antwortete: „Sie soll einfach noch erfahren, dass am Ende doch die Gerechtigkeit siegt, sie soll wissen, dass wir einen verdammt guten Job gemacht haben.

„Sie soll einfach wissen, dass wir für sie da sind", ergänzte Julia.

Sie verließen das Hotelzimmer und gingen zum Besitzer hinunter, tranken mit ihm einen Kaffee, baten um die Rechnung, checkten aus und machten sich auf den Rückweg.

Nach wenigen Minuten im Auto wurde Klaska mit einem kurzen Blick hinüber zur Beifahrerseite wieder mehr als klar, dass er mit dieser Frau sein weiteres Leben verbringen wollte. Die stundenlange Rückfahrt war bei beiden von nachdenklichem Schweigen geprägt. Sie wollten warten, bis sie Frau Kiesmann besuchen durften, um sich selbst einen Eindruck zu verschaffen, wie es um sie stand. Viele Fragen drehten sich immer wieder in ihren Köpfen, wie bei einer nicht enden wollenden Karussellfahrt.

Klaska verspürte außerdem ganz andere Gefühle, die er über Jahre nicht mehr gehabt hatte. Er hatte Sehnsucht nach seiner alten Heimat, Sehnsucht in Richtung Sauerland, dort war er aufgewachsen. Dort gab es einen ganz anderen Menschenschlag. Warum kamen ihm gerade jetzt diese Erinnerungen, die Gedanken an den Ort, an dem er aufgewachsen war? An den Ort, an dem er seine ersten Ferienarbeiten machen durfte und an dem viele Freunde aus vergangenen Tagen wohnten? Vielleicht weil Anna Kiesmann gerade dort in einem Heim lag und um ihr Leben kämpfte? Diese vom Leben gezeichnete Frau, die er einfach in sein Herz geschlossen hatte. Hart sein, hart rüberkommen musste er in seinem Polizeiberuf genug. Ben Klaska nahm sich jetzt auch den Raum für Empathie.

Auch Julia hatte ihre Wurzeln im ans Sauerland angrenzenden Ruhrgebiet. Sie war ein Castroper Kind, nannte sich scherzhaft gerne mal „Ruhrifrau". Nur das Jurastudium hatte sie in andere Regionen geführt, wozu auch Münster gehörte. Wer weiß schon, dachte Klaska weit voraus, vielleicht würden sie sich nach dem Auftragsabschluss gemeinsam etwas in der alten Heimat aufbauen. Alles aus einer Hand, Juristin und ehemaliger Polizist, wenn das mal nicht für potentielle Auftraggeber interessant wäre. An seinem Dortmunder Standort hing er nicht.
Doch nun erst mal aus den Träumen erwachen und heile wieder in der derzeitigen Heimat ankommen. Die letzten 150 Kilometer lagen vor ihnen, kein Stau in Sicht und eine relativ freie Autobahn.

In Dortmund angekommen, setzte Klaska Julia an ihrer Wohnung ab. Sie vereinbarten, sich zeitnah zu treffen, doch jetzt wollte erst mal jeder für sich die aufgelaufene Büroarbeit sichten und dann möglichst schnell ins Heim zu Anna Kiesmann, um nach ihr zu sehen. Nachdem Klaska Julias Koffer ausgeladen und ihr bis zur Tür gebracht hatte, fuhr er direkt zu seiner Büroanschrift. Jetzt galt es, nicht weiter von der Zukunft zu träumen, jetzt hatte ihn die Realität wieder.
Im Büro stellte er seinen Koffer nur kurz in die Ecke, leerte den übervollen Briefkasten, sortierte seine Post und ließ dabei seinen Anrufbeantworter laufen, der einige Nachrichten aufgezeichnet hatte. Mehrfach

war bei diesen Nachrichten das Heim von Anna Kiesmann dabei. Ganz offensichtlich hatte sie dort seine Rufnummer als nächster Angehöriger oder Person, die man im Notfall verständigen sollte, angegeben. Dieser Notfall war eingetreten und leider genau zum Zeitpunkt seines Aufenthaltes in Reit im Winkel.

Klaska griff zum Telefon und wählte Julias Nummer, die mit den Worten: „Na, hast du schon Sehnsucht?" auf seinen Anruf reagierte. Er erzählte ihr von den Nachrichten des Heims und mutmaßte eine absolute Dringlichkeit. „Lass uns bitte heute noch zu ihr fahren, auch wenn wir total kaputt von der Fahrt sind, ganz egal, bitte begleite mich, ich habe da kein gutes Gefühl."
Sie verabredeten sich und Klaska stand knapp eine Stunde später wieder bei ihr vor der Tür. Julia wartete bereits draußen, stieg zu und sie fuhren Richtung Sauerland zum Pflegeheim, obwohl es für einen Besuch eigentlich zu spät am Tag war.

Sie erreichten das Heim in wunderschöner Lage, wie eine Residenz wirkend, ehrwürdig, und die Abendbeleuchtung setzte das alte Gebäude in ein tolles Gesamtbild. Sie parkten vor dem Hauptgebäude und gingen zum Eingangsportal, doch die Türen waren verschlossen. Es gab eine Klingel, die Klaska ohne Zögern bediente.
Nach einigen Minuten kam eine Pflegerin, unschwer an ihrer Arbeitskleidung zu erkennen. Klaska stellte sich und seine Person vor und schilderte auch die Anrufversuche und hinterlassenen Nachrichten der Klinik. Die Pflegerin hörte sich alles ruhig an, bat aber um Verständnis, dass sie zunächst versuchen müsste, die Klinikleitung zu erreichen, die noch zufällig im Hause war. Normalerweise sei zu diesen Tageszeiten nur noch die Pflegedienstleitung anwesend, aber Julia und Ben hatten offenbar Glück. Sie schloss die Tür wieder und nach wenigen Minuten kam sie in Begleitung einer weiteren Frau zurück, die sich ihnen als Leitung des Hauses vorstellte.
Sie wurden hineingebeten und in das Büro der Leiterin geführt. Nach dem üblichen Anbieten von Getränken schilderte Klaska erneut seine Verbindung zu Anna Kiesmann. Die Leiterin ließ sich zur Sicherheit

seinen Ausweis zeigen, denn bevor Frau Kiesmann ins Koma gefallen war, hatte sie seinen Namen und seine Telefonnummer genannt und darum gebeten, dass im Falle eines Falles nur er eine Nachricht bekommen sollte.

Die Leiterin reagierte: „Wir konnten Sie aber leider nicht erreichen!" und Klaska erklärte, warum dies schwierig gewesen und er im Namen seiner Auftraggeberin unterwegs gewesen sei. Dann erstarrten Klaska und Julia Richter zeitgleich. Die Leiterin des Hauses erzählte ihnen, dass ein gewisser Herr Erdmann Frau Kiesmann besucht und sich als ihr Berater ausgegeben habe. Dazu habe er ein Schriftstück vorgelegt, eine Art Generalvollmacht, an die sogar eine Patientenverfügung gekoppelt war. Zu diesem Zeitpunkt sei Frau Kiesmann zwar schon gesundheitlich sehr angeschlagen gewesen, doch wenige Stunden nach diesem besagten Besuch habe sich ihr Zustand noch mehr verschlechtert und sie sei ins Koma gefallen. Was der Mann mit ihr besprochen habe, konnte die Leiterin nicht sagen, denn er war mit Frau Kiesmann eine gewisse Zeit alleine im Zimmer und verließ danach mit freundlichen Worten der Verabschiedung wieder das Heim.

„Komisch war das schon etwas", so die sympathische Leiterin weiter. Sie ergänzte, man habe sicher hier schon alles erlebt. Die unterschiedlichsten Betreuer und Menschen aus dem Familienbereich oder weiteren Umfeld der Menschen im Heim hätten sich schon eingefunden, aber bei dem Besucher habe sie einfach dieses „komische Gefühl" gehabt.

Für Klaska und Julia war sofort klar, dass Erdmann noch mehr Verbindungen hatte, als Rechthaar ihnen in Reit geschildert habe. Sein Netzwerk hatte offensichtlich in jeden gesellschaftlichen und sozialen Bereich einen Faden des Spinnennetzes zu seinen Gunsten gesponnen. Wie sollten sie so einem Menschen beikommen, wie sollten sie ihn vor Gericht bekommen, ohne dabei selbst Schaden zu nehmen? Der Mann würde doch sicher bezahlte Zeugen aus dem Hut zaubern, um seine eigene Haut zu retten. Klaska bat darum, Anna Kiesmann sehen zu dürfen. Dieser Bitte wurde entsprochen und er wurde gemeinsam mit Julia zum Zimmer gebracht, welches ausgestattet war, wie eine Intensivstation. Sie waren von dieser Professionalität überrascht.

„Wir kümmern uns hier um die Menschen und nicht nur, weil sie viel

Geld für einen Platz bezahlen, der Mensch selbst liegt uns am Herzen!"", ging die Leiterin auf die erstaunten Blicke Klaskas und seiner Begleitung ein.

Und dann sahen beide das Bett, in dem Anna Kiesmann lag. Ein Anblick, der beiden zusetzte. Geschlossene Augen, die Hände auf der Bettdecke gefaltet ineinander liegend, immer noch den Ehering an der rechten Hand, die Haare länger als beim letzten Treffen mit Klaska, das Gesicht um Jahre gealtert. Klaska wirkte erschrocken und ihm wurde bewusst, was das Leben mit einem Menschen machen konnte, wie es einen veränderte, wenn man so viele Jahre Anna Kiesmanns Leben gelebt hatte. Da lag eine gebrochene Frau vor ihnen, die nach außen hin immer stark sein wollte, aber über das Erlebte und den Alkohol in dieses Heim gekommen war.

„Wird sie jemals wieder aufwachen?"", fragte Klaska die Leiterin.

„Diese Frage kann Ihnen momentan niemand beantworten. Es kann sein, dass Frau Kiesmann aus dem Koma nicht mehr erwacht und direkt ihren letzten Weg des Lebens antritt. Wer weiß das schon?"", antwortete sie.

Julia war einfach nur sprachlos beim Anblick dieser Frau, deren Geschichte sie von Klaska ausführlich gehört und für die er sich so eingesetzt hatte. Es blieb die Frage, was sie von Klaskas Ergebnis jemals noch erfahren oder mitbekommen würde. Recht muss Recht bleiben, ein Satz, den Julia als Anwältin sehr oft in ihrem Studium gehört hatte. Genau deshalb mussten sie und ihr Partner Ben diesem feinen Herrn Erdmann auch das Handwerk legen. Nur, zu welchem Preis sollte das geschehen? Was würde aus ihnen, wenn dieser Mann sie in seinen Fokus nahm und ihnen Schwierigkeiten bereiten würde?

Klaska streichelte Anna Kiesmann kurz über die Hände und mit einem leisen „Danke!"" an die Heimleiterin verabschiedete er sich und ging mit Julia zum Auto zurück. Im Auto herrschte wieder diese angespannte Ruhe. Beide überlegten parallel zueinander, wie sie jetzt im Sinne von Anna Kiesmann alles zu Ende bringen konnten.

Gelder, die sie für sie irgendwie wieder zurückbekommen würden und das auch nur über langatmige Gerichtsverfahren, für wen wären diese bestimmt, wenn es Anna Kiesmann bis zu dem Zeitpunkt auf Erden nicht

mehr geben würde? „Stiftungen!" platzte es aus Klaska heraus. „Sie hätte das bestimmt so gewollt. Sie hat immer davon gesprochen, wie viele gute Organisationen es doch geben würde."
Diese Gedanken lagen aber weit in der Zukunft.

Julia bat Ben, mit in ihre Wohnung zu kommen, um weiter zu besprechen, wie sie für den Fall einen sinnvollen Abschluss finden könnten. Gemeinsam saßen sie, völlig übermüdet, noch länger bei einem Glas Rotwein zusammen und philosophierten über ihre Ermittlungen und den möglichen Weg. Beide kämpften mit dem Schlaf, es war ein langer Tag gewesen. Klaska sagte ihr deutlich, dass er sie auf jeden Fall schützen würde, denn mit dem Herrn Erdmann sei nicht zu spaßen. Er selbst habe zwar keine Angst, doch sei auch ihm bewusst, dass sie in die Schusslinie geraten würden, wenn Meister Erdmann sein Netzwerk gegen sie einsetzen würde. Julia fragte: „Willst du etwa aufgeben?" und Klaska antwortete fast schon entsetzt: „Na sag mal, was denkst du denn von mir?" Ihm schwebte ein ganz anderer Weg vor, auch wenn bei Erdmann sicher sein Name über die anderen Beteiligten fallen würde und dieser Rückschlüsse ziehen könnte.
„Anonym", sagte Klaska, damit war klar, was er versuchen wollte. Er wusste, dass Anwälte Akteneinsicht bekommen und Erdmann würde mit Sicherheit viele Anwälte beauftragen. Seine Identität in der Akte zu schützen, war deshalb fast unmöglich, denn alle erforderlichen Handlungen der Justiz würden doch auf seine Recherchen gestützt sein.
Er erklärte Julia Richter, dass es jetzt insbesondere auch an ihren Fähigkeiten liegen würde, alles, was sie hatten, als Fallakte so zusammenzuschreiben, dass ein Kapitalstaatsanwalt Freude beim Lesen haben würde und sich direkt in den Betrugsfall Anna Kiesmann hineindenken könnte. Dazu sollten sie noch den Hinweis geben, dass es Anna nach einem Besuch von Notar Erdmann deutlich schlechter ging, so dass möglicherweise staatsanwaltschaftliche Ermittlungen auch in diese Richtung aufgenommen werden würden.
„Wer weiß, ob der Typ ihr nicht was in den Tropf gespritzt hat. So einer kennt keine Grenzen und geht auch über Leichen, um seine Macht auszuleben und sein luxuriöses Leben weiter zu behalten."

Julia war erstaunt. Es gefiel ihr, was Klaska da formulierte.

„Wir müssen einfach das Gesamtkonstrukt nachvollziehbar darstellen und gleich eine Kopie an mehrere Behörden verschicken, Staatsanwaltschaft, Finanzamt, Hauptzollamt, einfach breit streuen, denn irgendwie sind doch bei den Betrugsmachenschaften viele Ämter beteiligt", erklärte er und war der Überzeugung, damit eine Lawine loszutreten.

„Das Blut von Frau Kiesmann müsste einem Toxscreen unterzogen werden. Sonst ist nichts nachzuweisen", meinte Julia. Ben kannte noch eine Reihe Staatsanwälte, denen er vertrauen konnte und wenn dort das Paket der feinen Herren vorliegen würde, dann würde die Sache ins Rollen kommen. Aus seiner Sicht waren auch Offizialdelikte dabei, Delikte also, die von Amts wegen verfolgt werden müssen. Julia freundete sich mit dieser Vorgehensweise an und wollte gleich am nächsten Tag anfangen, daran zu arbeiten. Klaska blieb über Nacht.

Am nächsten Morgen machten sie sich beide nach einem kurzen Frühstück auf den Weg in ihre Büros. Klaska wollte seine Ermittlungen zusammenstellen und Julia wollte mit der Zusammenfassung starten. Sie wollte gleich alles wie eine Ermittlungsakte aufbauen, so dass die Justiz sofort erkennen konnte, dass ihnen etwas mit Sach- und Fachverstand vorgelegt wurde. Ihre Idee war es, im Heim nachzufragen, ob bei Frau Kiesmann eine Kontrolle des Blutes anstand. Eine Staatsanwaltschaft würde nur auf Verdacht eher keine behördliche Blutprobe anordnen. Ein Richter würde über diese Maßnahme hinwegschauen und damit würde wahrscheinlich der Anfangsverdacht für eine richterliche Bestätigung nicht ausreichen.

Tagelang arbeiteten beide an diesem Plan, sahen sich wenig, wollten keine Ablenkung zulassen. Klaska rief zwischendurch immer wieder im Heim an und erkundigte sich nach Anna Kiesmann, bekam aber keine positiven Nachrichten. Ihr Zustand blieb unverändert.

Nach gut einer Woche der intensiven Büroarbeit rief Julia ihn an und sagte: „Fertig! Ich habe es gut hinbekommen!"

Klaska wirkte am anderen Ende der Leitung müde, stützte seinen Kopf mit einer Hand und antwortete: „Ich bin stolz auf dich!"

Dieser Satz tat ihr gut. Sie wusste, er kam von Herzen. Nur wusste sie auch, dass Klaska die letzten Monate in Sachen Anna Kiesmann mitgenommen hatten. Der Fall hatte an seinen Nerven gezehrt und ihn an den Rand des Leistbaren getrieben. Dafür liebte sie ihn und sie merkte mehr und mehr, wie sehr sie sich auch wieder in den Menschen Ben verliebt hatte, dem sie vor unendlich vielen Jahren nicht wirklich eine Chance gegeben hatte. Für sie war jetzt auch klar, dass eine erneute Trennung nicht richtig wäre. Warum auch? Dieser Fall hatte sie wieder zusammengebracht und es war eine tolle gemeinsame Zeit, die aus ihrer Sicht nicht enden sollte. Julia blickte positiv in die Zukunft. Ben, der sein weiches Herz zeigte, in diesen Mann hatte sie sich verliebt.

Sie verabredeten sich in ihrem Büro. Klaska sah dort erstmals den Schriftsatz, den sie aufgesetzt hatte. Ein dicker Stapel Papier, ordentlich geheftet. Julia hatte es sich erlaubt, alles direkt mit einem roten Aktendeckel zu versehen, wie es eigentlich erst die Staatsanwaltschaft macht. „Wenn das nicht einschlägt wie eine Bombe, dann haben wir es nicht gut genug gemacht", sagte sie.
Klaska wollte den Schriftsatz noch einmal in Ruhe durchsehen und möglicherweise noch Dinge dazuheften. Vieles hatte er ihr schon zugemailt und es war auch beim schnellen Durchblättern erkennbar, aber lieber noch mal auf Nummer sicher gehen. Klaska nahm Julia in den Arm, hielt sie fest und sagte: „Danke für deine Hilfe, ohne die ich diesen Fall sicher nicht so hätte abschließen können."
Sie war gerührt, fand diese Wertschätzung einfach schön.
„Fahr in dein Büro und lass dir Zeit beim Durchschauen, vielleicht fehlt noch etwas und dann kannst du es sofort ergänzen!"
Klaska verabschiedete sich mit einem Wangenkuss, den Julia überrascht, aber glücklich registrierte. Es entwickelte sich mehr und mehr zwischen ihnen, ein Reifeprozess zwischen zwei Erwachsenen, die merkten, wie schön es war, wenn sie bestimmte Wege gemeinsam gehen konnten.

Klaska kam in seinem Büro an, schloss die Tür sicherheitshalber ab, wollte nicht gestört werden. Vielleicht hatte er auch die Befürchtung, es könnte unangenehmer Besuch aus Richtung des zukünftigen Hauptangeklagten Erdmann kommen. Die Kaffeemaschine wurde angeworfen, ein Pott starker Kaffee kam auf seinen Schreibtisch und Klaska legte los.

Seite um Seite, Stunde um Stunde vergingen, akribisch las er jede Zeile, die Julia Richter mit ihrer anwaltschaftlichen Kenntnis und Erfahrung chronologisch zusammengetragen hatte. Wieder kam dieser Stolz auf seine alte, neue Liebe auf, denn er wusste, wie richtig doch alles war, den Fall Anna Kiesmann betreffend, und sie beide natürlich auch. Klaska nahm die Anrufversuche und WhatsApps von ihr gar nicht war, so vertieft war er in die angelegte Akte. Gegen 6.30 Uhr am Morgen schlief Klaska über den mehr als 120 Seiten ein, hatte alles geschafft und war selbst am Ende seiner Kräfte. Es war wie früher, wenn er große Fälle zum Abschluss gebracht hatte, nur waren sie damals mit mehreren Kollegen und hatten sich Arbeitsschritte teilen können.

Kurz darauf klingelte es Sturm an seiner Bürotür, er rappelte sich auf und schaute durchs Fenster. Mit fragendem Blick stand Julia Richter davor und hielt mit einem Lachen im Gesicht eine Tüte Brötchen hoch. Er öffnete und fiel ihr in die Arme. Sie spürte sofort, dass er am Ende seiner Kräfte war.

„Wie siehst du denn aus? Hast du etwa die ganze Nacht an unseren Ermittlungen gearbeitet?", fragte sie besorgt.

„Ja, ich habe es alles gelesen und du hast einen richtig guten Job gemacht. So können wir es jetzt auf den Weg bringen. Ich fahre morgen zur Staatsanwaltschaft. Danach sollten wir für ein paar Tage in Deckung gehen."

Klaska war sich sicher, dass die Staatsanwaltschaft erste Beschlüsse veranlassen würde, denn die von Julia erstellte Akte hatte es in sich. Sie führte zu jedem der Vorwürfe gleich die erforderlichen Beweise und Belege an. Besser konnte es nicht sein. Was ihnen fehlte, war einzig der Beweis über das Blutbild von Anna Kiesmann. Die Idee, in dieser Hinsicht über das Heim etwas zu erreichen, war zwar gut gewesen, aber das Heim hatte nicht mitgespielt. Dort wollte man sich nicht aufs Glatteis begeben und lieber an den üblichen Kontrollterminen festhalten und nicht plötzlich bei nur einer Heimbewohnerin Sonderregeln einführen, auch wenn Julia Richter ihre Sichtweise dazu gegenüber der Heimleitung gut dargestellt hatte.

Sie frühstückten gemeinsam und Klaska kämpfte mit dem Schlaf, immer wieder sprach sie ihn an und holte ihn zurück. Danach verabschiedete sie sich und fuhr in ihr Büro, denn dort war ein Stapel Arbeit liegen geblieben. Klaska versprach, sich erst mal hinzulegen, entweder auf seine in die Jahre gekommene Couch im Büro oder zu Hause ins Bett. Er versprach es diesmal sogar ohne Diskussion.

„Du musst fit sein, wenn du morgen zur Staatsanwaltschaft fährst!"

Mit diesen Worten hatte Julia sich von ihm verabschiedet.

Klaska blieb im Büro, legte sich dort auf die Couch und schlief tatsächlich fest ein, bis zum späten Abend. Dann telefonierte er noch einmal mit Julia. Er wollte am nächsten Morgen um 9 Uhr bei der Staatsanwaltschaft sein. Er hoffte, dass seine Kontakte dort nicht im Urlaub sein würden, er wollte jetzt einfach den Schritt in Richtung Gerechtigkeit gehen.

Kapitel 21

Die Nachricht

Am nächsten Morgen stand er sehr früh auf, der Wecker zeigte gerade kurz vor 5 Uhr. Er machte sich im Bad fertig und schaute seit ewigen Zeiten mal wieder in die Zeitung, die sich mit alten Ausgaben meterhoch stapelte. Noch einen Kaffee und ein wenig warten, dann wollte er im Heim anrufen und wieder nach Anna Kiesmann fragen. Gegen 7.30 Uhr rief er dort an und was er hörte, versetzte ihn in einen Schockzustand. Die Leiterin, die selbst schon so früh am Telefon war, erklärte ihm mit ruhigen Worten, dass Anna Kiesmann in der Nacht verstorben sei. Die Atmung habe einfach still und leise ausgesetzt. Man habe aber die Kripo verständigt, damit alles seinen ordentlichen Gang aufnahm. Ein normales Vorgehen, wenn der Notarzt keinen natürlichen Tod auf der Todesbescheinigung angekreuzt hatte. Dies passierte immer dann, wenn es ein Arzt war, der die Krankengeschichte nicht kannte. Wäre es der Klinikarzt gewesen oder der Hausarzt von Anna Kiesmann, dann würden Diagnoseabsprachen mit diesen Ärzten erfolgen. Die Kripo würde dann außen vor bleiben. Wenn das Krankheitsbild das Versterben ärztlicherseits erwarten ließ, dann erfolgte keine polizeiliche Untersuchung bzw. ein Todesermittlungsverfahren. All das war Klaska natürlich noch aus seinem Berufsleben bei der Polizei bekannt.

Klaska konnte kaum einen klaren Gedanken fassen, die Leiterin fragte zwischendurch, ob er noch am Telefon sei. Dann, wie vom Blitz getroffen, fing er sich wieder, bedankte sich für das Telefonat, fragte noch, ob alle jetzt und bisher angefallenen Kosten gedeckt sein würden, was die Leiterin bejahte und legte auf. Er rief sofort Julia Richter an, die ähnlich wie er reagierte und sagte ihr: „Genau jetzt ist der richtige Zeitpunkt alles vorzulegen. Es ist eine Art Bestimmung, ein Zeichen von Frau Kiesmann, die Erlaubnis, es zu tun!"

Die Anwältin entschied für sich, sofort ins Heim zu fahren, denn möglicherweise gab es dort noch wichtige Informationen zum Versterben von Frau Kiesmann.

Er beendete das Telefonat abrupt und fuhr zur Staatsanwaltschaft. Normalerweise würde auch er bei so einer Nachricht auf direktem Weg ins Heim fahren und vor Ort sein wollen, aber was hätte man schon regeln können? Zumindest war Julia auf dem Weg dorthin.

Wut im Bauch, Trauer, aber mit einer ebenso gewissen Zufriedenheit parkte er bei der Staatsanwaltschaft und ging mit der Akte unterm Arm zum Haupteingang. Einfach so rein kam man dort nicht, aber Klaska war noch bekannt und so fragte er nur kurz nach seinem besten Kontakt im Hause der Ankläger und durfte passieren. Zimmer 612 erreichte er nicht mit dem Fahrstuhl, er ging wie immer zu Fuß. Klaska klopfte an und sein alter Freund aus Polizeitagen rief: „Herein!"

Klaska öffnete und Staatsanwalt Robert B. sah ihn erstaunt, aber auch erfreut an.

„Wie viele Jahre haben wir uns nicht gesehen?", wurde Klaska gefragt. „Was hast du auf dem Herzen? Du kommst bestimmt nicht vorbei, um mit mir eine Alte Marille, so wie früher, zu trinken, wenn wir den Abschluss einer erfolgreichen Ermittlung gefeiert haben."

„Ich brauche dich! Du bist der richtige Mann für eine große Betrugssache und wenn du so wie damals an unsere gemeinsamen Fälle gehst, wirst du Justizgeschichte schreiben. Doch mein Name darf nicht fallen."

Klaska übergab ihm die Akte, bat ihn, sie aufmerksam zu lesen und ihm dann eine Rückmeldung zu geben. „Leg deinen Schwerpunkt auf den Erdmann, er ist der Strippenzieher. Sein letzter Besuch im Heim der Betroffenen hat bewirkt, dass sie ins Koma gefallen ist. Ich hätte früher handeln müssen und dich zwischendurch schon mal kontakten sollen. Aber du kennst mich. Ich wollte erst genug an Vorermittlungen zusammen haben."

Nach einem kurzen Smalltalk ging Klaska wieder, mit diesem Gefühl der Befriedigung. Staatsanwalt Robert B. war dafür bekannt, auch unliebsame, schwierige und solche Wege zu gehen, die nicht immer der Lehrmeinung entsprachen. Er war ein Macher, wie Klaska, weshalb sie sich auch immer gut verstanden hatten, als Klaska noch Polizist war.

„Mach dir jetzt bloß keine Vorwürfe!"

Mit diesen Worten wurde er von seinem alten Freund verabschiedet.

„Lass uns mal wieder treffen, wenn das alles gelaufen ist. Mich interessiert etwas genauer, wie es dir so in der letzten Zeit ergangen ist."

Beim Verlassen der Staatsanwaltschaft traf er noch einen sehr alten Bekannten, einen Justizwachtmeister, der jetzt offensichtlich nur noch ein paar Monate bis zur Pensionierung hatte und deshalb im Bereich der Zugangskontrolle zum Justizgebäude eingesetzt wurde. Nach einigen Sätzen der Wertschätzung verabschiedete sich Klaska. Auf dem Weg zum Auto schaute er noch mal das mehrstöckige Gebäude hinauf, er wusste, hinter welchen Fenstern jetzt die Akte Anna Kiesmann lag und er wusste auch, der Staatsanwalt würde bereits einen ersten Blick hineinwerfen. Klaska hatte in seinen Augen das Interesse erkannt, als er ihm einen Querschnitt daraus erzählte.

Sein Blick wanderte über das Gebäude hinweg, in den wolkenverhangenen Himmel und seine Gedanken waren bei der verstorbenen Anna Kiesmann. Für sie allein, seine sympathische Auftraggeberin, der so übel mitgespielt wurde, die gelitten hatte und letztlich mit dem Leben nicht mehr klargekommen war, ja, genau für diese Frau hatte sich Ben Klaska stark gemacht. Sie war aus seiner Sicht eine tolle Frau, hatte den falschen Mann geheiratet, hatte mit dem unerfüllten Kinderwunsch umgehen müssen und dann mit dem falschen, kriminellen Umfeld der Anzugträger, Betrüger und Manipulierer. Klaska spürte, wie dieser schon so oft gefühlte Zorn in ihm hochkam.

Er fuhr vom Parkplatz der Staatsanwaltschaft und versuchte sofort, Julia Richter zu erreichen. Nach nur zwei Freizeichen war sie sofort dran und fragte: „Wie ist es gelaufen?"

„Gut", antwortete Klaska und erzählte vom Gespräch und dass er nach wie vor der Meinung sei, dass sie den richtigen Weg gegangen waren.

„Mein Kontakt in der Staatsanwaltschaft wird das schon auf den richtigen Weg bringen. Der Mann ist wirklich gut. Ich habe ihm noch gesagt, er soll sein Hauptaugenmerk auf Erdmann legen."

Sie verabredeten sich zum Mittagessen, denn auch sie wollte gerne von ihrem kurzen Besuch im Heim berichten, obwohl sie nicht wirklich neue

Informationen erhalten hatte und der Leichnam bereits durch den Bestatter abgeholt worden war.

„Ich hätte Frau Kiesmann gerne noch mal gesehen", sagte sie Klaska mit trauriger und nachdenklicher Stimme. Auch von der Heimleitung gab es keine ergänzenden Informationen.

Kapitel 22

Der Showdown der Justizbehörden oder besser:
Recht muss Recht bleiben

In den Tagen nach der Abgabe seiner Unterlagen bei der Staatsanwalt-schaft wirkte Klaska nervös. Manchmal hatte er den Eindruck, er würde verfolgt, starrte auf sein Handy, wartete auf erste Informationen vom Staatsanwalt, wartete auf irgendeine Reaktion, egal, ob positiv oder ne-gativ. Vielleicht hatte auch der feine Notar Erdmann schon Nettigkeiten zur Einschüchterung für Klaska auf den Weg gebracht. Klaska rechnete mit allem, denn wenn es zur Anklage kommen sollte, wäre mit Sicherheit eine Bewährungsstrafe nicht mehr zu vertreten. Doch wer geht schon gerne aus einem Luxusleben in den Knast?

Dann, es war ein Mittwochmorgen gegen 11 Uhr, leuchtete das Display seines Handys auf und er erkannte sofort die private Mobilfunknummer seines Freundes aus der Staatsanwaltschaft.

„Hallo, ich hoffe du hast gute Nachrichten!", begrüßte Klaska seinen Kumpel aus so vielen Jahren, in denen sie gemeinsam gegen das Ver-brechen gekämpft hatten.

„Wie man es nimmt", kam die Antwort vom anderen Ende zurück.

Der Staatsanwalt erklärte Klaska, dass er die Sache tagelang mit einem Richter durchgesprochen habe. Jetzt habe sich der Richter dazu durchge-rungen, die ersten Durchsuchungsbeschlüsse in den Kanzleien und Pri-vatwohnungen sowie aller Nebenwohnsitze der Herren Rechtsanwälte, Notare und Unternehmensberatern rund um den Fall Anna Kiesmann zu unterschreiben. Alle Kanzleien wären nicht mehr aktiv, doch der Richter habe die Beschlüsse sofort auf alle bekannten Wohnanschriften ausge-weitet. Es sei geplant, in 3 Tagen mit einem großen Polizeiaufgebot an allen Orten gleichzeitig die Beschlüsse durchzusetzen. Die Koordinierung mit den anderen Bundesländern wäre sehr schwierig, aber natürlich machbar.

„Es muss nur alles gut vorbereitet sein", fügte der Staatsanwalt hinzu. Ein enormer Kraftakt war das, besonders für die Polizeikräfte, was Klaska natürlich klar war. Diese Szenarien kannte er noch bestens aus seiner aktiven Zeit. Es war nur die Frage aller Fragen, was man bei dieser Aktion noch finden würde, um einen beweisstarken Prozess führen zu können. Vorweg müsste es überhaupt erst mal genug sein, um Anklage zu erheben. Einfach war das alles nicht, aber Klaska dankte seinem Freund für seinen Einsatz. Der wiederum spürte deutlich, dass Klaska vor allem Gerechtigkeit für die bereits verstorbene Anna Kiesmann wollte. Was er an dem Fall hätte verdienen können, war ihm total egal.

„Du hörst von mir", sagte der Staatsanwalt und beendete das Telefonat. Diese Nachricht wollte Klaska Julia persönlich in ihrer Kanzlei überbringen und machte sich ohne Vorankündigung sofort auf den Weg. Nach 30 Minuten traf er bei ihr ein. Sie wirkte erstaunt, ahnte aber schon, dass es nur um die gemeinsame Sache gehen konnte. Er stand vor ihrem Schreibtisch, lächelte und fragte erst gar nicht, ob sie Zeit hätte, sondern sprudelte los und erzählte den sich möglicherweise anbahnenden Erfolg. „Wahnsinn, was für schöne Nachrichten!", reagierte sie auf seine Schilderungen, stand auf und nahm ihn fest in den Arm. „Wir haben es geschafft. Wirst sehen, am Ende wird schon irgendwas dabei rumkommen. Ganz straffrei werden die noblen Herren mit Sicherheit nicht ausgehen!" Ein Satz den Klaska gerne glauben wollte, doch hatte er in seiner langen Zeit bei der Polizei zu oft andere Verfahrensausgänge erlebt. Jetzt hieß es abwarten und auf die professionelle Arbeit der Polizei und der Justiz vertrauen.

Es waren drei Tage bis zum Showdown, die sich wie drei Jahre anfühlten.

Der große Tag kam. Klaska erhielt von seinem Freund aus der Staatsanwaltschaft telefonisch, wie versprochen, das „Go". Er wusste direkt, was das bedeutet. Robert B. ergänzte, dass alte Weggefährten aus Klaskas Polizeitagen mit am Start waren und ihn grüßen ließen. Das machte ihn ruhiger, tat ihm gut, denn er wusste, wie gut sie arbeiten konnten. Stunde um Stunde verging, Julia war bei Klaska im Büro, sie tranken abwechselnd Kaffee und Tee, schwiegen, redeten über Nichtigkeiten, versuchten, sich einfach abzulenken.

Dann, nach gefühlt unendlich vielen Stunden –der Einsatz hatte schon um 9 Uhr begonnen – klingelte gegen 18 Uhr Klaskas Handy.

„Setz dich hin!", sagte der Staatsanwalt. „Die Herren waren so boniert und selbstsicher, dass wir fast alle Unterlagen noch gefunden und beschlagnahmt haben. Teilweise in Tresoren, teilweise offen in Aktenordnern in den Kanzleien abgelegt. Völlig überheblich kamen die rüber. Was für Idioten und an Selbstherrlichkeit nicht mehr zu übertreffen. Das wird eine fette Anklage!", so sein erstes Statement zum abgelaufenen Einsatz. Klaska hatte den Lautsprecher am Handy eingeschaltet, sodass Julia alles gleich mithören konnte. Sie freute sich so dermaßen, dass der Staatsanwalt angesteckt wurde und meinte, sie sollten in ein paar Tagen unbedingt mal zusammen etwas trinken gehen.

Was für ein unerwarteter Erfolg! Ihr konsequentes Dranbleiben hatte sich gelohnt. Anna Kiesmann bekam nun hoffentlich endlich Gerechtigkeit, wenn sie diese auch leider nicht mehr erleben durfte. Doch wer weiß schon, was man aus der anderen Welt nach dem eigenen Tod so alles mitbekommt.

Nach monatelanger Vorbereitung durch die Staatsanwaltschaft und der daraus resultierenden Anklage, fiel nach 23 umfangreichen Verhandlungstagen das Urteil. Der Hauptangeklagte Notar Erdmann musste für 4 Jahre hinter Gitter. Seine Mittäter legten Geständnisse ab, die sich auf das Strafmaß auswirkten und Bewährungsstrafen und sogar zum Teil nur Strafbefehle zur Folge hatten, die mit hohen Geldstrafen einhergingen. Dazu Berufsverbot für diejenigen, die noch als Anwalt tätig waren.

Rechthaar behielt sein Domizil in Reit im Winkel. Seine Aussagen hatten maßgeblich zum Ermittlungserfolg geführt, denn er konnte die Tricksereien um den Geldfluss aus dem Vermögen Kiesmann vor Gericht nachvollziehbar verständlich machen und erklären. Der größte Teil des veruntreuten und unterschlagenen Geldes tauchte allerdings nicht mehr auf. Notar Erdmann wurde als Hauptangeklagter von einer großen Kanzlei aus Düsseldorf vertreten und machte vor Gericht so gut wie keine Angaben, die ihn selbst irgendwie belasten konnten. Rein die Indizienkette und die Zeugenaussagen brachten ihn zu Fall. Seine Anwälte kündigten noch im Gerichtssaal die Berufung an.

Offen blieb, ob Erdmann auf den Tod von Anna Kiesmann durch seinen plötzlichen Besuch in der Altersresidenz in welcher Form auch immer Einfluss genommen hatte. Die Staatsanwaltschaft konnte diesbezüglich keine Exhumierung mehr beantragen, da Anna eine Feuerbestattung vorbestimmt hatte. So blieb nur die Annahme, der Herztod sei spontan eingetreten, verbunden mit dem plötzlichen Besuch von Notar Erdmann. Die durch das Heim verständigte Kripo hatte bei der normalen Leichenschau keine äußerlichen Verletzungen, keine besonders auffälligen Einstichstellen festgestellt und so wurde die Leiche zur Einäscherung freigegeben, nachdem auch der Arzt des Heimes klar das Ableben als erwartet erklärt hatte, aufgrund des körperlichen Gesamtzustandes.

Anna K. hatte natürlich Einstichstellen durch ihre medizinische Versorgung im Heim, die sich erklären ließen. Aber was war, wenn ihr über die Infusionsflasche etwas verabreicht wurde? Man darf sich dazu seine eigenen Gedanken machen. Saßen die werten Herren am Ende doch am längeren Hebel? War ein Mord denkbar? Es ging um sehr viel Geld, um strafbare Machenschaften. Wenn die Zeugin für all die gemachten Versprechen und Erklärungen plötzlich nicht mehr vor Gericht erscheinen konnte, weil verstorben, ja, dann war auch die Hauptbelastungszeugin nicht mehr vorhanden. Ermittler Klaska und Anwältin Julia Richter würden mit Sicherheit zur Hauptverhandlung geladen, nur, ob man ihnen Glauben schenken würde oder ob am Ende ein Heer von Anwälten beide unglaubwürdig machen würden – alles war denkbar. Zumindest hatten sie sehr viel dafür getan, Anna Kiesmann zu ihrem Recht zu verhelfen. Recht haben und Recht bekommen bleiben in unserer Gesellschaft weiterhin zwei ganz unterschiedliche Dinge.

Gemeinsam besuchten Ben Klaska und Julia Richter das Kolumbarium, in dem Anna sich bereits zu Lebzeiten ihre letzte Ruhestätte ausgesucht und diesen Wunsch bereits bezahlt hatte. In die Erde wollte sie nicht, dass hatte sie Klaska in einem ihrer Gespräche erzählt. Sie standen vor der Urne, hielten ihre Hände und schwiegen. Wahrscheinlich gingen ihnen die Begegnungen mit Anna durch den Kopf, ihr geführtes Leben, ihr tiefer gesellschaftlicher Fall, ihre Krankheit und wie Menschen mit ihr umgegangen waren, um ihre Ahnungslosigkeit und Hilfslosigkeit auszunutzen.

„Ich werde sie vermissen. Sie hatte so eine liebenswerte Art und ich hätte ihr so gerne das Ergebnis unserer Recherchen präsentiert", sagte Klaska. Er nahm Julia an die Hand und sie verließen die Örtlichkeit der Erinnerungen an eine Auftraggeberin, die sie so schnell nicht vergessen würden. Denn durch einen puren Zufall hatte dieser Auftrag sie wieder zusammengeführt.

Wie ging es mit Julia Richter und Ben Klaska danach weiter?

Sie setzten in die Tat um, was sie auf ihren Fahrten im Fall Anna Kiesmann so manchen Abend besprochen hatten. Ben nannte seine Detektei jetzt kurz „BK" und warb mit seriösen Ermittlungen aller Art. Es waren zwar seine Namenskürzel, aber sie waren ab jetzt ein Team. Ihr unbedingtes Einstehen für ihre Mandanten führte dabei zu einem ungeahnten Erfolg. Eine direkte Bürogemeinschaft war zwischen einer Anwaltskanzlei und einer Privatdetektei nicht möglich, der Gesetzgeber hatte da klare Regeln geschaffen. Sie hatten aber die Absicht, sich einen gemeinsamen Standort für kurze Wege zu suchen, wenn der nächste gemeinsame Fall anstehen sollte. Anna Kiesmann hatte in ihrem Testament einen mehr als zufriedenstellenden Betrag für Klaskas Arbeit verfügt, den er zwischen Julia und sich aufteilen wollte.

„Ich möchte das nicht. Es war doch dein Fall und ich habe dir gerne geholfen", reagierte sie beschämt.

„Okay, dann nutzen wir es für unsere neuen Büros und richten uns einfach toll ein. Einen kleinen Urlaub sollten wir uns aber auch gönnen und da habe ich an Noordwijk in Holland gedacht. Du hast mir doch mal von deinen Besuchen dort mit deinen Eltern erzählt und wie gerne du da gewesen bist", schlug Klaska vor. Die Reaktion von Julia war einfach nur das starke Gefühl von Liebe, Glück und Zufriedenheit.

Sie hatten endlich zusammengefunden. Privat und beruflich. Klaska und seine Anwältin, seine Julia können jetzt und in Zukunft endlich zeigen, was sie in Sachen „Recht auf gute Beratung und Aufklärung" für ihre Mandanten noch so alles draufhaben.

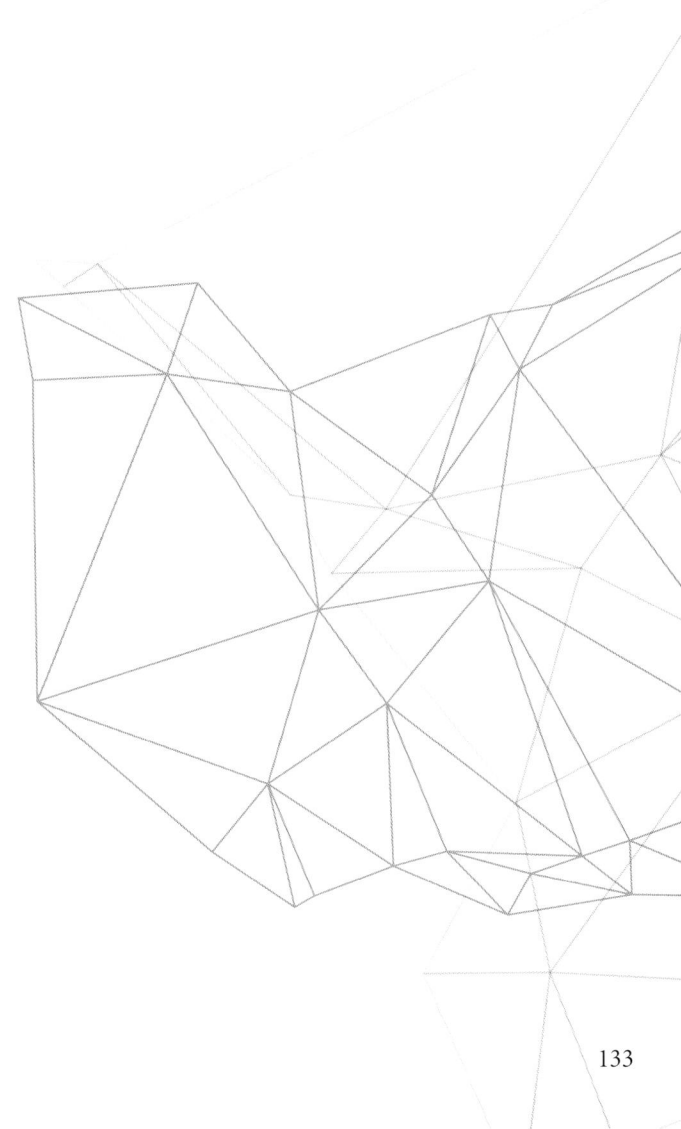

Für **Amelie** sind Sprache und Kommunikation wie die Luft zum Atmen. Sie betrachtet das Geschriebene mit klarem Blick auf die Rechtschreibung und lektoriert da, wo es nötig ist und sich der Autor mal wieder in seinen Zeilen verloren hat. Sie hat Germanistik studiert, doch ihr Wissensdurst bringt sie immer wieder dazu, ihre vielfältigen Interessen weiter auszubauen. So konzipiert sie mittlerweile auch Apps, unterrichtet unterschiedliche Yogastile und Meditation durch Gesang. In bewussten Ruhepausen im Wald holt sie sich für alles die Kraft. Nähere Informationen auf:
www.hauptwort.com
und auf Instagram unter @itsjust_aha

Simone „zeichnet" im wahrsten Sinne des Wortes für das gesamte Layout vom Cover bis zur Gesamtansicht verantwortlich.

Sie ist leidenschaftliche Fotografin, Grafikdesignerin, Storytellerin, Videografin, Ideenbringerin und Beraterin mit Spezialisierung auf natürliche Portraitfotografie & Branding.

Ob im Business oder privaten Bereich, Simone hat den richtigen Blick und am Ende einer Fotosession entstehen Werte für die Gegenwart, die Vergangenheit und die Zukunft. Sie liebt es kreativ zu sein, zu gestalten, Menschen und Dinge sichtbar zu machen, Ideen und Themen umsetzen und das alles mit viel Herz und Leidenschaft.

Nähere Informationen auf:

www.simonehilgers.de

und auf Instagram unter @simonehilgersartwork

Sabine sorgt für den korrekten rechtlichen Rahmen. Das Recht für Autoren ist vielschichtig. Urheberrechte, Persönlichkeitsrechte, das Regelwerk der Verlagsverträge, Titelschutz, ISBN, Pflichtexemplare, das sind nur einige Bereiche, mit denen sie sich befasst. Seit vielen Jahren betreibt sie erfolgreich eine Rechtsanwaltskanzlei. Sie hat in großen Unternehmen als Führungskraft gearbeitet, kennt das juristische Handwerk aus unterschiedlichen Blickwinkeln und kämpft gnadenlos für die Rechte ihrer Mandanten. Sie liebt es an neuen Projekten teilzunehmen, bei denen sie ihre Kreativität ausleben kann. Sabine ist vielseitig interessiert, mit großer Leidenschaft für die Psychologie. Sie praktiziert Yoga und Meditation, spielt Saxophon und weiß die Schätze der Natur zu würdigen. Nähere Informationen auf:
www.kanzlei-deifuss.de

INHALT

Die Nordküste → S. 60

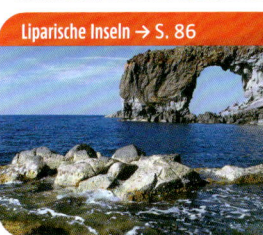
Der Südwesten → S. 72

Liparische Inseln → S. 86

Reiseatlas → S. 126

GUT ZU WISSEN
Geschichtstabelle → S. 12
Spezialitäten → S. 26
Bücher & Filme → S. 94
Was kostet wie viel? → S. 117
Wetter in Catania → S. 121
Zur Erleichterung der
Aussprache → S. 122

KARTEN IM BAND
(128 A1) Seitenzahlen
und Koordinaten verweisen
auf den Reiseatlas
(O) Ort/Adresse liegt außerhalb des Kartenausschnitts
Es sind auch die Objekte mit
Koordinaten versehen, die
nicht im Reiseatlas stehen
Karten von Catania, Palermo,
Taormina und Trapani im
hinteren Umschlag
Karte zu Syrakus → S. 56

**UMSCHLAG HINTEN:
FALTKARTE ZUM
HERAUSNEHMEN →**

FALTKARTE 🗺
(🗺 A–B 2–3) verweist auf
die herausnehmbare Falt-
karte

Die besten MARCO POLO Insider-Tipps

Von allen Insider-Tipps finden Sie hier die 15 besten

INSIDER TIPP ▶ Unter Teufeln

In San Fratello toben am Karfreitag rot verkleidete Bösewichte mit Masken und Blechtröten durch die Straßen und stören die Prozession. Pfarrer und Polizei lassen sie gewähren, die Zuschauer sind begeistert → S. 110, 115

INSIDER TIPP ▶ Catanias edler Tresen

Ein wahrhaft goldener Stern ist die *tavola calda* in der Bar Etoile d'Or → S. 36

INSIDER TIPP ▶ Wie am ersten Tag

Im Naturschutzgebiet Vendicari sehen Sie Flamingos, Reiher und Störche ganz aus der Nähe, laufen Sie kilometerweit über Strände ohne andere Menschen zu treffen und erleben eine Urlandschaft zwischen Sandbänken und Lagunenseen (Foto o.) → S.53

INSIDER TIPP ▶ China made in Sicily

An Bau und Ausstattung der Palazzina Cinese in Palermo waren nur Italiener beteiligt → S. 67

INSIDER TIPP ▶ Die Uneinnehmbare

Steile Felswände, mehrere Mauerringe und nur ein steiler Zugang mit stark befestigten Toren machten die Rocca di Cefalù einst uneinnehmbar. Auf den Gipfel des 268 m hohen Felsens oberhalb Cefalùs führen Wanderwege, den besten Blick auf Altstadt und Dom gibt es von der halben Höhe (Foto r.) → S. 62

INSIDER TIPP ▶ Viel Sand, viel Einsamkeit

Dünen, Uferwälder, feiner Sand, klares Meer und wenig Menschen machen die Strände zwischen Sciacca und Montallegro zum idealen Ort für ungestörtes Strand-, Bade- und Tauchvergnügen → S. 80

INSIDER TIPP ▶ Wie im Paradies

Die üppig grünen Gärten der Kolymbetra liegen versteckt unterhalb der Tempel von Agrigent und der Kultstätten der Erdgottheiten. Mit ihren Mandeln- und Orangenbäumen sind sie ein wahrer Garten Eden → S. 74

INSIDER TIPP **Kühler Spaziergang auf einem Vulkan**
Aus den Monti Rossi bei Nicolosi floss 1669 die Lava, die Catania bis zum Meer bedeckte. Heute ist die Erde unter den Wanderwegen kalt → S. 38

INSIDER TIPP **Der Blick der Madonna**
Für den Filmemacher Wim Wenders ist das kleine Bild „Verkündigung" von Antonello da Messina „schöner und magischer als die Mona Lisa" → S. 66

INSIDER TIPP **Rückkehr der Göttinnen**
Zwei antike Statuen sind aus dem amerikanischem Exil zurück in Aidone → S. 50

INSIDER TIPP **Schlupfwinkel der Paten**
Auf der Rocca Busambra und im Wald von Ficuzza wandern Sie auf den Spuren der Mafia, die in den schwer zugänglichen Bergen und Höhlen Untergetauchte versteckte und Opfer in Felsspalten verschwinden ließ → S. 70

INSIDER TIPP **Mehr als nur ein Museum**
In Buscemi nahe Palazzolo Acreide wird alte Handwerkskunst lebendig gehalten → S. 108

INSIDER TIPP **Ein orientalischer Traum**
In Palermo schufen arabische Künstler und Baumeister für die Normannenherrscher das Schloss La Zisa, einen eleganten Steinwürfel, dessen raffinierte Klimaanlage auch nach über acht Jahrhunderten noch funktioniert → S. 68

INSIDER TIPP **Wandern zwischen Palmen**
Die Riserva dello Zingaro lockt mit Traumbuchten zwischen Klippen, Wanderwegen über dem Meer und Tausenden Zwergpalmen → S. 85

INSIDER TIPP **Roter Museumszug**
Eigentlich sollte der Bahnhofsvorsteher von Villarosa den Bahnhof schließen, den Zug stilllegen. Stattdessen machte er ein Museum daraus → S. 98

BEST OF ...

TOLLE ORTE ZUM NULLTARIF
Neues entdecken und den Geldbeutel schonen

● **Trutzburg als Museum**
Das mittelalterliche *Castello Ursino* hielt Erdbeben, Gefechten und der Lava des Ätna stand. In der massiven Burg tauchen Sie dank archäologischer Funde, antiker Münzen und Gemälden gratis in die Welt der Vergangenheit ein → S. 35

● **Tee-Time**
In der *Casa-Museo del Tè* in Raddusa erfahren Sie in nach Feng-Shui-Regeln gestalteten Räumen alles über Tee. Natürlich dürfen Sie auch probieren. Der Eintritt ist frei; wer Gutes tun möchte, kauft vielleicht dennoch ein kleines Tee-Souvenir – und untersützt damit eins der Hilfsprojekte der Casa → S. 50

● **Flusstal als Freilichtgalerie**
Spazierengehen statt Schlangestehen: Auf den Hügeln oberhalb der Küstenstraße Messina–Palermo und in den Geröllbetten der Flüsse finden Sie die *Fiumara d'Arte*, weithin sichtbare Großplastiken, eine Pyramide und ein Labyrinth → S. 62

● **An der Quelle zapfen**
Am alten Brunnen vor dem Bergdorf Geraci Siculo schöpfen Sie Mineralwasser direkt aus der Quelle und ganz umsonst. Sie müssen nur Flaschen mitbringen und bei der großen Nachfrage mit Wartezeit rechnen → S. 64

● **Theorie und Praxis des Weinstudiums**
Wenn Busse vorm *Enomuseo* in Marsala stehen, wird es innen sehr eng. Aber sonst können sie mit dem Gläschen in der Hand hier alte Gerätschaften ansehen, mit denen Weinbau und Weinkellerei betrieben wurden → S. 77

● **Antike Säulentrommeln**
Seit über 2300 Jahren stehen in den *Rocche di Cusa* die für den Tempelbau in Selinunt bestellten Säulentrommeln. Gönnen Sie sich den schönen, kostenlosen Naturrundgang zwischen Felsen, großen Bäumen und beindruckender Antike (Foto) → S. 79

●●●● Diese Punkte zeichnen in den folgenden Kapiteln die Best-of-Hinweise aus

● Mütze mit Geschichte

Sie galt als Symbol der Mafia: die *coppola*, sizilia-nische Schirmmütze aus robustem Stoff. Mode-schöpfer haben sie neu entdeckt. Wer mag, kauft sie aus Samt. Oder ganz in Weiß – zum Brautkleid, auf jeden Fall aber bei *La Coppola Storta* in Palermo → S. 69

● Puppen-Power

Wilde Kämpfe und laute Küsse erleben Sie im sizilianischen Marionettentheater, wo Holzfiguren die Abenteuer der Ritter im Kampf gegen die Sarazenen vorführen oder die Ehre holder Christenfrauen retten. Ein Spaß nicht nur für Kinder! → S. 33, 109

● Intensive Aromen

Oregano und wilder Fenchel bringen den Duft in sizili-anische Speisen. Das intensivste Aroma entfalten die Kräuter in der einheimischen Küche auf den Liparischen Inseln, besonders tra-ditionell und köstlich zu erleben im *Filippino* auf Lipari oder im *Punta Lena* auf Stromboli → S. 89, 93

● Gemüse to go

Die echte *caponata* aus Auberginen, Stangensellerie, Kapern, grünen Oliven, wildem Fenchel und Tomaten wird kalt gegessen. Die Bauern nahmen sie so mit aufs Feld. Probieren Sie sie im Gutshof *Casale Villa Rainò* bei Gangi, da gibt's das Landfeeling gleich dazu → S. 63

● Kunst aus Keramik

Araber prägten die sizilianische Keramik: Leuchtendes Blau, gedeckte Gelbtöne, ein wenig Rot – typische Farben der Keramik aus Caltagi-rone, Sciacca, Burgio (Foto). Besonders bunte Stücke bekommen Sie auch in *St. Stefano di Camastra* längs der Hauptstraße → S. 63

● Im Rausch von Farben, Gerüchen und Vitalität

Die *Straßenmärkte in Catania und Palermo* mit ihrer bunten Warenfülle und dem munteren Treiben reizen alle Sinne. Tauchen Sie ein in die Welt der kunstvoll aus Obst und Gemüse aufgestapelten Pyramiden, in die Vielfalt der fremden Meerestiere, in den Geruch von Fisch und den Duft von Orangen. Und auch wenn die liebevoll mit Myrtenzweigen dekorierten Kalbsfüße nicht unbedingt etwas für Ihren Magen sind, so feiern Ihre Augen doch ein echtes Fest → S. 36, 69

TYPISCH

BEST OF ...

SCHÖN, AUCH WENN ES REGNET
Aktivitäten, die Laune machen

● **Unterwasserwelt**

In Messinas Aquarium erleben Sie einen Teil der vielen Lebewesen, die sich in der Meerenge tummeln, darunter viele, die sonst unsichtbar in der Tiefsee leben → S. 40

● **Museumsreifes Geschirr**

Bei Regen leuchten die bunten Kacheln an den Außenwänden des Keramikmuseums in Caltagirone besonders schön. Aber auch drinnen im trockenen Zustand machen Hunderte Fliesen, Vasen, Schüsseln, Teller, Krüge und Tonfiguren von der Antike bis heute eine Menge her → S. 48

● **Archäologie überdacht**

Die 4100 m² Mosaiken der spätrömischen *Villa del Casale* bei Piazza Armerina sind komplett überdacht. Sie können Stunden in den Überresten der Kaiservilla verbringen (Foto) → S. 50

● **Klassizistisches Opernhaus**

Auch wenn Sie kein Opernfreund sind, sollten Sie einen Blick in Palermos *Teatro Massimo* werfen. Italiens größtes Opernhaus punktet mit prachtvoller Ausstattung aus der Gründerzeit, die Sie beim Rundgang ohne Orchester und Sänger in aller Stille bestaunen können → S. 68

● **Geschichtslastige Säulen**

Der Kreuzgang von Monreale war der goldene Käfig, in dem 228 Säulenkapitelle den Mönchen Geschichten von Königen und Heiligen erzählten, von Drachen und menschenverschlingenden Monstern. Tipp: Wenn es leicht regnet, ist das Licht ideal zum Fotografieren! → S. 71

● **Auf in die Therme**

Tauchen sie im 38 Grad heißen Schwefelwasser der *Terme Segestane* unter und Sie merken gar nicht, dass Wasser vom Himmel fällt. Ein Genuss am Abend nach langen Ausflügen! → S. 85

ENTSPANNT ZURÜCKLEHNEN
Durchatmen, genießen und verwöhnen lassen

● **Refugium in der Höhe**
In den fast 1000 m hoch gelegenen Steinhäusern des *Agriturismo Cirasella* in Sant'Alfio genießen Sie ihre Ferien in ländlicher Ruhe – mit Vogelgezwitscher unter hohen Bäumen am Hang des Ätna, inklusive feiner Küche mit Bioprodukten aus eigenem Anbau → S. 34

● **Gipfelstürmen light**
Wenn Sie kein Wanderfreund sind, lassen Sie sich per *Seilbahn* (ab Straßenende am Rifugio Sapienza) entspannt Richtung Ätna-Gipfel bringen, genießen dabei den herrlichen Ausblick und nehmen für die Reststrecke bis auf 2900 m einen geländegängigen Kleinbus → S. 37

● **Bootsausflug durch herrliche Natur**
Auf dem schmalen, kühlen Ciane-Fluss südlich von Syrakus lassen Sie im Boot die Seele baumeln und staunen über die dichtbewachsenen Ufer aus Schilf, Binsen und Papyrus (Foto) → S. 59

● **Oase in der Metropole**
Tauchen Sie nach dem Stadtrundgang ins Grün des *Botanischen Gartens* von Palermo ein – weg vom Verkehr, dem Krach der Metropole. Wenn Sie dann auf einer Bank unter Tropenbäumen sitzen, durch deren Kronen Halsbandsittiche aus Afrika fliegen, ist das wahre Erholung → S. 67

● **Insel der Ruhe**
Wer gleich der Welt komplett den Rücken kehren möchte, der lässt sich von Salina nach *Alicudi* übersetzen und genießt dort nie gekannte Ruhe. Ein kleiner Hafen, ein Hotel-Restaurant, ein paar Häuser am Hauptweg zum Vulkangipfel – mehr gibt's nicht auf der Insel. Da kommt jeder noch so aktive Geist zur Ruhe → S. 92

● **Mineralmassage**
In den *Terme di Acqua* Pia bei Gibellina füllt warmes Mineralwasser das große Schwimmbecken und sprudelt in Kaskaden herab, unter denen Sie die sanfte Kraft des Wassers erleben. Oder Sie lassen sich mit Wellness- und Beauty-Anwendungen verwöhnen → S. 78

AUFTAKT

ENTDECKEN SIE SIZILIEN!

„Araaaance, arance fresche dell'Etna!" Carmines Marktschreiersingsang hallt durch die barocke Altstadtgasse Palermos mit ihren abblätternden Fassaden – lang gezogenes Falsett wie klagende arabische Musik. Jalousien öffnen sich. Schwarz gekleidete Witwen treten auf Balkons mit Kanarienvögeln. Lassen am Strick den *paniere,* den aus Weiden geflochtenen Einkaufskorb, hinunter. Auf dem bunt gerosteten, dreirädrigen Ape-Lastwagen türmen sich Pyramiden von Blutorangen. Der Parfümduft der Agrumenblätter mischt sich mit der brütenden Sommerhitze und dem Duft von in Knoblauch gebratenem Schwertfisch, der aus einer Trattoria mit Neonlicht und flimmerndem Fernseher dringt. *Sicilia eterna,* es gibt dieses entschleunigte, dieses ewige Sizilien tatsächlich. Aber wer ein paar verwirrend chaotische Altstadtviertel oder die sinnbetörende Hektik des Fischmarkts für die volle sizilianische Realität nimmt, hat definitiv den Anschluss an die Gegenwart verpasst.

Hupende Studentinnen in knappen Jeans und mit hüftlangen rabenschwarzen Locken, die auf ihrer Vespa einen „Mafia-No-Grazie"-Aufkleber platziert haben, sind weder Vor-

Bild: Blick auf den Ätna

Über 2400 Jahre alt: der Concordia-Tempel im Valle dei Templi bei Agrigent

zeige- noch Alibifrauen, sondern schlichtweg Normalität. Die Großmuttergeneration der *nonna* hatte noch gezaudert, außer zum Kirchgang die Straße zu betreten. Aktivismus wie Fahrradfahren und Wandern *(escursionismo)* gilt plötzlich unter jungen Sizilianern als hip. Im Naturschutzgebiet *Riserva dello Zingaro* im äußersten Nordosten erproben einheimische Gruppen ihr neues Trekking-Schuhwerk – streifen vorbei an aufgelassenen Thunfischfangstationen, gelb blühender Wolfsmilch und türkisblauen Buchten. Renovierte Landgüter locken als *agriturismi* zivilisationsmüde Norditaliener ebenso wie auf Biokost eingeschworene deutsche Familien an. *Nero d'Avola* ist zum heimischen Kultwein avanciert – Topwinzer veredeln die Trauben durch Reifung in Tonamphoren.

> **Radfahren und Wandern gilt unter jungen Sizilianern als hip**

800–580 v. Chr.
Gründung vieler phönizischer und griechischer Städte an den Küsten Siziliens

241 v. Chr.–440 n. Chr.
Nach dem 1. Punischen Krieg bleibt Sizilien nahezu 700 Jahre eine römische Provinz

827–1061
Sizilien unter arabischer Herrschaft, Palermo wird 901 Hauptstadt

1061–91
Die Normannen erobern Sizilien. In den 150 Jahren normannisch-staufischer Herrschaft bildet sich eine Hochkultur, die arabische, byzantinische und europäische Traditionen verbindet

Im einzig wirklich touristischen Ort der Insel, in Taormina mit dem millionenfach fotografierten Ätnablick, sprießen wie zur Belle Epoque die Fünf-Sterne-Nobelherbergen aus dem Boden. Zahlungskräftige Gäste sind oft die *weekender* aus den nahen Großstädten. Umgekehrt mischen sich kaum Urlauber unter die quirlig-laute *movida,* die in Sommernächten Catanias lavagetünchtes *Centro storico* durchtobt. Hier feiert man ausgelassener als in der melancholischen Metropole Palermo. Provinzstädtchen wie Comiso oder Acireale verblüffen durch die Fülle eleganter Modeboutiquen – Mann ist mit dunklem Anzug und Krawatte in Sizilien am einheimischsten angezogen. Oder mit rosa T-Shirt als *tifoso* von Palermo Calcio – seit Jahrzehnten mischt endlich wieder ein sizilianisches Team in Italiens erster Fußball-Liga mit.

Ein weinerlicher Süden, der sich als ausgebeutetes Opfer sieht, dem außer organisierter Kriminalität, Auswanderung und Armut kaum Alternativen bleiben, dieses Bild stimmt nicht mehr. *Vittimismo* als Geisteshaltung ist passé. Selbst die Krake Mafia ist zum Wirtschaftsmotor und zur cineastischen Attraktion mutiert. Seit die Provinz Palermo auf Reisemessen mit Betrieben wirbt, die den *pizzo* (Schutzgeld) verweigern, wirkt die Bedrohung eher tourismusfördernd. „Wir sind Antimafia" als

> **Ein weinerlicher Süden – dieses Bild stimmt nicht mehr**

Reiseerlebnis! Die Schiebermütze der sonnenverbrannten Landarbeiter und sizilianischen Gangster ist knatschbunt gestreift als freche Hollywood-Kopfbedeckung zurückgekehrt. Selbst die Baristinnen am Airport tragen mit anmutiger Lässigkeit ihre *coppola.*

1266
Nach dem Tod des Stauferkaisers Friedrich II. setzt der Papst das französische Anjou-Geschlecht als Könige von Sizilien ein

1282–1700
Sizilien unter der Herrschaft der spanischen Krone

1734–1860
Herrschaft der in Neapel regierenden Bourbonen

1860
Die Eroberung Siziliens durch Garibaldi ist Auftakt zur Einigung Italiens

Um 1870
Beginn der Auswanderung nach Amerika, zehn Jahre später Beginn der organisierten Mafiakriminalität

Sicilia est insula – an dem lateinischen Paukersatz ist was dran. 25 709 km², die größte Insel des Mittelmeers; und eine sehr besondere dazu. Sie liegt näher an Libyen und Tunesien als an Mailand. Und ist zu potent, zu kulturträchtig, zu modern, um sich hinter Provinzialität und mediterraner Grenzlage zu verstecken. In Syrakus improvisierten antike Griechen die ersten Komödien, die Tempel Agrigents faszinieren durch die Harmonie der Proportionen. Carpaccio oder Sashimi: Starköche aus Trapani oder Ragusa jetten nach Tokio, um Japaner in die Geheimnisse der *cucina siciliana* einzuweihen. Dolce donna mia ... am Hofe des Hohenstaufenkaisers

Die größte Mittelmeerinsel liegt Tunesien näher als Mailand

Friedrich II. reifte das Italienische zur Literatursprache. Programmierer und Softwareentwickler im Etna Valley haben sich längst ins Computerenglisch eingeklinkt. Und in der Jugendstilkulisse des gigantischen Teatro Massimo in Palermo wird nach Jahren des Verfalls wieder geschmettert: Bellini, Wagner, Puccini. Die Jugend kokettiert derweil ganz unbekümmert mit ihrem orientalischen Kulturerbe – *Arab revival* nennt man es hier. Fernsehköchinnen schwärmen von den islamischen Wurzeln der Cassata. A la longue werden sich durch die maghrebinischen Umwälzungen auch für Sizilien andere Optionen ergeben, als auf Lampedusa Flüchtlinge abzufangen – ohne tunesische Gastarbeiter würde der Export-Fischerhafen Mazara del Vallo schon jetzt nicht mehr funktionieren.

Un ponte sullo stretto – auch ohne das umstrittene Brückenprojekt über die Meerenge von Messina nach Reggio di Calabria, das 2016 abgeschlossen sein soll, sind die über 5 Mio. Sizilianer und Sizilianerinnen längst näher an Europa gerückt. Als Richter und Dichter, Automechaniker und Barbesitzer, Carabinieri und Filmemacher haben sie Italien längst im positiven Sinn unterwandert. Und doch scheint Sizilien manchmal ein Kontinent für sich zu bleiben. Anderen Rhythmen, Regeln und Farben zu folgen. Intensiver zu sein. Nirgendwo leuchten Kirschen und Feigenkakteen, Schlangengurken und schwarz polierte Auberginen bunter. In keiner Oper wird so laut geschrien wie in der Cavalleria Rusticana. Wo hallt die Trauermusik der Osterprozessionen scheppernder durch Bergstädtchen, schleppen sich Kinder als Nonnen und Mönche hinter Passionskarren durch die Karfreitagnacht? Spanier und Hellenen, Albanier und Franzosen, Normannen und Nordafrikaner – sie haben Festungen und Dome,

1943–47
Mafiaterror gegen die Bodenreform, Schwarzhandel und Separatisten stürzen Sizilien fast in einen Bürgerkrieg

Seit 1975
Die Mafia übt offenen Terror gegen den Staat. Widerstand organisiert sich nur langsam. 1993 wird der Boss der Bosse, Totò Riina verhaftet, 2006 sein Nachfolger Bernardo Provenzano und danach fast die gesamte Führungsspitze

2010
Baubeginn der Brücke über die Meerenge von Messina

2016
Geplante Eröffnung der Brücke

Kirchliche Autorität, gekleidet in architektonische Vielfalt: der Dom von Palermo

Sagen und Speisen, Musik und Gesichter hinterlassen. Multikulturell ist diese Insel seit Jahrtausenden ... eine Überfülle historischer Anschaulichkeit.

Die sprießende Vegetation mit violetten Kaskaden von Bougainvillea, stacheligen orangen Opuntienfrüchten, silbergrauen Oliven und knorrigen Johannisbrotbäumen in den Küstenregionen steht als scharfer Kontrast zum schwefelreichen,

> **Sizilianer feiern die Freundschaft und lieben das Gespräch**

menschenleer wirkenden Landesinneren. Wogende Kornfelder, verwachsene Wanderpfade und Schafherden in der Macchia. Üppig auch die Vielfalt der Strände: vom feinen Sand der Nordküste, der das Fischerstädtchen Cefalù am Fuße der Kalksteingipfel der Madonie rahmt, bis zum Lavagries der Äolischen Insel Lipari. Blaue Grotten zu Füßen Taorminas oder die Vulkanklamm der Gola d'Alcantara. Sizilien ist das sinnenfreudige Konzentrat des Südens!

Sizilianer feiern die Freundschaft, lieben das Gespräch, können sich wie Andrea Camilleris Commissario Montalbano stundenlangen Gastmählern hingeben. Bella figura, verschwenderisches Trinkgeld, demonstrativer Müßiggang, das unermüdliche Taxieren und Kommentieren mit erotischem Unterton sind Konstanten der *sicilianità.* Und die Freude am persönlichen Kontakt. Das kann manchmal sehr schnell gehen. Die Freundin, die den Orangenverkäufer Carmine mal eben fotografieren wollte, sah sich unvermutet einer Fülle weiterer spontaner Fotomodelle gegenüber – *anche a me,* warum nicht auch mich, drängte sich plötzlich Rosario, der hagere Padrone der Trattoria ins Geschehen und stemmte stolz ein Tablett mit Cannoli, frisch gefüllt mit kandierten Früchten und Schafsricotta in die Luft ...

IM TREND

1 Schön langsam

Zeitreise In Sant'Ambrogio wird der Käse von Schäfer Giulio noch von Hand gerührt *(Foto)* und der Brotteig darf ganz natürlich gehen. Das Dorf ist zu seinen Traditionen zurückgekehrt. Das war nicht immer so. *Sicilian Experience*-Gründerin Carmelina Ricciardello hat die Bewohner dazu ermutigt. Besucher genießen das Projekt, das mehr ist als ein Trend *(Infos und Führungen: Discesa Decano Martino 10, Sant'Ambrogio, www. sicilianexperience.com)*.

Local Beautys

2

Schönmacher Salz, Olivenöl und Zitronen: Im Spa des *Kempinski Hotel Giardino di Costanza* kommen heimische Zutaten zum Einsatz *(Via Salemi km 7, Mazara del Vallo, Foto)*. Auf die Kraft der lokalen Produkte vertrauen auch die Beautyexperten des *Belli Resorts*. Im hauseigenen Spa sorgen die ätherischen Öle der Pinien, das berühmte sizilianische Salz und Blütenessenzen für Entspannung *(Via Roma 58/60, Gratteri)*. Im Spa des *Hotel Biancaneve* sind Leckereien die Schönmacher: Biohonig und Wein kommen zum Einsatz *(Via Etnea 163, Nicolosi)*.

3 Leben am Strand

Tags wie nachts Nur früh morgens sind die Beach Clubs leer, die Spuren des vergangenen Tages schon beseitigt. Denn gefeiert wird in den coolen Strandclubs schon weit vor Sonnenuntergang. Der *Paradise Beach Club* ist zuerst entspannte Lounge, dann edles Restaurant, um sich bei Nachteinbruch in eine Disko zu verwandeln *(Via Luigi Rizzo, Letoianni, Foto)*. Tags wie nachts wird auch im schicken *Panasia Beach (Via Nazionale, Spisone)* und dem *Mendolina Beach Club (Via Nazionale 198, Mazzarò)* gefeiert.

Grüne Herbergen

Wo die Zitronen blühen Im Süden Italiens sind Natur- und Umweltschutz Themen, derer sich vor allem die Agriturismo-Höfe annehmen. Auf der Zitronenfarm *Limoneto* geht es ganz und gar biologisch zu – auch hinter dem Herd, wo Sie die Feinheiten der sizilianischen Küche kennenlernen *(Via del Platano 3, Syrakus, www.limoneto.it, Foto)*. Kochen mit Sonnenenergie und Duschen mit Regenwasser: In der *Etnalodge* legt man nicht nur Wert auf Umweltschutz, sondern zeigt in Kursen und Workshops, wie Sie zu Hause Energie einsparen können *(Via Bassi 21, Piedimonte Etneo, www.etnalodge.it)*. Umweltfreundlich ist im *Agriturismo Guarnera* nicht nur die Wandfarbe, auch der Pool kommt dank einem natürlichen Reinigungssystem ganz ohne Chlor aus *(Contrada Gargi di Cenere, Cefalù, www.gargidicenere.it)*.

Alt & Neu

Kunstgenuss Sizilien ist reich an Geschichte und Kunstwerken. Aber es gibt auch eine wachsende junge Kunstszene auf der Insel. Einer der Vorreiter ist Francesco Pantaleone, der eine zeitgenössische Galerie in Palermos *Palazzo nobile* besitzt *(Via Garraffello 25, www.fpac. it)*. Das *Museum Riso* bietet den Künstlern noch mehr Platz für Gemälde, Fotografien und plastische Werke *(Museo d'Arte Contemporanea della Sicilia, Corso Vittorio Emanuele 365, Palermo, www.palazzoriso. it)*. Doch Modernes wird nicht nur ausgestellt, man kann auch darin leben. Wie in dem cool durchgestlylten *Verdura Golf & Spa Resort* von Rocco Forte an der Südküste der Insel *(Sciacca, www.verduraresort.com, Foto)*.

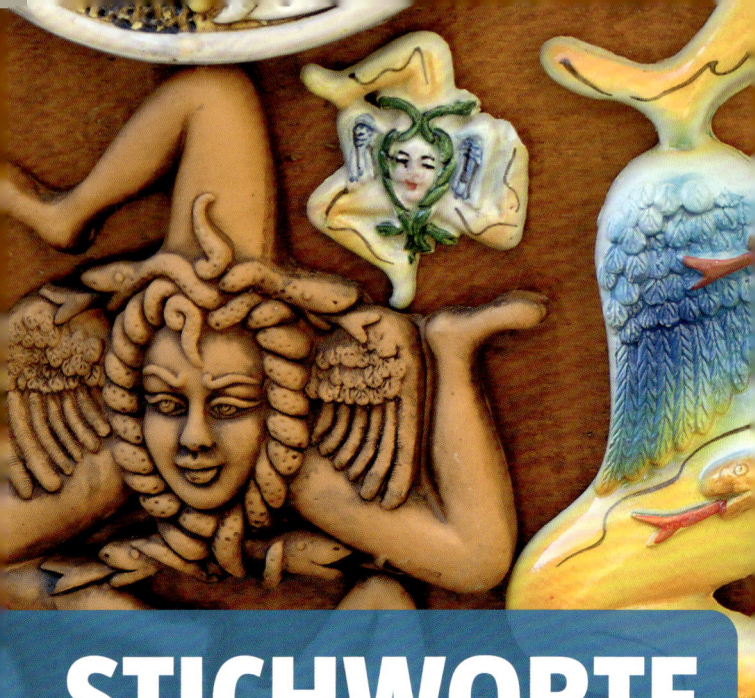

STICHWORTE

AUSWANDERUNG

Millionen Sizilianer, fast der gesamte Bevölkerungszuwachs der letzten 120 Jahre, sind ausgewandert, zuerst hauptsächlich in die USA und andere Länder in Übersee, dann nach dem Zweiten Weltkrieg in die westeuropäischen Industrieländer und nach Norditalien. Elend und Hoffnungslosigkeit haben besonders die Landbevölkerung aus der Heimat getrieben. Der Anschluss Siziliens 1860 an das geeinigte Italien brachte keine Bodenreform und keine sozialen Veränderungen für die Kleinpächter, Tagelöhner und Landarbeiter. Das Handwerk wurde durch Industriewaren aus Norditalien und dem Ausland rasch ruiniert. Die wichtigste Industrie Siziliens, der Schwefelbergbau, kam durch amerikanische Konkurrenz, die viel billiger produzierte, fast zum Erliegen.

Besonders in den Großstädten Amerikas bildeten sich rasch sizilianische Kolonien, in denen sich – genau wie in der Heimat – die Mafia und andere Geheimorganisationen mit kriminellen Zielen zur beherrschenden Macht entwickelten. Heute ist die Auswanderung weitgehend zum Stillstand gekommen, obwohl die Arbeitslosigkeit besonders unter Jugendlichen immer noch bestürzend hoch ist.

BRÜCKE VON MESSINA

2016 soll die Brücke über die Meerenge von Messina fertiggestellt sein. Geplant ist eine 3300 m lange Hängebrücke, die zwischen zwei 382 m hohen Masten in einer Höhe von 50 bis 65 m das Meer

Bild: Trinakria – das Wappen Siziliens

Addio pizzo, welcome coppola: Sizilien zwischen Mafia und hippen Mützen, Betonwüsten und Biokost, Kirche und corso

überspannt. Hinzu kommen 1,7 km Zufahrten. Die Kosten wurden auf 6,3 Mrd. Euro veranschlagt. Kritiker der Brücke verweisen auf das hohe Risiko durch starke Stürme und Erdbeben sowie auf die Überdimensionierung des Projekts. 200 Züge und 140 000 Autos sollen die Brücke täglich befahren, zehn Mal so viel, wie mit den Fähren übergesetzt wird.

COPPOLA & CO

Die *coppola*, die Schirmmütze, hat heute Kultstatus, ist inzwischen wieder

schicker Ausdruck von *sicilianità* – unabhängig vom sozialen Status. Auf dem Land war die Wahl des Sonnenschutzes auf männlichen Köpfen früher nicht dem Zufall überlassen: Die Kopfbedeckung zeigte soziale Stellung und Herkunft an. Träger von Schirmmützen waren Pächter, Landarbeiter, Bauern oder Hirten. Steife Hüte mit breiter Krempe zeigten das ländliche und kleinstädtische Bürgertum und den Adel an. Durch die Mafia kam die *coppola* in Verruf, galt sie doch lange als die Kopfbedeckung vor allem der Handlanger der großen Bosse. Inzwischen tragen sogar Hollywood-Stars wie Brad Pitt das Teil. Einer der bedeutendsten sizilianischen Schirmmützen-Hersteller betreibt heute Shops in New York und Berlin *(www.lacoppolastorta.it)*.

CORSO

Am Abend, noch vor Sonnenuntergang, beginnt die *passeggiata*, bei der alles auf den Beinen ist. Die Hauptstraße, der *corso*, oder der Hauptplatz, die *piazza*, sind dann für zwei Stunden Treffpunkt und Bühne, wo man sich zeigt und präsentiert, wo man für die Freunde, für alle und jeden da ist. Klatsch und Neuigkeiten werden ausgetauscht, Gerüchte auf den Weg gebracht. Die *passeggiata* ist die wohlkontrollierte Gelegenheit, sich zu verlieben und Zuneigung auszutauschen, Verlobungen und Ehen werden hier angebahnt und beschlossen, ebenso Geschäfte und Verträge.

FAMILIE

Die Großfamilie bestimmt nach wie vor stark die Lebensgewohnheiten, auch wenn sich daran in den Städten und bei der jungen Generation – nicht nur durch die Möglichkeit der Ehescheidung – seit einigen Jahren vieles verändert. Innerhalb des Familienverbands sind die Rollen und Aufgaben fest vergeben. Den Männern gehört die Außenwelt, den Frauen das Haus. Die wichtigste Frau im Leben des Manns ist nicht die Ehefrau oder die Geliebte, sondern die eigene Mutter. Sie kennt die Geheimnisse handgemachter Nudeln, der Soße dazu, sie ist stolz auf ihren Sohn, auf sein Auto, sein Haus, seine Kinder.

GIUSEPPE GARIBALDI

Der italienische Nationalheld wurde 1807 in Nizza geboren, nahm an der Geheimbewegung zur italienischen Einigung teil, floh 1834 nach Frankreich und Südamerika und kehrte 1848 wieder nach Italien zurück, wo er im Dienst des Königs von Piemont-Savoyen Freiwilligentruppen erfolglos gegen Österreich und den Vatikan führte, zu denen damals große Teile Nord- und Mittelitaliens gehörten. Garibaldi emigrierte nach Amerika, dann auf die sardische Insel Caprera. Von dort aus organisierte er den „Zug der Tausend": Mit seinen Rothemden landete er am 11. Mai 1860 in Marsala und schlug die bourbonischen Truppen am 15. Mai bei Calatafimi. Er bekam Zulauf aus allen sozialen Schichten. Am 6. Juni kapitulierte Palermo, am 28. Juli Messina. Am 7. September eroberte er Neapel, Hauptstadt des süditalienischen Königreichs. Und am 26. Oktober 1860 wurde das Königreich Italien mit König Vittorio Emanuele von Savoyen an der Spitze ausgerufen.

KIRCHE

Bis auf die Albaner und die wachsende Zahl der Tunesier und Marokkaner sind praktisch alle Sizilianer katholisch. Die Kirche greift nach wie vor in die meisten Bereiche des Alltags ein und verschafft sich immer wieder mit Nachdruck Gehör. Ein Großteil der Kindergärten und viele Schulen sind in kirchlicher Hand, ebenso viele Sozialeinrichtungen. Der Einfluss der Nonnen auf Kinder und Mütter ist groß, auch wenn er vielfach oberflächlich bleibt und oft zu einer von Äußerlichkeiten geprägten Kirchlichkeit führt. Die Braut in Weiß und das kirchliche Begräbnis sind selbstverständlich, der regelmäßige Kirchenbesuch schon weniger. Hier sind die Frauen eindeutig aktiver, und zwar mit steigendem Alter. Immer stärker engagieren sich kirchliche Basisgruppen, Priester, Ordensleute und auch kirchliche Würdenträger für Veränderungen. Die Mafia und die Angst vor ihr, Bau- und Bodenspekulation, politische Korruption,

In der Wallfahrtskirche der heiligen Rosalia wird die Schutzpatronin von Palermo verehrt

Umweltzerstörung, die rasant wachsende Drogensucht und Kleinkriminalität in den Städten, die Arbeitslosigkeit und der wieder zunehmende Analphabetismus finden auch hier Antworten.

MAFIA

Die ehrenwerten Herren, die Paten und ihre Killer haben fast überall ihre Hände im Spiel, wo es um Macht und Geld geht. Drogen und Prostitution, das Schleusen von Flüchtlingen und Schutzgelderpressung sind der offen kriminelle Teil ihrer Geschäfte. Ein Geflecht von Freundschaften mit Politikern und Beamten bis ganz nach oben öffnet Wege ans große Geld für öffentliche Aufträge und für Subventionen, sorgt für kleine Arbeitsplätze und große Karrieren. Die Mafia ist ein Parallelstaat, dessen Machtinstrumente Korruption, Angst und Mord sind. Wer die *omertà*, die absolute Verschwiegenheit bricht, muss sterben. Tödlich sind auch die inneren Kämpfe, denn die meisten Toten stammen aus den eigenen Reihen, wenn neue Bosse und Familien ihren Anteil am Geschäft erkämpfen.

Die moderne Mafia der Großstädte operiert längst global, vernetzt legale und kriminelle Wirtschaft, besonders im Straßenbau, im Gesundheitswesen und in der Müllbeseitigung. Der jährliche Umsatz wurde 2005 auf mindestens 40 Mrd. Euro geschätzt. Dieses Kapital wird immer mehr in der legalen Wirtschaft investiert, oft in feindlichen Übernahmen. Mutige Menschen, die sich der Mafia entgegenstellen, riskieren immer noch ihr Leben, die Killer werden sogar brutaler, respektieren nicht einmal mehr Kinder. Doch haben zusammen mit Fahndungserfolgen und hohen Strafen ohne Begnadigungen Zusammenhalt und Selbstbewusstsein der Menschen die Mafia geschwächt. Statt für den Rest ihres Lebens schweigend im Gefängnis zu sitzen, packen viele Bosse aus. Ein Stück Hoffnung sind die beschlagnahmten Ländereien und Betriebe verurteilter Bosse, die an Kooperativen gegeben werden, was auch ein Weg aus der Dauerarbeitslosigkeit auf dem Land ist. Sie produzieren unter dem Markennamen „Libera Terra" Pasta, Öl, Käse und Wein *(www.liberaterra.it)*. Die Kooperativen haben sich mit Hoteliers, Händlern, Landwirten, Handwerkern, Gastwirten und Bauunternehmern – insgesamt mehr als 400 – zu *Addio Pizzo* zusammengeschlossen und zahlen kein Schutzgeld *(pizzo)* mehr. Die Vereinigung kooperiert eng mit den Netzwerken gegen die Mafia in allen Provinzen Siziliens. Den Plan mit allen Adressen, überwiegend in der Stadt und Provinz Palermo, gibt es dort, wo der Aufkleber an der Tür darauf hinweist, oder bei *www.addiopizzo.org* zum Herunterladen. Auch in Catania und der Ätnaregion unter *www.addiopizzocatania.org.*

OPERA DEI PUPI

Rollende Köpfe, gespaltene Sarazenen, entführte Prinzessinnen. Im sizilianischen Marionettentheater ist Aktion und Passion angesagt, wenn Orlando und Rinaldo für Kreuz und Karl den Großen streiten. Aber auch der *puparo,* der Puppenspieler, kann außer Atem kommen, denn Puppentheater ist Schwerstarbeit im Familienbetrieb. Die buntbemalten metergroßen Figuren sind selbstgeschnitzt und werden mit Eisenstangen geführt. In den 1980ern drohte diese Volkskunst mangels Zuschauern zu verschwinden, doch mittlerweile besuchen auch einheimische Schulklassen die Spektakel. Palermo, Acireale und Monreale sind die sizilianischen Hochburgen der Puppenspieler *(S. 109)*. 2008 wurde die Opera dei Pupi ins immaterielle Unesco-Weltkulturerbe aufgenommen.

SARAZENENTÜRME

Die massigen, mal runden, mal quadratischen Türme prägen die Küsten Italiens und auch die Siziliens. Die nordafrikanischen Sarazenen tauchten im 9. Jh. mit ihren Schiffen an allen christlichen Mittelmeerufern auf, plünderten und zerstörten die Küstenorte, töteten die Bevölkerung oder verschleppten sie auf die Sklavenmärkte und drangen bis ins Landesinnere vor. Die gut befestigten Städte dagegen wurden nur selten angegriffen. Die Türme standen untereinander in Sichtkontakt, „telegrafiert" wurde mit Kanonenschüssen oder Feuersignalen.

TRINAKRIA

Der Frauenkopf mit den beiden Schlangen und Flügeln, aus dem drei Beine wachsen, ist seit der Antike das Symbol für Sizilien, Zeichen für seine Dreiecksgestalt, seine drei alten Provinzen, aber auch für das Sonnenrad und für Fruchtbarkeit. Das Wappen Siziliens begegnet einem überall – auf Postkarten und Souvenirs ebenso wie auf Marktkarren, Fischerbooten und LKWs oder Schildern von Bars und Läden, als Markenzeichen einer Brauerei in Messina, auf Stempeln, Fahnen, Internetseiten und amtlichen Briefköpfen.

UMWELT

Der Müll in Palermo war schon Goethe aufgefallen. Sizilianer behandelten ihre Natur lange mit mediterranem Schlendrian. Industrieruinen, Betonwüsten und (weniger werdende) wilde Deponien bilden die Kehrseite von Bella Sicilia. Doch ein Umdenken ist überall spürbar. Die regionale Umweltbehörde ARPA setzt auf Aufklärung in Schulen, Boote patrouillieren entlang der Küsten, um Schwarzbauten aufzuspüren. Die Regionalparks und über 50 Naturschutzgebiete werden begeistert von einheimischen *escursionisti* (Wanderern) angenommen. *Mangiare sano:* Der hohe Stellenwert schmackhafter Nahrung hat dazu geführt, dass die Sonneninsel Italiens größter Produzent von Bioprodukten ist. Die junge Generation hat begriffen, dass das postindustrielle Sizilien von einem ökologisch-grünen Image auch wirtschaftlich nur profitieren kann. Noch ausbaufähig die Zahl der *Bandiera-Blu*-Strände (blaue Flagge für Umweltbewusstsein). Der Reichtum der Fischmärkte täuscht darüber hinweg, dass Thunfisch dramatisch bedroht ist. Allerdings sind daran eher Hochseeflotten als sizilianische Fischerboote schuld.

VULKANE & ERDBEBEN

Geologisch und erdgeschichtlich ist der größte Teil Siziliens ein Stück Afrika. Nur der Norden gehört zur eurasischen Kontinentalplatte. Gegen sie driftet die afrikanische Platte, deren Druck die Bergketten Nordsiziliens aufgefaltet hat. Spannungen und deren plötzliche Entladungen führen zu Erdbeben. 1693 zerstörte ein Beben ganz Südostsizilien, 1783 und 1908 verwüsteten die stärksten je in Europa gemessenen Erdbeben Messina, 1968 traf es im Westen Gibellina und 13 weitere Orte im Belice-Tal.

In den Knautschzonen entstehen oft Vulkane, weil Brüche und Verwerfungen Magmakammern aus dem glutheißen Erdinneren aufsteigen lassen. Ätna und Stromboli sind die beiden sichtbar aktiven Vulkane Siziliens, für die Vulkanologen sind aber auch die Inseln Lipari, Vulcano, Panarea und Pantelleria aktiv, auch wenn ihre letzten Ausbrüche 100 und mehr Jahre zurückliegen. Erloschene Vulkane sind die Inseln Salina, Filicudi, Alicudi, Ustica und Linosa.

Vor Siziliens Küsten tut sich tief unterm Meeresspiegel noch mehr. Im recht flachen und sehr fischreichen Meer im Süden zwischen Agrigent, Sciacca, Pantelleria und Linosa gehen Fischern immer wieder gekochte Fische in die Netze, se-

Naturschutzgebiet mit Meerblick: Riserva dello Zingaro

hen sie Gasblasen aufsteigen. 1831 bildeten im Meer vor Sciacca Lava und heiße Vulkanasche eine kleine Insel. Briten, Franzosen und Russen wollten sie haben, drohten dem Landesherrn in Neapel und untereinander mit Krieg. Doch bevor es dazu kam, verschwand die Insel Ferdinandea nach 5 Monaten wieder im Meer. Tief im tyrrhenischen Meer nördlich der Liparischen Inseln erstreckt sich über 2000 km^2 und bis zu 3000 m hoch Europas größter aktiver Vulkan, der Monte Marsili, der noch wenig erforscht und von einem Feuerbogen umgeben ist, zu dem mindestens sieben weitere aktive Unterwasservulkane und über dem Wasser die Liparischen Inseln gehören. Der Monte Marsili wird ständig überwacht; ob und wann es einen Ausbruch oder ein Seebeben mit verheerenden Tsunamis geben wird, ist völlig offen. Es kann heute, morgen oder in 100 000 Jahren passieren. Weitere Infos unter *www.geolinde.musin.de/tektonik/pl_vulkan_mittelmeer1.htm*

ESSEN & TRINKEN

**Vergessen Sie die allbekannte italieni-
sche Standardküche mit Spaghetti Bo-
lognese und *frittura.* Siziliens Küche ist
anders, ist die Summe der kulinarischen
Vorlieben aller fremden Herren und all
ihrer Köche, die seit Jahrhunderten auf
der Insel heimisch wurden.**

Jede Kleinregion kocht hier anders: Fischer und Hirten, Bauern in den frucht-
baren Ebenen und Landarbeiter in den
Weiten Innersiziliens haben ganz verschiedene Zutaten. Und die Küche der
Barone birgt in den Schüsseln anderes
als die ihrer Dienstboten. Allen gemein
aber ist die Liebe zu Farbe, zu Kreativität
und Phantasie, und scheinbar gewagte
Kombinationen von süß, salzig, scharf
und sauer werden in der Hand sizilianischer Köche und Küchenfeen zur harmoni-
schen Einheit. Frisches Weißbrot, vielfach
nach orientalischer Tradition mit Sesam
bestreut, und *pasta*, die allgegenwärti-
gen Nudeln, dürfen nie fehlen. Mit einem
jährlichen Verbrauch von mehr als 100 kg
pro Kopf sind die Sizilianer Rekordhalter
in Italien. Die übrigen Hauptzutaten der
traditionellen sizilianischen Küche sind so
bunt wie die Marktauslagen. Meerestiere
und Gemüse sind die Hauptsache. Oregano und wilder Fenchel, die in keinem
Teil Siziliens fehlen, werden zusammen
mit frischer Gartenminze und Basilikum
immer reichlich verwendet.

Die Sizilianer essen recht spät, egal ob
zu Mittag oder am Abend. Und sie essen
gern, besonders im Restaurant – aber
auch bei den vielen Picknicks sonntags
im Wald, in den Bergen oder am Strand

Meerestiere, Nudeln und Gemüse sind die Konstanten – egal ob Sie die Küche der Fischer oder die Speisen der Barone kosten

kommt elementare Lebensfreude zum Vorschein. Essen ist purer Genuss, bedeutet frohe Stunden mit Freunden. Zum Sattwerden reicht ein gefülltes Brötchen, ein *panino*, oder etwas Fettgebackenes, wie die *arancini* genannten Reiskugeln oder Plätzchen aus Kichererbsen, *panelli*. Ein Essen im Restaurant können Sie mit dem *antipasto* beginnen, das sich Italiener selten entgehen lassen, jene kleinen Köstlichkeiten, die Auge und Geschmacksnerven anregen. Es besteht aus Meerestieren, Pilzen, Oliven, geschmor-

ten und marinierten Gemüsen, aus lokalem Käse, Schinken und Salami, dazu gibt es eventuell gekühlte Honigmelone oder auch frische Feigen.

Primo piatto, der erste Gang, ist fast immer ein Nudelgericht, kann aber auch ein Risotto sein oder ein Teller mit *gnocchetti*, murmelgroßen Kartoffelklößchen, mit einer leichten Tomatensoße serviert. Nordafrikanischen Ursprungs ist der *cuscus alla trapanese*, wobei der gedämpfte Weizengrieß mit einer pikanten Fischsuppe angerichtet wird.

SPEZIALITÄTEN

▶ **alici marinate** – marinierte Sardellen mit frischer Minze

▶ **cannoli** – kleine, knusprige Teigröhren mit cremiger Ricottafüllung (Foto l.)

▶ **caponata** – kalt serviertes süßsaures Auberginengemüse mit Tomaten, Oliven, Kapern und Kräutern

▶ **cicorie selvatiche** – Wildgemüse (z. B. Löwenzahn, Rauke, Disteln, Fenchel), meist etwas bitter und herb

▶ **coniglio al agrodolce** – Hauskaninchen, süßsauer mariniert

▶ **farsumagru** – große Kalbfleischroulade (700–800 g), mit Fleisch, Eiern, Oliven, Brotkrumen und Kräutern gefüllt

▶ **insalata di arance** – frische Orangen mit milden Zwiebeln und Olivenöl

▶ **insalata di mare** – Meeresfrüchte in Olivenöl-Zitronen-Marinade (Foto r.)

▶ **maccheroni alla Norma** – hausgemachte Pasta mit frischer Tomatensoße, gebratenen Auberginenscheiben und frischem oder geräuchertem Ricotta

▶ **maccu di fave** – Saubohnenpüree mit Olivenöl und Wildkräutern

▶ **olive fritte** – mit Knoblauch und Kräutern geschmorte schwarze Oliven

▶ **pani cunzatu** – mit Tomaten, Kapern, Oliven, geriebenem Käse, Oregano und Olivenöl gefülltes Bauernbrot

▶ **parmigiana di melanzane** – Auflauf aus Auberginen, Tomaten, Parmesan und Mozzarella

▶ **pasta con finocchio e sarde** – Nudeln mit wildem Fenchel und frischen Sardinen

▶ **peperonata** – Gemüsepaprika, im Ofen gegart, mit Öl und Essig mariniert

▶ **pesto alla trapanese** – Soße aus rohen Tomaten und gestoßenen, angerösteten Mandeln

▶ **sarde a beccafico** – Rouladen aus entgräteten Sardinen, in Palermo mit Brotbröseln, Sultaninen, Pinoli im Backofen gegart, im Osten mit Bröseln, Pecorino, Petersilie und Sardellen gefüllt und in der Pfanne gebraten

▶ **spaghetti/risotto col nero di seppia** – Spaghetti oder Risotto mit Tintenfischen und deren Tinte

▶ **tagliatelle con ragù di maiale** – Bandnudeln mit Schweineragout, pikant gewürzt

▶ **tonno alla marinara** – mit Zwiebeln, Oliven, Kapern und in Tomaten geschmorter Thunfisch

▶ **zuppa di pesce** – Fischsuppe mit 4–5 Sorten Fisch, kleinen Tintenfischen und Heuschreckenkrebsen; Muscheln und Scampi können auch drin sein

Der *secondo piatto* ist das Hauptgericht mit Meerestieren, Fleisch oder Eiern, dazu – separat bestellt – die Beilage (*contorno*) in Gestalt von Salat oder gekochtem Gemüse, das in Sizilien oft kalt gegessen wird. Die Meerenge von Messina und die Nordküste zwischen Cefalù und den Liparischen Inseln sind im Sommer das Schwertfischrevier Italiens. Das magere Fleisch des Schwertfischs wird über Holzkohle gegrillt oder mit süßen Tomaten, Kapern und Kräutern gedünstet oder als Steak mit einer Soße aus Öl, Zitrone, Knoblauch und Oregano serviert (*pesce spada al sammurighiu*). Im Landesinneren bestimmen Lammfleisch, Kaninchen, Huhn und die grobe sizilianische Bratwurst, die *salsiccia* (aus reinem Schweinefleisch mit Fenchelsamen, Pfeffer und etwas Weißwein abgeschmeckt) die Küche.

Sizilianer schließen das Essen immer mit einem Nachtisch ab, normalerweise mit Früchten der Jahreszeit. Den Abschluss eines Festessens hingegen bildet immer ein *dolce* wie Mandelkonfekt – zartcremige Tortenstückchen, oft in Likör getränkt. Die berühmten *martorana*, die Früchte perfekt aus Mandelteig nachbilden, sind eher für das Auge bestimmt.

Die Sizilianer sehen sich als die Erfinder des Speiseeises. Der Schnee vom Ätna diente ihnen noch im 19. Jh. als natürliches Kühlmittel. Unter dicken Strohpackungen wurde er in die Städte gebracht. Man lagerte ihn in Höhlen und Kellern. Sizilianisches Fruchteis wird immer aus frischer Frucht hergestellt. Besonders beliebt ist das Eis von Walderdbeeren. Die *granita* ist schneeartiges Wassereis, das mit Fruchtmark, Mandelmilch oder Espresso angerührt wird und besonders erfrischend ist.

Siziliens Weinproduktion ist in Menge und Qualität beachtlich. Nachdem die Anbauer die Weinlese früher ansetzten, sind rote und weiße Weine trocken, haben Blume und – besonders die weißen – Leichtigkeit und Spritzigkeit. Dabei ist die Insel geteilt: Im Osten überwiegen Rotweine, die *Nero d'Avola*-Traube ist eine Wiederentdeckung der vergangenen Jahre. Die wichtigsten Anbaugebiete sind der Südosten und der Nord- und Osthang

Immer kühl, immer köstlich: Sizilianer sollen das Speiseeis erfunden haben

des Ätna. Im Westen dominieren eindeutig die weißen Weine. Hauptanbaugebiete sind das Jato- und das Belice-Tal sowie die Ebenen bei Marsala, wo auch große Dessertweine wachsen.

Außer dem Wein ist das wichtigste Getränk der Sizilianer Wasser. Ein Hochgenuss aber sind auch Mandelmilch (*latte di mandorla*) und frischer Orangen- oder Zitronensaft (*spremuta di arancia o di limone*). Und auf einen Espresso, den *caffè*, schnell eine Bar zu besuchen, dazu ist ein Sizilianer jederzeit bereit.

EINKAUFEN

Kunsthandwerk hat in Sizilien Tradition, bestimmt auch heute noch das Bild vieler Orte. Während viele Handwerke aus dem Alltag verschwunden sind – Schneider, Schuhmacher und Korbflechter –, sind Siziliens Keramiker, Marionettenschnitzer und Deckenweber höchst produktiv. Die Nachfrage ist groß, nicht nur von Sizilienbesuchern – auch die Sizilianer selbst haben das Kunsthandwerk ihrer Insel wiederentdeckt. Gute Stücke sind nicht immer leicht zu finden und haben ihren Preis. Schnäppchen wird man hier ebenso wenig machen wie in Siziliens Antiquitätengeschäften. Und natürlich gibt es auch die industrialisierte Souvenirherstellung mit ihrem Andenkenkitsch.

FLECHTARBEITEN

Ganz im Westen der Insel wachsen in Küstennähe Zwergpalmen, aus deren Blattwedeln nach alten Vorbildern leichte, formschöne Taschen, Matten und Hüte geflochten werden. In Scopello und San Vito lo Capo werden Sie fündig.

KERAMIK

In der Keramik Siziliens haben sich schon immer Kreativität und Farbenfreude ausgedrückt. Noch gibt es Werke auf hohem und höchstem Niveau in Caltagirone, Burgio, Sciacca und Santo Stefano di Camastra. Ein großer Teil der Keramik, außer bunten, glasierten Majolikakacheln vor allem Terrakottafiguren oder die Modelle sizilianischer Karren, ist traditionellen Vorbildern nachempfunden.

KORALLEN & SCHMUCK

Die Korallenverarbeitung, für die Trapani einst im ganzen Mittelmeerraum berühmt war, ist fast verschwunden, nachdem die Korallengründe vor der Küste Westsiziliens völlig geplündert sind und die Korallenwerkstätten von Torre del Greco bei Neapel den Großhandel fest im Griff haben. Die *vu cumprà*, die Strandhändler, bieten neben viel Tand auch gute Sachen an, etwa Schmuck aus Silberdraht, Muscheln und bunten Perlen, der sich durchaus sehen lassen kann.

LEBENSMITTEL

Sizilien gehört zum unterentwickelten Süden Italiens, der noch heute in großen Zonen fast ausschließlich von der Landwirtschaft lebt. Die Hauptprodukte sind Weizen, Wein, Olivenöl, Mandeln und Zi-

Majolika, Marsala oder Marionetten? Setzen Sie beim Souvenirkauf auf Qualität und sizilianisches Kunsthandwerk

trusfrüchte – die Region produziert weit über die Hälfte der italienischen Zitronen und Orangen. Die Dominanz der Landwirtschaft hat auch Vorteile: So ist Sizilien inzwischen italienischer Meister, was die Herstellung von Bioprodukten angeht. Auch Siziliens Weinproduktion ist in Menge und Qualität beachtlich, wobei sehr viele Kellereien in den letzten Jahren weg von den traditionellen schweren, sehr alkoholreichen zu leichten, aromatischen Weinen übergegangen sind. In den Käsereien (caseificio) im Landesinneren und den kleinen Wurstfabriken (salumificio) in den Nebrodi-Bergen und den Hochebenen der Provinz Ragusa macht man Ihnen gern den Käse von Schaf, Kuh oder Ziege und die Salami durch Einschweißen transportfreundlich.

MARIONETTEN

Berühmt sind die sizilianischen Marionetten, die aus verschiedenen Materialien gefertigt werden. Die Künstler übertref-fen sich gegenseitig im Ausdruck ihrer Figuren. Doch auch hier gibt es natürlich inzwischen Massenproduktionen, zum Beispiel Marionetten der Paladine Karls des Großen in allen Varianten. Originale, gebrauchte Puppen bekommen Sie bisweilen in den Marionettentheatern von Acireale, Monreale und Palermo.

MODE & DESIGN

Italienisches Design und Mode gibt es dort, wo geschmackssichere Sizilianer einkaufen – in den Einkaufsmeilen von Catania um die Via Etnea und von Palermo um die Via Maqueda. Und natürlich auch, aber meist viel teurer, in den Boutiquen von Taormina und Lipari. Auf den Märkten überwiegen Billigware und Markenimitate. Oder Sie greifen zum Textil ganz in Rosa und outen sich als Fan des Fußball-Erstligisten US Palermo. Die Frauen in vielen Dörfern des Landesinneren sticken und häkeln, sie weben Teppiche und Decken noch von Hand.

DIE PERFEKTE ROUTE

ZWISCHEN STADTLEBEN UND SALINEN

Sie starten in der sizilianischen Hauptstadt **1** *Palermo* → S. 64 mit ihren herrlichen Kirchen, Palästen und den quirligen Märkten. Weiter geht's nach **2** *Monreale* → S. 71, wo die größte der normannischen Mosaikkirchen steht. Säulentempel und griechisches Theater von **3** *Segesta* → S. 85 (Foto li.) präsentieren sich spektakulär auf einem Bergrücken. Vorbei an vielen Marmorsteinbrüchen erreichen Sie die Bergstadt **4** *Erice* → S. 83, die 750 m hoch über Ebene und Meer schwebt. Vorbei an den flachen Salzwasserbecken der Salinen kommen Sie nach **5** *Marsala* → S. 77. Dort erwarten Sie die *bagli,* Weinkellereien, zur Kostprobe.

IN DER ANTIKE UNTERWEGS

Über Mazara del Vallo geht es südöstlich bis an die Küste nach **6** *Selinunt* → S. 79, eine der größten Städte der griechischen Antike, heute ein faszinierendes Ausgrabungsgelände. Folgen Sie der Küste in südöstlicher Richtung. Vor dem Besuch der Griechenstadt **7** *Eraclea Minoa* → S. 80, die auf einem schneeweißen Felskliff liegt, legen Sie eine Badepause am Strand an der Platani-Mündung ein. Ihr nächstes Ziel, **8** *Agrigent und das Valle dei Templi* → S. 72, ist das größte Freilichtmuseum der Antike auf Sizilien. Nehmen Sie sich viel Zeit dafür.

HINEIN INS GRÜNE INSELHERZ

Kehren Sie der Küste den Rücken und besuchen Sie das hoch gelegene **9** *Enna* → S. 49, das von der Burg Castello Lombardia überragt wird. Durch ausgedehnte Wälder kommen Sie nach **10** *Piazza Armerina* → S. 50. 5 km unterhalb in einem grünen Flusstal liegt die *Villa del Casale,* eine spätrömische Kaiservilla, in der 4200 m^2 herrlicher Fußbodenmosaiken auf Sie warten. Ruhig geht es in der wohnlichen Altstadt von **11** *Caltagirone* → S. 47 zu, wo die 130 m lange Treppe aus bunten Kacheln, die Werkstätten der Keramiker und das Keramikmuseum auf dem Programm stehen.

BAROCKE UND ANDERE GIPFEL

Einen Gipfel sizilianischen Barocks erklimmen Architekturinteressierte mit der **12** *Doppelstadt Ragusa und Ibla* → S. 53 (Foto re.), auch für Gourmets ein Wallfahrtsziel. An Siziliens Südspitze geht's wieder ans Meer. Im *Naturschutzgebiet Vendicari* bei Noto gibt es Flamingos und schöne Badeplätze. **13** *Noto* → S. 51 wurde 1693 nach einem Erdbeben im schönsten Barock neu gebaut.

Die Hafenstaft **14** *Syrakus* → S. 55 erreichte erst im 20. Jh. wieder ihre antiken Ausmaße, nun bereichert durch mittelalterliches und barockes Bauwerk. Bei Catania biegen Sie Richtung **15** *Ätna* → S. 37 ab. Die Straße führt bis auf 1880 m. Seilbahn oder Geländewagen bringen Sie noch ein gutes Stück weiter nach oben. Wer nun Gipfel und Krater des Vulkans (3330 m) ersteigen möchte, vertraut sich einem Führer an.

ITALIEN – ZUM GREIFEN NAH

16 *Taormina* → S. 43 ist der meist besuchte Ort Siziliens. Flanieren, Shoppen, Sehen und Gesehenwerden findet alles auf dem Corso Umberto und der Piazza statt. Nehmen Sie vom modernen **17** *Messina* → S. 40 aus die reizvolle Strecke an der Meerenge entlang bis zur *Punta Faro,* wo Sizilien und italienisches Festland einander ganz nah sind. Weiter geht's Richtung Westen nach **18** *Tindari* → S. 42. Pilgern Sie zur schwarzen Madonna in der Wallfahrtskirche auf dem Plateau hoch über dem Meer.

DURCHS GEBIRGE

Kurvenreich ist die Gebirgsfahrt durch die **19** *Madonie* → S. 63. Besuchen Sie einen der Agriturismo-Höfe! **20** *Cefalù* → S. 60 liegt zu Füßen eines 270 m hohen Kalkfelsens, *Rocca* genannt. Vor ihm wirken die mittelalterliche Altstadt und der schöne Normannendom geradezu zierlich. Verlassen Sie Cefalù westwärts, erreichen Sie nach 70 km wieder Palermo.

1200 km. Reine Fahrzeit 2 Tage. Ideale Reisedauer: mindestens zwei Wochen Detaillierter Routenverlauf auf dem hinteren Umschlag, im Reiseatlas sowie in der Faltkarte

DER NORDOSTEN

Unmittelbar hinter dem schmalen Küstensaum steigen die Berge der Peloritani-Kette auf, deren Kamm vielfach noch dichte Wälder bedecken. Die tieferen Lagen und die kurzen, steilen Schluchten sind dicht besiedeltes Gartenland.

Längs der Küste reiht sich hier ein Ort an den anderen. Im Norden davor liegen die sieben Liparischen Inseln. Und südlich der Alcantara-Mündung erhebt sich der Ätna, der mächtigste Vulkan Europas, der alle Klima- und Vegetationsstufen Siziliens umfasst. Trotz aller vulkanischer Katastrophen ist die Besiedlung in seiner Umgebung dicht. Großartige Natur, Kunst und Archäologie, Strände in landschaftlicher Vielfalt, Ferienorte wie Acireale oder Taormina – alles liegt im Nordosten Siziliens eng beisammen.

ACIREALE

(135 E1) (𝔐 K5) Acireale (53 000 Ew.) liegt mit seinen kleinen Nachbarorten auf einer hohen Lavaterrasse über dem Ionischen Meer, eingebettet in endlose Zitronengärten, deren grünes Blätterdach von hohen Palmen überragt wird. Dem Zitronenhandel und den seit der Antike genutzten Heilquellen verdankt die Barockstadt ihren Reichtum. Prachtvolle Fassaden säumen Hauptstraßen und Plätze. Genießen Sie das urbane Leben auf den drei ineinander übergehenden Hauptplätzen, den Anblick von Rathaus, Dom und Barockkirchen. In die Straßen dahinter lockt vormittags ein schöner Straßenmarkt.

Bild: Taormina, antikes Theater mit Blick auf den Ätna

Gipfel, Schluchten, Strände und ein buntes urbanes Leben – das ist geballtes Sizilien. Und über allem thront der Ätna

ESSEN & TRINKEN

LA GROTTA

Feines Fischlokal in einer Höhle in Santa Maria La Scala. *Di geschl. | Via Scalo Grande | Tel. 09 57 64 81 53 | €€–€€€*

STRÄNDE

Fels- und Steinküste überwiegt, es gibt nur einige winzige Sandstrände. Hauptbadeorte sind die Fischerdörfer *Santa Tecla* und *Santa Maria La Scala*.

AM ABEND

In Acireale hat das ● Marionettentheater lange Tradition. Wann und wo Aufführungen stattfinden, erfahren Sie über das Fremdenverkehrsamt (*Via Oreste Scionti 15 | Tel. 0 95 89 19 99 | www.acirealeturismo.it*).

ÜBERNACHTEN

Acireale und die kleinen Küstenorte im Umkreis sind stark auf Kongresse und

Barocke Kirche im beliebten Ferienort Zafferana Etnea

Gruppentourismus eingestellt. Familiäre Hotels finden Sie dagegen in den Dörfern der mittleren Hanglagen des Ätna.

AGRITURISMO IL LIMONETO

In *Scillichenti* über der Steilküste gelegen mit Garten und Blick auf Meer und Ätna. *3 Apt. | Strada Prov. Acireale–Riposto | Tel. 0 95 88 65 68 | www.illimoneto.it | €*

B & B AL 22

Direkt im Zentrum, im Stil des 19. Jhs. eingerichtet, Gästekühlschrank, Wifi, Terrasse. *3 Zi. | Via San Carlo 22 | Tel. 0 95 60 40 88 | www.al22.eu | €*

AUSKUNFT

STR: *Via Oreste Scionti 15 | Tel. 0 95 89 19 99 | www.acirealeturismo.it*

ZIELE IN DER UMGEBUNG

SANT'ALFIO (135 E1) (𝄐 K4)

Das Bergdorf am Ätnahang, 23 km nördlich von Acireale, ist bekannt für seine Kirschen. An der Straße nach Milo

steht Siziliens größter Baum, der *Cento-cavalli*, eine auf 1200 Jahre geschätzte Edelkastanie. Im Restaurant der nahen ● INSIDER TIPP *Azienda Agrituristica Cirasella,* auf der ökologisch gewirtschaftet wird *(4 Apt. | Tel. 0 95 96 80 00 | www.cirasellaetna.com | €)*, essen Sie gut im Schatten hoher Bäume.

ZAFFERANA ETNEA (135 D1) (𝄐 K5)

Das Dorf liegt 21 km von Acireale entfernt unterhalb des mächtigen Vulkantals Valle del Bove in Gärten und Kastanienwäldern und ist als Ferienort wegen des gesunden Klimas und der guten Küche beliebt. Das INSIDER TIPP *Caffè Donna Peppina* an der zentralen Piazza Umberto ist bekannt für seine süßen Leckereien. Wer es herzhaft mag, bekommt mit Käse, Sardellen oder Oliven gefüllte Blätterteigtaschen. Angenehme, familiäre Mittelklassehotels sind *Primavera dell'Etna (57 Zi. | Tel. 09 57 08 23 48 | www.hotel-primavera.it | €–€€)*, mitten in einem Olivenhain gelegen, und *Airone (62 Zi. | Tel. 09 57 08 18 19 | www.hotel-airone.it | €€–€€€)* oberhalb des Orts an der Straße zum Rifugio Sapienza, beide mit sehr guter bodenständiger Küche. Gut unter kommen Sie in der *Fermata Spuligni*, einem liebevoll restaurierten Bauernhaus mit Restaurant, dessen 11 Zimmer mit Fairtrademöbeln und -stoffen eingerichtet sind *(Rest. Mo. geschl. | Via Matteotti 1 | Tel. 09 57 08 20 59 | www.fermataspuligni.com | €)*.

CATANIA

KARTE IM HINTEREN UMSCHLAG

(135 D2) (𝄐 K5) Gerade durchzieht die *Via Etnea* die Stadt Catania **(296 000 Ew.)** vom alten Hafen über den Domplatz, wo die andere Hauptachse, die *Via Vittorio Emanuele*, kreuzt.

CITY **WOHIN ZUERST?**
Hafen: Parkplätze sind Mangelware, am besten suchen Sie in Hafennähe (Porto, Via/Piazza Alcala), von dort sind es nur wenige Schritte zur zentralen Piazza del Duomo, zum Fischmarkt und zur Via Etnea. Vom Bahnhof aus, der Stazione Centrale, wo auch die Ätna-Kleinbahn hält, fahren die Stadtbusse 1–4 oder 431 N ins Zentrum. Am Bahnhofsvorplatz und in den angrenzenden Seitenstraßen liegen die Haltestellen der Fernbusse.

Schließlich mündet sie in den Vororten in die Straße nach Nicolosi und zum Ätna ein, dessen Hauptgipfel keine 35 km von der Stadt entfernt liegen.
Die in den vergangenen Jahren aktiven Krater liegen aber viel näher an Catania, das mehrfach von der Lava überflutet wurde. Vor 300 Jahren hat eine Lavazunge den damaligen Hafen aufgefüllt, kurz vor dem *Castello Ursino* kam sie zum Stehen. Vernichtender waren aber stets die vom Vulkan ausgelösten Erdbeben. Dem letzten, 1693, verdankt die Stadt ihre geschlossene Architektur in tiefschwarzem Lavabarock. Den weiß abgesetzten Kalkstein und Putz haben Industrie und Autos mit ihrem Ruß geschwärzt.

SEHENSWERTES

CASTELLO URSINO ●
Das ganz aus schwarzen Lavaquadern errichtete Kastell mit seinen vier massigen Ecktürmen ist Catanias einziger Bau aus dem Mittelalter. 1669 umflossen es die Lavamassen. Heute beherbergt es das *Museo Civico* mit Gemäldegalerie, Antiken-, Waffen- und Keramiksammlung sowie interessanten Gemälden und Stichen

lokaler Künstler mit Ansichten des Ätna. *Mo–Sa 9–13, So 8.30–13.30 Uhr | Piazza Federico di Svevia | Eintritt frei*

DOM SANT'AGATA
Der Dom ist der heiligen Agata geweiht, Schutzpatronin Catanias, deren Reliquien hier aufbewahrt werden. Er ist nach 1693 auf dem Grundriss einer normannischen Vorgängerkirche errichtet worden, von der nur Teile des Querhauses und die Chorapsiden stehen geblieben waren. Ein Fresko in der Sakristei stellt den Ausbruch des Ätna von 1669 dar.

PIAZZA DUOMO
Der Domplatz mit dem schwarzen Lavaelefanten ist das vitale Zentrum der Stadt, hier beginnen die Haupteinkaufsstraßen.

MARCO POLO HIGHLIGHTS

⭐ **Fischmarkt**
Der schönste Markt Siziliens in Catania → **S. 36**

⭐ **Ätna**
Der größte aktive Vulkan Europas → **S. 37**

⭐ **Ferrovia Circumetnea**
Ätna-Rundfahrt mit der schmalspurigen Kleinbahn von Catania aus → **S. 39**

⭐ **Tindari**
Toller Blick auf Lipari & Co → **S. 42**

⭐ **Teatro Greco-Romano**
Ein Traumblick auf Ätna und Meer bei Taormina → **S. 44**

⭐ **Alcantara-Schlucht**
Grandioser Flussdurchbruch → **S. 45**

Zum Fischmarkt an der Porta Uzeda sind es nur wenige Schritte, und um den Platz stehen die riesigen Barockpaläste des Adels und der hohen Geistlichkeit.

TEATRO BELLINI

Der Prachtbau ist mit Stuck, Gold, rotem Samt und großflächigen Historienmalereien ausgestattet und wurde 1890 mit der Bellini-Oper „Norma" eingeweiht.

VIA CROCIFERI

Die ruhige Palast- und Kirchenstraße verläuft parallel zur Via Etnea auf halber Höhe, vorbei an Villen mit kleinen Parks, zur Universität.

VILLA BELLINI ☀

Der Park in den Gründerzeitvierteln des 19. Jhs. ist dem aus Catania stammenden Opernkomponisten Vincenzo Bellini gewidmet. Im Park stehen Büsten bedeutender Sizilianer, es gibt einen Jugendstil-Musikpavillon und einen Aussichtshügel.

ESSEN & TRINKEN

Catanias Küche vereint die sizilianische Meeresküche mit den bunten Gemüseplatten, Käse und Pilzen vom Ätna. Berühmt ist das Fruchteis, das Sie in der Via Etnea in den großen Konditoreien bekommen.

ETOILE D'OR

Schicke, immer volle Bar mit interessantem Publikum, deren **INSIDER TIPP** *tavola calda* eine Riesenauswahl bietet. *So geschl. | Via Dusmet 7 | Tel. 0 95 32 24 48 | €*

INSIDER TIPP MAMMUT

Galerie, Musiklokal, Restaurant, Wein- und Cocktailbar. *Ab 19.30 Uhr, Mo geschl. | Via San Lorenzo 20 | Tel. 09 57 15 23 55 | www.mammut.ct.it | €–€€*

OSTERIA ANTICA MARINA

Mitten im Pescheria-Viertel, wo vormittags der Markt brodelt. Alle Arten Meerestiere. *Mi geschl. | Via Pardo 29 | Tel. 0 95 34 81 97 | €€*

TRATTORIA DEL CAVALIERE

In der Altstadt gelegen bietet die Trattoria bodenständige Meeresküche mit viel Auswahl am Buffet. *Mi geschl. | Via Paternò 11 | Tel. 0 95 31 04 91 | €€*

EINKAUFEN

Für einen Spaziergang über Catanias ⭐ ● *Fischmarkt* an der *Porta Uzeda* im Pescheria-Viertel sollten Sie sich unbedingt Zeit nehmen: Er ist Siziliens schönster und vitalster Markt, auf dem es nicht nur Fisch, sondern sämtliche Lebensmittel gibt. Denken Sie allerdings im Rausch von Farben, Gerüchen und Geschrei daran, dass gerade auf Märkten wegen des Gedränges gern Taschendiebe arbeiten.

ÜBERNACHTEN

AGRITURISMO BAGNARA ♲

(135 D2) (*∅ K5*)

Biohof mit 50 ha Zitrus- und Olivenhainen, Restaurant, Hofladen. 5 km südwestlich in der Ebene von Catania, Strand 2 km. *13 Apt. für 2–6 Pers. | Contrada Cardinale | Tel. 0 95 33 64 07 | www.agribagnara.it | €*

SAVONA

Zentral und trotzdem ruhig gelegen, wenige Schritte von der Piazza Duomo. Die einfachen Zimmer sind groß und sauber. *30 Zi. | Via Emanuele 210 | Tel. 0 95 32 69 82 | www.hotelsavona.it | €€€*

VILLA PARADISO

Stilecht ausgestattete Jugendstilvilla im Garten mit Pool, Blick auf die Stadt, Privatstrand am Meer. *34 Zi. | in San Gio-*

vanni della Punta an der Straße nach Via-grande/Ätna (8 km) | Tel. 09 57 51 24 09 | www.paradisoetna.it | €€€

Bureau del Turismo: Via Vittorio Emanuele 172 | Tel. 09 57 42 55 73 | www.comune. catania.it/turismo und *STR: Via Alberto Mario 32 | Tel. 09 57 47 74 15*

ZIELE IN DER UMGEBUNG

ÄTNA ⭐ (135 D1) (*ⅉ K4*)

33 km von Catania entfernt liegt Europas größter Vulkan. Der Ätna (3369 m) ist bei klarem Wetter auch von Westsizilien aus zu sehen. Von seiner Innersizilien zugekehrten Seite zeigt er sich als kahler Riese, gelb verbrannt. Nur im Frühjahr wird er hellgrün vom frischen Gras; seine Schneekappe taut aber auch im Sommer nicht immer ab.

Für den Besuch der Ätna-Südseite sind *Nicolosi, Trecastagni* und *Zafferana Etnea*

die besten Ausgangsorte. Von dort sind es noch ca. 20 km bis *Rifugio Sapienza* (1881 m), wo die Asphaltstraßen sowie die Buslinie von Catania und Nicolosi enden *(Abfahrt Catania/Bahnhofsplatz tgl. 8.15, Nicolosi 9 Uhr, Rückfahrt ab Rifugio Sapienza 16.30 Uhr)*. Das *Rifugio Sapienza (24 Zi. | Tel. 0 95 91 53 21 | www.rifugiosapienza.com | €)* wurde zum einfachen Hotel ausgebaut. 500 m weiter liegt das komfortablere *Hotel Corsaro (20 Zi. | Tel. 09 59 14 22 | www. hotelcorsaro.it | €€)*. Hier beginnt die ● Seilbahn, deren Bergstation auf 2500 m liegt. Auf den Pisten verkehren geländegängige Kleinbusse bis *Torre del Filosofo* (2919 m), Hin- und Rückfahrt mit Führung kosten 55 Euro.

Führer in die Gipfelregion finden Sie an der Talstation der Seilbahn, Wegmarkierungen gibt es auf der Strecke nicht. Touren auf eigene Faust sind ausschließlich bis Torre del Filosofo erlaubt und gefährlich, besonders bei Ausbrüchen und plötzlich aufziehendem Nebel. Die

Bunt, laut, schön: Der Fischmarkt an der Porta Uzeda bietet mehr als nur Meeresgetier

Bricht der Ätna aus, ergießt sich bis zu 1500 Grad heiße Lava über seine Hänge

flüssige Lava hat Temperaturen von 800–1500 Grad! Vulkanbomben fliegen mit Überschallgeschwindigkeit und wiegen 5 kg bis über 1000 kg. Ihre Nahaufnahmen machen Sie besser mit dem Teleobjektiv. Die Absperrungen sollen Sie nicht von Urlaubserlebnissen mit Nervenkitzel abhalten, sondern Sie vor lebensgefährlichen Situationen bewahren.

Die Ausbrüche von 2001, 2002/2003 und ab Januar 2011 waren die schwersten seit Jahrzehnten. Sie haben nicht nur die weit oben liegende Landschaft völlig verändert. Die Lava floss bis weit hinunter in dicht besiedelte Gebiete und kam erst wenige Kilometer vor Nicolosi, Pedara, Zafferana und Milo zum Stehen, zerstörte auf ihrem Weg Häuser, Straßen, Wälder und Felder.

Piano Provenzana und *Rifugio Sapienza* sind die beiden Hauptausgangspunkte für Touren auf den Vulkangipfel. Informieren Sie sich beim *Büro der Bergführer* in Nicolosi *(Tel. 09 57 97 14 55)* oder Linguaglossa *(Tel. 09 57 77 45 02)* und bei der *Ätnaseilbahn (Tel. 0 95 91 41 41)*. Aktuelle Informationen über die Ätnaregion finden Sie im Internet u. a. unter *www. ct.ingv.it*, *www.vulkan-etna-update.de*, *www.etnaguide.com*, *www.siciltrek.ch* sowie unter *www.etnaexperience.com* und *www.etnatrekking.com*. Unbedingt Winterkleidung und Bergschuhe anziehen! Und früh aufstehen – später am Tag liegt der Gipfel oft in Wolken. Wandersaison ist von Mitte Mai bis Ende Oktober.

Auf dem Weg zu den Gipfelkratern sehen Sie breite, frische Lavafelder, die sich über den Wald, die Felder und Gärten ergossen haben. Nach wenigen Jahren verändert sich die Oberfläche der Lava von Tiefschwarz zu mattem Grau, die ersten Pionierpflanzen wurzeln. Nach 20 Jahren breitet sich Ginster aus, dessen gelbes Blütenmeer im Frühsommer mit der schwarzen Erde die Hauptfarben des Vulkanbereichs bildet. Wälder, meist aus Bergkiefern und Edelkastanien, herrschen vor. Oberhalb von 1800 m können sich in der vulkanischen Wüste nur noch flache Sträucher und Kräutern behaupten.

Nicolosi ist im Süden Basisort für Exkursionen. 1 km oberhalb des Orts gibt es in der **INSIDER TIPP** ▶ *Pineta der Monti*

Rossi (Krater von 1669) gekennzeichnete Wanderwege. Auskunft über Straßenverhältnisse, Seilbahn, Schutzhütten, geführte Wanderungen: *STR (Via Martiri d'Ungheria 36/38 | Tel. 0 95 911 5 05 | www.aast-nicolosi.it)*; *SITAS (Piazza Vittorio Emanuele 45 | Tel. 0 95 91 41 41 | www.funiviaetna.com)*. Büro des Ätna-Naturparks: *Via del Convento 45 | Tel. 0 95 82 11 11 | www.parks.it/parco.etna/index.html und www.parcoetna.ct.it*

FERROVIA CIRCUMETNEA ⭐

Per Zug um Siziliens Herrscher herum: Schaukelnd und ruckelnd nimmt die Kleinbahn viele Kurven auf ihrer Fahrt durch die karge Landschaft der Westseite des Bergs. Bei *Maletto* (133 C6) (*ϖ K4*) erreicht sie den höchsten Punkt der Strecke, nimmt hinter *Randazzo* (132 C5) (*ϖ K4*) durch die schwarzen Lavawüsten und -zungen vergangener Ausbrüche ihren Weg und führt schließlich hinunter zur Küste durch üppiges Gartenland, kleine Wälder und Weinberge. Die Fahrt von *Catania Borgo* nach *Randazzo* dauert 2 Stunden, von dort sind es weitere 75 Minuten nach *Giarre* (135 E1) (*ϖ K5*), wo Sie Anschluss nach Catania und Messina haben. In Randazzo lohnt zwischen zwei Zügen ein Gang durch die ganz aus schwarzem Lavastein gebaute Altstadt und ein Besuch der gotischen Kirche *Santa Maria*. Infos unter *www.circumetnea.it*. Oder als virtuelle Tour: *www.swisseduc.ch/stromboli/etna/virtual-excursions/2005/fce-de.html*

LINGUA-GLOSSA

(133 D6) (*ϖ K4*) **Das Dorf (5500 Ew.) liegt inmitten üppiger Weingärten und Haselnusshaine auf einer Lavazunge.**

Wie in anderen Ätna-Dörfern prägt der Barock das Ortsbild.
In der Hauptkirche steht ein wertvoller Altar aus Kirschholz. Hier beginnt die ✺ Panoramastraße *Mareneve*, die Nord- und Südseite des Vulkans verbindet.

SEHENSWERTES

Im Gebäude des Fremdenverkehrsamts *Pro Loco* ist ein kleines Museum über Natur und Vulkanologie des Ätna untergebracht. *Vormittags geöffnet | Eintritt frei*

FREIZEIT & SPORT

Piano Provenzana (132 C6) (*ϖ K4*) auf 1810 m ist das wichtigste Wintersportgebiet auf dem Ätna und und Ausgangspunkt für Jeeptouren Richtung Gipfel *(Tel. 09 54 03 45 54 | www.etnadiscovery.com)*. Hier endet die 20 km lange Straße *Mareneve* („Meer und Schnee"). Im Herbst

Am Rand des Vulkans: Wanderung zu den Gipfelkratern des Ätna

2002 wurde die Hochebene mit Hotels, Hütten, Seilbahnen, den Wäldern von glühenden Lavamassen begraben. Die erstarrten schwarzen Ströme sind mehr als eindrucksvoll. Gipfeltouren zu Fuß und mit dem Mountainbike sollten nur sehr erfahrene Tourer machen, die sich zuvor vor Ort mit lokalen Bergführern in Verbindung gesetzt haben.

ÜBERNACHTEN

AGRITURISMO L'ANTICA VIGNA 😊
Bio-Weingut mit ruhigen Zimmern und guter Küche, Direktverkauf. *10 Zi. |* an der Straße nach Randazzo in Montelaguardia *| Tel. 0 95 92 40 03 | www. anticavigna.it | €*

SHALAI
Restaurierter Barockpalast im Zentrum, modernes Design, Restaurant. *12 Zi. | Via Marconi 25 | Tel. 0 95 64 31 28 | www. shalai.it | €€–€€€*

AUSKUNFT

Pro Loco: Büro an der Piazza Annunziata | Tel. 0 95 64 30 94 | www.proloco linguaglossa.it

LOW BUDG€T

▶ 🧳 *Ostello Odyssey*: Jugendherberge mit Zwei- und Vierbettzimmern in einem modernen Viertel von Taormina. *Via Paternò di Biscari 13 | Tel. 0 94 22 45 33 u. 34 98 10 77 33 | www. taorminaodyssey.com*

▶ Mitten in der Altstadt von Milazzo steht das kleine Familienhotel *California* mit 12 ruhigen Zimmern. *Via del Sole 9 | Tel. 09 09 22 13 89*

▶ Direkt im Pescheria-Viertel von Catania ist die Jugendherberge *Ostello Agorà* in einem alten Bürgerhaus untergebracht. Mit Trattoria, rund um die Uhr geöffnet. *62 Betten | Piazza Currò 6 | Tel. 09 57 23 30 10 | www. agorahostel.com*

▶ In der *Casa delle Crispelle Cordai* in Acireale serviert man gut und günstig Crêpes: süß und salzig, frisch aus der Pfanne. *Nur abends | Mo. geschl. | Via Vittorio Emanuele 3*

MESSINA

(133 E4) *(ന L3)* **Für die meisten Sizilienreisenden ist Messina (243 000 Ew.) das Tor zur Insel. Die Stadt ist modern, sie hat breite und gerade Straßen.**
Und sie ist voll geschäftigen Lebens, ganz besonders in den Hauptgeschäftsstraßen, der *Via San Martino*, der baumbestandenen *Piazza Cairoli* und der *Via Garibaldi*. Etwas abseits davon liegt das alte Herz von Messina um die *Piazza Duomo* mit dem herrlichen Dom. Aber auch hier wie sonst in ganz Messina steht kaum ein Stein länger als seit 1908 auf dem anderen: Ein sehr schweres Erdbeben verwüstete damals beide Seiten der Meerenge.

SEHENSWERTES

ACQUARIO (AQUARIUM) 🟠
In den 30 Becken des Aquariums sind viele Meerestierarten des Mittelmeers und der Meerenge zu sehen: Fische, Krebse, Tintenfische, Muscheln, Seeanemonen. *Di–Sa 9–13, 15–19, So 9–13 Uhr | Villa Mazzini, Piazza Unità d'Italia | Eintritt 3 Euro | www.acquariomessina.it*

DOM

Zuerst 1197 im normannischen Stil errichtet, dann nach dem Erdbeben von 1908 und nach Bombardements im Krieg 1943 wiederhergestellt. Im Glockenturm eine astronomische Uhr aus Straßburg (1933), die mittags eine Figurenparade zeigt.

MUSEO REGIONALE

Das Museum enthält eine Gemäldegalerie, es zeigt archäologische Ausstellungen, Kleinkunst und Majolika. Zu den wertvollsten Objekten gehören ein Altarbild des Sizilianers Antonello Da Messina und zwei Bilder Caravaggios. *Straße nach Punta del Faro | Di, Do–So 9–13.30, Di, Do, Sa auch 16–19 Uhr | Eintritt 3 Euro*

NEPTUNSBRUNNEN

An der Uferstraße steht der Neptunsbrunnen in einem kleinen Park mit Palmen und Blick über den *Stretto.* Dort ist auch das *Aquarium* untergebracht.

SANTISSIMA ANNUNZIATA DEI CATALANI

Messinas einziges Bauwerk aus dem Mittelalter. Die Kirche wurde unter normannischer Herrschaft im 12. und 13. Jh. nach byzantinischen Vorbildern errichtet, mit Kuppeln und viel Ziermauerwerk.

Messinas Dom: Oben wie unten und dazwischen – einfach prachtvoll

ESSEN & TRINKEN

AL PADRINO

Lebhafte Trattoria im Zentrum mit der schmackhaften Küche der einfachen Leute: viel Gemüse, Nudeln und Fisch. *So geschl. | Via Santa Cecilia 54 | Tel. 09 02 92 10 00 | €*

INSIDER TIPP ▶ LE DUE SORELLE

Kleines Restaurant mit kreativer Mittelmeerküche und großem Weinangebot. *Mo geschl. | Piazza Municipio 4 | Tel. 09 04 47 20 | €€*

ÜBERNACHTEN

LE CASE PINTE ✷

B & B am Fährhafen (Caronte), Aussicht über die Meerenge. *3 Zi. | Viale della Libertà 251 | Tel. 0 90 36 24 09 | www. lecasepinte.com | €*

SCILLA E CARIDDI ✷

Die moderne Villa liegt in einem großen Garten und ist im Gründerzeitstil eingerichtet. Man hat einen schönen Blick auf den Stretto. *8 Zi. | Viale Annunziata (3 km nordöstl.) | Tel. 0 90 35 78 49 | www. scillaecariddi.com | €–€€*

AUSKUNFT

STR: Piazza Cairoli 45 | Tel. 09 02 93 52 92

MILAZZO

(133 D4) *(ⓜ L3)* **Die Stadt (32 500 Ew.) liegt am Beginn der schmalen Halbinsel, die im Bereich des Capo Milazzo unter der Steilküste gute Badestrände besitzt.** Oberhalb des Fährhafens für die Schiffe zu den Äolischen Inseln und nach Neapel liegt die halb verlassene, durch einen mächtigen Mauerring umschlossene *Altstadt* mit spanischem Kastell, barockem Dom sowie dem Kloster San Francesco di Paolo. Auskunft: *AAST | Piazza Duilio 20 | Tel. 09 09 22 28 65 | www.aastmilazzo.it*

ESSEN & TRINKEN

SALAMONE A MARE
Das elegante Ausgehlokal an der Panoramastraße zum Capo Milazzo bietet leckere Meeresküche und zuvorkommenden Service. *Mo geschl. | Via Panoramica | Tel. 09 09 28 12 33 | €€*

WINE BAR AL BAGATTO
Traditionelle Küche, gute Weinauswahl in der Altstadt in Hafennähe. *Nur abends, Mi geschl. | Via Regis 11 | Tel. 09 09 22 42 12 | €*

ÜBERNACHTEN

PETIT HOTEL 🌿 ♻
Baubiologisch restauriertes Altstadthaus, Restaurant mit Biokost und Produkten von „Libera Terra". *9 Zi. | Via dei Mille 37 | Tel. 09 09 28 67 84 | www.petithotel.it | €€–€€€*

ZIELE IN DER UMGEBUNG

SAN FRATELLO UND DIE NEBRODI-BERGE (132 B5) *(ⓜ J3–4)*
In Sant'Agata di Militello zweigt die Passstraße nach *Cesarò* ab, die ins Herz des etwa 100 km entfernt liegenden *Regionalparks Nebrodi (www.parcodeinebrodi.it)* führt. Dessen bis 1800 m hohe Bergkette ist von ausgedehnten Weiden und dichten Buchenwäldern bedeckt. *San Fratello* ist ein typisches Bergdorf, das für seine Pferdezucht berühmt ist. Bergwanderern bietet am Pass das Hotel **INSIDER TIPP** ▸ *Villa Miraglia (5 Zi. | Tel. 0 95 69 73 97 | www.villamiraglia.it | €–€€)* Logis und Kost.

TINDARI ⭐ 🌿 (132 C4) *(ⓜ K3)*
Der Felsen von Tyndaris, 30 km westlich von Milazzo, ist ein unübersehbares Kennzeichen der Nordküste. Unter dem 260 m hohen Steilabfall des Kaps breiten sich die Sandbänke mit ihren Meerwasserseen aus. Das schwarze Madonnenbild in der *Wallfahrtskirche* zieht Gläubige aus ganz Sizilien an. Vom Platz vor dem Heiligtum schaut man hinab zu den Sandbänken und zu den Äolischen Inseln. Auf dem Plateau liegt das *antike*

Tyndaris (tgl. 9–19 Uhr | Eintritt 4 Euro) mit Theater, Basilika, Stadtmauerresten. Der Biobetrieb  *Agriturismo Santa Margherita (18 Zi., 2 Apt. | Tel. 0 94 13 97 03 | www.agriturismosantamargherita.com | €–€€)* bietet einen Garten über der Küste. Essen, Reiten, Mountainbikeverleih.

TAORMINA

KARTE IM HINTEREN UMSCHLAG (133 D6) *(L4)* **Auf einem Sporn der Peloritani-Berge hoch über dem Meer mit unvergleichlichem Blick zum Ätna liegt der bekannteste und meistbesuchte Ferienort Siziliens (11 000 Ew.).**

Der Stadtkern ist umgeben von Villen und Hotels des 19. und 20. Jhs. Zu beiden Seiten der Einkaufsstraße *Corso Umberto*, zwischen den Stadttoren *Porta Messina* und *Porta Catania*, reizt das mittelalterliche Stadtbild: zinnengekrönte Paläste, Gassen, kleine Plätze, die durch Treppenwege verbunden sind. Taorminas Peripherie leidet unter dem Verkehr, im Inneren ist es jedoch eine Oase. Treff zu jeder Tageszeit ist auf halber Strecke des Corso die *Piazza IX Aprile* mit dem Tor ins Innere der Altstadt, dem berühmten *Caffè Wunderbar* und dem besten Blick auf Ätna und Küste.

SEHENSWERTES

DOM
Der Dom hat eine Zinnenfassade aus der Normannenzeit. Das Innere ist schlicht. Auf dem Vorplatz steht der *Barockbrunnen mit der Zentaurin*, Taorminas Wahrzeichen.

PALAZZO CORVAIA
Der Palazzo ist einer der zierlichen Adelspaläste aus der Normannenzeit. Im Inneren, das besichtigt werden kann, befindet sich das Fremdenverkehrsamt.

Weit schweift der Blick über Taormina und die Küste vom Teatro Greco-Romano aus

TEATRO GRECO-ROMANO ★ ☀

Den wohl beeindruckendsten Blick auf Küste und Vulkanriesen genießen Sie vom Halbrund des antiken Theaters aus. Es ist in den natürlichen Stein gehauen und im Sommer Kulisse für klassische Theater- und Musikdarbietungen. *Tgl. 9–19 Uhr | Eintritt 8 Euro*

ESSEN & TRINKEN

INSIDER TIPP CASA GRUGNO

Kochphantasien im gotischen Palast. Gartenterrasse. *So abends u. Mo geschl. | Via Santa Maria dei Greci | Tel. 0 94 22 12 08 | www.casagrugno.it | €€€*

NINO

Vorzügliche Meeresküche von den Antipasti bis zu den Hauptgerichten mit tagesfrischem Fisch. *Di geschl. | Am Strand von Letoianni (7 km nördlich) | Via Rizzo 29 | Tel. 0 94 23 61 47 | €€*

PORTA MESSINA

Am Altstadttor gibt es gut und günstig Pizza, Pasta, Muscheln und gebratenen Fisch. *Mi geschl. | Largo Giove Serapide | Tel. 0 94 22 32 05 | €–€€*

STRÄNDE

Die Strände von *Isola Bella* und *Mazzarò* sind grobkieselig und sehr voll. Mehr Platz bieten *Letoianni* im Norden, *Capo Schisò* und *San Marco* im Süden. Die schnellste Verbindung ans Meer nach Mazzarò ist die Seilbahn; Busse zu den Stränden zwischen Capo Schisò und Letoianni verkehren häufig.

AM ABEND

Das meiste Leben herrscht auf dem *Corso Umberto* und auf der *Piazza* unter dem Uhrturm. Diskos liegen eher am Rand.

CAFFÈ WUNDERBAR

Die Bar an sich, auch für Nicht-Promis zum Sehen und Gesehenwerden. *Piazza IX Aprile (Corso)*

ÜBERNACHTEN

GRANDHOTEL TIMEO E VILLA FLORA

Die prachtvolle Gartenvilla ist das erste Haus in Taormina und Sizilien. *85 Zi. | Via Teatro Greco 59 | Tel. 0 94 22 38 01 | www.framonhotels.com | €€€*

ISABELLA

Direkt am Corso, einige Zimmer mit Küstenblick. *32 Zi. | Corso Umberto 58 | Tel. 0 94 22 31 53 | www.gaishotels.com | €€*

INSIDER TIPP IL PICCOLO GIARDINO – KÉPOS

Hotel-Restaurant mit 25 Zimmern in hellem, klarem Design. Dachgarten, Pool im Garten. Außer sizilianischen Klassikern wie Pasta alle Norma auch ungewohnte Kombinationen von Meerestieren und Gartengemüse. *Salita Lucio Denti 4 | Tel. 0 94 22 34 63 | www.ilpiccologiardino.it | je nach Lage und Saison €–€€€ | Restaurant €€, für Hausgäste €*

LA IGIEA

Jugendstilvilla oberhalb der Altstadt, 12 einfache, ansprechende Zimmer. *Via Circonvallazione 28 | Tel. 09 42 62 52 75 | www.villaigiea.com | €–€€*

VILLA SCHULER

Villa mit Garten und einem herrlichen Blick über die Küste. *26 Zi. | Piazzetta Bastione 16 | Tel. 0 94 22 34 81 | www.hotelvillaschuler.com | €€–€€€*

AUSKUNFT

STR: Palazzo Corvaja | Tel. 0 94 22 32 43 | www.gate2taormina.com

ALCANTARA-SCHLUCHT ★

(133 D5) (*K4*)

18 km westlich von Taormina bricht der Fluss Alcantara mit seinen Katarakten durch eine enge, bis zu 50 m tiefe Basaltschlucht, in die von der Straße nach *Francavilla* eine Treppe sowie ein Aufzug hineinführen *(www.parcoalcantara.it)*. Wandern Sie barfuß durch das kühle Wasser oder leihen Sie sich am Eingang Gummistiefel! Ländlich essen können Sie im Restaurant *Paradise (Mo geschl. | Viale Jannuzzo 2 | Tel. 0 94 24 74 00 | €)* an der Straße oberhalb der Schlucht, das auch Tische draußen hat.

CASTELMOLA ☼ (133 D5) (*L4*)

Das winzig kleine Bergnest mit oft ausgezeichneter Aussicht (Ruine des Castello) liegt, 5 km entfernt, fast lotrecht über Taormina. Etwas unterhalb finden Sie das Hotel *Villa Sonia (44 Zi. | Tel. 0 94 22 80 82 | www.hotelvillasonia.com | €€–€€€)*.

GIARDINI-NAXOS (133 D6) (*L4*)

Die Badevorstadt 6 km südlich von Taormina ist eng zwischen Hauptstraßen und Eisenbahn eingeklemmt. Sehr schön allerdings ist die Uferregion um die *Ausgrabungen des antiken Naxos*, der ältesten Griechenstadt Siziliens mit eindrucksvollen Megalithmauern. Übernachtungsmöglichkeit im sehr stilvollen Hotel *Arathena Rocks (49 Zi. | Tel. 0 94 25 13 49 | www.hotelarathena.it | €€)*, direkt am Meer im Privatpark. Auskunft: *Lungomare Tysandros 54 | Tel. 0 94 25 10 10 | www.strgiardini.it*

SAVOCA (133 D–E5) (*L4*)

In dem Bergdorf 24 km nördlich in den Peloritani-Bergen auf der Straße von Santa di Riva nach Casalvecchio Siculo gibt es in der *Chiesa dei Cappuccini* Mumiengräber. Im Tal der *Fiumara d'Agrò* liegt unterhalb von Sant'Alessio Siculo bei Scifi die normannisch-byzantinische Kirche **INSIDER TIPP** *Pietro e Paolo* mit arabischen Steinintarsien und steilen Kuppeln in einem Zitronenhain.

Ein Rest Fischeridyll am Strand von Giardini-Naxos – drüben liegt Taormina

DER SÜDOSTEN

Die Sizilianer sprechen gerne von der „Insel in der Insel". Dem bis zu 600 m hohen Karstgebirge der Monti Iblei, das von Schluchten und Flussläufen zerfurcht ist, sind flache Küstenebenen vorgelagert, die mit dichten Mandel-, Olivenhainen und Zitronenplantagen bebaut sind. Die üppige Fruchtbarkeit der Ebenen steht im Gegensatz zur mehr als spärlichen Vegetation in den Bergen. Dort erstrecken sich karge, baumlose Weiden bis zum Horizont, unterteilt von kilometerlangen Steinmauern. Gehöfte liegen weit auseinander. Längs der Täler und an den Bach- und Flussläufen zeigt sich üppiger Baumwuchs, in den Schluchten häufig als dichter Urwald aus Oleander, baumhohem, spanischem Rohr, violett blühendem Mönchspfeffer und Brom-

beerranken. Die Schluchtenränder, die von den Hochflächen her zugänglich sind, waren die ältesten Siedlungsorte. Das große Kalkplateau mit seinen tief eingeschnittenen Schluchten ist seit 2011 einer der größten Nationalparks Italiens und der erste in Sizilien.

Eindrucksvoll liegen Ispica, Modica und die Doppelstadt Ragusa Ibla sowie in weiter Einsamkeit die Totenstädte von Pantalica. Gebaut sind sie alle aus dem hellen Kalkstein der Gegend, der frisch gebrochen sehr leicht zu bearbeiten ist, an der Luft aushärtet und eine graue oder dunkelgelbe Patina annimmt. Kein anderer Stein bot sich so sehr der bildhauerischen Phantasie an: Portale mit Fratzen und Rankenwerk, Simse, Balkone, Fassaden voller Fabelwesen, Gno-

Bild: Ragusa, Dom San Giorgio

Historisches sizilianisches Kontrastprogramm: fruchtbar die Ebenen, karg die Berge, antik bis barock die Städte

men, Nymphen, Monstern, Schnörkeln und Säulen sind für die Städte typisch. Das gilt vor allem für jene, die nach dem verheerenden Erdbeben von 1693 wieder aufgebaut wurden.

CALTAGIRONE

(134 B3) *(▥ H–J6)* ⭐ **Mit ihren Kirchtürmen und Kuppeln liegt die Stadt (39 000 Ew.) weithin sichtbar auf einer Bergspitze.**

Die Gassen sind eng, und außer der berühmten *Treppe mit den Majolikakacheln* gibt es viele weitere, schmucklosere Treppenwege. Die *Große Treppe* von 1608, deren Keramikschmuck aus jüngerer Zeit stammt, verbindet die Unterstadt mit dem *Palazzo della Corte Capitaniale* und den Hauptplatz mit der Hauptkirche im oberen Stadtteil, *Santa Maria al Monte*. In der *Villa Comunale* im Park liegt neben dem Keramikmuseum ein mit Majolikakacheln dekorierter Pavillon, der *Teatrino*.

CALTAGIRONE

142 bunte Majolikastufen führen hinauf in Caltagirones Oberstadt zur Santa Maria al Monte

SEHENSWERTES

MUSEO REGIONALE DELLA CERAMICA ●
Keramik von der Antike bis heute und sizilianische Majolika aus Renaissance und Barock. *Tgl. 9–18.30 Uhr | Giardino Pubblico | Eintritt 4 Euro*

ESSEN & TRINKEN

CORIA
Zwei kleine Speiseräume nahe der Treppe und zwei experimentierfreudige Köche, die frische Kräuter und Meerestiere schätzen. Es gibt Couscous mit Fischsoße statt der üblichen Nudeln, süßsauer gefülltes Kaninchen und Orangensalat. *Soabend und Mo. geschl. | Via Infermeria 24 | Tel. 09 33 33 46 15 | €€*

POMARA
Rustikaler Speisesaal im Nachbarort *San Michele di Ganzaria*, Landküche mit kräftigen Aromen und Fleischportionen. Auch Hotel *(40 Zi.). Tel. 09 33 97 69 76 | www.hotelpomara.com | €€*

EINKAUFEN

KERAMIK
In Caltagirone stellen die Keramikbetriebe noch viele Stücke in traditioneller Qualität her, Bemalung und Glasur sind bei teuren Stücken sehr sorgfältig ausgeführt. Wer mag, darf in den Altstadt-Werkstätten den Handwerkern auch bei der Arbeit zusehen. Ausstellungen finden Sie sowohl im Hof des *Palazzo Corte Capitaniale* als auch in den Läden der *Galleria Don Sturzo*.

ÜBERNACHTEN

IL PICCOLO ATTICO
B & B mitten in der Altstadt nicht weit von der großen Treppe, tolle 🌿 Dachterrasse mit Blick über die Stadt. *3 Zi., 1 Apt. | Via Infermeria 82 | Tel. 0 93 32 15 88 | €*

AUSKUNFT

Azienda di Turismo im *Palazzo Libertini: Tel. 0 93 35 38 09 | www.comune.caltagirone.ct.it*

ENNA

(134 A2) *(∅ H5)* ☼ **Die Provinzhauptstadt Enna (28 000 Ew.) liegt über 900 m hoch und trägt wegen des weiten Blicks auf Innersizilien und das gegenüberliegende Bergdorf Calascibetta, den Ätna und die Berge im Norden den Namen „Belvedere Siziliens".**

Sehenswert sind die aus normannisch-staufischer Zeit stammenden Befestigungsanlagen, wie das *Castello di Lombardia* mit dem *Torre Pisana* am höchsten Punkt der Stadt und der achteckige Turm *Torre di Federico II*, dessen Entwurf Kaiser Friedrich selbst zugeschrieben wird.

ESSEN & TRINKEN

LA BRACE
Familientrattoria an der Straße von Enna ins Bergnest Calascibetta. Große Auswahl. *Mo geschl. | Tel. 09 35 34 69 99 | €*

CENTRALE
Der Familienbetrieb bietet solide ländliche Kost. *Sa geschl. | Piazza VI Dicembre 9 | Tel. 09 35 50 09 63 | €*

ÜBERNACHTEN

LA CASA DEL POETA ☺
B & B im restaurierten Landhaus aus dem 19. Jh., umgeben von Zypressen und Ölbäumen. Oberhalb des Lago Pergusa, Pool, innen modernes Design, literarische Texte und Grafiken als Raumschmuck, Raum zum Lesen und Schreiben. Bio-Frühstück. *26 Zi. | Tel. 32 96 27 49 18 | www.lacasadelpoeta.it | €€*

RIVIERA
Am Lago Pergusa mit Garten, Seeblick, Pool, gutes preiswertes Essen *(€). 26 Zi. | Tel. 09 35 54 12 67 | www.rivierahtl.it | €€*

AUSKUNFT

STR: Piazza Napoleone Colajanni 6 | Tel. 09 35 50 08 75 | www.ennaturismo.info (erstklassige, vielseitige Infos zur Region)

ZIELE IN DER UMGEBUNG

MORGANTINA ☼ (134 B2) *(∅ H6)*
Die antike Stadt liegt 42 km südöstlich von Enna auf einem Bergrücken mit Sicht bis zu Ätna und Meer. Wind und Stille herrschen über dem zweitausend Jahre alten Straßenpflaster, dem gut erhaltenen Theater, der riesigen Freitreppe der

★ **Caltagirone**
Treppen, Paläste, Kirchen sind mit Majolikakacheln dekoriert
→ S. 47

★ **Piazza Armerina**
3500 m² Mosaiken in der römischen Villa del Casale → S. 50

★ **Noto**
Diese barocke Kleinstadt ist ganz auf Perspektive angelegt
→ S. 51

★ **Museo Regionale Archeologico**
Rundgang durch 15 000 Jahre Geschichte in Syrakus → S. 57

★ **Ortigia**
Nirgendwo gibt es so viel Antike, Mittelalter und Barock auf so engem Raum wie in der Altstadt von Syrakus → S. 57

★ **Pantalica**
Über 5000 Grabkammern in den Felswänden → S. 59

MARCO POLO HIGHLIGHTS

Agorà *(tgl. 8 Uhr bis Sonnenuntergang | Eintritt 4 Euro)*. In *Aidone* im *Museo Archeologico* sind  Götterstatuen aus Raubgrabungen ausgestellt, die vom Getty-Museum in Los Angeles an Italien zurückgegeben wurden *(Di–So 8–18.30 Uhr | Eintritt 4 Euro)*.

PIAZZA ARMERINA ★
(134 A3) (*H6*)

Eingebettet in Eukalyptuswälder, Haselnuss- und Obstgärten liegt 34 km südöstlich Ennas die Stadt mit ihren bunten und silbernen Kirchenkuppeln auf einem Bergrücken. 5 km unterhalb in einem Flusstal führt eine Stichstraße zu den Ausgrabungen der ● *Villa Romana del Casale (voraussichtliche Öffnungszeiten nach der Restaurierung bei Redaktionsschluss tgl. 8.30–18.30, im Winter bis 16 Uhr | Eintritt ca. 10 Euro | www.villaromanadelcasale.it)*. Die Fußbodenmosaiken des Unesco-Weltkulturerbes gehören zu den größten und schönsten, die aus der Antike erhalten sind. Künstlerische Technik und Motive

verraten Künstler aus Nordafrika. Die Villa war vermutlich Land- und Jagdsitz eines römischen Kaisers aus dem 4. Jh. Der Grundriss der Anlage ist unter schützenden Plexiglashäusern noch gut erkennbar: Wohn- und Repräsentationsräume, Thermen, Säle, Schlafkammern, Abtritt, Küche, Kammern für die Dienerschaft und im Zentrum das große Peristyl, der von Säulengängen umgebene Innengarten. Über Brücken gelangen Sie zum „Saal der Mädchen" mit dem berühmten Mosaik der tanzenden Mädchen in bikiniartiger Tracht.

Das Bauernhaus des ☺ *Agriturismo Bannata* steht am Waldrand 6 km nördlich von Piazza. Naturstein und Terrakotta, neues und antikes Mobiliar bilden den Rahmen für Ausstellungen aktueller Kunst und Musikveranstaltungen. Im Restaurant wird leichte Küche nach alten Rezepten zubereitet. Brot, Gebäck, Gemüse und Wein aus eigener Bioherstellung *(SS 117 bis km 41 | Tel. 09 35 68 13 55 | www.agriturismo bannata.it | €€, Essen für Hausgäste €)*. An der Straße nach Enna am Abzweig nach Morgantina (2 km) bekommen Sie im *Il Fogher (Mo geschl. | Tel. 09 35 68 41 23 | €€)* hervorragende, kreative sizilianische Küche. Auskunft: *STR | Via Generale Muscarà | im Ort, nicht an der Villa! | Tel. 09 35 68 02 01*

SICILIA FASHION VILLAGE
(134 B2) (*J5*)

30 km östlich von Enna steht direkt an der Autobahn Siziliens größtes Outletcenter mit 120 Modeläden, Bars und Restaurants, alles gebaut im Stil einer sizilianischen Kleinstadt des 18. Jhs. *(Mo–Fr 10–20, Sa/So 10–21 Uhr | A 19 Catania–Palermo, Ausfahrt Dittaino | www.sicilia fashionvillage.it)*.

Im 15 km weiter südlich gelegenen *Raddusa* gibt die ● ☺ *Casa-Museo del Tè* einen Überblick über die Geschichte des

Tees mit 600 Sorten und 500 Teekannen aus aller Welt. Im Salon nehmen Sie an Teezeremonien teil oder genießen asiatisch inspirierte Küche. Und tun damit Gutes: Das Unternehmen unterstützt Schul- und Gesundheitsprojekte in der 3. Welt. *Tgl. 9–13, 17–24 Uhr | Via Garibaldi 45 | Anmeldung nötig, Tel. 0 95 66 21 93 | www.lacasadelte.it | Eintritt frei | €*

NOTO

(135 D5) (⌕ K7) ★ **Die Barockstadt (24 000 Ew.) gehört zum Weltkulturerbe der Unesco und liegt auf einem flachen Ausläufer der Iblei-Berge über der Küstenebene mit ihren dichten Olivenhainen, die schattig wie Wälder sind.** Dem Erdbeben von 1693 fiel das mittelalterliche *Noto Antica* zum Opfer, dessen Ruinen 9 km landeinwärts liegen.

SEHENSWERTES

DIE RESIDENZSTADT

Im herrschaftlichen Teil Notos liegen die Hauptkirchen, Paläste, Plätze und Freitreppen längs der drei parallel verlaufenden Hauptstraßen. Die mittlere, der *Corso Vittorio Emanuele*, endet in repräsentativen Stadttoren. Mit Parks und Plätzen nimmt er breiten Raum ein, wird von den Hauptpalastfronten gesäumt und öffnet sich in der Mitte zur *Piazza Duomo* mit weitem Treppen- und Fassadenprospekt. Hier liegen sich als geistliches und weltliches Machtzentrum der *Dom* und der *Palazzo Ducezio* gegenüber.

ESSEN & TRINKEN

TRATTORIA DEL CROCIFISSO

Familiäre Landgaststätte, die Einheimische und Fremde gleichermaßen anzieht.

Barock satt: Balkonkonsolen am Palazzo Villadorato in Noto

Mi geschl. | Via Principe Umberto 46 | Tel. 09 31 57 11 51 | €

STRÄNDE & SPORT

Baden und Vögel beobachten können Sie am feinsandigen Strand von *Marina di Noto*, wandern und baden im Naturschutzgebiet *Vendicari*, schwimmen im sauberen Flusswasser in der *Cava Grande* (Straße Noto–Palazzolo).

ÜBERNACHTEN

TERRA DI SOLIMANO ♻

(135 D5) (*M K7*)

Der Biobetrieb im historischen Gutshof an der Straße nach Noto Antica bietet Kost und Logis. *8 Zi. | Tel. 09 31 83 66 06 | www.terradisolimano.it | €*

VILLA CANISELLO

Einstiger Bauernhof am Altstadtrand mit großem Garten. *6 Zi. | Via Pavese 1 | Tel. 09 31 83 57 93 | www.villacanisello.it | €*

ZIELE IN DER UMGEBUNG

CAVA D'ISPICA (134 C5) (*M J–K8*)

Die 12 km lange Karstschlucht endet unterhalb der Barockstadt *Ispica*, 27 km südwestlich von Noto. An der Straße von Rosolini nach Modica liegt der Hauptzugang zur Schlucht, wo man byzantinische Höhlenkirchen und unterirdische Grabfelder sieht *(tgl. 8–17 Uhr)*. Von Ispica kommt man vom *Parco della Forza (tgl. 8–17 Uhr)* mit seinen Höhlenkirchen

und Mauerresten bequem 3 km in die Schlucht hinein. Feine Küche gibt es in der *Locanda del Borgo* im benachbarten Rosolini *(Mo geschl. | Via Controscieri 11 | Tel. 09 31 85 05 14 | €€)*.

NOTO ANTICA & PALAZZOLO ACREIDE

Auf der 96 km langen Rundfahrt nehmen Sie in Noto die Straße zum *Convento della Scala*, einer einsam gelegenen barocken Wallfahrtskirche. 1 km weiter stellen Sie an der Zufahrt zu *Noto Antica* (135 D5) (*M K7*) das Auto ab. Das wuchtige Stadttor und die Mauer sind die anschaulichsten Zeugen der 1693 zerstörten Stadt, die auf einer Hochebene stand. Hier und da sieht man Mauern aus dem hohen Strauchwerk ragen, am vordersten Ende der Plateaus auch Säulen und Portale von Kirchen. Zurück auf der Staatsstraße Nr. 287, können Sie auf der Nebenstraße nach Avola einen Abstecher von 6 km zur **INSIDER TIPP** *Cava Grande* machen, einer weiten Schlucht, in die vom Parkplatz ein in den Felsen gehauener Treppenweg hinunterführt.

Cava Grande: Das Flüsschen Cassibile hat diese wunderbaren Badewannen geschaffen

Von dort geht es auf weiteren Wegen den glasklaren Fluss zu Kaskaden, Seen und Sandbänken entlang. Für den Abstieg in die 200 m tiefe Schlucht brauchen Sie gutes Schuhwerk, es besteht Rutschgefahr!

Palazzolo Acreide (135 D4) (*K7*) liegt beherrschend auf einem Buckel, dessen höchste Stelle die antike Stadt Akrai einnahm. Barockhandwerker haben auch hier aus dem weichen, gelben Kalkstein und Schmiedeeisen eine Fülle an Dekor, Fratzen und Fabelwesen geformt, die besonders üppig die Fassaden an der riesengroßen Piazza schmücken. Von hier aus führt ein Gang in die Seitenstraßen und zum Volkskundemuseum *Casa Museo Antonino Uccello (tgl. 9–13 u. 14.30–19 Uhr | Eintritt 2 Euro)*. Gut essen können Sie in der *Trattoria Andrea (Di geschl. | Via Maddalena 24 | Tel. 09 31 88 14 88 | €)*. Von der antiken ✿ Akropolis *(tgl. 9 Uhr bis kurz vor Sonnenuntergang | Eintritt 4 Euro)* mit ihrem kleinen Theater bietet sich ein weiter Blick auf Siziliens Südosten.

PORTO PALO DI CAPO PASSERO
(135 E6) (*K8*)

Die Kleinstadt, 28 km von Noto an Siziliens Südspitze, mit einem geschäftigen Fischereihafen ist dank ihrer ausgedehnten Dünenstrände im Norden bei *Vendicari* und Sandbuchten ein beliebter Ferienort geworden. Die Surfer schätzen die guten Windverhältnisse. Einfache Unterkunft und ordentliche Küche in den modernen Ferienhotels *Jonic (12 Zi. | Tel. 09 31 84 27 23 | €)* und *Vittorio (25 Zi. | Tel. 09 31 84 21 81 | €–€€)*. Im benachbarten Fischerdorf *Marzamemi*, das nur aus wenigen flachen Steinhütten besteht, bekommen Sie im Restaurant *Cialoma (Piazza Regina Margherita | Tel. 09 31 84 17 72 | €€)* alles, was das fischreiche Meer hergibt.

INSIDER TIPP ▸ VENDICARI & VILLA ROMANA TELLARO (135 D6) (*K8*)

8 km lang und bis zu 1,5 km breit ist das Naturschutzgebiet Vendicari mit breiten Sandstränden, Dünen mit mediterraner Macchia, Sümpfen und Lagunen, die ein einzigartiges Vogelparadies sind. Hier leben 250 Vogelarten, darunter Flamingos, Störche, Reiher, Sichler und Löffler *(www.oasivendicari.net)*.

Die *Villa Romana di Tellaro* liegt dicht am Meer an der Straße nach Porto Palo am Nordrand des Naturschutzgebiets Vendicari. Nach 30 Jahren Ausgrabungen können die spätrömischen Mosaiken mit Jagdszenen und Heldengestalten aus der Ilias besichtigt werden *(tgl. 9–19 Uhr | Eintritt 6 Euro | www.villaromana deltellaro.com)*.

RAGUSA

(134 C5) (*J7*) **Ragusa ist die Hauptstadt (73 000 Ew.) der kleinsten und wohlhabendsten Provinz Siziliens, deren inzwischen erschöpfte Erdölvorkommen um 1960 einen kurzen Industrieboom ausgelöst hatten.**

In den Städten und in den Küstenorten der Provinz wurde die Romanreihe „Commissario Montalbano" fürs Fernsehen verfilmt. Sein Haus steht in Puntasecca, Donnalucata ist der Hafen der fiktiven Stadt „Vigata". Ragusa Ibla, Scicli und Modica mit ihrer Barockszenerie machen die Serie zum opulenten Augenschmaus. Unter *www.giovannisarto.it* gibt es eine Fotogalerie zu den Drehorten der Montalbano-Reihe.

Ragusa besteht aus zwei Stadtkernen: dem moderneren *Ragusa* mit breiten Straßen und dem kleineren, barocken *Ibla* der Barone, Kleriker, Handwerker und Landarbeiter mit Treppen, engen Gassen und winkeligen Plätzen.

SEHENSWERTES

DOM SAN GIORGIO

Hauptkirche von Ibla, mit ihrer Fassade und Freitreppe ein herausragender Bau im Barockstil Siziliens.

SAN GIORGIO VECCHIO �☆

Ruine einer Normannenkirche mit schönem Portal. Vom Park dahinter haben Sie eine großartige Aussicht zur höher gelegenen Stadt und in die Schlucht.

ESSEN & TRINKEN

CUCINA E VINO

Familientrattoria im alten Ibla, wo Pasta, Lamm und Fisch serviert werden. *Mi geschl. | Via Orfanotrofio 91 | Tel. 09 32 68 64 47 |* €

DUOMO

In der Altstadt von Ibla, Spitzenküche mit viel Gefühl und Akuratesse bei den Zutaten. *So geschl. | Via Boccheri 31 | Tel. 09 32 65 12 65 | www.ristoranteduomo.it |* €€€

MAJORE

Dieses Lokal liegt mitten im Zentrum des benachbarten Chiaramonte Gulfi. Schon seit 1896 ist es ein beliebter Treff von Fleischessern, vor allem jener mit Vorliebe für herzhafte Schweinefleischgerichte. *Mo. u. Juli geschl. | Via Martiri Ungheresi | Tel. 09 32 92 80 19 | www. majore.it |* €

ÜBERNACHTEN

AGRITURISMO VILLA ZOTTOPERA ☺

Gutshof aus dem 17. Jh., feines Essen und Kochkurse, Bioanbau von Ölbäumen, Wein und Gemüse. *5 Apts. | 8 km Richtung Chiaramonte | Tel.09 32 24 40 18 | www.villazottopera.it |* €€

MONTREAL

Gepflegtes Stadthotel in zentraler Lage. *50 Zi. | Via San Giuseppe 8 | Tel. 09 32 62 11 33 | www.montrealhotel.i |* €€

AUSKUNFT

STR: Via Giordano Bruno 3 | Tel. 09 32 67 58 37 | www.comune.ragusa.gov. it/turismo.html

ZIELE IN DER UMGEBUNG

DONNAFUGATA (134 B5) (*ⓜ J7*)

Das 15 km von Ragusa entfernt liegende Schloss mit weitläufigem Park wurde im 19. Jh. mit Türmen und Zinnen umgebaut, innen prächtig mit Leuchtern, Spiegeln, Fresken und antiken Möbeln ausgestattet *(Di, Do, So 9–13, 14.45–16.30, Mi, Fr, Sa 9–13 Uhr | Eintritt mit Park 6 Euro)*. Luchino Visconti drehte hier den Spielfilm „Leopard". In den ehemaligen Ställen bietet die *Trattoria Al Castello (Mo geschl. | Tel. 09 32 61 92 60 |* €*)* den Gästen bodenständige Küche.

MODICA (134 C5) (*ⓜ J7*)

Die alte Hauptstadt der Grafschaft Modica, identisch mit der heutigen Provinz Ragusa, liegt 15 km südlich am Grund zweier Karstschluchten, die sich am Hauptplatz vereinen. Die Altstadt staffelt sich steil an den Hängen, mit engen Gassen und Treppen, während im Tal die beiden großen Promenierstraßen verlaufen und dort Platz für die Kirchen und die Paläste der Barone ist. Auch hier bestimmt der Barock das Stadtbild, besonders bei den Hauptkirchen *San Pietro* in der Unterstadt und *San Giorgio* mit fünf Portalen und einer Schautreppe aus 250 Stufen.

Das *Hotel Bristol (18 Zi. | Via Risorgimento 8 b | Tel. 09 32 76 28 90 | www. hotelbristol.it |* €€*)* liegt in der Oberstadt. Im *Monoresort* wohnen Sie in der

Siziliens süßestes Städtchen: Das barocke Modica gilt als Schokoladenmetropole

Altstadt in restaurierten Häusern mit moderner Designausstattung *(4 Apts. | Tel. 09 32 45 33 08 | www.monoresort.com | €€€)*. Speisen wie einst können Sie in der feinen *Fattoria delle Torri* mitten in der Altstadt *(Mo geschl. | Vivo Napolitano 14 | Tel. 09 32 75 12 86 | €€)*.

Modica gilt als sizilianische Metropole der Schokoladenherstellung. Der *Corso Umberto* bietet sich für einen Schokoladenspaziergang an: in der *Antica Dolceria Bonajuto*, dem *Laboratorio Dolciario Don Giuseppe Puglisi* sowie im 🙂 *Quetzal* und 🙂 *La Bottega Solidale*, in denen nur Fairtrade-Produkte verarbeitet werden. *Auskunft: Ufficio Turismo | Corso Umberto 141 | Tel. 09 32 75 92 04*

Die benachbarte Barockstadt *Scicli* (26 000 Ew.) schlängelt sich nur wenige Straßenzüge breit in einer Schlucht entlang, Sie können ihre seltsame Lage von der erhöht gelegenen Kirche San Matteo betrachten. Kunsthistoriker halten den *Palazzo Beneventano* für eines der schönsten Barockbauwerke der Insel.

CITY WOHIN ZUERST?

Ortigia: Syrakus' Bahnhof liegt am Rand, ist aber durch Stadtbusse gut an die Altstadt Ortigia auf der Insel angeschlossen. Bus 1 und 2 verbinden die Altstadt mit den Ausgrabungen, Bus 3 mit dem Museum, beide in der Neustadt auf dem Festland. Parkplätze gibt's auf der Insel am Foro Vittorio Emanuele und an der Piazza Marina (Hafen), sowie bei den Ausgrabungen (Viale Teocrito, Corso Gelone, Viale Augusto).

SYRAKUS

KARTE AUF SEITE 56

(135 E4) (🗺 L7) **Die Stadt *Siracusa* mit ihren 124 000 Einwohnern liegt auf einem flachen Kalkplateau, das steil zum Meer hin abbricht, und auf der Insel *Ortigia*, die seit 2500 Jahren**

über eine Brücke mit dem Festland verbunden ist.

Die moderne Stadt auf dem Festland nimmt nur einen kleinen Teil der Fläche des antiken Syrakusai ein. Die riesige, heute unbesiedelte Hochfläche von Epipolai, westlich der modernen Stadt bis Castel Eurialo, war vor 2000 Jahren das größte Viertel der antiken Halbmillionenstadt. Die flache Felseninsel bot nicht nur Schutz und einen hervorragenden Hafen: Schon früh zog eine Süßwasserquelle, der sagenhafte Sitz der Nymphe Arethusa, Siedler an.

Syrakus war sowohl das wirtschaftlich-politische als auch das wissenschaftlich-kulturelle Zentrum des antiken Sizilien, zeitweise die größte Stadt ganz Hellas. Von den Römern ausgeplündert, büßte sie viel von ihrem Glanz ein. Syrakus

Siracusa

500 m

Ortigia: Abends trifft man sich in den Cafés an der Promenade, überall mit Meeresblick

beherbergte in frühchristlicher Zeit eine bedeutende christliche Gemeinde, die sich in den Katakomben traf, wo auch der Apostel Paulus predigte, war auch in der byzantinischen Periode Siziliens Hauptstadt und verlor erst in arabischer und normannischer Zeit jegliche Bedeutung.

SEHENSWERTES

GALLERIA REGIONALE IM PALAZZO BELLOMO

Im schön restaurierten mittelalterlichen Palast in Ortigia sind bedeutende Gemälde und Plastiken sizilianischer Künstler, außerdem Keramiken, Teppiche und Kleinkunst ausgestellt. *Di–Sa 9–19, So 9–13 Uhr | Via Capodieci 16 | Eintritt 6 Euro*

KATAKOMBEN SAN GIOVANNI

Im modernen Syrakus gelangen Sie durch die Kirche San Giovanni in die ausgedehnten Katakomben aus frühchristlicher Zeit. *Tgl. 9–12.30 u. 14.30–17.30 Uhr | Eintritt 5 Euro*

MUSEO REGIONALE ARCHEOLOGICO ★

Siziliens größtes Museum, das die Funde aus der Vorgeschichte sowie der griechischen und römischen Antike ganz Ostsiziliens beherbergt. Allein die Funde aus Syrakus könnten mehrere Museen füllen. Glanzstücke: die „Venus Landolina" und ein archaischer Koúros, eine Jünglingsstatue, aus Kalkstein. *Di–Sa 9–18, So 9–13 Uhr | Viale Teocrito | Eintritt 8 Euro*

ORTIGIA ★

Die Brücke vom Festland führt auf die *Piazza Pancali*, auf der gigantische Mauerblöcke und Säulen des *Apollotempels* (6. Jh. v. Chr.) stehen. Vormittags ist der Platz mit seinen Nebenstraßen zum *Porto Piccolo*, dem Fischerhafen, ein wogendes Marktgetümmel. Der *Corso Matteotti* führt zur *Piazza Archimede*, ins Herz der Altstadt. Um den Platz und längs der abzweigenden *Via Maestranza*, der Promenierstraße, befinden sich die meisten Paläste des Adels und des hohen Klerus, während in den Gassen, besonders zum Meer hin, viele Häuser verlassen sind.

Die lange und schmale *Piazza Duomo* wird von der wuchtigen, durch Säulen gegliederten Barockfassade des Doms beherrscht. Hinter ihr verbirgt sich der vollständig erhaltene *Athena-Tempel* aus dem 5. Jh. v. Chr. Unterhalb der Uferpromenade entspringt in einem mit Papyrus bepflanzten Becken die *Arethusa-Quelle*, die in einen Fischteich sprudelt. Das *Castello Maniace*, die mittelalterliche Festung, ist Teil der einstigen Stadtmauer und bietet eine großartige Aussicht über die Küste *(Di–Sa 9.30–13.30 Uhr | Eintritt 4 Euro)*.

PARCO ARCHEOLOGICO DELLA NEAPOLI

Die archäologische Zone am Rand der Neustadt umfasst einen kleinen Teil des antiken Syrakus und mehrere Latomien, antike Steinbrüche. Am Eingang rechts führt ein schattiger Weg zum *römischen Amphitheater*, das großenteils in den Fels gehauen ist. Am *Altar Hierons* (198 m Länge, 23 m Breite, 3. Jh. v. Chr.) wurden große öffentliche Opfer zelebriert. Das *griechische Theater*, dessen Stufen ebenfalls in Stein geschlagen wurden, bot über 15 000 Zuschauern Platz. Es ist heute noch Ort von klassischen Aufführungen. Die *Latomia del Paradiso* ist der größte Steinbruch im antiken Stadtgebiet und ein kühler, schattiger Park. *Das Ohr des Dionysos* ist eine 65 m lange, bis 23 m hohe künstliche Grotte, ein unterirdischer Steinbruch. Sie soll als Gefängnis gedient haben. Die außergewöhnliche Akustik, die sogar Flüstern hörbar werden ließ, taugte gut zur Bespitzelung. *Tgl. 9 Uhr bis zum Sonnenuntergang | Eintritt 10 Euro*

SANTUARIO DELLA MADONNINA DELLE LACRIME

Das Madonnenbild aus Gips, das seit 1953 immer wieder Tränen weinte und Wunder tat, ist in einem Rundbau von 90 m

Im griechischen Theater werden seit 470 v. Chr. Tragödien aufgeführt

Durchmesser aufgestellt, dessen 76 m hohes Kegeldach das Stadtbild prägt. Ebenfalls in der Neustadt steht die Kirche *Santa Lucia del Sepolcro* mit Caravaggios Hauptwerk „Das Begräbnis der Hl. Lucia".

ESSEN & TRINKEN

DON CAMILLO
Feine Meeresküche nach traditionellen Rezepten in großer Auswahl an der Hauptstraße von Ortigia. *So geschl. | Via Maestranza 96 | Tel. 0 93 16 71 33 | €€*

VITE E VITELLO
In der einstigen Osteria sorgen Schwein, Kalb, frische Pasta und Innereien für robuste Tafelfreuden. *So geschl. | Piazza Corpaci 1 | Tel. 09 31 46 42 69 | €*

STRÄNDE & SPORT

Feinsandige Badestrände gibt es in *Fontane Bianche* (135 E5) *(𝄢 L7).* Wanderer finden gute Möglichkeiten im *Anapo-Tal* und in *Pantalica* (135 D4) *(𝄢 K7).*

ÜBERNACHTEN

DOMUS MARIAE
Luxuriös umgebautes Kloster mit 16 Zimmern. *Via Vittorio Veneto 76 | Ortigia | Tel. 0 93 12 48 54 | www.sistemia.it/domus mariae | €€€*

GIUGGIULENA
B & B über der Steilküste (Neapolis). *9 Zi. | Via Pitagora da Reggio 35 | Tel. 09 31 46 81 42 | www.giuggiulena.it | €€*

INSIDER TIPP ▶ TERRAUZZA SUL MARE ☺
Das Landhaus der Keramikkünstlerin Renata Emmolo liegt auf der Halbinsel Maddalena am Meer. Bioanbau. *9 Apt. | Via Blanco 8 | loc. Terrauzza | Tel. 09 31 71 43 62 | www.terramar.it | €–€€*

VILLINO DIANA
Herrschaftliche Villa des 19. Jhs. am Stadtrand im großen Garten. Terrasse, Salon mit authentischer Einrichtung. *5 Zi. | Via Portosalvo 27 | Tel. 0 93 32 11 75 | www.villinodiana.it | €–€€*

AUSKUNFT

STR: Via Maestranza 33 | Tel. 09 31 46 42 55 | www.comune.siracusa.it

ZIELE IN DER UMGEBUNG

FIUME CIANE (135 E4) *(𝄢 L7)*
Der nur 5 km lange Fluss entspringt aus zwei sehr starken Karstquellen und mündet bei den ehemaligen Salinen von Syrakus ins Meer. Die Quellen und der Oberlauf des Flusses sind das einzige natürliche Vorkommen von Papyrusstauden in Europa. Von der Quelle führt ein 3 km langer Fußweg am Ufer entlang, der an der Straße von Syrakus nach Canicattini beginnt (7 km). Einstündige ● Motorbootsfahrten auf dem unteren und mittleren Teil des Flusses starten an der Anapobrücke der Straße nach Noto *(2 km | Tel. 0 93 13 98 89).*

PANTALICA ★ (135 D4) *(𝄢 K7)*
Über Ferla ist Pantalica 50 km, über Sortino 35 km von Syrakus entfernt. Von beiden Orten führt eine Stichstraße bis an den Rand der Nekropole der Sikuler. Über 5000 Grabkammern aus Jungsteinzeit und Bronzezeit sind an den Talrändern des Flusses Anapo und seiner Nebentäler in den Stein gegraben. Sie dienten später in unsicheren Zeiten als Behausung. Von der zugehörigen Siedlung wurde nur ein Herrenhaus des 11. Jhs. v. Chr. ausgegraben. Die Enden beider Straßen sind mit Wegen durch das Flusstal verbunden. Längs der Straße von Ferla sind Wanderwege markiert.

DIE NORDKÜSTE

Unmittelbar hinter der Nordküste Siziliens steigen schroffe Berge auf. Nur an wenigen Stellen haben Flüsse Ebenen angeschwemmt, deren üppig grüne Orangenplantagen und Fruchtgärten sich von den völlig kahlen und verkarsteten Bergketten abheben, die mit den zerklüfteten Hochflächen ihres Vorlands ideale Mafia-Schlupfwinkel boten.

Das Meer bildet hier, von Kaps umschlossen, weite Buchten: den Golf von Castellammare, die große Bucht von Palermo und schließlich den weiten Golf von Termini Imerese, den der Felsenberg der Domstadt Cefalù begrenzt. Daran schließt sich die lange Küste bis Capo Orlando an, die den zu Regionalparks erklärten Bergketten der Madonie und Nebrodi vorgelagert ist.

CEFALÙ

(131 D2) (*G3*) **Unter der mächtigen Steinmasse des Bergs Rupe wirken die Türme und das hohe Schiff des Normannendoms wie ein Spielzeug.**

Die Dächer der Häuser scharen sich um das Wahrzeichen der Stadt (14 500 Ew.), die zu Beginn der Normannenzeit als Grabstätte und wichtiger Hafen eine kurze Blüte hatte und dann bis ins 20. Jh. in einen Dornröschenschlaf fiel, sodass sie in ihrer mittelalterlichen Gestalt fast unangetastet blieb. Der *Corso Ruggero*, die von strengen Palästen mit Spitzbogenfenstern gesäumte Hauptstraße, öffnet sich zum Domplatz. Im Inneren ist die Altstadt eng und dunkel, zum Meer

Bild: Altstadt von Cefalù

Die quirlige, strapaziöse Großstadt Palermo, umgeben von geschützter Natur, beherrscht die Küste des Nordens

schützt sie eine gigantische Mauer, deren unteren Teil metergroße Blöcke aus frühgeschichtlicher Zeit bilden. Westlich an die Altstadt schließt sich eine weite Bucht an, dahinter die Uferpromenade.

SEHENSWERTES

ARABISCHES WASCHHAUS

Mitten in der engen Altstadt öffnet sich ein kleiner Platz, der unter flache Bögen mit Steinbecken führt, wo starke Quellen entspringen. Das Waschhaus, in dem noch vor wenigen Jahrzehnten Frauen wuschen, stammt aus arabischer Zeit.

DOM VON CEFALÙ

Vom Vorplatz aus beeindrucken das strenge Bogenportal der Vorhalle und die beiden wuchtigen Türme. Beim ältesten Normannendom Siziliens (1140 begonnen), erst nach Jahrhunderten Bauzeit vollendet, spricht der Stein: Im archaischen Kreuzgang, mit dem gewaltigen Chor, dem schmalen Querschiff symbolisiert er Kraft und Macht. *Tgl. 7–19 Uhr*

Fiumara d'Arte: 18 m hohe
Skulptur im Tal der Tusa

MUSEO MANDRALISCA

Privatsammlung mit antiken Funden und dem berühmten Bildnis eines Unbekannten von Antonello da Messina. *Tgl. 9–19 Uhr | Via Mandralisca 13 | Eintritt 5 Euro www.museomandralisca.it*

INSIDER TIPP ▶ **LA ROCCA** ☼

Über der Stadt erhebt sich die 268 m hohe Rocca, deren senkrechte Steilwände Schutz vor Eroberern gewährt haben. Der einzige Zugang ist durch mehrere antike und mittelalterliche Mauern und Tore geschützt. Treppen und Fußwege führen zu Zisternen, Häuserresten, einem vorrömischen Tempel aus Zyklopenmauerwerk. An Wasser und gutes Schuhwerk denken.

ESSEN & TRINKEN

BRACE

Kreative Küche mit Pasta und Vegetarischem, Fisch und Fleisch. *Mo geschl. | Via XXV Novembre 10 | Tel. 09 21 42 35 70 | €€*

CAFFÈ LETTERARIO LA GALLERIA

Direkt am Dom: Bar-Restaurant mit kleinen frischen Speisen, Zeitungen, Galerie, Internet und Ausstellungen. *Mi geschl. | Via Mandralisca 23 | Tel. 09 21 42 02 11 | www.lagalleriacefalu.it | €*

STRÄNDE & SPORT

Schöne Naturstrände finden Sie in *Mazzaforno* (5 km westlich), in *Capo Caldura* (2 km östlich) und in *Capo Raisigerbi* bei Finale di Pollina (131 E2) (*ⵡ G3*). Reiten können Sie 2 km Richtung Gratteri in der *Fattoria Pianetti (Tel. 09 21 42 18 90 | www.fattoriapianetti.com)*.

ÜBERNACHTEN

KALURA ☼

Sporthotel über der Steilküste, 2 km östlich. Panoramaterrasse, Badeplattform, Kiesstrand, Mountainbiking, Tauchen. *65 Zi. | Loc. Caldura | Tel. 09 21 42 13 54 | www.hotel-kalura.com | €€–€€€*

PALAZZO VILLELMI ☼

B & B in der Altstadt, Dachterasse. *3 Zi. | Corso Ruggero 149 | Tel. 09 21 42 23 54 | www.palazzovillelmi.com | €–€€*

AUSKUNFT

*STR: Corso Ruggero 77 | Tel. 09 21 42 14 58 oder 09 21 42 10 5*0

ZIELE IN DER UMGEBUNG

FIUMARA D'ARTE ●

(131 E2) (*ⵡ H3–4*)

Ein Freilichtmuseum moderner Plastik sind die *Fiumara di Tusa*, der Strand *Villa Margi* und *Castel di Lucio* mit seinem Labyrinth. Dazu gehört auch das avantgardistische Hotel *Atelier sul Mare (44 Zi. | Tel. 09 21 33 42 95 | www.*

ateliersulmare.com | €€€) im Küstendorf *Castel di Tusa* (32 km östlich von Cefalù), in dem Künstler Raumideen gestalten. Über die Webseite des Hotels kommen Sie zu den **INSIDER TIPP** neun Objekten in der Landschaft, ihre Lage wird über einen Link auf Google Maps angezeigt.
Bei *Pettineo* steht auf einem Hügel über dem Tal der Fiumara di Tusa der ☺ *Agriturismo Casa Migliaca*. Im Gutshaus aus dem 17. Jh. gibt es 8 Zimmer, das Essen (nur für Hausgäste) stammt aus eigener Bioproduktion *(Tel. 09 21 33 67 22 | www.casamigliaca.com | €€, Restaurant €)*.
In ● *St. Stefano di Camastra* wird farbenfrohe Keramik gebrannt. Die meisten Läden stellen längs der Hauptstraße aus.

MADONIE ★
(130–131 C–E2) (ᗰ G–H4)
Die Madonie-Berge können Sie auf einer Rundfahrt (ca. 145 km) gut erkunden. Die *Wallfahrtskirche von Gibilmanna* liegt am Rand der Berge in einem Steineichenwald. Kalte Quellen, Wander- und Reitmöglichkeiten locken wochenends viele Städter, zumal es in den Dörfern gute Landtrattorien und Direktverkauf von Käse, hausgemachten Wurstwaren, Bauernbrot, Olivenöl und Wein gibt. Übernachten können Sie in Berghütten und auf Bauernhöfen *(agriturismo)*.
Das Bergdorf **INSIDER TIPP** *Isnello* ist Ausgangsort für die Hochregionen, die nach dem Ätna Siziliens wichtigstes Skigebiet sind. Vom Frühling bis zum Spätherbst sind Bergwanderungen aller Schwierigkeitsgrade möglich. *Piano Zucchi* (1105 m) und *Piano Battaglia* (1500 m) sind die wichtigsten Ausgangspunkte mit Schutzhütten und Hotels. Unterhalb liegt im restaurierten Gutshof das Hotel *Piano Torre (26 Zi. | Tel. 0 92 16 26 71 | www.pianotorreparkhotel.com | €€)* mit Pool und gutem Restaurant. Einfacher ist das für seine genuine Küche bekannte *Rifugio*

Orestano (81 Betten | Tel. 09 21 66 21 59 | www.rifugiorestano.com | €).
Von Petralia geht es weiter östlich nach *Gangi* (7000 Ew.), dessen eng gebaute Häuser wie eine Kappe den Berg bedecken. Das Gewirr der schmalen Gassen ist nur für Fußgänger gemacht. Bodenständig übernachten und essen können Sie im Gutshof ☺ *Casale Villa Rainò*, 4 km vom Ort entfernt. Dort gibt es die traditionelle ● *caponata,* Auberginenröllchen, Lamm und Schwein *(5 Zi. | Tel. 09 21 64 46 80 | www.villaraino.it | €)*; Fleisch aus eigener Biozucht.
Sie fahren jetzt 9 km zurück zum Bivio Geraci und von dort ins 1077 m hoch gelegene *Geraci Siculo*, wo ein Gang durch

MARCO POLO HIGHLIGHTS

★ **Dom von Cefalù**
Die Gottesburg ist eine weithin sichtbare Landmarke → S. 61

★ **Madonie**
Einzigartige Natur und wunderschöne Bergdörfer → S. 63

★ **Palazzo dei Normanni und Cappella Palatina**
Byzantinische und arabische Künstler schufen diesen Königspalast → S. 67

★ **Straßenmärkte**
Bunt, laut und sinnenfroh: die Märkte in Palermos Altstadt → S. 69

★ **Dom von Monreale**
Höhepunkt normannischer Kunst → S. 71

★ **Monte Pellegrino**
Ganz Palermo aus der Vogelperspektive sehen → S. 71

die engen Gassen zur Kirche und zu den Resten des ☆ Kastells über dem Dorf mit einem der weitesten Blicke über Sizilien lohnt. Bei klarem Wetter steigt der 75 km entfernte Ätna riesengroß über dem kahlen Berg- und Hügelland Innersiziliens auf. Am Ortseingang herrscht an dem alten ● Gemeindebrunnen aus rosa Naturstein immer viel Betrieb. Leute aus dem Ort und auch von weiter her füllen hier Flaschen und Kanister mit Mineralwasser einer nahen Quelle.

Eine kurvenreiche Bergstraße führt durch Korkeichenwälder über 23 km nach Castelbuono (9200 Ew.). Am Eingang zur Altstadt steht die gut erhaltende Burg mit eindrucksvollem Innenhof, einem Museum, in dem Bilder der klassischen Moderne Italiens ausgestellt sind, und der Cappella Sant'Anna, ein Meisterwerk barocker Stuckateurskunst (Di–So 8.30–14, 14.30–20 Uhr | Eintritt 3 Euro). Das Naturkundemuseum Museo Minà Palumbo ist das Lebenswerk des Gelehrten Francesco Minà Palumbo, der im 19. Jh. die Madonie kreuz und quer durchstreifte. Die Vitrinen bergen Schnecken, Versteinerungen, Schmetterlinge, handgezeichnete, kolorierte Bildtafeln von Pflanzen, archäologische Funde und ausgestopfte Vögel (Mo–Sa 9–13, 15–19 Uhr | Eintritt 2 Euro | Via Roma 52 | www.museomina palumbo.it). Das **INSIDER TIPP** Nangalar-runi (Mi geschl. | Via delle Confraternità 5 | Tel. 09 21 67 14 28 | €€) serviert vorzügliche Landküche. In der Bar Fiasconaro an der Piazza bekommen Sie den besten panettone südlich von Milano, Likör und Eis.

PALERMO

▓▓▓ **KARTE IM HINTEREN UMSCHLAG**
(130 B1) (∅ E3)
Die Lage der Stadt (657 000 Ew.) in der Conca d'Oro, der „Goldenen Muschel", die von den Bergen hinter Monreale und vom Monte Pellegrino eingerahmt wird, ist großartig. Goethe sprach gar vom „schönsten Vorgebirge der Welt".

Noch heute ist es am stimmungsvollsten, Palermo mit dem Schiff anzusteuern, erst einen Blick auf das Bergtheater der Nordküste zu werfen, dann in die Bucht einzufahren, die Türme und Kuppeln der Stadt immer deutlicher zu sehen. Die Innenstadt, vor 200 Jahren eine der prachtvollsten Residenzstädte Europas, zeigt das häufig unvermittelte Nebeneinander von völliger Veródung und praller Vitalität, nicht nur auf den Märkten, dort allerdings am buntesten und exotischsten. Teile der Altstadt sind Ruinen, Trümmerflächen, wo die Bombardements des Zweiten Weltkriegs und die anschließende Spekulation Löcher gerissen haben. Andere Straßenzüge sind vom Morgen bis in die späte Nacht so voller Menschen, dass man kaum durchkommt. Das Leben zieht in jene Viertel wieder ein. Überall wird restauriert, aufgebaut, engagierte junge Leute sind in die Altstadt gezogen. Läden, Lokale und Treffs entstehen an jeder Ecke.

CITY **WOHIN ZUERST?**
Zentrum: Palermos Zentrum mit der Altstadt erstreckt sich um die Innenstadtbucht La Cala landeinwärts. Mit dem Auto aus allen Richtungen folgen Sie den Schildern zum Hafen (Porto), wo es in der Via Crispi und in den Straßen dahinter gebührenpflichtige Parkplätze gibt. Gehen Sie die Via Crispi bis zur Cala und Sie stehen mitten im alten Palermo. Vom Bahnhof (Stazione Centrale) aus, wo auch die Stationen der meisten Fernbusse liegen, führt die Via Roma direkt durchs Zentrum.

Wie überall auf Sizilien ist Barock der dominierende Baustil. Die Großartigkeit der normannischen Gebäude und Mosaiken hat künftige Generationen daran gehindert, abzureißen, umzubauen und zu übertünchen. Aus der Zeit davor, von den Bauwerken der Araber, die Hunderte von Bethäusern und Moscheen in der Stadt besaßen, und aus byzantinischer Zeit ist nichts geblieben. Jedoch vermitteln die frühen Normannenkirchen wie *San Giovanni degli Eremiti* und *San Cataldo* sowie die beiden Gartenpaläste *La Cuba* und *La Zisa* eine gute Vorstellung von der Baukunst der sizilianischen Araber.

SEHENSWERTES

CATTEDRALE (DOM)

Aus der Gründungszeit des Doms (1185) blieben nur die Ausmaße der Kirche und der im reinen Normannenstil gehaltene Chor. Die eindrucksvolle spätgotische Seitenfassade mit dem Hauptportal ist katalanisch beeinflusst, die Kuppel und das Innere sind Arbeiten des ausgehenden 18. Jhs., sehr nüchtern und steif. Im Inneren stehen die schlichten Sarkophage Friedrichs II. (1194–1250) und der königlichen wie kaiserlichen Familien aus poliertem Porphyr. *Kirche tgl. 7–17.30, Königsgräber Mo–Sa 9.30–13.30 u. 14.30–17.30 Uhr | Eintritt 2 Euro*

CONVENTO DEI CAPPUCCINI

Hierher, in die Via Cappuccini im Osten der Stadt, strömen die Reisegruppen – mehr als zu jedem anderen Kulturdenkmal Palermos. Die Kapuzinermönche und Familien des Hochadels ließen sich als Mumien bestatten, der Welt die Vergänglichkeit aufzeigend. Von Staub bedeckt, in Kleidern, die zu Gespinsten zerfallen, hängen sie in den Katakomben des Konvents, in früheren Jahrhunderten wurden sie sogar von Zeit zu Zeit nach neuer Mode gekleidet. *Mo–Sa 9–13 u. 15–17, So 9–13 Uhr | Eintritt 3 Euro*

GALLERIA D'ARTE MODERNA

Kunst zwischen 1800 und 1900, als Palermo für ein, zwei Jahrzehnte eine Kulturmetropole war, eine großartige Sammlung meist sizilianischer Künstler, die anschließend in Vergessenheit gerieten. Rund 400 Werke aus Klassizismus, Romantik, Gründerzeit, Jugendstil und Neorealismus haben im wunderschön restaurierten ehemaligen Kloster *Santa*

Im Dom von Palermo steht der Sarkophag von Kaiser Friedrich II.

Anna alla Kalsa ihren Platz gefunden. *Di– So 9.30–18.30 Uhr | Piazza Sant'Anna ai Lattarini | Eintritt 7 Euro*

GALLERIA REGIONALE DELLA SICILIA

Im gotisch-katalanischen *Palazzo Abatellis* untergebracht, stellt das Museum die künstlerische Vergangenheit Siziliens vor, darunter die Büste der Eleonora d'Aragon von Francesco Laurana, ein Knabenkopf Antonello Gaginis sowie unter den Tafelbildern die **INSIDER TIPP** „Verkündigung" von Antonello da Messina. Für den Filmemacher Wim Wenders ist dieses kleine Bild „schöner und magischer als die Mona Lisa". *Mo–So 9–13 Uhr | Via Alloro | Eintritt 8 Euro*

LA KALSA

Al-Halisah, „Die Erwählte" nannten die Araber das Viertel am Meeresufer und am Hafen. Hier stand der Palast des Kalifen. Später bauten die großen Adelsfamilien hier ihre Paläste und Kirchen, genossen den Abendspaziergang an der *Porta Felice* und längs des Ufers, wo heute zahlreiche Buden zum Fisch- und Eisessen einladen. Einen schönen Blick auf Küste und Altstadt genießen Sie von der ✹ **INSIDER TIPP** *Passeggiata delle Cattive,* die erhöht auf der Stadtmauer und am mächtigen Palazzo Butera entlangführt, in dem Goethe 1783 wohnte. Auf die Zerstörung des Viertels durch Bombardements 1943 folgten Verfall und Entvölkerung durch Mafia und Bauspekulation. Doch in den vergangenen Jahren erlebt die Kalsa einen Neubeginn. Die *Piazza Marina* mit ihren 200 Jahre alten, mächtigen Gummibäumen und den vielen Trattorien ist bis in die Nacht belebt. In den beiden Hauptstraßen *Via Alloro* und *Via Torremuzza*, mit hohen, barocken Palast- und Kirchenfassaden, wird überall restauriert und wieder aufgebaut. An der Kirche *San Francesco d'Assisi* beeindrucken die Fassade mit reich verzierter Fensterrosette und das Portal. Die gotische Hallenkirche mit den klaren Formen ist eine der wenigen mittelalterlichen Kirchen Palermos ohne große barocke Zutaten, ein Raum zum Abschalten und Nachdenken. Einen starken Kontrast dazu bilden die aus Stuck gefertigten lebensgroßen Allegorien der

Tugenden und Laster von Giacomo Serpotta aus 1723.

Die Wohnkultur der Oberschicht erleben Sie im *Palazzo Mirto*, der aus dem 18. Jh. stammt *(Via Merlo 2 | tgl. 9–19 Uhr | Eintritt 5 Euro)*. *La Magione*, eine schlichte Normannenkirche mit einem bezaubernden Kreuzgang in einem kleinen Park, steht am Rand großer Freiflächen in dem Teil der Kalsa, die nach den Kriegszerstörungen nicht wieder aufgebaut wurde *(tgl. 9.30–18.30 Uhrr | Eintritt 2 Euro)*.

LA MARTORANA UND SAN CATALDO

Die beiden Kirchen stehen auf einer kleinen Anhöhe unweit der *Piazza Pretoria*. *San Cataldo* mit den hohen roten Kuppeln hat im Inneren die schlichte Struktur der Steine bewahrt, kein Zierrat lenkt von den Formen ab. Der Glockenturm der *Martorana* mit den zerbrechlich wirkenden Säulen und Spitzbogenfenstern wurde Vorbild für viele Normannenkirchen, auch auf dem süditalienischen Festland. Das Innere ist von Goldmosaiken byzantinischer Meister überzogen. *Mo–Sa 8.30–13 u. 15.30–19, So 8.30–13 Uhr | Eintritt frei (La Martorana), 2 Euro (San Cataldo)*

MUSEO ARCHEOLOGICO

Das Museum befindet sich in einem ehemaligen Kloster. In dem schönen Renaissancekreuzgang sind Grabstelen und Sarkophage ausgestellt. Die archaischen Metopen (Reliefplatten des Tempelfrieses) aus Selinunt gehören zu den Hauptwerken der griechischen Plastik. Im ersten Stock sehen Sie antike Kleinkunst und Keramik. *Di–Fr 8.30–12.30 u. 15–18.30, Sa/So 8.30–13.30 Uhr | Eintritt 4 Euro | Piazza Olivella*

ORATORIEN UND KIRCHEN DER VIA VALVERDE

Hinter der mächtigen Barockkirche San Domenico liegen wenige Schritte von-

Ein Brunnen mit 133 m Umfang: die Fontana Pretoria vor Palermos Rathaus

einander entfernt kleine Barockkirchen und Oratorien versteckt. Das *Oratorio del Rosario* und das *Oratorio di Santa Cita* zieren Stuckfiguren und Reliefs äußerster Lebendigkeit des Barockkünstlers Giacomo Serpotta, die Kirchen *Santa Cita*, *Santa Maria di Valverde* und *San Giorgio dei Genovesi* sind reich mit Bildern, Marmorstatuen und Steinintarsien versehen. *Mo–Sa 9–13 Uhr | Eintritt 5 Euro | www. tesoridellaloggia.it*

INSIDER TIPP ▶ ORTO BOTANICO (BOTANISCHER GARTEN) ●

1792 als Vergnügungspark der feinen Gesellschaft angelegt, ist der Garten heute mit Baumriesen aus der Mittelmeer- und Subtropenregion ein schattiges Paradies. Er gibt einen umfassenden Überblick über die mediterrane Pflanzenwelt und die aus allen Teilen der Erde hier heimisch gemachten Arten. *März/Okt. tgl. 9–18, Apr./Sept. tgl. 9–19, Mai–Aug. tgl. 9–20, Nov.–Feb. Mo–Sa 9–17, So 9–14 Uhr | Via Lincoln | Eintritt 5 Euro | www. ortobotanico.palermo.it*

INSIDER TIPP ▶ PALAZZINA CINESE

China war vor 200 Jahren schick. 1790 ließen sich die Bourbonenkönige im Favoritapark ihre sizilianische Residenz im chinesischen Stil bauen und ausstatten, *Di–Sa 10–18, So 9–13.30 Uhr | Parco della Favorita auf halbem Weg nach Mondello | Eintritt 6 Euro*

PALAZZO DEI NORMANNI UND CAPPELLA PALATINA ★

Der ehemalige *Königspalast*, dessen Ursprünge bis ins 9. Jh. zurückreichen, ist seit 1947 der Sitz der sizilianischen Regionalregierung und des Regionalparlaments. Die *Cappella* war die Hofkapelle und wurde von byzantinischen, normannischen und arabischen Künstlern gebaut. Das Innere ist vollständig mit Goldmosaiken und Steinintarsien bedeckt. Die Mosaiken sind Werke von Künstlern aus Konstantinopel. Im Altarraum stehen reich intarsiert der Königsthron Rogers II. (ital. Ruggero), der Osterleuchter, der als Kanzel dienende Ambo und der Hochaltar. Märchenhaft orientalisch wirkt die hölzerne Stalaktitendecke, die nach der Restaurierung in vollem Farbenglanz erstrahlt. Der Zugang liegt außerhalb der Stadtmauer. *Mo–Sa 8.15–17.45, So 8.15–13 Uhr (nicht zur Messe 9.45–11.15 Uhr) | Piazza Indipendenza | Eintritt 7, mit Führung (Sa–Mo) 8,50 Euro | Tel. für Reservierungen 09 16 26 28 33*

SAN GIOVANNI DEGLI EREMITI
Unterhalb des Normannenpalasts plätschert im Garten der ehemaligen Klosterkirche Wasser, gedeihen Palmen und exotische Blumen. Hier bekommen Sie eine recht gute Vorstellung von der Üppigkeit des orientalischen Palermo und der arabisch geprägten Lebensweise der normannischen Oberschicht, zu der auch die Mönche privilegierter Klöster gehörten. *Di–So 9–18.30 Uhr | Eintritt 6 Euro*

TEATRO MASSIMO ●
Dieses Gebäude zählt zu den Hauptwerken des sizilianischen Klassizismus, vom Palermitaner Architekten G. B. Basile 1875–97 errichtet. Nach der Pariser Oper war es einst das größte Opernhaus Europas. *Opernsaison Nov.–Mai, Di–So 10–14.30 Uhr | Piazza Verdi | 5 Euro | www.teatromassimo.it*

INSIDER TIPP ▶ LA ZISA
Arabische Baumeister errichteten im 12. Jh. die Sommervilla des Königs. Der hohe Kubus ist durch Blendbögen, Fenster und Portale elegant gegliedert. Im prächtigen, mit Mosaikfriesen und Marmorplatten geschmückten Saal steht das Brunnenhaus mit Stalaktitengewölben, dessen Wasser nach außen in ein Becken fließt. Verborgene Kamine und Tonröhren bilden zusammen mit dem fließenden Wasser eine auch nach 800 Jahren noch funktionierende Klimaanlage. *Di–So 9–18.30 Uhr | Eintritt 6 Euro*

ESSEN & TRINKEN

INSIDER TIPP ▶ ANTICA FOCACCERIA SAN FRANCESCO
Garküche und Pizzeria, mit schöner Jugendstileinrichtung. Man bedient sich selbst. An den Tischen auf der schönen Piazza San Francesco speist man mehrgängig. *Di geschl. | Via A. Paternostro 58 | Tel. 0 91 32 03 64 | €*

CASCINARI
In die Trattoria beim Flohmarkt kommen Studenten, Händler, Arbeiter und leitende Angestellte, um die ganz traditionelle Küche der Stadt zu genießen. *Mo geschl. | Via D'Ossuna 43 | Tel. 09 16 51 98 04 | €*

KURSAAL KALHESA
Mitten im aufstrebenden Kalsa-Viertel liegen Restaurant, Pub und Buchladen unter einem Dach, wo heiß debattiert und sizilianisch gegessen wird. *Mo geschl. | Foro Umberto 21 | Tel. 09 16 16 22 82 | www.kursaalkalhesa.it | €€*

MAESTRO DEL BRODO
Einst eine volkstümliche Suppenküche, jetzt deutlich feiner. Außer Suppen und gekochtem Fleisch können Sie hier auch Nudelgerichte mit Gemüse und Fisch bekommen. *Mo geschl. | Via Pannieri 7 | Vucciria | Tel. 0 91 32 95 23 | €€*

INSIDER TIPP ▶ 🕊 IL MIRTO E LA ROSA
Tagesfrische Zutaten der Saison, viele vegetarische Gerichte, Meereskost und auch etwas Fleisch aus natürlicher Haltung, feine Desserts. *Via Principe di Granatelli 30 | Tel. 0 91 32 53 53 | www.ilmirtoelarosa.com | €€*

SANTANDREA
Das Haus ist bekannt für seinen guten Umgang mit Fisch. Im Sommer stehen Tische auf dem Platz, Abendlokal.

So geschl. | Piazza Sant'Andrea 4 | Tel. 0 91 33 49 99 | €€

EINKAUFEN

HANDWERKERSTRASSEN
Das Viertel zwischen *Bahnhof, Via Roma, Piazza Cassa di Risparmio, Piazza Rivoluzione* und *Via Garibaldi* ist ein Stück altes Palermo mit Läden und Werkstätten wie Hutmacher, Schneider, Kerzenzieher.

LA COPPOLA STORTA
Hier gibt es die echte sizilianische *coppola* aus San Giuseppe Jato, in zig Farben, für Männer, Frauen und Kinder, aus derben und feinen Stoffen, für fast jeden Anlass. Und damit auch kein Zweifel darüber aufkommt, wer diese Kopfbedeckung heute trägt: Der Laden steht auf der Addio-Pizzo-Liste. *Via Bara all'Olivella 74*

STRASSENMÄRKTE ★ ●
Lebensmittelmärkte gibt es einige in der Altstadt. Die Händler sind (nach langer Mittagspause) bis weit in den Abend aktiv. Der größte *Markt im Capo-Viertel* erstreckt sich um die Kirche Sant'Agostino und reicht in mehreren Straßen bis zum Teatro Massimo; der *Ballaró-Markt* umfasst das Viertel um Porta Sant'Antonio, Chiesa del Carmine und Chiesa del Gesù. Der große *Non-Food-Markt*, auf dem überwiegend Kleidung und Haushaltswaren angeboten werden, erstreckt sich durch die Altstadt von der Piazza San Domenico bis zur Piazza Papireto. Auch der berühmte *Vucciria-Markt* zwischen Via Roma und Hafen soll wieder zu vollem Leben erwachen.

ÜBERNACHTEN

Die Mehrzahl der Einfachhotels dient als Dauerquartier, viele sind verkommen und schmutzig.

Schauen? Kaufen? Egal, Hauptsache Sie erleben Palermos Märkte

CENTRALE PALACE
Das kleine unter den historischen Grandhotels, frisch restauriert. *104 Zi.* | Corso Vittorio Emanuele 327 | Tel. 0 91 33 66 66 | www.centralepalacehotel.it | €€€

FUMBI
Dieses moderne B & B, in dem es ausschließlich Nichtraucherzimmer gibt, liegt im Libertà-Viertel. *4 Zi.* | Via Generale Arimondi 48 | Tel. 09 16 76 05 53 | www.fumbi.com | €

JOLI
Gründerzeithaus an der Piazza Ignazio Florio mit kräftigen Farben und Malereien an Wänden und Decken. Dachterrasse. *30 Zi.* | Via Michele Amari 11 | Tel. 09 16 11 17 65 | www.hoteljoli.com | €€

TONIC
Repräsentatives Bürgerhaus des frühen 20. Jhs., ruhig und zentral. 36 Zi. | Via Mariano Stabile 126 | Tel. 091581754 | www.hoteltonic.it | €–€€

AUSKUNFT

APT: Piazza Castelnuovo 34 | Tel. 0916058351 | www.palermotourism.com (für Stadt und Provinz) und www.palermo web.com, www.comune.palermo.it/comu ne/assessorato_turismo (für die Stadt)

ZIELE IN DER UMGEBUNG

BAGHERIA (130 B1) (*m* F3)
Um die Stadt (56000 Ew.) 16 km östlich von Palermo standen im 18. und 19. Jh. die prächtigsten Villen der großen Fürstenfamilien mit Gärten und Parks. Goethe machte die Villa Palagonia mit ihrer Monster- und Zwergengalerie im Garten, dem Spiegelsaal und dem Saal mit den Fresken „Die Mühen des Herkules" im Inneren (tgl. 9–13, April–Okt. 16–19, Nov.–März 15.30–17.30 Uhr | Eintritt 5 Euro |

LOW BUDG€T

▶ Dort, wo Palermos Altstadt am lebhaftesten ist, liegt das Cortese. Sauber und Treffpunkt junger Reisender. 26 Zi. | Via Scarparelli 16 | Tel. 0913317 22 | www.hotelcortese.info

▶ Palermo mit dem Stadtbus: Sie haben die Wahl zwischen dem normalen Fahrschein, der 2 Std. gilt, der Tageskarte und der ebenfalls ganztägig gültigen Tageskarte für die drei Altstadtbus-Ringlinien. www.amat.pa.it

www.villapalagonia.it) berühmt, indem er sie als „Raserei" verurteilte. Der neorealistische Maler Renato Guttuso (1911–87) richtete in der Villa Cattolica die Galleria d'Arte Moderna ein mit eigenen und Werken sizilianischer Künstler des 20. Jhs. (tgl. Sommer 9.30–14, 15–19.30, Winter 9–13, 14.30–19 Uhr | Eintritt 5 Euro | www. museoguttuso.com). In der Trattoria Don Ciccio wird wie zu Großmutters Zeiten gekocht (Mi/So und Aug. geschl. | €).

CORLEONE (130 B3) (*m* E4)
Die Kleinstadt (11000 Ew.), Heimat von Bossen und Paten, taucht in fast jedem Mafiaroman und nahezu allen Patenfilmen auf. Und auch in der täglichen Berichterstattung von Presse und TV, obwohl der Clan der Corleonesen seine Führungsposition innerhalb der Mafia erst in Palermo blutig erobert hat. Im Zentrum der Altstadt sind in der 😊 INSIDER TIPP Casa della Legalità, vom Staat beschlagnahmter Besitz der Familie des einstigen Superbosses Provenzano, Fotos und Bilder von Gaetano Porcasi, Dokumente über die Mafia und den Kampf gegen die Paten zu sehen. Es gibt auch Lebensmittel und Wein, erzeugt auf beschlagnahmtem Besitz von Mafiosi (Mo–Do 9.30–13.30 Uhr | Cortile Colletti | www.laboratorio dellalegalita.it).
In den weiten, kahlen Hügeln erhebt sich die 1613 m hohe Felsbastion INSIDER TIPP Rocca Busambra, deren Bergwälder und durch Grotten und Felsspalten zerklüftete Karsthochflächen als Versteck und „Friedhof der Mafia" galten. Sie sind durch markierte Wanderwege erschlossen, die am Jagdschloss der Bourbonenkönige, Bosco di Ficuzza, starten. Unterkunft und gutes Essen gibt es in der per Auto erreichbaren Berghütte Alpe Cucco auf 980 m (18 Zi. | 102 Betten | Tel. 0918208225 | www.alpecucco.it | €).

Der Himmel auf Erden, könnte man sagen: die Goldmosaiken im Dom von Monreale

MONDELLO (130 B1) (*E3*)

15 km vor der Stadt liegt Palermos Badestrand, der durch den Monte Pellegrino vor dem gröbsten Schmutz geschützt ist. Ein Teil der Jugendstilvillen mit schönen Gärten ist noch nicht durch Betonkästen verdrängt. Das *Splendid Hotel La Torre (166 Zi. | Tel. 0 91 45 02 22 | €€–€€€)* ist ein modernes Haus über dem Tyrrhenischen Meer, das *Conchiglia d'Oro (50 Zi. | Tel. 0 91 45 03 59 | €€)* liegt ruhig in einer Seitenstraße. Das Restaurant *Bye Bye Blues (Di geschl. | Via Garofalo 23 | Tel. 09 16 84 14 15 | €€)* bewirtet seine Gäste mit hervorragender Meeresküche.

MONREALE (130 B1) (*E3*)

Der ★ *Dom von Monreale* (8 km westlich von Palermo) wurde als Benediktinerkloster 1174 von den Normannenherrschern gestiftet und mit riesigem Landbesitz in ganz Westsizilien ausgestattet. Er ist der größte und geschlossenste Sakralbau der Epoche. Zwei romanische Bronzetüren führen ins Innere, dessen Wände (6340 m^2) vollständig mit Goldmosaiken bedeckt sind *(April–Okt. tgl. 8–18 Uhr, Nov.–März tgl. 8–12.30 u. 15.30–18 Uhr)*. Der ● *Kreuzgang (tgl. 9–19 Uhr | Eintritt 6 Euro)* holt mit den Tier- und Pflanzenornamenten seiner Kapitelle, mit seinem Garten und seinen Brunnen die Natur in die Weltabgeschiedenheit des Klosters. Etwas außerhalb, in Panoramalage, steht das 🌿 Hotel *Carrubella Park (30 Zi. | Tel. 09 16 40 21 88 | €€)*. Nahe dem Domplatz gibt es im *Bricco & Bracco (Mo geschl. | Via D'Acquisto 13 | Tel. 09 16 41 77 73 | €€)* sizilianische Landküche.

MONTE PELLEGRINO ★ 🌿
(130 B1) (*E3*)

Der 13 km vor der Stadt gelegene Hausberg von Palermo, 606 m hoch und dicht bewaldet, bietet eine großartige Aussicht über die Stadt und die Conca d'Oro. In einer natürlichen Höhle befindet sich die *Wallfahrtskirche der heiligen Rosalia*, der Schutzpatronin von Palermo.

DER SÜDWESTEN

Der Westen und die Küsten im Süden zwischen Gela und Selinunt sind weitgehend touristisches Neuland, lediglich die Pflichtetappen wie die griechischen Tempel von Agrigent, Selinunt und Segesta kennen Massenandrang. Mehr als in jedem anderen Teil der Insel erleben Sie Weite und das Wirken der Naturelemente Sonne, Wind und Regen.

Im Norden zwischen Trapani und Alcamo begrenzen kahle Felsberge die weite Ebene, die sich mit Salinen und endlosen Weinfeldern bis Marsala und Selinunt an die Südküste zieht. Dann schließt sich fast ebenso endlos ein welliges Berg- und Hügelland mit weiten Tälern an, wo die wenigen Dörfer auf den Bergspitzen stehen. Schon im Frühsommer, nach der üppigen, kurzen Blütezeit, wenn Mohn und Ginster im Grün von Brachland und Getreideäckern rot und gelb leuchten, ist das fast überall baumlose Land verbrannt, dessen lockere Wälder schon vor über 2000 Jahren der Rodung zum Opfer fielen.

AGRIGENT

(130 C5) (*F6*) Das antike Akragas, das mittelalterliche Girgenti und das *Agrigento* der letzten 30 Jahre sind drei Städte, die nicht wie sonst auf Sizilien in Schichten übereinander liegen.

Jede steht an ihrem Platz, auch wenn die Hochhäuser des neuen Agrigent (59 000 Ew.) den Blick auf das alte Girgenti und die antike Stadt im *Valle dei Templi* zum Teil verstellen.

Bild: Selinunt, Tempel C

Zwischen antikem Pflichtprogamm und touristischem Neuland: Alte Säulen, endlose Weingärten und bizarre Felslandschaften

SEHENSWERTES

ALTSTADT

Urbanes Zentrum ist der palmenbestandene *Piazzale Aldo Moro*, der den mittelalterlichen Stadtkern mit der modernen Stadt verbindet. Von hier und den ☀ Parkanlagen des *Viale della Vittoria* aus haben Sie ein großartiges Panorama über das Tal der Tempel und das Meer. An der *Via Atenea* steigen Sie gleich auf den ersten, für Girgenti so typischen Treppenweg aufwärts zur Kirche *Santo Spirito*.

In der *Chiesa del Purgatorio* an der Via Atenea befindet sich ein großartiger **INSIDER TIPP** Figurenzyklus der Tugenden von Giacomo Serpotta (Kustodin im Hof). An der höchsten Stelle der Altstadt steht der *Dom*. Er beeindruckt durch seinen großen, lichten Innenraum mit achteckigen Pfeilern und reich geschnitzter Kassettendecke.

MUSEO ARCHEOLOGICO REGIONALE

Fundstücke aus dem alten Akragas und der frühgeschichtlichen Kultur der ver-

Über 10 m hoch: die Säulen des Herakles-Tempels

VALLE DEI TEMPLI ★

Die antike Stadt und ihre Tempelbezirke verstecken sich in Mandel- und Ölbaumhainen, die wohlbestellt sind. Am gewöhnlichen Zugang über die Staatsstraße 118 beginnen Sie Ihren Spaziergang in der Mitte des Plateaus. Nach links steigt der Weg zu den zusammengebrochenen Steinmassen des *Herakles-Tempels* hinauf, von dem noch acht Säulen stehen. In der *Villa Aurea* ist ein kleines Museum untergebracht. Anschließend haben Sie freien Blick auf den *Concordia-Tempel* aus dem 5. Jh. v. Chr., dessen ausgewogene Formen beeindrucken. Seinen hervorragenden Erhaltungszustand verdankt er der Umwandlung in eine christliche Kirche im 6. Jh. Den folgenden Weg zum *Tempel der Juno* mit seinen zur Hälfte noch stehenden Säulen am höchsten Punkt des alten Akragas können Sie direkt am Steilabfall entlangspazieren, unterhalb sehen Sie dabei das *Grabdenkmal des Theron*.

Zurück am Parkplatz betreten Sie die archäologische Zone. Der *Tempel des Olympischen Zeus* ist ein Haufen riesiger Steinblöcke und Säulentrommeln, er wurde nach dem Sieg über die Karthager bei Himera 480 v. Chr. begonnen und war mit 112 m Länge und 58 m Breite einer der größten antiken Tempel. 406 v. Chr. zerstörten die Karthager den noch nicht fertigen Bau, später dann ein Erdbeben. Am äußersten Rand der tiefer liegenden Ebene mit Resten eines heiligen Bezirks befinden sich das *Heiligtum der Erdgottheiten (Tempio delle divinità chtonie)* mit Opfergruben und der *Tempel von Castor und Pollux.* Von dort führt ein Weg hinunter in den **INSIDER TIPP** ▶ *Giardino della Kolymbetra (tgl. 10–18 Uhr | Eintritt 2 Euro)*, ein Naturparadies mit Orangengärten, Mandel- und Ölbäumen. In den Sandsteinwänden führen Galerien zu unterirdischen Brunnen, deren Was-

schiedenen Völker Innersiziliens. In einer der Hallen ist ein Modell des 7,75 m hohen Telamon vom Zeus-Tempel zu sehen. Zum Museum gehört außerdem die romanische Klosterkirche *San Nicola*, wo der spätantike Phädra-Sarkophag steht, der die tragische Liebesgeschichte von Phädra und ihrem Stiefsohn Hyppolitos erzählt. *Di–Sa 9–19.30, So/Mo 9–13.30 Uhr | Eintritt 8 Euro, mit Ausgrabungen 10 Euro* ser der Bewässerung des Tals und der Fischzucht diente. *Tgl. 8.30–19 Uhr | Eintritt 8 Euro, mit Museum 10 Euro | www.parcovalledeitempli.it*

Packen Sie sich unbedingt Wasser, Panini und Obst für ein Picknick in den Rucksack, wenn es in die sehr weitläufige und sonnige *Zona Archeologica* geht. Essengehen in Agrigent und im Valle dei Templi hat nämlich in allen Kategorien eins der schlechtesten Preis-Leistungs-Verhältnisse in Sizilien.

ESSEN & TRINKEN

DA CARMELO
In der Dorftrattoria gibt es Schnecken, Kaninchen, Lamm und Zicklein. *Mi geschl. | Joppolo Giancaxio | 12 km nördlich | Via Roma 16 | Tel. 09 22 63 13 76 | €*

GIOVANNI
Fisch- und Gemüseküche in gepflegtem Ambiente in der Altstadt. *So geschl. | Piazza Vadalà | Tel. 0 92 22 11 10 | €€*

ÜBERNACHTEN

Die meisten Hotels liegen im Neubauvorort Villaggio Mosè. Quartiere in der Altstadt und im Valle dei Templi unbedingt vorbestellen!

AGRITURISMO FATTORIA MOSÈ ☺
Gutshof aus dem 17. Jh., der biologisch bewirtschaftet wird; Garten und Museum. *8 Apt. | Villaggio Mosè | Via Mattia Pascal 4 | Tel. 09 22 60 61 15 | www.fattoriamose.com | €€*

BAGLIO DELLA LUNA ✼
Im denkmalgeschützten Herrenhaus eines Weinguts im Valle dei Templi mit schönem Blick auf das alte Akragas. *23 Zi. | Contrada Maddalusa | Tel. 09 22 51 10 61 | www.bagliodellaluna.com | €€€*

VILLA CETTA (130 C6) (*🛱 F6*)
B & B mit Garten am Strand von San Leone. *2 Zi. | Via Giovanni Fattori 9 | Tel. 09 22 41 64 52 | www.villacetta.it | €–€€*

AUSKUNFT

STR: Via Empedocle 73 | Tel. 0 92 22 03 91

ZIELE IN DER UMGEBUNG

INSIDER TIPP CAMPOBELLO DI LICATA
(131 D6) (*🛱 G6*)
Der argentinische Künstler Silvio Benedetto gestaltet seit 1980 in dieser früheren Bergarbeiterstadt (11 500 Ew.)

MARCO POLO HIGHLIGHTS

★ **Valle dei Templi**
Agrigents Concordia-Tempel war für Goethe ein Götterbild
→ S. 74

★ **Gibellina**
Ein Zentrum für moderne Architektur und kulturelle Initiativen
→ S. 78

★ **Selinunt**
Die griechischen Tempel über dem Meer → S. 79

★ **Eraclea Minoa**
Über schneeweißen Kreidefelsen liegt der bezaubernde antike Ort
→ S. 80

★ **Erice**
Eine immer noch intakte mittelalterliche Kleinstadt → S. 83

★ **Segesta**
Einsam in den Bergen ein griechischer Tempel und ein Theater
→ S. 85

Plätze und Fassaden mit Murales, Skulpturen, Wand- und Bodenmosaiken aus. Im *Valle delle Pietre dipinte* sind auf 110 Travertinblöcken Personen und Szenen aus Dantes Göttlicher Komödie dargestellt *(Di–So 9–13, 15–18 Uhr | Eintritt frei)*. Im Auditorium stellt ein aus 24 Keramikkacheln bestehendes Bild (7 x 3 m) Szenen und Figuren aus Homers Ilias dar. Weitere Infos: *www.comune. campobellodilicata.ag.it* und *www.silvio benedetto.com*

GELA (134 A4) *(ⓜ H7)*

Die 77 000 Einwohner zählende Industriestadt 78 km östlich von Agrigent ist wegen der griechischen Stadtmauern am *Capo Soprano* einen Abstecher wert. Entsprechend der Bedeutung Gelas in der Antike birgt das *Museo Regionale Archeologico* am Parco Rimembranza *(tgl. 9–18.30 Uhr | Eintritt 4 Euro)* wertvolle Funde und eine bemerkenswerte Münzsammlung. Fleisch- und Pastagerichte serviert die Trattoria *San Giovanni (So geschl. | Via da Maggio Fischetti 51 | Tel. 09 33 912674 | €)*. Schön ist der Strand am Küstenkastell von *Falconara*, 20 km in Richtung Agrigent.

PALMA DI MONTECHIARO
(130 C6) *(ⓜ F6)*

Die Familie des Romanautors Giuseppe Tomasi di Lampedusa hatte hier, 24 km östlich von Agrigent, ihren Stammsitz. 4 km sind es zur *Marina di Palma*. Dort ist auch eine Steilküste, die von einer Burgruine überragt wird. In der 18 km entfernten Hafenstadt *Licata* bietet das **INSIDER TIPP** *La Madia (Di geschl.Via Filippo Re 22 | Tel. 09 22 77 14 43 | www. ristorantelamadia.it | €€€)* eine der kreativsten Küchen Siziliens. Wer weniger ausgeben, aber dennoch eine in ihrer Phantasie oft überraschende Küche erleben möchte, geht im Zentrum ins *L'Oste e il Sacrestano (So-Abend und Okt. geschl. | Via S. Andrea 19 | Tel. 09 22 77 46 36 | €€)*.

REALMONTE UND SICULIANA
(130 B5) *(ⓜ E6)*

Zwischen Porto Empedocle und Sciacca verläuft die Hauptstraße 3 bis 8 km von der Küste entfernt, zu deren einsamen Naturstränden Stichstraßen führen. Bei Realmonte stürzen die schneeweißen Sandsteinfelsen von *Capo Rosello* bis zu 90 m tief ins Meer. *Siculiana Marina* hat außer Felsküste gute, vorwiegend flache Sandstrände zu bieten, die sich nach Westen bis Torre Salsa fortsetzen.

Gute Meeresküche serviert das *La Scogliera* an der Uferpromenade, *(Mo geschl. | Tel. 09 22 81 75 32 | €€)*. Unterkunft in Ferienwohnungen und im Hotel *Paguro Residence (12 Zi. | Tel. 09 22 81 55 12 | €–€€)* im Ort über dem Strand. Die **INSIDER TIPP** Dünen von *Torre Salsa* säumen den 6 km langen Strand, sie gehören zum 761 ha großen Naturschutzgebiet des WWF *(Eingang am Besucherzentrum | Tel. 32 86 36 75 84 | www.wwftorresalsa.it)*. Über den Dünen liegt der Agriturismo-Bauernhof *Torre Salsa (13 Apt. | Tel. 09 22 84 70 74 | www. torresalsa.it | €€)*.

MARSALA

(128 C4) (⊞ B4) Nach Westen läuft Sizilien ganz flach ins Meer aus. Im Stadtgebiet von Marsala (40 000 Ew.) liegt *Capo Lilibeo*, der westlichste Punkt der Insel. Marsala ist Vermarktungs- und Kellereizentrum für Westsizilien.

Die Rolle verdankt es John Woodhouse, der während der napoleonischen Herrschaft mit dem Likörwein Marsala Ersatz für das Lieblingsgetränk der vom Portwein abgeschnittenen Engländer fand.

SEHENSWERTES

ALTSTADT

In den weitgehend intakten Stadtmauern aus dem 16. Jh. liegt eine wunderschöne Barockstadt, sie hat die fröhlich-beschwingten Fassaden, wie sie typisch für die Städte im landwirtschaftlich reichen Westen Siziliens sind. Die *Piazza della Repubblica* ist der Salon der Stadt: mit Arkaden und Loggia, einem Brunnen in der Mitte sowie dem Dom *San Tomaso*. Die Grundrisse eines römischen Stadtviertels liegen hinter der *Porta Nuova*.

ENOMUSEO ●

Geschichte und Alltag des Weinbaus inklusive Weinprobe. Wenn Busse davor stehen, wird es allerdings sehr eng. *Tgl. 8.30–13 u. 15–19 Uhr | an der Straße Nr. 115 nach Mazara | Eintritt frei*

MUSEO ARCHEOLOGICO BAGLIO ANSELMI

Hier sind Reste eines punischen Schiffs aus dem 3. Jh. v. Chr. zu sehen, die 1969 vor Marsala gehoben und restauriert wurden. Außerdem: Funde aus der punischen und römischen Stadt sowie Grabbeigaben. *So–Di 9–13.30, Mi–Sa 9–19 Uhr | am Capo Lilibeo | Eintritt 4 Euro*

Bis aus dieser Traube Wein wird, vergeht noch ein Weilchen

ESSEN & TRINKEN

GARIBALDI

Altstadttrattoria mit typischer Fischerküche. *Sa geschl. | Piazza Addolorata 35 | Tel. 09 23 95 30 06 | €*

EINKAUFEN

Viele Kellereien bieten Weinproben an und verkaufen direkt.

ÜBERNACHTEN

ACOS

Modernes Durchgangshotel mit gutem Restaurant, am Stadtrand. *35 Zi. | Via Mazara 14 | Tel. 09 23 99 91 66 | www. acoshotel.com | €€*

ZIELE IN DER UMGEBUNG

GIBELLINA ⭐ (129 E4) (*ⓜ D4*)

Nach dem Erdbeben von 1968 im Belice-Tal entstanden Barackenstädte, die zum Dauerzustand zu werden drohten. Die staatlichen Hilfsgelder versickerten in den Taschen der Mafia und korrupter Politiker. Die Bewohner des zerstörten Gibellina kämpften gegen Entmutigung und Abwanderung, demonstrierten in Rom und luden außer Politikern auch Künstler zu sich ein, die Gibellina und seinen Wiederaufbau bekannt machten. Das alte Dorf ist eine Trümmerwüste, teils überwuchert, teils als Mahnmal unter Beton versiegelt. Der „Cretto" von Alberto Burri wird stets erweitert und gilt als größtes Flächenkunstwerk Europas. Der neue Ort liegt 20 km entfernt; er ist ein urbanes Experiment mit beachtlichen Schöpfungen moderner Architektur, eine Wohnstadt mit viel Platz, Gärten und Lebensqualität. Im *Museo delle Trame Mediterranee* im etwas außerhalb gelegenen Baglio di Stefano sind Werke klassisch moderner und zeitgenössischer Künstler (Joseph Beuys, Giorgio de Chirico, Pietro Consagra, Renato Guttuso), Filigranschmuck, Keramik und prachtvolle Gewänder überwiegend aus Nordafrika und dem Orient ausgestellt (*Di–So 9–13, 15–18 Uhr | Eintritt 5 Euro | www.orestiadi.it*). Das *Museo d'Arte Contemporanea* zeigt die größte Sammlung moderner Kunst Siziliens, die 1800 Bilder, Statuen und Objekte umfasst. Eine ethnologische Abteilung dokumentiert das Dorfleben vor dem Beben, die alten Berufe und Gerätschaften. Auf *www.comune.gibellina.tp.it* gibt es einen virtuellen Spaziergang zu den 45 Plastiken und Architekturen auf Straßen und Plätzen. Das B & B *Gibellina Arte (Via Empedocle 16 | Tel. 0 92 46 76 97 | www.gibellinaarte.it | €)* hat 6 Zimmer und eine Gästeküche. Der große ● INSIDER TIPP Thermalpark *Terme di Acqua Pia (Tel. 0 92 53 90 26 | www.termeacquapia.it)* liegt an der Straße nach Montevago (20 km südöstlich)

Gibellina unter Zement: monumentales Mahnmal des Künstlers Alberto Burri mit Pool, Wellnessbereich, Quellen, Park, Restaurant *(€)* und Gästehäusern *(26 Zi., 3 Apt. | €–€€)*.

MAZARA DEL VALLO (128 C4) *(⌂ C5)*

Die 22 km südöstlich von Marsala gelegene Stadt ist Italiens größter Fischereihafen. Die Altstadt hat den Charakter einer Kasbah, weiß und kahl, nur von einzelnen Palmen überragt. Die *Piazza della Repubblica* ist Höhepunkt barocker Platzgestaltung, die Innenausstattung des *Doms* ein Beispiel für die Meisterschaft sizilianischer Stuckateure, mit Gips, Blattgold und Farbe jedes beliebige Material zu imitieren. Unterwasserfunde sind im *Museo del Satiro (tgl. 9–18 Uhr | Piazza Plebiscito | 6 Euro)* in der früheren Kirche Sant'Egidio ausgestellt. Das Glanzstück: der INSIDER TIPP tanzende Satyr, eine 2 m hohe Bronzestatue aus dem 4. Jh. v. Chr. Blick auf die Palmen an der Uferpromenade bietet das *Mahara Hotel (81 Zi. | Tel. 09 23 67 38 00 | www.maharahotel.it | €€€)*. Muschelesser gehen in das *Trattoria delle Cozze (Basiricò | an der Uferstraße nach Torre Granitola | Tel. 09 23 94 23 23 | €)*.

INSIDER TIPP ROCCHE DI CUSA ●
(129 D5) *(⌂ C5)*

Im antiken Steinbruch Rocche di Cusa am Ortsrand von Campobello di Mazara stehen seit 2500 Jahren Säulentrommeln und Kapitelle, die für den Bau des gigantischen Tempels G in Selinunt bestellt und nicht abgeholt wurden. Die schmale, etwa 1 km lange archäologische Zone ist ein schönes Stück Natur, gut durch Wege erschlossen und frei zugänglich.

SANTA MARGHERITA DI BELICE
(129 E4) *(⌂ D5)*

Im 1968 vom Erdbeben zerstörten und an gleicher Stelle wieder aufgebauten Santa Margherita di Belice besaß die Familie des Schriftstellers Giuseppe Tomasi di Lampedusa den großen Palast *Filangeri Cutò,* der wieder aufgebaut wurde und nun das Rathaus und das Literaturmuseum *Museo del Gattopardo* (Wachsfiguren, Bücher, Skripte, Filmvorführungen, Fotos) beherbergt *(tgl. 9.30–13, 14–19.30 Uhr | Eintritt 3, mit Führung 5 Euro | www.parcogattopardo.com)*.

SELINUNT ★ (129 D5) *(⌂ D5)*

Auf einem Plateau über dem Meer stehen die griechischen Tempel weithin sichtbar, zwei mit wieder aufgerichteten Säulen, die anderen als riesige Trümmerhaufen. Der größte Teil der antiken Stadt, 52 km südöstlich von Marsala, liegt bis heute unsichtbar unter Feldern. Die Entfernungen in der Ausgrabungszone und die Größe des *Akropolis* vermitteln die Größe dieser antiken Stadt, deren Blüte aus dem Weizenhandel gerade 300 Jahre dauerte. *Tgl. 9 Uhr bis Sonnenuntergang | Eintritt 9 Euro*

Marinella heißt der nahe gelegene moderne Küstenort mit weiten Sandstränden besonders im Bereich der Belice-Mündung. Das Hotel *Alceste (26 Zi. | Tel. 0 92 44 61 84 | www.hotelalceste.net | €€)* ist ein angenehmes Ferienhotel. Sehr gute und interessante regionale Küche bekommen Sie im Restaurant *Africa (Do geschl. | Via Alceste 24 | Tel. 0 92 44 64 56 | €€)* an der Uferpromenade.

SCIACCA

(129 E5) *(⌂ D5)* **Wie eine orientalische Kasbah wirkt diese Häuserlawine (40 000 Ew.), die sich zum Fischereihafen ergießt.**

Die Altstadt ist ein verwinkeltes Fußgängerrevier, viele Gassen sind gerade so breit, dass zwei Menschen aneinander vorbeikommen. In die oberen Stadtteile führen Treppenwege, ihr Verlauf stammt weitgehend noch aus arabischer Zeit. Eine Stadtmauer mit schönen Barocktoren umgibt die Altstadt. Die Prachtstraße ist der *Corso Vittorio Emanuele*, der über dem Steilabbruch zum Hafen liegt, ihn säumen Paläste und die Hauptkirchen. Auf dem weiten Platz vor dem Jesuitenkolleg treffen sich die Einheimischen zum abendlichen *corso*. Vorbei an der schönen barocken *Kathedrale* gelangen Sie zum *Stadtpark* und anschließend zu den *Thermalbädern* ganz im Stil der Wende zum 20. Jh., als Sciacca mit den heißen Quellen und Dampffumarolen noch ein bedeutender europäischer Badeort war. Eine skurrile Fortführung des Barock mit grotesk übersteigerten Details hat im 20. Jh. der naiv gestaltende Filippo Bentivegna im eigenen Olivenhain unternommen, wo er Reihe für Reihe grob aus dem Stein modellierte Köpfe aufstellte. Sein **INSIDER TIPP** *Castello Incantato* (Di–So 9–13 u. 16–20, Okt.–Feb. 9–13 u. 15–17 Uhr | Eintritt 3 Euro | www.castello incantato.net).

ESSEN & TRINKEN

HOSTARIA DEL VICOLO
Im oberen Teil der Altstadt gibt es Fischgerichte und feinen Meeressalat. *Mo geschl. | Vicolo Sammaritano 10 | Tel. 0 92 52 30 71 | €€*

STRÄNDE & SPORT

Vom Tourismus noch nicht so überlaufene Sandbuchten finden Sie entlang der Straße nach Agrigent: **INSIDER TIPP** *Torre Macauda, Torre Verdura und Secca Grande* sowie das große Naturschutzgebiet an der Mündung des *Fiume Platani*, das sich bis zum *Capo Bianco* unterhalb von Eraclea Minoa ausdehnt. Der Besuch von

Secca Grande lohnt für Taucher ganz besonders.

ÜBERNACHTEN

AGRITURISMO MONTALBANO ☺
Biohof an der Straße nach Palermo. Pool. *4 Apt. | Tel. 09 25 68 01 54 | www. aziendamontalbano.com | €*

PALOMA BLANCA
Das einfache saubere Hotel liegt dicht bei den Thermen. *15 Zi. | Via Figuli 5 | Tel. 0 92 52 56 67 | www.lapalomablanca.it | €–€€*

VILLA PALOCLA
Acht stilecht eingerichtete Zimmer in einem Landsitz aus dem 17. Jh. Mit Restaurant. *3 km südöstl. von Sciacca | Tel. 09 25 90 28 12 | www.villapalocla.it | €€*

AUSKUNFT

Via Vittorio Emanuele 84 | Tel. 0 92 52 27 44 | www.servizioturisticoregio nalesciacca.it

ZIELE IN DER UMGEBUNG

INSIDER TIPP CALTABELLOTTA ✦
(129 F5) (𝑀 E5)
Viele Orte Siziliens liegen abenteuerlich, aber keiner so sehr wie Caltabellotta (19 km nordöstlich von Sciacca) unter einer Kette von Felsbastionen, aus deren Stein Burgen und Kirchen herauswachsen. Der Blick, besonders von den Ruinen der Burg, zu denen eine steile Treppe führt, umfasst einen großen Teil der Insel.

ERACLEA MINOA ★ ✦
(129 F6) (𝑀 E6)
Schneeweiß und 80 m tief brechen 33 km südöstlich von Sciacca die Kreidefelsen senkrecht ins Meer ab. Oben

auf der Hochfläche liegen die Reste der antiken Stadt, deren *Theater* mit den in den weichen Stein gehauenen Sitzreihen unter Plexiglas vor weiterer Verwitterung geschützt wird *(tgl. 9 Uhr bis Sonnenuntergang | Eintritt 4 Euro)*. Im nahen Montallegro zog in einen restaurierten Adelspalast das *Relais Briuccia* ein. Standesgemäß: die Himmelbetten *(8 Zi. | Via Trieste 1 | Tel. 09 22 84 77 55 | www.relais briuccia.it | €€)*. Im Innenhof liegt das Restaurant *Capitolo Primo* mit phantasievoller Meeresküche *(Mo. geschl. | €€)*.

Meer liegen die Inseln, Bergschollen im Wasser.

Hinter der langen Hafenfront verbirgt sich die weitgehend barocke Altstadt. Einen schönen Innenhof mit Arkaden und Loggien besitzt der *Palazzo Riccio* aus der Renaissance. Die mit dem sizilianischen Adler und den beiden Uhren gekrönte Fassade des *Palazzo Cavarretto* schließt die Hauptstraße, den *Corso Vittorio Emanuele*, optisch ab. Die Jesuitenkirche *Chiesa del Collegio* ist prunkvoll im Geschmack des Ordens gehalten.

Siziliens abenteuerlichste Lage: Über Caltabellotta wachen mächtige Felsbastionen

TRAPANI

▓▓▓ **KARTE IM HINTEREN UMSCHLAG**
▓▓▓ (128 C3) *(ﬞ C3)*
Wie ein langer Finger ragt die Stadt (70 000 Ew.) ins Meer, in ihrem Rücken erhebt sich senkrecht der Berg von Erice mit 750 m, im Süden breiten sich endlos und flach die Salinen aus mit leuchtend weißen Salzbergen und Windmühlen, auf dem

Die Salinen vor der Stadt werden teilweise noch heute zur Salzgewinnung genutzt. Ansonsten sind die Salzgärten mit einst über 60 Windmühlen Kulturdenkmäler.

SEHENSWERTES

MUSEO REGIONALE PEPOLI
Dieses für mittelalterliche und neuzeitliche Kunst Siziliens sehr bedeutendes

Museum ist in dem ehemaligen Kloster *Santuario dell'Annunziata* untergebracht. Zu sehen sind u. a. Werke von Antonello Gagini sowie ein Gemälde Tizians. Die Goldschmiedearbeiten, Korallenschnitzereien und Majolikakeramiken zeugen vom Können trapanesischer Meister. *Mo–Sa 9–13.30, So 9–12.30 Uhr | Eintritt 64 Euro*

ESSEN & TRINKEN

CANTINA SICILIANA
Nicht weit vom Hafen liegt dieses lebhafte Lokal, in dem Meeresküche mit Couscous, Seeigel, Thun- und Tintenfisch auf den Tisch kommt. *Via Giudecca 36 | Tel. 0 92 32 86 73 | €€*

SAVERINO
Direkt am kleinen Lungomare der *Tonnara di Bonagia* (8 km in Richtung San Vito) gelegen, schickes Design. In der Küche steht die Mamma mit den Töchtern. Es gibt auch 20 Hotelzimmer. *Tel. 09 23 59 27 27 | www.saverino.it | €€*

TRA...PANIVINI
Sehr preiswertes Essen im Weinladen in der Altstadt, kleine Leckereien und dazu guter offener Wein. *Via Carolina 42 | Tel. 0 92 32 76 25 | €*

ÜBERNACHTEN

BAGLIO FONTANASALSA
Hier nächtigen Sie auf einem großes Landgut aus dem 18. Jh. Mit Pool und Restaurant *(€ | Vorbestellung nötig). 9 Zi. | an der Straße nach Marsala | Tel. 09 23 59 10 01 | www.fontanasalsa.it | €€*

NUOVO RUSSO
Korrekt geführtes Stadthotel im Zentrum und in Hafennähe. *35 Zi. | Via Tintori 4 | Tel. 0 92 32 21 66 | €€*

AUSKUNFT

STR: Via San Francesco d'Assisi 27 | Tel. 09 23 54 55 07

ZIELE IN DER UMGEBUNG

ÄGADISCHE INSELN (ISOLE EGADI)
(128 A–B3) *(ⅅ A–B 3–4)*
Die drei vor der Küste gelegenen Inseln sind von Trapani aus mehrmals täglich mit Fähren und Tragflügelbooten erreichbar. Sie sind kleine Kalkschollen im Meer, das hier noch intakt ist und mit Klippen, Meeresgrotten und einer reichen Unterwasserfauna besonders Taucher anzieht. *Favignana* (19 km², 33 km Küstenlänge, 4300 Ew.) ist noch heute eine der wichtigen Thunfischfangstationen. An den meist flachen Steinküsten wurde früher der weiche Kalktuff abgebaut und als Baustein verschifft. Geblieben sind die bizarren Formen dieser Steinbrüche direkt am Meer. Der größte Teil der Insel ist flach und mit Feldern bestellt, nur in der Mitte ragt der 314 m hohe *Monte Santa Caterina* auf, mit einer Festung auf dem Gipfel. Badebuchten mit ein wenig Sandeinspülung liegen im Süden der Insel. Unterkunft und beste Meeresküche gibt es im INSIDER TIPP *Egadi (11 Zi. | Via Colombo 17 | Tel. 09 23 92 12 32 | www. albergoegadi.it | €€–€€€).*
Levanzo (6 km², 12 km Küstenlänge, 200 Ew.) ist ein 278 m hoher Felsrücken, der bis auf die Felder im ebenen Teil der Insel und die Terrassierungen über dem Hafendorf von dichter Macchia bedeckt ist. Die Küste ist schroff und felsig. Die *Grotta del Genovese* ist eine vorgeschichtliche Kultstätte. Die Ritzzeichnungen von Tieren sind ca. 12 000 Jahre alt. Das Alter der Malereien an den Wänden dagegen, tanzende Menschen, Tiere und Idole, liegt bei 5000 Jahren. Die Höhle erreichen Sie mit dem Boot oder

Die schönsten Buchten und Meereshöhlen Marettimos erreichen Sie nur mit einem Boot

im Geländewagen *(Dauer Fahrt/Führung 3 Std. | Anmeldung Tel. 33 97 41 88 00 u. 09 23 92 40 32 | www.grottadelgenove se.it)*. Einfache Unterkunft und die gute Küche der Fischer gibt's im *Paradiso (23 Zi. | Lungomare | Tel. 09 23 92 40 80 | €€)*. **INSIDER TIPP** *Marettimo* (12 km², 19 km Küstenlänge, 700 Ew.) ist ein schroffer Gebirgszug, der sich bis 686 m hoch aus dem Meer erhebt. Leichten Zugang zum Meer gibt es vom Land her nur an wenigen Stellen, die großartigsten Buchten und Meereshöhlen erreichen Sie mit Booten (Touren ab Hafen). Unter Wasser ist Marettimo ein Traum. Zu Fuß führen Wanderungen auf Ziegenpfaden hoch über der Ostküste zur Burgruine *Punta Troia* und zum Leuchtturm an der noch wilderen Westküste. Die Trattoria *Il Veliero (Tel. 09 23 92 32 74 | €€)* ist der Inseltreffpunkt, und man isst gut und

reichlich Fisch. Übernachtung in Privatzimmern, die Anbieter stehen am Hafen, wenn das Schiff einläuft.

ERICE ★ ☀ (128 C3) (⊞ C3)

Fast über dem Meer, aber in über 700 m Höhe schwebt 14 km nordöstlich von Trapani das mittelalterliche Erice mit seinen grauen Steinhäusern. Oft steckt es in den Wolken, auch wenn sonst über ganz Westsizilien die Sonne brennt. Hier verehrten die aus Kleinasien eingewanderten Elymer und Punier die Liebesgöttin Astarte, die Römer bauten ein großes Venusheiligtum an die Stelle, wo heute das *Normannenkastell* steht. Die Stadt ist zu einem großen Teil verlassen, aber die sonst so augenfälligen Zeichen des Verfalls fehlen. Denn sie ist Ziel vieler Sizilianer, die hier am Wochenende die kühlere Luft genießen. Der Blick über die Ebene mit den Salinen, den Inseln des Flachmeers von Marsala, den Ägaden und der felsigen Küste von San Vito ist einmalig. An schnellsten geht es mit der Kabinenseilbahn in das Bergnest *(Juni–Sept. Mo 12–1, Di–Fr 7.45–1, Sa, So 8.45–2 Uhr, Okt.–Ostern Mo 12–20.30, Di–Sa 7.45–20.30, So 9.30–24 Uhr | einf. Fahrt 3,50, Hin- u. Rückfahrt 6 Euro | www.funiviaerice.it)*.

In schönen alten Stadtpalazzi residieren das stilvolle *Hotel Elimo (21 Zi. | Tel. 09 23 86 93 77 | www.hotelelimo.it | €€€)* und das **INSIDER TIPP** *Hotel Moderno (40 Zi. | Tel. 09 23 86 93 00 | www. hotelmodernoerice.it | €€)*. Sehr gutes Essen wird Ihnen im *Monte San Giuliano* serviert *(Mo geschl. | Tel. 09 23 86 95 95 | €€)*, wo es den berühmten *cuscus alla trapanese* gibt. Einfacher, mit ländlicher Küche, essen Sie im *Ulisse (Do geschl. | Tel. 09 23 86 93 33 | €–€€)*, wo Sie im schattigen Garten sitzen können. Auskunft: *STR | Via Guarrasi 1 | Tel. 09 23 86 93 88*

SAN VITO LO CAPO (129 D2) (*∅ C3*)

Die 40 km lange Fahrt an der zerklüfteten Küste entlang ist großartig: nackter Fels in *Scurati*, neben noch bewohnten Bauernhütten verlassene Häuser, die in einer Riesenhöhle stehen. Tiefer im Land sehen Sie üppige Macchia und kleine, fruchtbare Felder. Dort beginnt ein **INSIDER TIPP** Rundweg um den 659 m hohen *Monte Cofano*, einen unübersehbaren Brocken, völlig kahl. Der Weg einmal rum dauert ca. 3–4 Std., Badepausen an der Felsküste, traumhafte Blicke auf Küste, die Inseln und den Bergzug des Zingaro inklusive.

San Vito, das an einer flachen Sandbucht dicht beim Kap mit dem Leuchtturm liegt, hat sich um einen mächtigen Sarazenenturm entwickelt, der heute zur Kirche umgebaut ist. Die exponierte Lage, der Sandstrand und die bizarre Felsküste von *Torre dell'Impiso* haben es zum beliebten Ferienort gemacht.

Dicht am Wasser übernachten Sie im *Hotel Egitarso (22 Zi. | Tel. 09 23 97 21 11 | www.hotelegitarso.it | €€)* oder im B & B *Ai Dammusi (2 Zi. | Tel. 09 23 62 14 94 | www.aidammusisanvito.it | €€–€€€)*, einem orientalischen Würfelhaus mit Gewölbedach, das direkt am Sandstrand liegt. Auskunft: *Rathaus | Tel. 09 23 97 24 64*

Die Küche von San Vito ist berühmt für ihren Couscous mit Fisch und Meeresfrüchten. Jedes Jahr steigt im September das große Couscous-Fest. In den übrigen 50 Wochen des Jahres bekommen Sie die Spezialität bei *Alfredo* am Ortseingang, der auch Spaghetti mit frischen Garnelen auftischt *(Contrada Valanga 3 | Tel. 09 23 97 23 66 | €€)* und im *Pocho* in Makari, 5 km südlich, wo die studierte Philosophin Marilù Terrasi das kleine Hotel mit 12 Zimmern leitet, interessante Küche serviert sowie Musik- und Theaterevents organisiert *(Tel. 09 23 97 25 25 | www.pocho.it | €€)*.

SCOPELLO ✿ (129 D2) (*∅ D3*)

Das von Mauern umgebene, 35 km von Trapani entfernte Scopello liegt über der Steilküste, es ist kaum mehr als ein befestigtes Gut inmitten karger Macchia. Unten schäumt das Meer in kleine Schotterbuchten, die von den *faraglioni*, hohen Felsklippen, überragt werden. Nach Norden beginnt das Naturschutzgebiet *Zingaro*. In den einstigen Hirtenhäusern wohnen heute Kunsthandwerker oder sie beherbergen kleine Landhotels; z. B. ursprünglich, mit Familienküche: *La Tavernetta (7 Zi. | Tel. 09 24 54 11 29 | €€)* und gleich daneben das umgebaute Bauernhaus mit Garten *Casa Vito Mazzara (Tel. 09 24 54 11 35 | €)* mit sieben Zimmern und zehn Apartments. Auf dem Berg in ✿ *Castello di Baida* können Sie wunderbaren Urlaub auf dem Bauernhof mit einem Traumblick über die Küste machen bei *Camillo Finazzo (11 Zi./Apt. | Tel. 0 92 43 80 51 | www.camillofinazzo.com | €)*.

Zur **INSIDER TIPP** *Riserva dello Zingaro* (129 D2) (*ω C–D3*) führt eine Straße. Ins Naturschutzgebiet kommen Sie nur zu Fuß; vergessen Sie nicht die Badesachen, es führen immer wieder Pfade zu Traumbuchten. Zwergpalmen, die in der Gegend zu Tausenden meist als flache Büsche wachsen, erreichen hier Höhen von 4–5 m. Die gut angelegten Wege dürfen nicht verlassen werden, Hunde sind verboten. Der 7 km lange Weg an der Küste ist gekennzeichnet und einfach zu gehen, aber denken Sie an Wasser, Vesper und Sonnenschutz (*Information an beiden Eingängen Scopello und Torre dell' Uzzo | www.riservazingaro.it | Eintritt inkl. Wanderkarte 3 Euro*). Für den Küstenweg brauchen Sie ca. 4 Std. hin und zurück, für den Rundweg auf halber Höhe und zurück an die Küste müssen Sie 5–6 Std. rechnen.

Einheimische Meeresküche ganz frisch und wunderbar vielfältig zubereitet serviert das *Ristorante del Golfo* im Zentrum (*Di geschl. | Via Segesta 153 | Tel. 0 92 43 02 57 | €–€€*). Über Castellammares verwinkelter Altstadt steht mit Blick auf die Küste des Zingaro das ❋ Hotel *Al Madarig* (*38 Zi. | Piazza Petrolo 7 | Tel. 0 92 43 35 33 | www.almadarig.com | €€*).

SEGESTA ★ ❋ (129 D3) (*ω D4*)

In der Einsamkeit des Berglands, 41 km südöstlich von Trapani, liegen Theater und Tempel dieser sonst verschwundenen Elymerstadt, deren Bewohner die griechische Kultur und Lebensweise übernommen hatten. Der *Säulentempel* aus dem 5. Jh. v. Chr. wurde wohl nie vollendet. Das höher gelegene *Theater* öffnet sich mit seinem Halbrund zum entfernten Meer und dem Tal unterhalb von Alcamo. *Tgl. 9–18 Uhr | Eintritt 9 Euro* Unterhalb von Segesta gibt es am *Fiume Caldo* Thermalquellen mit heißem Schwefelwasser, die am Ende einer tiefen Schlucht entspringen. Von der Straße nach Castellammare zweigt hinter der Brücke über den Fluss eine Straße zu den ● *Terme Segestane* ab (*Thermalschwimmbecken Fr–Mi 9–13 u. 16.30–24 Uhr | Eintritt 7 Euro*)

Beeindruckte Goethe schwer: Segestas Säulentempel

LIPARISCHE INSELN

Wie silbrig graue Kegel, die über dem Wasser schweben, sehen die sieben Inseln von Weitem aus; nähert sich das Schiff, zeigt sich ganz deutlich ihr vulkanischer Ursprung.

Die Liparischen Inseln gehören zum System des größten aktiven Vulkans Europas, des mächtigen Unterwasservulkans Marsili. Die Meeresbrandung hat den weichen Tuff zernagt, die härtere Lava liegt in Blöcken an den fast immer steil ins Meer abbrechenden Ufern. Höhlen, Grotten und Felsbögen, kleine vorgelagerte Klippen und winzige Strandbuchten bilden eine bisher unzerstörte Landschaft. Unter Macchiasträuchern, Schilf und Grasbüscheln werden die Farben von Erde und Gestein sichtbar: Die Skala reicht vom blendenden Weiß des Bims-steins über erdige Töne zu leuchtendem Rot, Grün und dem Tiefschwarz der Lava. Vor 6000 Jahren besiedelten Menschen zum ersten Mal die Inseln. Lipari besaß im Mittelmeer das größte Vorkommen an Obsidian, jenes schwarz glänzende vulkanische Glas, aus dem bis in die Bronzezeit besonders scharfe Klingen, Pfeilspitzen, repräsentative Dolche und Äxte hergestellt wurden. Obsidian aus Lipari wurde bis nach Skandinavien, Südrussland und Ägypten exportiert. Um 1270 v. Chr. lockte der Reichtum Eroberer vom Festland an, deren König Liparos den Inseln ihren Namen gab. Die Einheimischen nennen sie allerdings „Isole Eolie" nach dem griechischen Windgott Äolos, der in dieser sturmgepeitschten Ecke des Mittelmeers seinen Wohnsitz

Bild: Felsküste von Salina

Vulkanische Märchenwelt: Entdecken Sie Höhlen und kleine Grotten, Klippen, Thermen und winzige Buchten

hat – bis heute. Nicht selten sind die Inseln durch Stürme für Tage von der Außenwelt abgeschnitten.

Besonders Lipari ist ein Paradies für Spaziergänger, Vulcano für Fans warmen Wassers, Salina ist die grüne Insel mit wunderbarem Wein, in Panarea treffen sich die Promis und ihr Gefolge, Stromboli lockt mit vulkanischen Feuergarben, Filicudi und Alicudi sind einsam, über und unter dem Wasser intakte Natur. Seit 1999 gehören die Inseln zum Weltnatur- und Weltkulturerbe der Unesco.

Mehrmals täglich verkehren Fähren und Schnellboote *(aliscafi* und *katamaran)* zwischen Milazzo und Lipari, dem zentralen Umsteigehafen für alle Inseln.

„La cucina eoliana", die Inselküche, war die Kunst bitterarmer Leute, von den kargen Erträgen der Landwirtschaft und Fischerei satt zu werden und das Essen dennoch als Lebensfreude zu genießen. Diese Küche geht bis heute sparsam mit den Zutaten um, die aus Meer und Gärten kommen. Die Sonne, der salzige Meerwind und die Mineralien der Vulkanerde geben Tomaten, Auberginen, Zucchini und Grünzeug ein besonders intensives Aroma. Verstärkt wird es durch den wilden Fenchel, Oregano und die Kapern, die an keinem Gericht fehlen und in allen noch so unfruchtbaren Ecken der Inseln reichlich wachsen. Im Juni können Sie wie die Inselbewohner selbst **INSIDER TIPP** ▶ Kapern sammeln. Die

Die Häuser schmiegen sich in die beiden Buchten der *Marina Lunga*, wo die Fährschiffe anlegen, und der *Marina Corta*, dem lebendigen Aliscafi-Hafen. Hinter der Marina Corta mit dem vorgelagerten Kapelleninselchen, den Bars und Restaurants auf die Piazza, öffnen sich die schmalen Gassen, die hinauf auf die Akropolis und in die Altstadt führen. Dann

Netz-Wirrwarr und harte Arbeit: Fischer im Hafen von Lipari

Sträucher mit den schönen Blüten wachsen fast überall an Felsen und Mauern, besonders zahlreich auf Salina. Die Blütenknospen werden in grobes Meersalz eingelegt, so entbittert und konserviert.

LIPARI

(132 C2) *(ℳ K2)* **Die Stadt (4500 Ew.) mit ihren barocken Fassaden und Turmhauben der Kirchen wird von dem massigen Felsklotz der** *Akropolis* **überragt, auf dem im Mittelalter die Burg angelegt wurde.**

folgen die neuen geraden Straßenzüge mit Gärten, den meisten Hotels und der Hauptstraße, der *Via Vittorio Emanuele.* Umringt wird die Stadt von Hügeln mit mühevoll terrassierten Feldern, die allerdings hier, wie auf den anderen Inseln, mehr und mehr aufgegeben werden. Die Bauernhäuser sind weiße Kuben mit flachem Kuppeldach, in dem sich Regenwasser für die Zisternen sammelt und das im Sommer zum Trocknen von Getreide, Feigen und Nüssen dient. Vor dem Hauseingang liegt die Veranda, deren Schilfdach oder Pergola runde Säulen aus Lavastein oder Beton tragen.

SEHENSWERTES

AKROPOLIS ☆

Die heutige Gestalt der Akropolis, der Oberstadt mit Kirchen und Palästen, stammt aus barocker Zeit. Zuvor diente sie dank ihrer Lage auf dem schroffen Felsenberg vor allem dem Schutz der Bewohner. Die solide mittelalterliche Stadtmauer hatte nur ein Tor zur Oberstadt. Heute ist die autofreie Akropolis Museum. Zwischen den Kirchen sind rekonstruierte frühgeschichtliche Grabmale und Befestigungsmauern zu sehen.

NATIONALMUSEUM ★

Die Liparischen Inseln waren in der Antike und Vorgeschichte eine Drehscheibe des Mittelmeerhandels. Die reichen Funde aus dieser Zeit, wie Steinwerkzeuge, Keramiken und Grabbeigaben, sind in den Palästen der Akropolis ausgestellt. Angeschlossen ist eine Abteilung über Vulkanologie. *Mo–Sa 9–13 u. 15–18, So 9–13 Uhr | Eintritt 6 Euro*

ESSEN & TRINKEN

INSIDER TIPP ▶ E'PULERA

Äolisches Inselhaus im wunderschönen Garten mit Jasmin und Steintischen. Inselküche und kreative Variationen traditioneller sizilianischer Meeresküche werden serviert. *Mai–Okt. tgl., nur abends | Via Diana 51 | Tel. 09 09 81 11 58 | €€*

FILIPPINO ●

Hervorragende Inselküche, auf dem Platz unterhalb der Akropolis. *Mo geschl. | Piazza Municipio | Tel. 09 09 81 10 02 | €€*

LE MACINE ☆

Dieses Inselhaus im Garten auf der Hochebene im Dorf *Pianoconte* bietet einen phantastischen Blick und Meeresküche. *Tgl. | Tel. 09 09 82 23 87 | €–€€*

EINKAUFEN

Die *Via Vittorio Emanuele* ist die Flanier- und Einkaufsstraße. Hier gibt hübsche Kleidung und netten Schnickschnack.

STRÄNDE & SPORT

Zu den Nachbarinseln, zu Stränden und Buchten fahren Boote ab Marina Corta. *Da Massimo (Via Maurolico 2 | Tel. 09 09 81 30 86 | www.damassimo.it)* macht Bootstouren und vermietet Gummiboote. Bootsausflüge mit Angeln bietet *Charter Pesca* an der Marina Grande an *(Via Criispi 55 | Tel. 09 09 81 49 39 | www.charterpescaeolie.it)*.
Kleinwagen, Motorroller und Boote vermietet *Roberto Foti (Via Filippo Mancuso | Tel. 09 09 81 13 70 | www.robertofoti.it)*. Für alle, die es in die Tiefen des Meers zieht: Tauchschule *La Gorgonia (Salita San Giuseppe | Tel. 09 09 81 26 16 | www.lagorgoniadiving.it)*

★ **Nationalmuseum**
Ein Rundgang durch Geschichte und Geologie in Lipari → **S. 89**

★ **Stromboli**
Ein Schauspiel: der 924 m hohe aktive Inselvulkan
→ **S. 92**

★ **Punta Milazzese**
An der Südspitze von Panarea steht ein vorgeschichtliches Dorf → **S. 94**

★ **Vulcano**
Rauchender Krater und heißes Schwefelbadewasser
→ **S. 95**

MARCO POLO HIGHLIGHTS

Über Feigenkakteen und Ginster blicken Sie von Lipari nach Vulcano

AM ABEND

MARINA CORTA
Der Platz vor dem Aliscafi-Hafen ist quasi eine riesige Freiluftbar. Hier treffen sich vor allem auch die Einheimischen.

ÜBERNACHTEN

CASA GIALLA
Urlaub im Agriturismo in *Pianoconte* mit Tomaten- und Gemüseanbau, vor den 8 Zimmern liegen Terrassen und Veranden. *Tel. 09 09 81 70 17 | www.casagialla. it | €–€€*

INSIDER TIPP ▶ NERI
Ländliches Inselhaus, das in den Gärten über der Stadt liegt. Die Pension wird familiär und sauber geführt. *9 Zi. | Via Marconi 43 | Tel. 09 09 88 01 14 | www. pensioneneri.it | €€–€€€*

ORIENTE
Die 100-jährige Villa steht in einem Garten mit Sonnenterrasse und ist nur fünf Gehminuten vom Zentrum entfernt. *32 Zi. | Via G. Marconi 35 | Tel. 09 09 811 4 93 | www.hotelorientelipari.com | €€*

AUSKUNFT

Auskunft für alle Inseln bei *STR: Via Vittorio Emanuele 202 | Tel. 09 09 88 00 95 | www.aasteolie.191.it*
Noch mehr Informationen, viele Links unter *www.eoliearcipelago.it*

ZIEL IN DER UMGEBUNG

INSELRUNDFAHRT (132 C2) (*K2*)
Die Insel lässt sich auf einer 33 km langen Rundfahrt mit dem Mietwagen erkunden. Die Ostküste bietet die einzigen vom Land aus erreichbaren Strände, die Westseite der Insel ist schroffer.
Canneto ist ein lang gestrecktes Fischerdorf mit Schotterstrand. Das gemächliche Leben spielt sich längs des Strands und in den zwei flachen Häuserreihen entlang der beiden parallel verlaufenden Straßen ab. Dahinter steigt gleich steil der alte Lavafluss der Forgia Vecchia auf, wo einst Obsidian abgebaut wurde. Vor den verlassenen Bimssteinwerken führt ein Fußweg zur *Spiaggia Bianca*, Liparis begehrtestem Strand. Hinter Acquacalda steigt die Straße auf die Hochfläche zu den sehenswerten Bauerndörfern ☀ *Quattropani* und *Pianoconte*, von wo aus Sie bequem den *Monte Sant'Angelo* (594 m) und das

verlassene Thermalbad *Terme di San Calogero* erreichen. Am ☀️ *Belvedere* haben Sie einen wunderbaren Blick auf die Nachbarinsel Vulcano. Der Abstieg zu Fuß nach Lipari führt an Feldstraßen und Wegen über das Dorf *San Bartolo al Monte*, dessen hübsche Kirche am Beginn des Wegs nach Lipari steht. Von der Straße zweigt ein steiler Fußweg ins *Valle Muria* ab und führt zum schmalen Geröllstrand **INSIDER TIPP** ▸ *Spiaggia Muria,* an dem in den Fels gemauerte Fischerhütten stehen. An der Kirche von San Bartolo beginnt ein markierter ☀️ Höhenweg, der zum Observatorium und zur Südspitze der Insel führt, dann hoch über die Ostküste zurück nach Lipari.

SALINA

(132 B–C2) *(ɯɔ J2)* **Die drei Inseln im Westen liegen abseits der großen Touristenströme. Salina wird auch die „grüne Insel" genannt, wohl wegen der aktiven Landwirtschaft, deren Haupterzeugnisse der Malvasier, ein Süßwein, und Kapern sind.**

ESSEN & TRINKEN

A' CANNATA
Am Strand von *Lingua*, dessen Leuchtturm die Südostspitze der Insel markiert, wird Meeresküche an langen Tischen in der Pineta serviert. Auch 8 einfache Zimmer und 9 Apartments in Lingua. *Tgl. | Tel. 09 09 84 31 61 | www.acannata.it | €€*

STRÄNDE & SPORT

FOSSA DELLE FELCI ☀️
(132 B–C2) *(ɯɔ J2)*
Der gut erkennbare, zum Teil markierte Wanderweg beginnt am Hafen *Santa Marina Salina* und führt als steiles Zick-

zack auf den längst erloschenen Vulkangipfel auf 962 m, den höchsten Gipfel der Äolischen Inseln mit Riesenpanorama, von dort Abstieg nach Leni und Rinella. In dem aus wenigen Würfelhäusern bestehenden **INSIDER TIPP** ▸ *Pollara* und in den in Felshöhlen gegrabenen Fischerwohnungen am winzigen Strand drehte Michael Radford 1994 den vielfach preisgekrönten Film „Il postino" (Der Postmann) mit Philippe Noiret als Pablo Neruda. Kieselstrände im Osten, sonst fast ausschließlich Fels- und Steilküste, die vom Land her nur an wenigen Stellen *(Punta di Scario bei Malfa, Pollara und Rinella)* zugänglich ist.

ÜBERNACHTEN

HOTEL ARIANA
Jugendstilvilla in *Rinella* an der Südküste, mit Terrasse über dem Meer. Restau-

LOW BUDGET

▸ Nehmen Sie statt *aliscafo* oder Katamaran die Fähre. Die Seereise dauert zwar doppelt so lang, kostet dafür aber weniger als die Hälfte.

▸ Camping *Baia Unci* am Strand von Canneto auf Lipari bietet außer der Übernachtung im Zelt 8 preiswerte Bungalows und 10 Apartments. *Via Marina Garibaldi | Tel. 09 09 811 90 9 | www.campingbaiaunci.it*

▸ *Camere Diana Brown:* gute Übernachtungsmöglichkeit in einer Seitengasse des zentralen Corso Vittorio Emanuele in Lipari. *12 Zi. | Tel. 09 09 81 25 84 oder 33 86 40 75 72 | www.dianabrown.it*

rant. *15 Zi. | Tel. 09 09 80 90 75 | www. hotelariana.it | €€€*

HOTEL SIGNUM

Die große Villa im Ortskern von *Malfa* wurde zum Viersternehotel ausgebaut; gute Küche. *30 Zi. | Tel. 09 09 84 42 22 | www.hotelsignum.it | €€€*

ZIELE IN DER UMGEBUNG

Alicudi und Filicudi, die beiden Inseln im Westen, haben sich stärker als die Nachbarinseln entvölkert. Schaf- und Ziegenhaltung, Wein- und Getreideanbau lohnten nicht mehr, touristisch sind sie schöne Mauerblümchen, auch wegen der großen Distanz zu den Nachbarinseln, die Tagesausflüge erschwert.

ALICUDI (132 A2) (*m H2*) ●

Die Insel steigt als perfekt geformter Vulkankegel aus dem Meer und ist eine Oase für Freunde absoluter Ruhe – es gibt gerade noch 105 Bewohner. Unterkunft und Essen bei Familien oder im einzigen Inselhotel. Die Häuser, die meisten verlassen, stehen in Terrassenfeldern längs des Hauptwegs, der vom Hafen bis unter den 675 m hohen Gipfel führt. Wenige Schritte vom Hafen Alicudi entfernt liegt das *Hotel Ericusa* mit 12 einfachen Zimmern; im Restaurant gibt's immer frischen Fisch *(Mai–Sept. | Tel. 09 09 88 99 02 | www. alicudihotel.it | €€)*. Ca. 70 Min. von Salina mit dem Katamaran

FILICUDI (132 A–B2) (*m J2*)

Die Insel ist trocken, fast nur von hohem Gras und Rohr bewachsen. Am Hafen *Filicudi Porto* beginnt ein langer Geröllstrand, der sich bis an die Steilküste des Capo Graziano hinzieht, wo oben auf der Bergspitze die Mauern von Rundhütten eines vorgeschichtlichen Dorfs stehen. Eine Straße führt auf die Hochebene

mit Feldern und Häusergruppen zum Hauptort der Insel, *Pecorini*, und hinunter zum Hafen und Strand von Pecorini Mare. Der größte Teil der Küste mit Meeresgrotten, Klippen und Felsnadeln erschließt sich nur vom Boot aus. Das Restaurant *Villa La Rosa* besitzt drei schöne Gästezimmer, und die Küche von Signora Adelaide gehört zum Besten auf den Inseln, neben Meeresgetier gibt es Kaninchen und eigenes Brot *(Via Rosa | Rocca Ciauli | Filicudi | Tel. 09 09 88 99 65 | www. villalarosa.it | €€)*. Sehr schön liegt das Hotel *La Canna* in Rocca Ciauli auf der Ebene über Filicudi Porto *(14 Zi. | Tel. 09 09 88 99 56 | www.lacannahotel.it | €€)*. Das *Apogon Diving Center* im *Hotel Phenicusa* in Filicudi Porto bietet Tauchen, Kurse, Ausrüstung und Flaschenfüllen an *(Tel. 09 09 88 99 55 | www.apogon.it)*. Ca. 35 Min. von Salina mit dem Katamaran

STROMBOLI

(133 D1) (*m K–L1*) ⭐ **Abseits der übrigen Inseln im Norden liegt diese Insel (350 Ew.) mit ihrem aktiven Vulkan, über dessen Gipfel immer eine dünne Rauchfahne schwebt.**

Die wenigen Häuserwürfel von *Ginostra* im Süden sind Italiens abgeschiedenste Siedlung. Im Norden ziehen sich die Häuser längs der einzigen Straße hin; auf jeder Anhöhe steht eine Kirche, Mittelpunkte der drei Inseldörfer *San Vincenzo*, *Ficogrande* und *Piscità*. Am Leuchtturm beginnt ein gepflasterter Weg durch hohes Schilf, der in einen unbefestigten Pfad übergeht mit einigen gefährlichen Stellen; er führt zum Gipfel. Wandergruppen brechen meist nachmittags auf, um vor Sonnenuntergang oben zu sein und das nächtliche Schauspiel der Glutgarben zu genießen, die in dichten Abständen aus dem Krater geschleudert werden. Die Begleitung durch Bergführer, inkl. Schutzhelme, ist vorgeschrieben; Taschenlampe und Ersatzbatterien, warme und winddichte Kleidung mitnehmen! **INSIDER TIPP** *Virtuelle Wanderungen* im Internet: *www.swisseduc.ch/stromboli/ volcano/virtual/index-de.html*

ESSEN & TRINKEN

LA LAMPARA

Freiluftpizzeria mit großer Terrasse und original neapolitanischem Pizzabäcker. *Tgl. | Via Vittorio Emanuele | Ficogrande | Tel. 0 90 98 64 09 | €*

PUNTA LENA ● ☀

Feinste, leichte Inselküche, Terrasse mit Pergola und Superblick. *April–Okt. tgl. | Via Marina 8 | Tel. 0 90 98 62 04 | €€€*

STRÄNDE & SPORT

Den drei Dörfern an der Nordküste ist ein langer Strand mit Geröll, Kies und stellenweise auch tiefschwarzem Sand vorgelagert.

MAGMATREK

Kooperative von Vulkanführern (auch deutschsprachig). *Via Vittorio Emanuele | Tel. 09 09 86 57 68 | www.magmatrek.it.* Im Sportladen *Totem (Piazza S. Vincenzo | Tel. 09 09 86 57 52)* gibt es entsprechende Ausrüstung, auch leihweise.

ÜBERNACHTEN

Übernachten ist teuer. Wenn die Schiffe ankommen, stehen meist Vermieter von Privatzimmern am Anleger. Ganz einfache Quartiere kosten ab 25 Euro/Person in der Vor- und Nachsaison.

FRANCESCO AQUILONE

Kleine Pension in San Vincenzo, üppiger Zitronengarten, familiär, Essen wie beim Fischer. *5 Zi. | Via Vittorio Emanuele 29 | Tel. 0 90 98 60 80 | www. aquiloneresidence.it | €–€€*

Schaurig-schönes nächtliches Spektakel: Lava ergießt sich über die Flanke des Stromboli

LA SIRENETTA PARK HOTEL

1950 wohnten Ingrid Bergmann und das Filmteam von Roberto Rossellinis „Die Erde bebt" in der damals noch sehr bescheidenen Herberge. Heute besitzt die Anlage am Strand von Ficogrande 55 komfortable Zimmer. *April–Okt. | Tel. 0 90 98 60 25 | www.lasirenetta.it | €€€*

ZIEL IN DER UMGEBUNG

PANAREA (132 C2) (*ꟺ K1*)

Panarea ist die kleinste und feinste der Inseln – im Sommer drängeln sich dort VIPs und ihr Anhang aus Szene, Wirtschaft und Finanzwelt. Die Insel ist von zahlreichen Klippen und Inselchen umgeben, die als Rest eines eingestürzten Vulkans aus dem Meer ragen. Die drei Orte *Ditella*, *San Pietro* – mit Hafen und *Drauto* gehen ineinander über, staffeln sich schön über der tiefschwarzen Klippenküste. Die Westküste ist unzugänglich, während an der Ostküste ein Weg von den Fumarolen mit heißem Dampf im Norden bis zur ★ *Punta Milazzese* im Süden führt. Dort stehen auf dem Plateau der kleinen Halbinsel 20 m über dem Meer die Mauern eines vorgeschichtlichen Rundhüttendorfs. Ein Weg führt in die traumhafte Felsenbucht *Cala Junco* mit schönsten Farbreflexen; die ihr vorgelagerte Insel und die Steilküste sind ein guter Platz zum Baden und Tauchen.

Großes Können in der Küche mit einfachen Zutaten erlebt man bei *Da Pina* mit Veranda und Garten *(7 Zi. | Via San Pietro 3 | Tel. 0 90 98 30 32 | www.dapina.com | €€€)*. Das *Hycesia* und seine Meeresküche sind familiär und für Panarea-Ver-

BÜCHER & FILME

▶ **Commissario Montalbano** – ist ein echter Sizilianer. Er liebt gutes, handfestes Essen und ist Frauen zugetan. Seine Fälle spielen in Porto Empedocle und Agrigent, wo Autor Andrea Camilleri aufgewachsen ist. In seinen Kriminalromanen, die auch fürs Fernsehen verfilmt wurden, wird der kriminelle Alltag der Insel dargestellt.

▶ **Der Leopard** – Der Roman von Giuseppe Tomasi di Lampedusa führt ins Leben des Adels, stellt seinen Auf- und Abstieg dar. Von Luchino Visconti mit Burt Lancaster und Alain Delon 1963 an Originalschauplätzen verfilmt

▶ **Von Kamen nach Corleone** – Petra Reski reist im weißen Alfa Spider durch Mafialand Deutschland bis in die Heimat der Paten, trifft Mafiajäger, schaut zurück auf die großen Prozesse und die Bosse.

▶ **Palermo Shooting** – wurde 2008 von Wim Wenders gedreht. Ein erfolgreicher Fotograf macht sich auf der Suche nach dem Sinn des Lebens nach Palermo auf

▶ **Cinema Paradiso** – Die Szenerie des Kultfilms (1988) von Giuseppe Tornatore mit Philippe Noiret sind die Bergnester Castelbuono und Palazzo Adriano: eine Liebeserklärung an das Kino

▶ **Wer erschoss Salvatore G.?**
Francesco Rosis Film (1961) über den Mafioso Salvatore Giuliano, der 1949 erschossen wurde, entstand an Originalschauplätzen um Montelepre

hältnisse erschwinglich *(März–Okt. | Tel. 09 09 83 04 41 | www.hycesia.it | €€ | 8 Zi. €€–€€€)*. Das Hotel *Raya*, eine Terrassenanlage mit Gärten, ist im Inselstil gebaut. Obwohl nur mit zwei Sternen dekoriert zieht seine Einfachheit die Reichen magisch an. Mit Boutique und Freiluftdisko *(April–Okt. | 29 Zi. | Tel. 09 09 83 03 13 | www.hotelraya.it | €€€)*. 30–35 Min. von Stromboli mit dem Katamaran

VULCANO

(132 C3) (𝄞 K2) ⭐ **Die Bade- und Urlaubsinsel (450 Ew.) verdankt ihre Beliebtheit den beiden Strandbuchten *Porto Levante* und *Porto Ponente*, wo es Klippen, Sand und heiße Fumarolen gibt, die nicht nur an einigen Stellen das Meerwasser aufheizen, sondern mit dem Heißwasser- und Fangobecken des *Acqua del Bagno* einen frei zugänglichen Thermalbetrieb möglich machen.**

Zum Hauptkrater, dem *Gran Cratere*, führt ein gekennzeichneter Wanderweg. Fahnen beißenden Schwefelrauchs zeigen an, dass er zwar ruht, aber im Inneren ein noch aktiver Vulkan ist, der stets wieder ausbrechen kann. Ins Innere der Insel, nach *Piano*, führt eine ☀ Straße in Panoramalage auf der Hochebene. Weiter geht es über ein Serpentinensträßchen zum ☀ *Leuchtturm von Gelso* ganz im Süden mit großartigem Blick auf die Nordküste Siziliens, dahinter wie eine Wand die Bergkette der Nebrodi, über die der breite Gipfel des Ätna ragt.

ESSEN & TRINKEN

MARIA TINDARA
Oben auf dem Berg in Piano, ganz traditionell mit Kaninchen, Lamm und hausgemachten Nudeln. *Tgl. | Tel. 09 09 85 30 04 | €€*

DA MAURIZIO
Hier wird kreative Meeresküche serviert. In der Nähe des Hafens. *Tgl. | Tel. 09 09 84 24 26 | €€*

ÜBERNACHTEN

GARDEN VULCANO
Dieses ehemalige Kapitänshaus beherbergt eine reiche Sammlung von Erinnerungsstücken aus aller Welt. Seine

Nicht schön, aber wohl heilsam: Bad im Schlamm von Vulcano

Hotelgäste genießen außerdem den kostenlosen Zugang zum Thermalpool der Terme di Vulcano. *37 Zi. | Porto Ponente | Tel. 09 09 85 21 06 | www.hotelgardenvulcano.it | €€–€€€*

ROJAS BAHIA
Das Hotel liegt umgeben von Grün nahe dem Strand in Porto Levante. *28 Zi. | April–Sept. | Tel. 09 09 85 20 80 | www.hotelrojas.com | €€–€€€*

AUSFLÜGE & TOUREN

Die Touren sind im Reiseatlas, in der Faltkarte und auf dem hinteren Umschlag grün markiert

1

AUF DER VIA DEL SALE DEM WEISSEN GOLD AUF DER SPUR

Von Trapani führt auf Nebenstraßen längs der Küste die „Via del Sale", die „Salzstraße", nach Marsala. So präzise die Grenzen von Wasser und Land vom flach am Meer abbrechenden Kalkstein auch gesetzt werden, für das Auge gehen Himmel, Salinen, die Lagunen und die flachen Inseln mit ihren Pinienreihen und verlassenen Häusern ineinander über: eine Landschaft für Sehnsüchte. Aus der Ebene steigt der zerklüftete Felsklotz des Eryx ebenso unvermittelt auf wie die drei Inseln aus dem Meer, Favignana, Levanzo und Marettimo. Die Route ist zwar nur 55 km

lang und topfeben und damit ideal für eine Radtour, doch um ausreichend Zeit für die Insel Mozia zu haben, sollten Sie einen ganzen Tag mit Picknick dafür freihalten.

Der lange, heiße Sommer und die fast immer vorhandene Brise begünstigen die Industrie, die hier seit Jahrhunderten im Einklang mit der Natur aus Wasser, Sonne, Wind und menschlicher Arbeit Salz gewinnt. Von 1960 an wurde eine Saline nach der anderen geschlossen, und die Windmühlen zerfielen. Als 1984 die Salzgärten Erdölraffinerien weichen sollten, engagierten sich Naturschützer für den Erhalt dieser einzigartigen Landschaft und die Wiederinbetriebnahme eines Teils der Salinen mit ihren Windmühlen. Heute wird etwa die Hälfte der

Bild: Traditionelle Salzgewinnung in den Salinen bei Trapani

Zwischen Wein und Weizen, Salz und Schwefel: Auf kleinen Straßen das weniger bekannte Sizilien kennenlernen

früheren Fläche wieder bewirtschaftet. Zwei Anlagen beherbergen Museen, fünf Windmühlen wurden restauriert. Diese Mühlen trieben die Pumpen für die Salzsole an und die Mühlsteine zur Zerkleinerung der Salzbrocken.

Sie nehmen in **Trapani → S. 81** die Nebenstrecke nach Marsala (Ausschilderung Richtung Flughafen/Birgi, später auch „Via del Sale"). 5 km südlich von Trapani führt eine Straße zur **Salina di Nubia**. Dort zeigt man im **Museo del Sale** *(tgl. 9.30–13.30 u. 15.30–18.30 Uhr | Eintritt 2 Euro)* den Ablauf der Salzgewinnung.

Zurück auf der Hauptstraße, folgen Sie ihr Richtung Marsala, bis Sie hinter dem Flughafen in die Straße nach **Birgi Novo** einbiegen, einem Dorf mit flachen Häusern inmitten von Weingärten. Sie fahren dann auf einer schmalen Straße südwärts immer am Ufer der Lagune entlang, die zwischen 30 cm und 4 m tief ist, eine reiche Unterwasserflora besitzt und zahlreiche Wasservögel anzieht. Auf der Höhe der Insel Mozia liegt die größte der noch aktiven Salinen, **INSIDER TIPP** *Ettore Infersa* (tgl. 9–20 Uhr | Eintritt 5 Euro | www.salineettoreinfersa.com). Hier haben Sie Gelegenheit zur Besichtigung der Salzgärten, eines Museums und einer Mühle, und Sie können Salz kaufen. In 3 Zimmern mit Blick auf die Saline (€€) können Sie übernachten. Davor fahren die Boote nach Mozia ab *(9 Uhr bis 2 Std. vor Sonnenuntergang | 6 Euro)*.

Mozia ⭐ ist mit Pinien, Palmen und Weingärten bestanden. Die Insel war bis zu ihrer Zerstörung durch die Griechen 397 v. Chr. befestigte phönizische Hafenstadt. Beachtliche Reste sind noch erhalten. Zu Fuß umrundet man die Insel in zwei, drei Stunden. Im Süden sind Becken und Mauern des 2500 Jahre alten Hafens zu sehen, im Norden das Urnengräberfeld mit roh gearbeiteten Grabsteinen, den *Tophet*, und der Ausgrabungsbezirk **Cappiddazzu**, ein monumentaler Tempel der Tanit, neben Baal Hauptgottheit Karthagos, das die Insel zum Stütz-

Auch schon in die Jahre gekommen: der Jüngling von Mozia

punkt ausbaute. In der Villa des englischen Weinmagnaten Joseph Whitaker ist heute das **Museum** mit Funden aus der punischen Vergangenheit von Mozia und Marsala untergebracht. Sein Glanzstück ist eine lebensgroße Marmorfigur: der *Ephebe von Mozia*, eine griechische Arbeit aus dem 5. Jh. v. Chr., die einen Jüngling mit reich gefälteltem Gewand darstellt. *(Museum und archäologische Zonen tgl. 9–15, März–Sept. bis 19 Uhr | Eintritt 9 Euro)*. Zurück von der Insel Mozia folgt die Straße nach **Marsala → S. 77** der Küste mit Fischersiedlungen und Ferienhäusern.

2 WEIZENFELDER UND SCHWEFELMINEN

Die Region um Caltanissetta war zwischen 1720 und 1920 ein Industriegebiet. Rund 80 Prozent des Schwefels weltweit wurden hier gefördert, als Rohstoff für Schießpulver und die Chemieindustrie war er unentbehrlich. Heute sind die endlosen Hügel- und Bergketten wieder Weizenland, wie sie es in der Antike waren, als Innersizilien die Kornkammer der Römer war. Die Route, für die Sie mindestens einen Tag einplanen sollten, führt in 200 km von Enna, dem „Nabel Siziliens", über Caltanissetta nach Agrigent, meist auf wenig befahrenen Nebenstraßen.

Die Staatsstraße Nr. 121 führt von **Enna → S. 49** in das weite Tal des *Fiume Salso*. Die Autostrada windet sich hier auf bis zu 10 km langen Brücken durch die Landschaft. In **Villarosa** stehen am Bahnhof **INSIDER TIPP** sieben leuchtend rote Güterwagen, in denen der frühere Bahnhofsvorsteher ein Museum für Eisenbahn- und Ortsgeschichte, den Schwefelbergbau, Landwirtschaft und Auswanderung eingerichtet hat. Bisher sind 2500 Gegenstände von der Trillerpfeife bis zum fürstlichen Schlafzimmer aus Villarosa, ganz Sizilien und aller Welt zusammengetragen worden (*Di–So 9.30–12, 16.30–19.30 Uhr | Eintritt 3,50 Euro | www.trenomuseovillarosa.it*). In der Trattoria La Littorina ebenfalls im Eisenbahnwagen gibt es handfeste Kost (*Mo. geschl. | Tel. 32 05 66 55 24 | €*).

Das Altstadtviertel des ehemaligen Bergbauzentrums Caltanissetta erinnert mit seinen Marktständen, Garküchen und engen Gassen ein wenig an orientalische Basare. Interessant essen können Sie im Vicolo Duomo (*Mo geschl. | Vicolo Niviera 1 | €*) in der Altstadt. Zum Übernachten empfiehlt sich das auch in der Altstadt gelegene Hotel Plaza (*32 Zi. | Via Gaetani 5 | Tel. 09 34 58 38 77 | www. hotelplazacaltanissetta.it | €€*).

Über San Cataldo gelangen Sie nach Mussomeli. 2 km vor dem Ort erhebt sich das ☀ Castello Manfredonico aus dem 12. Jh. in unangreifbarer Lage auf einer Felsspitze. Von hier oben kann man bei klarem Wetter den größten Teil Siziliens sehen.

Casteltermini und San Biagio sind Kleinstädte am Fuß der wald- und quellenreichen Monti Sicani, in denen Sie einen Abstecher zur Wallfahrtskirche der Santa Rosalia di Quisquina machen können, wo im 12. Jh. die Schutzpatronin Palermos als Einsiedlerin in einer Höhle lebte. Auf dem 1578 m hohen ☀ Monte Cammarata genießt man den Blick zum Ätna und zum Meer.

Von hier fahren Sie weiter nach San Angelo Muxaro, einer Kleinstadt in kühner Lage auf einem Bergplateau. Unterhalb des Orts führt ein markierter Fußweg von der Straße zu Felsgräbern aus vorgriechischer Zeit. Vom ca. 15 km entfernten Aragona aus kommen Sie zu den `INSIDERTIPP` *Vulcanelli di Macalube.* Das sind Schlammkrater, die von aufsteigenden Gasen aus dem Erdinneren

Sanft geschwungene Hügellandschaft bei Enna

Blasen schlagen und in der Antike als ein Zugang in die Unterwelt oder als verhexter Platz galten. Information und Führung bietet die Riserva Naturale Macalube (*Aragona | Via Salvatore La Rosa | Tel. 09 22 69 92 10*). Von Aragona sind es auf direktem Weg dann noch 15 km bis nach Agrigent → S. 72. Interessanter aber ist der 40 km längere Weg über die beiden barocken Landstädte Favara und Naro, wo Bildhauer und Steinmetze ihrer Phantasie freien Lauf ließen und aus dem weichen, dunkelgelben Sandstein der Gegend die Fassaden von Kirchen und Palästen mit Fratzen, Masken, grotesken Trägerfiguren, Säulen, Gesimsen

Mussomeli: Castello Manfredonico

und Schnörkeln gestalteten. Stärken könne Sie sich in der Dorftrattoria **Cacciatore** im nahen **Castrofilippo** *(Via Verdi 5 | Tel. 09 22 82 98 24 | Mi. geschl. | €)*.

③ DIE GRÜNEN GIGANTEN VON PIANO POMO

Die Madonie sind der mittlere Teil des langen Bergzugs, der sich hinter Siziliens Nordküste erhebt und im Inneren ein 1500 bis fast 2000 m hohes Hochplateau bildet, das zum Teil von Wäldern, aber meist von Grassteppen mit einzelnen Baumriesen bewachsen ist. Die Riesenstechpalmen von Piano Pomo sind die ältesten Bäume ihrer Art in Europa. Die Wanderung dauert etwa 2,5 Std., Wanderschuhe sind empfehlenswert. Und vergessen Sie die Wasserflasche nicht!

Ausgangspunkt dieser Bergwanderung ist **Piano Sempria** (1260 m), wohin Sie von Castelbuono auf einer 10 km langen Bergstraße gelangen. Übernachtung und kräftige Kost wie Bandnudeln mit Pilzen und Fleisch von frei laufenden Schweinen gibt es dort in der Berghütte ⏱ **Rifugio Francesco Crispi** *(28 Betten | Tel. 09 21 67 22 79 | www.ristorantiitaliani. it/rifugiofrancescocrispi | €)*.

Am Beginn des Wegs informiert eine Tafel über seinen Verlauf. An einer hohlen, 800 Jahre alten Eiche, in der eine kleine Madonnenstatue steckt, überquert er den Fahrweg und führt dann im steilen Zickzack durch den Eichenwald zu einem ❄ **Aussichtspunkt**.

Hier endet der Aufstieg, der Weg führt unter Felsen am Hang entlang und mündet in einen Fahrweg, von wo Sie über ein Gatter auf die grasbewachsene **Ebene von Piano Pomo** (1380 m) gelangen. Dort steht ein *pagliaro*, eine lang gestreckte Steinhütte mit einem Reisigdach, innen mit Tischen und Bänken

ausgestattet. Er wurde nach dem Vorbild sizilianischer Hirtenhütten für Forstarbeiter und Wanderer neu gebaut.

Gegenüber überklettern Sie mittels einer Holzleiter den Zaun und erreichen nach wenigen Schritten über einen Pfad den **Hain der Riesenstechpalmen.** Diese Art hat sich aus der Eiszeit erhalten. Die knapp 100 Bäume erreichen eine Höhe von bis zu 15 m und sind schätzungsweise 300 und mehr Jahre alt. Zwischen den dicken Stämmen ist es dämmerig, denn das dichte Blätterdach lässt kaum Tageslicht hindurch. Hinter dem Hain führt rechts ein gut erkennbarer Pfad durch Buchen- und Eichenwald mit mächtigen Stämmen zum ❄ **Gipfelkreuz auf dem Cozzo Luminario** (1512 m), wo sich ein Rundblick aufs Meer, zu den Äolischen Inseln, dem Ätna und dem Gipfelplateau des Pizzo Carbonara (1979 m) bietet. Der Weg führt jetzt abwärts in eine Karstsenke; dort erreichen Sie den Forstweg, der Sie zurück zum Piano Sempria bringt. Mehr Infos unter *www.parcodellemadonie.it/ sentiero-degli-agrifogli-giganti.html*

④ SIZILIENS NORDSPITZE – KÜSTE UND BERGE UM MESSINA

Die Tour führt von Messina zum nördlichsten Punkt der Insel und dann auf den Kamm der Monti Peloritani mit Blicken zur Meerenge, der Küste und den Bergen Kalabriens, den Liparischen Inseln, dem Jonischen und Tyrrhenischen Meer zum Monte Dinnamare und dann zurück nach Messina. Reservieren Sie sich einen Tag mit klarem Wetter, packen Sie ein Picknick ein und steigen Sie dann aufs Mountainbike oder ins Auto.

Die ersten 25 der insgesamt 65 km langen Rundfahrt geht es an der Küste der immer schmaler werdenden Meerenge entlang zur Nordostspitze Siziliens nach

Punta del Faro, auch **Capo Peloro** genannt. Dort haben Sie vom Strand Blick auf den Felsen von Scilla auf der anderen Seite der Meerenge und auf die küstennahen Strudel, die sich an den Untiefen und Sandbänken von Cariddi bilden. Sie sind noch heute für kleine Schiffe eine Gefahr. In der antiken Sagenwelt tauchen sie als die Seeungeheuer Skylla und Karybdis auf. Das Fischerdorf **Ganzirri** liegt zwischen dem Kap und den beiden Lagunenteichen, die für ihre Muschelzucht berühmt sind. Dort können Sie in der **Trattoria Napoletana** *(Mi. geschl. | Tel. 0 90 39 10 32)* Fisch und Muscheln mit Blick auf die Meerenge genießen.

Zwischen **Punta del Faro** und **Spartà**, Siziliens nördlichstem Punkt, bieten kleine Strandorte lauter Bademöglichkeiten, Steilküste wechselt mit Sand- und Geröllstränden. Anschließend führt die Straße am Kamm der Peloritani-Berge entlang zum **Colle San Rizzo** (624 m) und weiter auf der Kammstraße zum 1130 m hohen **Monte Dinnamare**, wo eine der Madonna geweihte **Wallfahrtskirche** steht. Der Wald in der Umgebung bietet mit kalten Quellen und Picknickplätzen ideale Voraussetzungen für eine erholsame Rast. Der Blick von hier oben geht bis zum tyrrhenischen Meer mit der Nordküste Siziliens, den Liparischen Inseln sowie im Osten auf Messina, die Meerenge und die Südspitze Kalabriens, nach Süden und Westen erkennen Sie die Bergtäler und Gipfel der Monti Peloritani. Zurück am Colle San Rizzo lohnt auf halbem Weg nach Messina der Abstecher zur **Badiazza**, der romantischen Ruine einer Festungskirche mit Turm und Zinnen aus der Normannenzeit.

Ciao Italia: Vom Strand an der Punta del Faro blicken Sie aufs italienische Festland

SPORT & AKTIVITÄTEN

Mehr als 1000 km Meeresküste besitzt Sizilien; bis auf wenige, kurze Abschnitte vor den Großstädten ist sie einladend sauber. Wassersportarten wie Schnorcheln und Tauchen, Segeln und Surfen sind rund um die Insel möglich. Aber auch auf festem Boden kommen vor allem Wanderer, Mountainbiker und Reiter auf ihre Kosten.

GOLF

Zwei landschaftlich ausgesprochen schöne 18-Loch-Plätze wurden mit viel Rücksicht zwischen dem alten Baumbestand zweier Landgüter angelegt. Am Nordhang des Ätna auf 650 m der *Picciolo Golf Club* mit einem eigenen Gästehaus *(€€–€€€)*, dessen Grüns zwischen Eichen, Haselnussbäumen und Reben liegen *(Castiglione di Sicilia | Tel. 09 42 98 62 52 | www.ilpicciologolf.com)*. Über der Küste zwischen Cefalù und Termini Imerese in Orangen- und Olivenhainen findet der *Le Madonie Golf Club (Collesano | Tel. 09 21 93 43 87 | www. lemadoniegolf.com)* seinen Platz.

MOUNTAINBIKING

Fast überall auf der Insel möglich und auch bei Sizilianern beliebt ist Mountainbiking auf wenig befahrenen Nebenstraßen, Feldwegen und Forstpisten. Ätna, Madonie, Nebrodi und die Peloritani-Berge im Nordosten fordern mit Höhenunterschieden heraus, die oft weit über 1000 m gehen. Weniger anstrengend ist

Auf den Bergen, im Grünen, unter Wasser und in der Luft: die besten Plätze für Ihren Lieblingssport

es längs der Südküste, im Westen und auf den Kalkebenen von Syrakus und Ragusa.

Eine schöne Tour führt über die ❄ **INSIDER TIPP** *Kammstraße der Monti Peloritani* mit Blick auf die Nordspitze Siziliens, die Meerenge, die Berge Kalabriens und den Ätna, die Äolischen Inseln, das Tyrrhenische und Ionische Meer. Ausgangspunkt ist der Tour ist *Messina* an der *Portella di Rizzo* (466 m), dann geht es immer auf dem Kamm (1100 bis 1200 m) zur *Portella Mandrazzi* (1125 m),

von dort anschließend in Kurven und Serpentinen nach *Castroreale/Milazzo* oder *Taormina*. Von Messina bis Taormina sind es insgesamt 95 km. Gute, aktuelle Infos unter *www.sizilien-rad.de*

PARAGLIDING

INSIDER TIPP Mit dem Gleitschirm fliegen *(parapendio)* können Sie auf Sizilien von den hohen Bergketten im Norden, besonders in den Nebrodi und im Hinterland von Palermo (Piana degli Albanesi,

San Cipirello und Gibilrossa). *Accademia Siciliana Volo Libero | Via degli Astronauti 14 | Altofonte | Tel. 09 16 64 05 35 | www.asvl.it*

REITEN

Reiten, zum Teil als geführte Tagesexkursion, zum Teil auch als Mehrtagesstrecke ist besonders in der Madonie beliebt. Viele Agriturismo-Bauernhöfe bieten Reiten an. Reiten in der Madonie: *Azienda Agrituristica Monaco di Mezzo | Petralia Sottana | Tel. 09 34 67 39 49 | www.monacodimezzo.com*

SEGELN

Erstklassig Segeln lässt es sich zwischen Tropea (Kalabrien), den Äolischen Inseln und der Nordküste von Tindari bis Cefalù. Spannend ist auch die Fahrt durch die Meerenge von Messina, den *Stretto*, der mit seinen Untiefen, wechselnden Strömungen, plötzlichen Windböen und schließlich dem intensiven Schiffsverkehr ein sehr anspruchsvolles Revier ist, das am Ätna entlang die reizvolle Ostküste mit zahlreichen kleinen Fischerhäfen bis Catania umfasst.

TAUCHEN

Ideale Bedingungen finden Taucher und Schnorchler über felsigem Grund. Den gibt es vor allem an der Nordküste, an der Ostküste im Bereich des Ätna und bei Bucheri nördlich von Augusta. Die mit Abstand besten Tauchreviere stellen die kleinen Inseln dar, an erster Stelle Ustica und das vor der afrikanischen Küste gelegene Lampedusa, doch fast ebenso schön sind die Tauchgründe der Ägadischen und der Äolischen Inseln. Auf allen Inseln gibt es für Unterwassersportler eine sehr gute Infrastruktur

(Tauchkurse, Verleih von Ausrüstung, Druckflaschenservice, Dekompressionskammern).

Tauchen um die Insel *Ustica* (Fähre und Tragflügelboot ab Palermo): Die Gewässer sind Meeres-Naturschutzgebiet und gelten bei italienischen Tauchern als Superlativ; im Sommer überlaufen, sonst ausreichend Privatquartiere. Info: *Riserva Marina di Ustica | Tel. 09 18 44 94 56 (Touristbüro) | www.ustica.net*

WANDERN

Die Berge, die einsamen Hochplateaus und die besonders im Südosten beeindruckenden Schluchten werden zum Wandern bisher vorwiegend von den Einheimischen besucht. Viele der Wanderwege sind die heute außer Gebrauch gekommenen *trazzeri*, die alten Viehwege. Wanderkarten und Wegmarkierungen gibt es bisher wenig, doch in den fünf großen Naturparks Ätna, Alcantara-Fluss, Nebrodi, Madonie und Monti Sicani können Sie sich gut orientieren und finden Wege aller Schwierigkeitsgrade. Das Begehen der Schluchten, die oftmals das ganze Jahr über Wasser führen, erfordert vielfach bergsteigerische Erfahrung und Ausrüstung. Geführte Wanderungen in den Naturschutzgebieten finden überwiegend an den Wochenenden statt.

Cava d'Ispica: 10 km lange Schlucht, an deren Ausgängen Sie Höhlen besichtigen können. Touren ab dem *Besucherzentrum Ispica* am Eingang der Schlucht.

Parco Regionale delle Madonie | Petralia Sottana | Corso Pietro Agliata 16 | Tel. 09 21 68 40 11 | www.parcodellemadonie.it

Parco Regionale dei Nebrodi | Alcara Li Fusi | Via Ugo Foscolo 1 | Tel. 09 41 79 39 04 | www.parcodeinebrodi.it

Parco Regionale dell'Etna | Nicolosi | Tel. 0 95 82 11 11 | www.parcoetna.ct.it

Keine Angst, passiert nichts: Höhlenforschung light in der Schlucht von Alcantara

Parco Fluviale dell'Alcantara | Via dei Mulini | Francavilla di Sicilia | Tel. 09 42 98 99 11 | www.parcoalcantara.it
Parco Regionale dei Monti Sicani | Palazzo Adriano und Bivona | www.parcodei sicani.it
Vorwandern können Sie im Web unter *www.greenstontrek.com* mit Fotos und Tourenbeschreibungen in den Peloritani, Nebrodi sowie am Ätna und unter *www.artemisianet.it*.

WINDSURFEN

Die besten Surfspots gibt es an der West- und Südküste, denn dort weht fast immer ausreichend Wind: San Vito Lo Capo, Favignana, Torre Granitola und Triscina bei Selinunt, Torre di Gaffe bei Licata und Capo Passero im Südosten. An der Nordküste ist Capo Orlando Surfertreff.

WINTERSPORT

Die beiden Wintersportgebiete Siziliens sind der Ätna und die Madonie, wo sich an wenigen Stellen Hotels, Lifte, Skischulen und Abfahrtspisten dicht an dicht befinden und an schönen Winterwochenenden viel Betrieb herrscht, ganz besonders in den schneesicheren Monaten Januar bis März. Am Ätna ist das wichtigste Wintersportzentrum *Etna Sud* oberhalb von Nicolosi auf 1800 m Höhe, wo trotz der jüngsten Vulkanausbrüche Pisten, Seilbahnen und Unterkünfte vorhanden sind. In der Madonie konzentriert sich fast alles auf *Piano Battaglia* (1650 m). Ideal zum Langlauf sind die Höhenwege in den Nebrodi- und Madonie-Bergen (zum Teil als Wanderwege und als Fernwanderweg *Sentiero Italia* markiert).

MIT KINDERN UNTERWEGS

Allen Italienern geht das Herz auf, wenn sie Kinder sehen. Für die *bambini* machen sie alles, auch wenn es nicht die eigenen sind. Und die Eltern werden gleich in diese offen gezeigte Sympathie mit einbezogen, am Strand, im Hotel, eigentlich überall.

Für Kinder kann Sizilien großartige Ferienerlebnisse bieten, weit mehr als nur Strand, Sonne und Eisdiele, auch wenn es auf den ersten Blick nicht das ideale Reiseziel für Kinder ist. Die endlos langen Korridore und vollen Vitrinen der Museen, die quadratkilometergroßen Ausgrabungen unter der prallen Sonne, Kirchen, Klöster und Paläste an jeder Ecke und fast immer mit Sternen der Kunsthistoriker geschmückt, schließlich die langen Entfernungen mit unendlich vielen Kurven auf schattenlosen Straßen: Das ist nicht nur für Kinder ziemlicher Reisestress.

Bis auf den Lunapark mit Karussell und Ständen mit grellbuntem Plastikspielzeug, den es im Sommer in den meisten Ferienorten am Meer gibt, tut sich für Kinder wenig, schon gar nicht Angebote mit dem Gütesiegel „pädagogisch besonders wertvoll". Ergreifen Sie selbst die Initiative! Und machen Sie es wie die Sizilianer: die kühlen Morgenstunden nutzen, dann sich und den Kindern eine lange Siesta mit einem mehr oder weniger langen Schläfchen gönnen, am Abend ist es wieder kühler, man lebt wieder auf.

Im Restaurant werden in Italien auch fünfjährige Kinder als normale Esser an-

Bild: Bootsfahrt im tyrrhenischen Meer vor der Kulisse von Stromboli

Ausgesprochen familientauglich: Bootfahren und Eisenbahnklettern, Höhlenforschen, Puppentheater und noch viel Meer

gesehen, die dann in jedem Gang etwas rumstochern. Wenn Ihr Kind einen Teller Spaghetti oder einen Fisch und sonst nichts haben möchte, erklären Sie das dem Kellner. Der wird es verstehen und auch akzeptieren. Legen Sie öfter mal ein Picknick ein, wie das die Sizilianer auch machen, am besten am Wochenende, wenn so richtig Leben herrscht. In den Waldgebirgen gibt es jede Menge Picknickplätze, meist mit gefassten Quellen, in deren eiskaltem Wasser die Kinder Melonen und Getränke kühlen können.

Flache Strände mit feinem, weichem Sand, an denen Kinder gefahrlos baden und plantschen, buddeln und bauen können, gibt es nicht überall auf Sizilien. Das längste Sandband beginnt südlich von Syrakus und begleitet dann für fast 300 km bis auf kurze felsige Abschnitte die ganze Südküste bis Selinunt. Den weichsten und feinsten Sand gibt es in *Fontane Bianche* bei Syrakus und an der *Marina di Noto*; südlich von Ragusa liegen die breiten Dünenstrände von *Pozzallo, Sampieri, Donnalucata* und

Scoglitti, bei *Falconara* westlich von Gela, in *San Leone* (Agrigent) mit vielen Lidobetrieben, um *Siciliana Marina*, in *Eraclea Minoa*, um die Mündung des *Fiume Platani* südöstlich von Sciacca, *Porto Palo di Menfi* und *Marinella* bei Selinunt. Im Norden und Osten sind es kurze Abschnitte, an denen das Wasser allerdings oft schnell tief wird, z. B. *San Vito Lo Capo (Ortsstrand)*, *Mondello* bei Palermo mit sauberem Wasser und fast mehlfeinem Sand, *Cefalù (Stadtstrand)*, *Capo Orlando*, die Küste zwischen Tindari und Milazzo, *Letoianni*, *Giardini-Naxos* mit den südlich anschließenden, sehr kindgeeigneten, aber oft überfüllten Stränden von *San Marco* und *Fondachello*, schließlich noch die Ebene südlich von Catania mit zahlreichen Lidobetrieben und Strandsiedlungen. Die Inseln um Sizilien haben nur wenige kindgeeignete Strände.

DER NORDOSTEN

GOLA ALCANTARA (133 D5) (*ω K4*)

Mit nackten Füßen oder in Gummistiefeln durch den Fluss in der Basaltschlucht waten – zwischen Badegumpen und kleinen Strudeln. Gummistiefel können ausgeliehen werden, Treppe und Fahrstuhl zum Fluss. *An der Straße Taormina–Randazzo*

DER SÜDOSTEN

INSIDER TIPP▶ BUSCEMI– DIE ALTEN HANDWERKE (135 D4) (*ω K7*)

Der Ort ist mit seinem Rundgang zu alten Handwerksberufen Museum und Werkstatt zugleich. Hier gibt es Bauernhäuser zu sehen, schauen Sie Korbflechtern und Weberinnen bei der Arbeit zu. *Museo della Civiltà Contadina | Mo–Fr 9–13.30 u. 15–18, Sa/So 9–13 Uhr | Tel. 09 31 87 85 28 | Führung (2 Std.) 5 Euro, Kinder bis 6 J. frei, 6–18 J. 2,50 Euro | www.museobuscemi.org*

EISENBAHNFAHRT
(134–135 B5–E4) (*ω J–K7*)

Von Syrakus nach Vittoria klettert der Linienzug in 3–4 Stunden toller als jede Museumsbahn in riesigen Kurven und Schleifen vom Meer hinauf auf die Hochebene von Ragusa und wieder hinunter ans Meer, durchfährt dabei einige tiefe Schluchten und überquert sie auf atemberaubend hohen Viadukten. *3x tgl. | Fahrpreis 8,60 Euro, Kinder bis 12 J. 4,30 Euro*

DIE ESEL VON ROSOLINI
(135 D5) (*ω K8*)

Oasi degli Asini ist eine Non-Profit-Organisation, die Esel hält und ausbildet. Ihre Kinder können dort auf dem Eselsrücken reiten und auch kleine Ausritte unternehmen. Sie können aber auch begleitete Tagestouren und mehrtägige Exkursionen durch die Schlucht und über die Hochebenen der Monti Iblei buchen, bei denen unterwegs entweder in Zelten oder auf Bauernhöfen übernachtet und im Freien gekocht wird. Außerdem Besuch von Bauernhöfen, Spielplatz, Volleyball und Bocciabahn sowie Picknickgelände mit Grillmöglichkeit in der Oasi. *Rosolini | Contrada Santa Croce | Tel. 09 31 50 21 79 und 36 87 83 11 76 | www.oasidegliasini.it*

DIE NORDKÜSTE

INSIDER TIPP▶ HÖHLENWOHNUNGEN UND BURG SPERLINGA
(131 F3) (*ω H4*)

Einige der Wohnhöhlen unter dieser Burg bei Nicosia sind sogar noch bewohnt oder Stall, zum Teil frei zugänglich. *Führungen* finden in der Burg mit einem Museum der Höhlenwohnungen statt. *Tgl. 9.30–13.30, 14.30–18.30 Uhr | Tel. 09 35 64 30 25 | Eintritt 2 Euro, Kinder 1 Euro*

LABYRINTH DER FIUMARA D'ARTE
(131 E2) ( H4)

Dieses moderne Labyrinth, bei dem das Suchen bis zur Mitte und wieder zum Ausgang nicht besonders schwierig ist, liegt auf einer Bergspitze nahe Castel di Lucio bei Castel di Tusa. *Info: Hotel Atelier sul Mare | Castel di Tusa | Eintritt frei | Tel. 09 21 33 42 95 | www.ateliersulmare.it*

MARIONETTENTHEATER IN MONREALE ● (130 B1) (E3)
Munna | Cortile Manin 15 | Tel. 09 16 40 45 42 und *Sanicola | Via Torres 1 | Tel. 09 16 40 94 41*

MARIONETTENTHEATER IN PALERMO ● (130 B1) (E3)
Mimmo Cuticchio | Via Bara 52 | Tel. 0 91 32 34 00; Teatro Ippogrifo | Vicolo Ragusi 4 | Tel. 0 91 32 91 94 und das Theater im *Museo Internazionale delle Marionette | Piazzetta Niscemi 5 | Tel. 0 91 32 80 60*

In den Marionettentheatern *(opera* oder *teatri dei pupi)* kommen außer Epen wie denen von König Artus oder El Cid vor allem die sizilianischen Ritterromane mit den Kämpfen der Paladine Karls des Großen gegen die Sarazenen und ihr Werben um die schöne Genoveva wortreich und mit viel Schwertgeklapper auf die Bühne.

DER SÜDWESTEN

SALINEN VON TRAPANI
(128 C3) (C4)

Mitten in den Salinen südlich von Trapani steht eine alte Windmühle, die zum Museum ausgebaut ist. Man sieht dort, wie in den Zeiten vor elektrischen Pumpen die Salzlake von einem Verdunstungsbecken zum anderen gepumpt wurde, das zu groben Brocken kristallisierte Salz gemahlen wurde. Sie können Kanus mieten und Bootsfahrten in der Lagune von Mozia und zu den Inseln des Flachmeers *Stagno di Marsala* unternehmen und Vögel beobachten können. *Tgl. 9–20 Uhr | Eintritt 5 Euro, Kinder gratis | Paceco, Contrada Nubia | www.wwfsaineditrapani.it*

Zum Abheben schön: Siziliens kinderfreundliche Strände vor tiefblauem Meer

EVENTS, FESTE & MEHR

Sizilianische Feste sind meist religiösen Ursprungs und bieten das ganze Jahr über Abwechslung. Das wichtigste Ereignis des Jahres ist die Osterwoche, die *settimana santa*, die auf sehr vielfältige Weise begangen wird. Viele Orte auf der Insel haben ihre ganz eigenen Traditionen. Weitere festliche Höhepunkte im Jahr sind *Mariä Himmelfahrt*, die *Madonnenwallfahrten* im September und *carnevale*, der Karneval, der in fast allen Orten Siziliens gefeiert wird.

GESETZLICHE FEIERTAGE

1. Januar Neujahrstag; **6. Januar** Dreikönigstag; **Ostermontag; 25. April** Jahrestag der Befreiung vom Faschismus; **1. Mai** Tag der Arbeit; **2. Juni** Gründung der Republik; **15. August** Mariä Himmelfahrt; **1. November** Allerheiligen; **8. Dezember** Mariä Empfängnis; **25. Dezember** Weihnachten; **26. Dezember** Santo Stefano

FESTE, FESTIVALS, VERANSTALTUNGEN

3.–5. FEBRUAR
▶ *Sant'Agata* in Catania – Prozession der Schutzpatronin vor dem Ätna

MITTE FEBRUAR
▶ *Mandelblütenfest* in Agrigent im Valle dei Templi – mit Musikkapellen-Paraden

FEBRUAR/MÄRZ
▶ *Karnevalszüge* mit Hunderten Karren und Masken in Sciacca und Acireale

GRÜNDONNERSTAG
▶ *Prozession der Veronikas* in Marsala (Mit dem Schleier der hl. Veronika wischte sich der kreuztragende Jesus den Schweiß ab)

KARFREITAG
▶ *Büßerprozession* in Trapani – Hunderte vermummte Kapuzenmänner ziehen durch die Nacht
▶ **INSIDER TIPP** *I Giudei* in San Fratello – ein burlesk-aggressives Volksfest

OSTERN
▶ *Teufelstanz* in Prizzi – farbig-schrille Austreibung des Winters
▶ *Prozession und Tänze* der Albaner in Piana degli Albanesi

15. MAI–30. JUNI
▶ *Festival des griechischen Theaters* in Syrakus – antike Tragödien, wo sie schon vor 2500 Jahren aufgeführt wurden

Teufelstanz und Karneval: Sizilianer feiern ihre religiösen Feste mit Hingabe – bunt, laut und ausgelassen

JUNI–SEPTEMBER
▶ *Orestiadi* in Gibellina – Sommerfestival mit Kunst, Musik und Theater

MITTE JUNI
▶ *Taormina Estate* – das Sommerfestival im griechisch-römischen Theater mit klassischen Theater- und Musikaufführungen
▶ *Spettacoli Classici* – antikes Schauspiel im Theater von Segesta

10.–15. JUNI
▶ *Sant'Alfio* in Trecastagni – Folklore und Parade sizilianischer Karren

27.–29. JUNI
▶ *San Paolo e San Sebastiano* in Palazzolo Acreide – die Prozession der Heiligen wird zur Konfettischlacht

11.–15. JULI
▶ *U Fistinu* in Palermo – Rosalienfest (Palermos Schutzheilige) mit Festkarren, Prozessionen, Jahrmarkt und Konzerten

14. AUGUST
▶ *Palio dei Normanni* in Piazza Armerina – es werden Reiterkämpfe auf mittelalterliche Art ausgetragen

14.–15. AUGUST
▶ *Mata und Grifone* in Messina – die großen, von Menschen getragenen Figuren erinnern an die Befreiung der Insel von den Arabern

ENDE AUGUST
▶ *Ballo della Cordella* in Petralia Sottana – zum Erntedank wird ein Ringtanz in alten Trachten aufgeführt

ENDE SEPTEMBER
▶ **INSIDER TIPP** *Couscousfest* mit Köchen und Rezepten aus Sizilien, dem Orient und Nordafrika in San Vito Lo Capo. *www.couscousfest.it*

13. DEZEMBER
▶ *Santa Lucia* in Syrakus – Prozession und Lichterfest

ICH WAR SCHON DA!

Drei User aus der MARCO POLO Community verraten ihre Lieblingsplätze und ihre schönsten Erlebnisse

ISOLA BELLA

Zur Insel „Isola Bella" habe ich die Seilbahn Taormina–Mazzaró von der Via Luigi Pirandello aus genommen. Diesen Weg würde ich auch anderen empfehlen, weil die Seilbahn recht günstig ist (drei Euro hin und zurück) und man das Gebiet so auch mal aus der Luft betrachten kann. Die „Isola Bella" selbst fand ich wunderschön und sehr interessant, weil sie unter Naturschutz steht und, wie mir berichtet wurde, einige seltene Tier- und Pflanzenarten nur hier zu finden sind, was bei der doch eher geringen Größe der Insel recht erstaunlich ist. **Buddy84 aus Münster**

EINSAME BUCHT

Das Bild wurde in der Nähe von Gioiosa Marea am nördlichen Capo Calavà geschossen, einer relativ ruhigen und sehr schönen, sauberen Bucht mit glasklarem Wasser. Wir waren in der Nebensaison Anfang Juni dort und hatten wirklich unsere Ruhe. Kostenlose Parkplätze gab es circa 100 m vom Strand entfernt. **grid2 end aus Aalen**

AUSSICHTEN

Auf der Fahrt von San Vito Lo Capo nach Trapani auf der SP 16 bot sich mir dieser fantastische Anblick der Sonne, die hinter dem Monte Cofano langsam versank. Den Aussichtspunkt neben der Straße kann man gar nicht verfehlen und es gibt eine große Parkbucht, wo man gut zum Fotografieren und Genießen stehen bleiben kann. **thalia aus München**

LINKS, BLOGS, APPS & MORE

LINKS

▶ www.spaziergangnachsyrakus.blogspot.com Auf den Spuren von Johann Gottfried Seumes (1763–1810) Reisebuch „Spaziergang von Leipzig nach Syrakus 1802" wandelt der Autor dieser Site mit schönen Fotos und präzisem Schreibstil. Es geht von Catania über Syrakus, Ragusa, Agrigent und Trapani nach Palermo, auf langen Strecken zu Fuß

▶ mp.marcopolo.de/siz1 Mehr als 20 Museen und Ausgrabungen können Sie besuchen, einige davon mit virtuellem Rundgang, was sehr hilfreich ist, um ein Riesengelände wie das Tal der Tempel in Agrigent vorzuplanen. Fotos, Übersichtspläne, alles auf Italienisch

▶ www.marcopolo.de/sizilien Interaktive Karten inklusive Planungsfunktion, Impressionen aus der Community, aktuelle News, Angebote ...

▶ www.cucinario.it Essen und Trinken in Palermo und ganz Sizilien, aber auch in anderen Regionen Italiens, opulent mit anregenden Fotos vorgestellt, in italienischer Sprache. Lauter sizilianische Rezepte, die Lust machen, sofort an den eigenen Herd aufzubrechen – oder am besten gleich nach Sizilien

BLOGS & FOREN

▶ www.italien-sizilien.blogspot.com Aktuelle Meldungen aus Sizilien und eigene Erlebnisse des Bloggers im sizilianischen Alltag

▶ www.sizilienreise.wordpress.com Ein Reiseblog, in dem die Autorin viele Orte der Insel, Natur, Küche, Spezialitäten und Lokale vorstellt. Wird laufend erweitert

▶ www.italienforum.de Höchst aktives Internetforum zu allen nur möglichen Themen, Italien nicht nur touristisch zwischen Brenner und Sizilien, sondern auch Infos und Debatten zu Auswanderung, Mafia oder auch ganz einfach zum Ferienmachen, dem Schönen und Schaurigen des Made in Italy. Sizilien kommt dabei nicht zu kurz. Einige der Autoren leben in Sizilien oder arbeiten dort

Egal, ob Sie sich vorbereiten auf Ihre Reise oder vor Ort sind:
Mit diesen Adressen finden Sie noch mehr Informationen,
Videos und Netzwerke, die Ihren Urlaub bereichern.
Da manche Adressen extrem lang sind, führt Sie der kürzere
mp.marcopolo.de-Code direkt auf die beschriebenen Websites

▶ www.petrareski.com Die Journalistin schreibt über Mafia in Süditalien, speziell auf Sizilien, und den Griff der Krakenarme in den Ruhe- und Investitionsraum Deutschland

▶ mp.marcopolo.de/siz2 Bunter Mummenschanz an Karfreitag in San Fratello, wo die roten Teufel die feierliche Prozession stören

▶ mp.marcopolo.de/siz3 Performancekünstler Uwe Jäntsch gestaltete die Ruine eines Palasts an der Piazza Garaffello in Vucciria in Palermo mit 5 t Müll – zusammen mit Bewohnern des Viertels. Seine Kunst brachte die Einwohner zum Handeln, die lange auf die Geschenke der Politiker warteten. 2008 nahm Jäntsch als fiktiver Kandidat an der Bürgermeisterwahl im Mafianest Riesi teil

▶ mp.marcopolo.de/siz4 Englischsprachiges Video-Tagebuch einer Europareise von Sara und Ees. Vier unterhaltsame Folgen lang führt sie ihr Gastgeber durch Palermo. Nach einem Abendessen mit Tischgespräch über die Mafia nehmen sie beim Tango Abschied von Palermo, bevor es nach Tel Aviv weitergeht

VIDEOS, STREAMS & PODCASTS

▶ Sicilian Dictionary Verblüffen Sie Einheimische mit Insider-Slang: Diese App übersetzt Ihnen aus dem Englischen Passendes für Alltagssituationen, Liebeserklärungen und Schimpfwörter in sizilianischen Dialekt

▶ Sicily Beaches Die besten (oder nahesten) Inselstrände, übersichtlich angeordnet, gut bebildert. Ein Must für Sonnenanbeter

▶ Ricette siciliani collana Pasta alla Norma und Cassata zum Selbermachen: Sizilianische Rezepte samt Einkaufskorb und Schwierigkeitsgrad, ital./engl./frz.

APPS

▶ mp.marcopolo.de/siz6 Reiseportal, mit lauter Reiseberichten und –Tagebüchern zu Sizilien, zum Teil recht üppig mit Fotos bestückt

▶ mp.marcopolo.de/siz7 Sizilienseite der Facebook-Community, auf der sich Sizilien-Fans über ihre Lieblingsorte und -gerichte austauschen, Sprachschulen empfehlen und Tipps zum Überwintern geben

NETWORK

PRAKTISCHE HINWEISE

ANREISE

🚗 Die Autobahnfahrt den Stiefel hinunter ist zeitraubend, weil die Autobahn Salerno–Reggio di Calabria zurzeit Baustelle ist, zum Teil mit Totalsperrungen und Umleitungen über schmale, kurvenreiche Gebirgsstraßen. Alternativen: die Autofähren Genua/Livorno–Palermo und Neapel–Palermo. Preise, Fahrpläne, Reservierung im Web unter *www.traghetti.com*

🚆 Mit der Bahn dauert es von München oder Basel aus runde 20 Stunden mit Umsteigen in Mailand oder Rom. Direktzüge oder Kurswagen gibt es nicht, Zuschläge für Schlafwagen und IC können die Bahnfahrt zudem teurer als den Flug werden lassen. *www.trenitalia.it, www.bahn.de*

✈ Ohne Umsteigen gibt es ganzjährig Charterflüge von deutschen Flughäfen nach Sizilien, zwischen Mai und Oktober täglich von allen großen deutschen Flughäfen nach Catania. Viel billiger als Lufthansa und Alitalia fliegt u. a. TUIfly *(www.tuifly.com)* nach Palermo und Catania. Meist einmal am Tag, nicht immer zu bequemen Zeiten. Vom Flughafen Catania *(www.aeroporto.catania.it)* gibt es Direktbusse nach Messina, Taormina, Ragusa, Enna, Cefalù, Agrigent und Syrakus, vom Flughafen Palermo *(www.gesap.it, www.aeroportopalermo.net)* nach Trapani *(www.aeroportotrapani.com)*.

GRÜN & FAIR REISEN

Auf Reisen können auch Sie mit einfachen Mitteln viel bewirken. Behalten Sie nicht nur die CO_2-Bilanz für Hin- und Rückflug im Hinterkopf *(www.atmosfair.de),* sondern achten und schützen Sie auch nachhaltig Natur und Kultur im Reiseland *(www.gate-tourismus.de; www.zukunft-reisen.de; www.ecotrans.de).* Gerade als Tourist ist es wichtig, auf Aspekte zu achten wie Naturschutz *(www.nabu.de; www.wwf.de),* regionale Produkte, Fahrradfahren (statt Autofahren), Wassersparen und vieles mehr. Wenn Sie mehr über ökologischen Tourismus erfahren wollen: europaweit *www.oete.de;* weltweit *www.germanwatch.org*

AUSKUNFT

STAATLICHES ITALIENISCHES FREMDENVERKEHRSAMT (ENIT)
– Barckhausstr. 10 | 60325 Frankfurt | Tel. 069 23 74 34 | *www.enit.de*
– Kärntnerring 4 | 1010 Wien | Tel. 01 505 16 39 12 | *www.enit.at*
– Uraniastr. 32 | 8001 Zürich | Tel. 04 34 66 40 40 | *www.enit.ch*

AUSKUNFT VOR ORT
Es gibt wieder Touristinformationen vor Ort. Die 23 Büros des *Servizio Turistico Regionale (STR)* liegen in den neun Provinzhauptstätten und in 14 viel besuchten Ferienorten. Auf dem Internetportal der Region Sizilien *www.pti.regione.sicilia.it/portal/page/portal/SIT_PORTALE* gibt es Informationen über alle Orte. Alle STR-Büros können per E-Mail angeschrieben werden nach dem Muster *strcefalu@regione.sicilia.it.*

Von Anreise bis Zoll

Urlaub von Anfang bis Ende: die wichtigsten Adressen und Informationen für Ihre Sizilienreise

Fremdsprachenkenntnisse sind nur sehr eingeschränkt verbreitet. Wo es vor Ort kein STR oder eine andere Informationsstelle gibt, wenden Sie sich an Reisebüros und an die Gemeindepolizei (*Polizia Municipale* oder *Vigili Urbani*), die in der Regel sehr hilfsbereit sind. Stadtpläne und andere Informationen haben meist auch Ihre Gastgeber zur Hand. Nutzen Sie das Internet, alle Provinzen und fast alle Gemeinden haben sehr informative Webseiten mit weiterführenden Links. Touristische Informationen zu ganz Sizilien: *www.regione.sicilia.it/turismo* Auskunft über die staatlichen Museen und Ausgrabungen können ebenfalls im Internet abgefragt werden: *www.regione. sicilia.it/beniculturali*. Ein Netz von mehr als 70 Museen und Galerien moderner Kunst, von Kulturzentren, Workshops, Theatern und Konzerträumen klicken Sie auf *www.isoladelcontemporaneo.it* an.

AUTO

Die erlaubte Höchstgeschwindigkeit beträgt in Ortschaften 50 km/h, auf Landstraßen 90 km/h, auf vierspurigen Schnellstraßen 110 km/h, auf Autobahnen 130 km/h (bei Regen 110 km/h), bei dichtem Nebel auch auf Autobahnen 50 km/h. Anschnallpflicht besteht auf den Vordersitzen. Auch am Tag müssen Sie außerhalb von Ortschaften mit Licht fahren. Eine Warnweste in Leuchtfarben muss mitgeführt werden. Die Promillegrenze beträgt 0,5. Die grüne Versicherungskarte wird empfohlen. Auch wenn in Italien alles so locker zugeht: Wer erwischt wird, zahlt für alle mit, die durch die Maschen der Verkehrspolizei schlüpfen. Geschwindigkeitsüberschreitungen von mehr als 40 km/h und Alkoholfahrten mit mehr als 1,5 Promille kosten zwischen 1500 und 6000 Euro, den Führerschein und das Auto, das dann zur Versteigerung kommt – auch bei Nicht-Italienern und bei Mietwagen!
Parkverbote in Ortschaften sind vielfach nur durch die Farbe der Bordsteinkante gekennzeichnet: Ohne Farbe ist es erlaubt, sofern Schilder nicht anderes verschreiben, gelb sind reservierte Parkplätze für Polizei, Carabinieri und Linienbusse,

WAS KOSTET WIE VIEL?

Tomaten	1–2 Euro *für ein kg im Sommer*
Kaffee	Ab 80 Cent *für eine Tasse Espresso*
Wein	2–3 Euro *für eine Karaffe Wein (0,25 l)*
Benzin	1,50 Euro *für 1 l Super*
Strafzettel	38 Euro *für Falschparken*
Stadtbus	1,20–1,60 Euro

schwarz-gelb bedeutet Parkverbot, blau Parken gegen Gebühr. Meist holt man sich die Parkscheine in Bars, Läden, an Kiosken und rubbelt Zeit und Datum frei.

BADEN

Akkurat ausgerichtete Liegestuhlreihen, wie in den *stabilimenti* an der Adria sind eher für die Strände um Taormina typisch. Ansonsten badet sich's in Sizilien meist recht entspannt und individuell.

FKK ist ungewöhnlich (*www.clubnaturis mo.org/italia/sicilia.html*), oben ohne bevorzugen auch viele Sizilianerinnen. Die Preise für Mietsonnenschirme *(ombrello)* und Liegestühle *(lettino, sdraio)* sind für italienische Verhältnisse maßvoll. Zum Badeerlebnis gehört das Feilschen mit Strandverkäufern.

CAMPING

Es gibt auf Sizilien und den vorgelagerten Inseln etwa 100 Campingplätze, die fast alle am Meer liegen. Sie sind meistens zwischen Ostern und Ende Oktober geöffnet (*www.camping.it*). Dazu kommen Hunderte Wohnmobilstellplätze, oft Parkplätze an den Stränden, die z. T. über keine Infrastruktur verfügen und oft gratis sind, z. T. aber kleine, auf Wohnmobile ausgerichtete gebührenpflichtige Plätze mit Sanitäranlagen sind, manche mit Schattendächern und Bäumen. Infos unter *www.camper.netsurf.it/sosta_visua lizza.asp?reg=Sicilia* und *www.womo66. com/stellplatz/italien/sizilien/*

DIPLOMATISCHE VERTRETUNGEN

DEUTSCHE KONSULATE
– Via Crispi 69 | Neapel | Tel. 08 12 48 85 11, außerh. der Dienstzeiten Tel. 3 35 47 67 19 | www.neapel.diplo.de
– Via S. Sebastiano 13 | Messina | Tel. 0 90 67 17 80
– Via Principe di Villafranca 33 | Palermo | Tel. 09 19 82 08 08

ÖSTERREICHISCHES KONSULAT
Via Leonardo Da Vinci 145 | Palermo | Tel. 09 16 82 56 96

SCHWEIZER KONSULAT
Viale Alcide De Gasperi 159 | Catania | Tel. 0 95 37 54 75

EINREISE

Für EU-Bürger reicht ein gültiger Personalausweis, der an der Grenze und am Flughafen nur noch selten vorgezeigt werden muss, dafür aber bei der Anmeldung im Hotel und auf Campingplätzen.

EINTRITT

Die meisten Museen und Ausgrabungsstätten kosten 3–8 Euro Eintritt, EU-Bürger unter 18 und über 65 Jahre zahlen nichts, Jugendliche zwischen 18 und 25 bekommen 25–50 Prozent Ermäßigung. In vielen kleinen Museen ist der Eintritt gratis. Kustoden, die Kirchen und Paläste öffnen, bekommen 1–5 Euro Trinkgeld.

FRAUEN ALLEIN UNTERWEGS

Alleinreisende Frauen galten bis in die jüngste Vergangenheit leicht als Freiwild. Doch auch Sizilien ist moderner und entspannter geworden, die Strandpapagalli zurückhaltender. Reichlich Komplimente und Flirtversuche gehören aber nach wie vor zum erfreulichen (oder nervenden) Alltag. Abzuraten ist von der Idee, per Anhalterin zu reisen.

GESUNDHEIT

Die Europäische Krankenversicherungskarte (EHIC) der deutschen Krankenkassen müssen Sie vor einer Behandlung in Italien der örtlichen Krankenversicherung (USL) vorlegen. Die Notfallbehandlung in öffentlichen Krankenhäusern ist nicht mehr komplett gratis. Für Röntgenuntersuchungen und andere diagnostische Leistungen fallen Zuzahlungen an, die direkt im Krankenhaus beglichen werden. Eine Urlaubskrankenversicherung hilft, die oft komplizierte Bürokratie des öffentlichen Gesundheitsdiensts und

Wartezeiten zu vermeiden. Weitere Infos unter *www.fit-for-travel.de*

HOTELS

Die Klassifizierung nach Sternen (von einem für sehr einfach bis zu fünf für Luxus) vermittelt nur ein ungefähres Bild über Ausstattung und Preise. Bei den Fremdenverkehrsämtern gibt es kostenlos Verzeichnisse mit detaillierteren Beschreibungen von Hotels, Campingplätzen und Privatvermietern. Die Übernachtungspreise müssen im Zimmer oder am Empfang ausgehängt sein. Hotel-Suchmaschine: *www.regione.sicilia.it/turismo*

Behaglich-sizilianisches Ambiente finden Sie in vielen Hotels

KLIMA & REISEZEIT

An den Küsten herrscht Mittelmeerklima mit langem, heißem und trockenem Sommer. Die idealen Reisemonate sind Mai, Juni, September und Oktober: Die Temperaturen sind angenehm, das Meer ist warm und der große Ansturm der Hochsaison und der Osterwochen fern. Der Winter ist regnerisch und mild. Im Landesinneren kann es in den Bergen oberhalb von 1500 m sogar im Sommer kühl werden. *www.tempoitalia.it*

MIETWAGEN

Niederlassungen der großen Autoverleiher finden Sie in Palermo, Catania, Syrakus, Messina, Taormina und an den Flughäfen. Ab 185 Euro kostet es pro Woche, wenn das Auto außerhalb Italiens im Internet gebucht wird. Die Buchung vor Ort ist ca. 25 Prozent teurer.

NOTRUFE

Unfall/Polizei: Tel. 112 und 113
Pannenhilfe: Tel. 116 und 8 00 11 68 00

Ambulanz: Tel. 118
Feuer und Waldbrände: Tel. 115 u. 15 15
Seerettung: Tel. 15 30

ÖFFENTLICHE VERKEHRSMITTEL

Siziliens Bahnnetz ist weitmaschig und meist eingleisig. Auch IC- und Expresszüge haben häufig Verspätung, zudem liegen viele Bahnhöfe sehr weit von den Ortschaften entfernt. Ein dichtes Lokal- und Schnellbusnetz vieler privater Gesellschaften ergänzt und ersetzt das recht dürftige Schienennetz. In vielen Städten gibt es aber keinen zentralen Busbahnhof. Busauskunft: *www.anavsicilia.it*

ÖFFNUNGSZEITEN

Läden, Supermärkte und Kaufhäuser sind werktags meist von 8.30–13 und von 17–20 Uhr geöffnet; an einem von Geschäft zu Geschäft unterschiedlichen Nachmittag in der Woche sind die Läden geschlossen. In der Hochsaison haben in den Ferienorten die meisten Läden durchgehend bis in die Nacht geöffnet.

Tankstellen sind sonntags und nach 20 Uhr oft geschlossen.

POST

Briefmarken gibt es bei der Post oder auch im Tabakgeschäft. Brief oder Postkarte kosten mit der *posta prioritaria* innerhalb Italiens 0,60 und ins europäische Ausland 0,75 Euro.

PREISE

Sizilien ist innerhalb Italiens eine preiswerte Reiseregion. Für einen Espresso in der Bar zahlen Sie am Tresen fast überall weniger als 1 Euro, für ein Glas Mineralwasser 0,50 Euro, für ein Bier oder einen Aperitif 1,50–2 Euro. Am Tischchen sitzen und bedient werden kann in besuchten Ferienorten doppelt und dreifach so viel kosten. Für ein komplettes Essen müssen Sie zwischen 15 und 30 Euro rechnen – selbst wenn Sie ganz groß ausgehen, überschreitet die Rechnung fast nie 50 Euro.

Ihre Euros ziehen Sie sich mit der EC-Karte mit Geheimzahl aus Geldautomaten *(bancomat, postamat)*, die es auch in kleinen Orten abseits der Reisewege gibt. Viele Hotels, Restaurants, Tankstellen und Geschäfte akzeptieren Kreditkarten. Mastercard und Visa sind auf Sizilien weit verbreitet, die EC-Karte mit Pin wird weniger genutzt.

RAUCHEN

In öffentlichen Gebäuden, Gaststätten und Bars ist Rauchen mit wenigen Ausnahmen verboten. Da Sizilianer sowieso beim Espresso mit Zigarette gerne stehen oder ein paar Schritte machen, wird das Verbot allgemein klaglos akzeptiert. Bei Zuwiderhandlung sind Geldbußen möglich.

STROM

Die elektrische Spannung beträgt 220 Volt. Nur Flachstecker passen, sonst sind Adapter nötig. Weltadapter sind oft nicht kompatibel!

TAXI

In den großen Städten Siziliens sind die Taxis mit Taxameter ausgestattet. Ein Trinkgeld von 5–10 Prozent ist üblich. In kleinen Orten und auf dem Land empfiehlt es sich, den Preis vor der Fahrt mit dem Fahrer abzusprechen.

TELEFON & HANDY

Telefonzellen gibt es reichlich. Die benötigten Telefonkarten erhalten Sie bei der Post, in Tabak- und Zeitungsläden. Auslandsgespräche sind uneingeschränkt möglich. Ein Ortsgespräch (3 Minuten) kostet 10 Cent in der Telefonzelle, 3 Minuten nach Deutschland 1,50–2 Euro. Servicenummern (Vorwahl 800) von Touristbüros und Hotels sind gratis. Das Mobiltelefon heißt auf italienisch *cellulare* oder liebevoller *telefonino*. Wenn Sie in Italien viel telefonieren, lohnt eine italienische SIM-Card, die Sie in fast jedem Telefonladen problemlos bekommen, auch ohne italienische Steuernummer *(codice fiscale)*. Es wird lediglich der Ausweis fotokopiert.

Vorwahl nach Deutschland: 0049, nach Österreich 0043, in die Schweiz 0041, nach Italien 0039 – die 0 am Beginn von Festnetznummern muss bei Anrufen nach Italien mitgewählt werden.

TOILETTEN

Öffentliche Toiletten sind Mangelware und oft nicht in bestem Zustand. Es ist üblich, in einer Bar einen günstigen Espresso zu konsumieren, um den *bagno* zu benutzen – notfalls legt man nur eine *mancia* von 50 Cent auf den Tresen. *Signore* ist der Plural von Signora, ein Signore nimmt die Herrentür mit der Aufschrift *Signori*.

URLAUB AUF DEM LAND/ AGRITURISMO

Urlaub auf dem Bauernhof hat sich in ganz Italien als preisgünstiges, kinderfreundliches Konzept etabliert, bei dem man Land und Leuten näher kommt. Gerade in Sizilien mit seinen feudalen Strukturen bedeutet Agriturismo oft nächtigen in historischen Landgütern – die Insel des Gattopardo wird hier lebendig. Viele Höfe verfügen über Mountainbikes oder Pferde und organisieren Exkursionen. Fast alle Agriturismi stehen auch für eine bodenständige *cucina* – schließlich müssen sie Lebensmittel selbst produzieren, um anerkannt zu werden. Infos unter *www.agriturismo-sicilia.it*

ZOLL

Zollfrei für EU-Bürger (für Schweizer): 800 (200) Zigaretten oder 200 (50) Zigarren oder 1000 (250) g Tabak, 90 (2) l Wein und (oder) 20 (2) l Spirituosen unter 22 (15) Prozent sowie 10 (1) l Spirituosen über 22 (15) Prozent. *www.zoll.de*

WETTER IN CATANIA

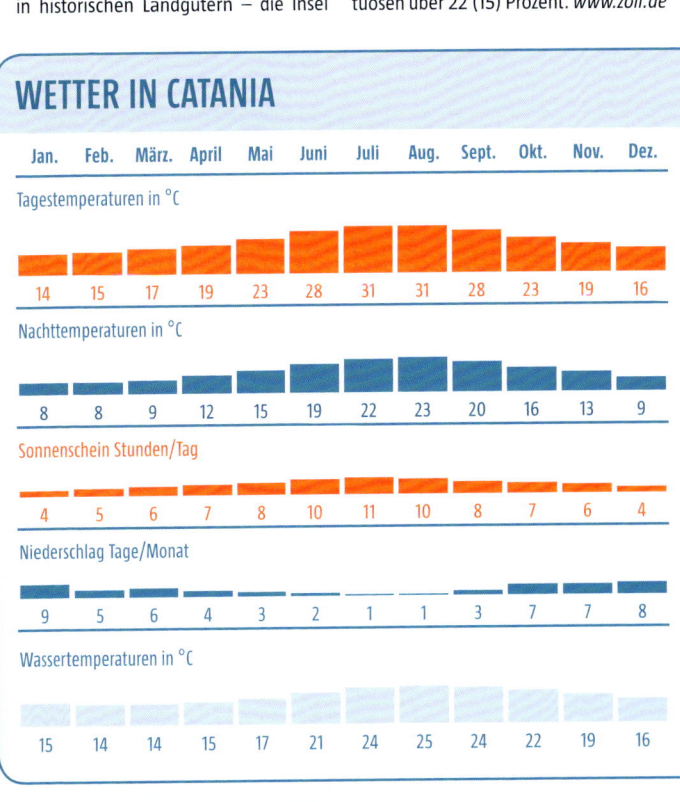

	Jan.	Feb.	März.	April	Mai	Juni	Juli	Aug.	Sept.	Okt.	Nov.	Dez.
Tagestemperaturen in °C	14	15	17	19	23	28	31	31	28	23	19	16
Nachttemperaturen in °C	8	8	9	12	15	19	22	23	20	16	13	9
Sonnenschein Stunden/Tag	4	5	6	7	8	10	11	10	8	7	6	4
Niederschlag Tage/Monat	9	5	6	4	3	2	1	1	3	7	7	8
Wassertemperaturen in °C	15	14	14	15	17	21	24	25	24	22	19	16

SPRACHFÜHRER ITALIENISCH

AUSSPRACHE

c, cc	vor e oder i wie tsch in „deutsch", Bsp.: dieci, sonst wie k
ch, cch	wie k, Bsp.: pacchi, che
g, gg	vor e oder i wie dsch in „Dschungel", Bsp.: gente, sonst wie g
gl	ungefähr wie in „Familie", Bsp.: figlio
gn	wie in „Cognac", Bsp.: bagno
sc	vor e oder i wie deutsches sch, Bsp.: uscita
sch	wie sk in „Skala", Bsp.: Ischia
z	immer stimmhaft wie ds

Ein Akzent steht im Italienischen nur, wenn die letzte Silbe betont wird. In den übrigen Fällen haben wir die Betonung durch einen Punkt unter dem betonten Vokal angegeben.

AUF EINEN BLICK

ja/nein/vielleicht	sì/no/forse
bitte/danke	per favore/grazie
Entschuldige!/Entschuldigen Sie!	Scusa!/Scusi!
Wie bitte?	Come dice?/Prego?
Gute(n) Morgen!/Tag!/Abend!/Nacht!	Buon giorno!/Buon giorno!/ Buona sera!/Buona notte!
Hallo!/Tschüss!/Auf Wiedersehen!	Ciao!/Ciao!/Arrivederci!
Ich heiße ...	Mi chiamo ...
Wie heißen Sie?/Wie heißt Du?	Come si chiama?/Come ti chiami?
Ich möchte .../Haben Sie ...?	Vorrei .../Avete ...?
Wie viel kostet ...?	Quanto costa ...?
Das gefällt mir (nicht).	(Non) mi piace.
gut/schlecht	buono/cattivo
kaputt/funktioniert nicht	guasto/non funziona
zu viel/viel/wenig/alles/nichts	troppo/molto/poco/tutto/niente
Hilfe!/Achtung!/Vorsicht!	Aiuto!/Attenzione!/Prudenza!
Krankenwagen/Polizei/Feuerwehr	ambulanza/polizia/vigili del fuoco
Verbot/verboten/Gefahr/gefährlich	divieto/vietato/pericolo/pericoloso

DATUMS- & ZEITANGABEN

Montag/Dienstag	lunedì/martedì
Mittwoch/Donnerstag	mercoledì/giovedì
Freitag/Samstag	venerdì/sabato

Parli italiano?

„Sprichst du Italienisch?" Dieser Sprachführer hilft Ihnen, die wichtigsten Wörter und Sätze auf Italienisch zu sagen

Sonntag/Werktag/Feiertag	domenica/(giorno) feriale/festivo
heute/morgen/gestern	oggi/domani/ieri
Stunde/Minute/Tag/Nacht	ora/minuto/giorno/notte
Woche/Monat/Jahr	settimana/mese/anno
Wie viel Uhr ist es?	Che ora è? Che ore sono?
Es ist drei Uhr./Es ist halb vier.	Sono le tre./Sono le tre e mezza.
Viertel vor vier/Viertel nach vier	le quattro meno un quarto/le quattro e un quarto

UNTERWEGS

offen/geschlossen	aperto/chiuso
Eingang/Einfahrt/Ausgang/Ausfahrt	entrata/entrata/uscita/uscita
Abfahrt/Abflug/Ankunft	partenza/partenza/arrivo
Toiletten/Damen/Herren	bagno/signore/signori
(kein) Trinkwasser	acqua (non) potabile
Wo ist ...?/Wo sind ...?	Dov'è ...?/Dove sono ...?
links/rechts/geradeaus/zurück	sinistra/destra/dritto/indietro
nah/weit	vicino/lontano
Bus/Straßenbahn/U-Bahn/Taxi	bus/tram/metropolitana/taxi
Haltestelle/Taxistand	fermata/posteggio taxi
Parkplatz/Parkhaus	parcheggio/parcheggio coperto
Stadtplan/(Land-)Karte	pianta/mappa
Bahnhof/Hafen/Flughafen	stazione/porto/aeroporto
Fahrplan/Fahrschein/Zuschlag	orario/biglietto/supplemento
einfach/hin und zurück	solo andata/andata e ritorno
Zug/Gleis/Bahnsteig	treno/binario/banchina
Ich möchte ... mieten.	Vorrei noleggiare ...
ein Auto/ein Fahrrad/ein Boot	una macchina/una bicicletta/una barca
Tankstelle/Benzin/Diesel	distributore/benzina/gasolio
Panne/Werkstatt	guasto/officina

ESSEN & TRINKEN

Reservieren Sie uns bitte für heute Abend einen Tisch für vier Personen.	Vorrei prenotare per stasera un tavolo per quattro persone.
auf der Terrasse/am Fenster	sulla terrazza/vicino alla finestra
Die Speisekarte, bitte.	Il menù, per favore.
Flasche/Karaffe/Glas	bottiglia/caraffa/bicchiere
Messer/Gabel/Löffel	coltello/forchetta/cucchiaio
Salz/Pfeffer/Zucker	sale/pepe/zucchero
Essig/Öl/Milch/Sahne/Zitrone	aceto/olio/latte/panna/limone

kalt/versalzen/nicht gar	freddo/troppo salato/non cotto
mit/ohne Eis/Kohlensäure	con/senza ghiaccio/gas
Vegetarier(in)/Allergie	vegetariano/vegetariana/allergia
Ich möchte zahlen, bitte.	Vorrei pagare, per favore.
Rechnung/Quittung/Trinkgeld	conto/ricevuta/ mancia

EINKAUFEN

Wo finde ich ...?	Dove posso trovare ...?
Ich möchte .../Ich suche ...	Vorrei .../Cerco ...
Brennen Sie Fotos auf CD?	Vorrei masterizzare delle foto su CD?
Apotheke	farmacia
Bäckerei/Markt	forno/mercato
Einkaufszentrum/Kaufhaus	centro commerciale/grande magazzino
Lebensmittelgeschäft	negozio alimentare
Supermarkt	supermercato
Fotoartikel/Zeitungsladen	articoli per foto/giornalaio
Kiosk	edicola
100 Gramm/1 Kilo	un etto/un chilo
teuer/billig/Preis	caro/economico/prezzo
mehr/weniger	di più/di meno
aus biologischem Anbau	di agricoltura biologica

ÜBERNACHTEN

Haben Sie noch ...?	Avete ancora ...?
Einzelzimmer/Doppelzimmer	una (camera) singola/una doppia
Frühstück/Halbpension/Vollpension	colazione/mezza pensione/ pensione completa
Dusche/Bad/Balkon/Terrasse	doccia/bagno/balcone/terrazza
Schlüssel/Zimmerkarte	chiave/scheda magnetica
Gepäck/Koffer/Tasche	bagaglio/valigia/borsa

BANKEN & GELD

Bank/Geldautomat/Geheimzahl	banca/bancomat/codice segreto
bar/Kreditkarte	in contanti/carta di credito
Banknote/Münze/Wechselgeld	banconota/moneta/il resto

GESUNDHEIT

Arzt/Zahnarzt/Kinderarzt	medico/dentista/pediatra
Krankenhaus/Notfallpraxis	ospedale/pronto soccorso
Fieber/Schmerzen	febbre/dolori
Durchfall/Übelkeit/Sonnenbrand	diarrea/nausea/scottatura solare
entzündet/verletzt	infiammato/ferito

Pflaster/Verband/Salbe/Creme	cerotto/fasciatura/pomata/crema
Schmerzmittel/Tablette/Zäpfchen	antidolorifico/compressa/supposta

TELEKOMMUNIKATION & MEDIEN

Briefmarke/Brief/Postkarte	francobollo/lettera/cartolina
Ich brauche eine Telefonkarte fürs Festnetz.	Mi serve una scheda telefonica per la rete fissa.
Ich suche eine Prepaidkarte für mein Handy.	Cerco una scheda prepagata per il mio cellulare.
Wo finde ich einen Internetzugang?	Dove trovo un accesso internet?
Brauche ich eine spezielle Vorwahl?	Ci vuole un prefisso particolare?
wählen/Verbindung/besetzt	comporre/linea/occupato
Steckdose/Adapter/Ladegerät	presa/riduttore/caricabatterie
Computer/Batterie/Akku	computer/batteria/accumulatore
At-Zeichen („Klammeraffe")	chiocciola
Internetadresse/E-Mail-Adresse	indirizzo internet/indirizzo email
Internetanschluss/WLAN	collegamento internet/wi-fi
E-Mail/Datei/ausdrucken	email/file/stampare

FREIZEIT, SPORT & STRAND

Strand/Strandbad	spiaggia/stabilimento balneare
Sonnenschirm/Liegestuhl	ombrellone/sdraio
Seilbahn/Sessellift	funivia/seggiovia
(Schutz-)Hütte/Lawine	rifugio/valanga

ZAHLEN

0	zero	17	diciassette
1	uno	18	diciotto
2	due	19	diciannove
3	tre	20	venti
4	quattro	21	ventuno
5	cinque	30	trenta
6	sei	40	quaranta
7	sette	50	cinquanta
8	otto	60	sessanta
9	nove	70	settanta
10	dieci	80	ottanta
11	undici	90	novanta
12	dodici	100	cento
13	tredici	1000	mille
14	quattordici	2000	duemila
15	quindici	½	un mezzo
16	sedici	¼	un quarto

REISEATLAS

Die grüne Linie ▬▬▬ zeichnet den Verlauf der Ausflüge & Touren nach
Die blaue Linie ▬▬▬ zeichnet den Verlauf der Perfekten Route nach

Der Gesamtverlauf aller Touren ist auch in
der herausnehmbaren Faltkarte eingetragen

Bild: Tempel E in Selinunt

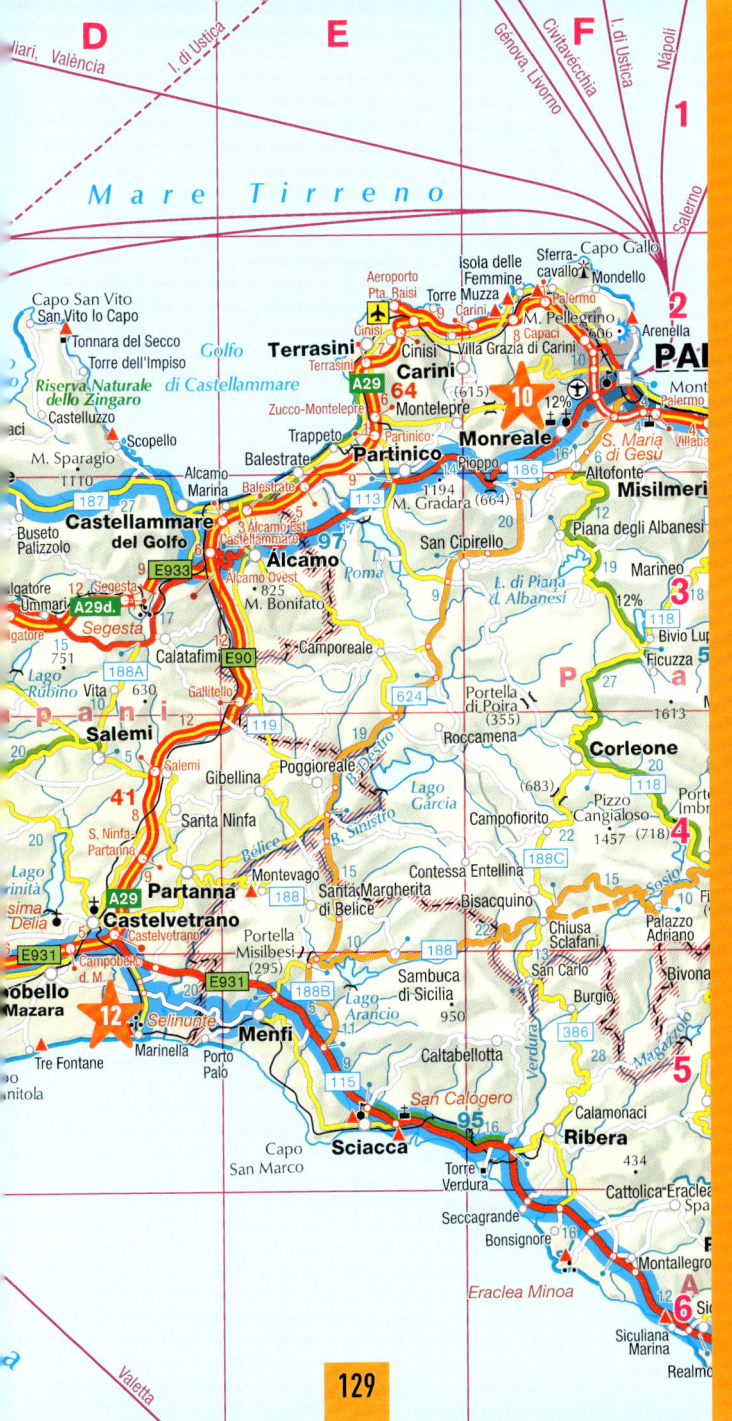

A **B** **C**

1

Isole Eólie o Lípari

Isol
Panare

Isola
Salina

Punta di
Perciato Malfa
Pollara

Isola Filicudi

Grotta
Fossa Felci
773 Filicudi Porto

Capo Faro

Leni 962 Santa Marina
Salina

Rinella

Lingua

2 Isola Alicudi

675

Punta
Stimpagnato Capo Graziano

Cap di Salina

Alicudi
Porto

Punta
Castagna

Quattropani
M. Chirica 602 Canneto
Pianoconte
Terme di S. Calogero

Iso

Cefalù

Lípari

Bocche di Vulcano

Gran 391 Porto Levant
Cratere

Iso

3 M a r e

Gelso
Punta
Band

15

T i r r e n o

Capo Gioiosa Capo Calavà
d' Orlando Marea

Brolo San Giorgio

4 Capo d'Orlando

19

Naso Brolo 18

Patti 31 Tyndar

Sant'Angelo
di Brolo

Patti
Tindari

la Rocca

14 12

Fale

Sant'Ágata
di Militello

Rocca-
Capri Leone

Castell'Umberto

Acquedolci

Torre-
nova

9

Raccuia

Marina
di Caronia Acquedolci

S. Ágata di M. Frazzanò

Ucria San Piero
Patti

Timeto

Stefano
nastra 30

Caronia Furiano
Caronia 15

San Fratello Alcara
li Fusi

Tortorici

Floresta Portella
d. Zoppo

M
Eli

3 S. Stefano d.C. 29 **180**

Reitano

289 M Randazzo 61 264 Rocc
Valde

5 16

Parco

Mistretta Portella dell'
Obolo

(1503)

il Furiano

dei

1847
Monte Soro

S. Domenica
Vittoria 21

Moi

116

Nébrodi

117 M o n t i (1464)

Portella
d. Miraglia

Randazzo

Colle del
Contrasto
(1120) Capizzi

1567
Pizzo Pilato

120

Parco

Troina

23

Cerami

20

Cesarò

29

284

17

del

Monte Pizzillo
2414

6 Sperlinga

Troina

Sinetto

Bronte

M. Rosso
1876

Monte Etna

Nicosia
(720)

(990)

575 29

Passo di
Zingaro
(700)

Rif. Montagnola

Etna 3323

2640

Gagliano
Castelferrato

Monte Salici
1142 **132**

Ferrovia
Circumetnea

Cantoniera
d'Etna

(858)

134

Lago
di Pozzillo

Adrano

117 Nissoria

KARTENLEGENDE

Autobahn mit Anschlussstellen Motorway with junctions	Sehenswert: Kultur - Natur *Wartenstein* *Umbalfälle* Of interest: culture - nature
Autobahn in Bau Motorway under construction	Badestrand Bathing beach
Mautstelle Toll station	Nationalpark, Naturpark National park, nature park
Raststätte mit Übernachtung Roadside restaurant and hotel	Sperrgebiet Prohibited area
Raststätte Roadside restaurant	Kirche Church
Tankstelle Filling-station	Kloster Monastery
Autobahnähnliche Schnell- straße mit Anschlussstelle Dual carriage-way with motorway characteristics with junction	Schloss, Burg Palace, castle
Fernverkehrsstraße Trunk road	Moschee Mosque
Durchgangsstraße Thoroughfare	Ruinen Ruins
Wichtige Hauptstraße Important main road	Leuchtturm Lighthouse
Hauptstraße Main road	Turm Tower
Nebenstraße Secondary road	Höhle Cave
Eisenbahn Railway	Ausgrabungsstätte Archaeological excavation
Autozug-Terminal Car-loading terminal	Jugendherberge Youth hostel
Zahnradbahn Mountain railway	Allein stehendes Hotel Isolated hotel
Kabinenschwebebahn Aerial cableway	Berghütte Refuge
Eisenbahnfähre Railway ferry	Campingplatz Camping site
Autofähre Car ferry	Flughafen Airport
Schifffahrtslinie Shipping route	Regionalflughafen Regional airport
Landschaftlich besonders schöne Strecke Route with beautiful scenery	Flugplatz Airfield
Alleenstr. Touristenstraße Tourist route	Staatsgrenze National boundary
XI-V Wintersperre Closure in winter	Verwaltungsgrenze Administrative boundary
Straße für Kfz gesperrt Road closed to motor traffic	Grenzkontrollstelle Check-point
8% Bedeutende Steigungen Important gradients	Grenzkontrollstelle mit Beschränkung Check-point with restrictions
Für Wohnwagen nicht empfehlenswert Not recommended for caravans	**ROMA** Hauptstadt Capital
Für Wohnwagen gesperrt Closed for caravans	<u>VENÉZIA</u> Verwaltungssitz Seat of the administration
Besonders schöner Ausblick Important panoramic view	Ausflüge & Touren Trips & Tours
	Perfekte Route Perfect route
	MARCO POLO Highlight MARCO POLO Highlight

ALLE **MARCO POLO** REISEFÜHRER

REGISTER

In diesem Register sind alle im Reiseführer erwähnten Orte, Ausflugsziele und Strände aufgeführt. Gefettete Seitenzahlen verweisen auf den Haupteintrag.

SCHREIBEN SIE UNS!

SMS-Hotline: 0163 6 39 50 20

Egal, was Ihnen Tolles im Urlaub begegnet oder Ihnen auf der Seele brennt, lassen Sie es uns wissen! Ob Lob, Kritik oder Ihr ganz persönlicher Tipp – die MARCO POLO Redaktion freut sich auf Ihre Infos.

Wir setzen alles dran, Ihnen möglichst aktuelle Informationen mit auf die Reise zu geben. Dennoch schleichen sich manchmal Fehler ein – trotz gründ-

E-Mail: info@marcopolo.de

licher Recherche unserer Autoren/innen. Sie haben sicherlich Verständnis, dass der Verlag dafür keine Haftung übernehmen kann. Kontaktieren Sie uns per SMS, E-Mail oder Post!

MARCO POLO Redaktion
MAIRDUMONT
Postfach 31 51
73751 Ostfildern

IMPRESSUM
Titelbild: Taormina, Madonna della Rocca, Getty Images/Photographer's Choice: Slow Images
Fotos: Agriturismo Limoneto: Dora Moscati (17 o.); DuMont Bildarchiv: Feldhoff & Martin (21, 38, 39, 48, 52, 62, 85, 110/111), Lubenow (98); Feldhoff & Martin (78); J. Frangenberg (45, 67); F. M. Frei (8); R. Freyer (28/29, 37, 41, 51, 58, 65); Getty Images/Photographer's Choice: Slow Images (1 o.); R. Hackenberg (2 u., 3 o., 3 M., 46/47, 57, 60/61, 72/73, 81, 96/97, 99 u., 105, 126/12 r.); H. Hartmann (71); Huber: Baviera (55), Liese (Klappe l., 74), Lubenow (2 o., 5, 34), Roberto (83), Saffo (12/13, 30 u.), Simeone (10/11); Huber Images/SIME: Saffo (6, 101); Kempinski Hotel Giardino di Costanza: Adrian Huston (16 M.); M. Kirchgessner (3 u., 23, 24/25, 26 r., 27, 28, 29, 42/43, 69, 77, 86/87, 102/103, 110, 111, 114 u., 119); Laif: Barbagallo (4), Celentano (114 o.), Eid (99 o.), Madej (115); Laif/Contrasto: Shobha (9); La Terra Magica: Lenz (Klappe r., 2 M u., 32/33, 88, 90, 93); mauritius images: Alamy (30 o.), Cubolmages (2 M. o., 7), foodcollection (26 l.); mauritius images/imagebroker: Bahnmüller (18/19); Orient Photo (15); Paradise Beach Club (16 u.); Peter Peter (1 u.); Carmelina Ricciardello (16 o.); The Rocco Forte Collection (17 u.); T. Stankiewicz (95, 109); vario images: Baumgarten (106/107)

14. Auflage 2012
Komplett überarbeitet und neu gestaltet
© MAIRDUMONT GmbH & Co. KG, Ostfildern
Chefredaktion: Michaela Lienemann (Konzept, Chefin vom Dienst), Marion Zorn (Konzept, Textchefin)
Autor: Hans Bausenhardt, Koautor: Peter Peter, Redaktion: Christina Sothmann
Verlagsredaktion: Ann-Katrin Kutzner, Nikolai Michaelis, Silwen Randebrock
Bildredaktion: Stefan Scholtz, Gabriele Forst
Im Trend: wunder media, München;
Kartografie Reiseatlas: © MAIRDUMONT, Ostfildern; Kartografie Faltkarte: © MAIRDUMONT, Ostfildern
Innengestaltung: milchhof: atelier, Berlin; Titel, S. 1, Titel Faltkarte: factor product münchen
Sprachführer: in Zusammenarbeit mit Ernst Klett Sprachen GmbH, Stuttgart, Redaktion PONS Wörterbücher
Das Werk einschließlich aller seiner Teile ist urheberrechtlich geschützt. Jede urheberrechtsrelevante Verwertung ist ohne Zustimmung des Verlags unzulässig und strafbar. Das gilt insbesondere für Vervielfältigungen, Übersetzungen, Nachahmungen, Mikroverfilmungen und die Einspeicherung und Verarbeitung in elektronischen Systemen.
Printed in Germany. Gedruckt auf 100% chlorfrei gebleichtem Papier

BLOSS NICHT

Ein paar Dinge, die Sie auf Sizilien beachten sollten

AUF DER STRASSE KAUFEN

An Marktständen können Sie wählen, wühlen, anfassen wie die Einheimischen, meist gibt es sogar Preisschilder, sonst sehen Sie, was andere dafür zahlen. Höchste Vorsicht ist aber angeraten bei den Gewerbetreibenden, die aus ihrer Ware fast schon ein Geheimnis machen, Gelegenheiten versprechen, die es nur einmal im Leben gibt. Vielfach bittet man Sie um einen kurzfristigen Vorschuss ...

DAS MENÜ TURISTICO BESTELLEN

Fast alle Restaurants bieten dieses Essen zum Festpreis an, das zwei Gänge, Nachtisch, ein Getränk, den Preis des Gedecks sowie alle Steuern und die Bedienung enthält. Einheimische machen fast nie von diesem Angebot Gebrauch, obwohl es wesentlich weniger kostet als Essen à la carte. Aber es zeichnet sich hauptsächlich durch Einfallslosigkeit aus, und nur ganz selten werden Sie landestypische Gerichte auf den Teller bekommen, stattdessen serviert man Ihnen Kotelett, Brathuhn oder eine meist zähe Scheibe Roastbeef, dazu ein paar dürre Blättchen Salat oder eine halbe Tomate.

ZUM DIEBSTAHL EINLADEN

Diebe und Räuber lauern nicht in jedem Winkel; riskant sind eher die Großstädte, Häfen und viele Strandregionen. Lassen Sie nichts sichtbar im Auto liegen, Sie riskieren sonst eingeschlagene Scheiben. Bei Fahrten durch Palermo und Catania verriegeln Sie Türen und Kofferraum. Autodiebstähle sind in Sizilien nicht häufiger als anderswo, aber diese beiden Großstädte stehen in der italienischen Statistik an oberster Stelle. Das gilt übrigens auch für den Handtaschendiebstahl vom fahrenden Auto oder Moped *(scippo)* aus. Verzichten Sie deshalb entweder ganz auf die Tasche oder tragen Sie diese immer zur Hauswand hin. Und wie überall sonst auch operieren in dem Gewühl von Märkten und Bahnhöfen, Busstationen und Einkaufsstraßen gern Taschendiebe.

KASSENBON VERGESSEN

Nehmen Sie überall den Kassenbon mit, auch wenn Sie nur ein Brötchen gekauft haben. Der *scontrino* ist der Beleg dafür, dass Ware oder Dienstleistung in der Kasse verbucht wurde und dafür Steuer abgeführt wird. Ausnahmen: Benzin, Zigaretten, Zeitungen. 100 m weit sind Sie so etwas wie ein Gehilfe der Steuerfahndung, und es gibt für Sie und den Verkäufer hohe Strafen, wenn Sie den Zivilbeamten der Guardia di Finanza den Beleg nicht vorlegen können.

MIT DEM FEUER SPIELEN

Jahr für Jahr verwüsten Hunderte von Bränden Wälder, Olivenhaine und Gärten, bedrohen Häuser und Ortschaften. Meist bleiben kahle Steinwüsten zurück. Glimmende Zigarettenstummel, Picknickfeuer, der heiße Kat vom Auto über trockenem Gras oder Laub können katastrophale Folgen haben.